韩成武文集

卷五 杂论

韩成武 著

河北出版传媒集团
河北教育出版社

目 录

杜审言与五律、五排声律的定型
　　——兼述初唐五律、五排声律的定型过程 …………………… 1
仄韵五律之声律和韵律研究 ………………………………………… 11
唐太宗有可能写出严整的七律吗 …………………………………… 21
唐诗对立统一的表现艺术 …………………………………………… 27
论唐诗地名的使用艺术 ……………………………………………… 37
论唐代音乐诗的表现艺术 …………………………………………… 48
燕赵文化精神内涵与唐诗风骨 ……………………………………… 54
读唐四题 ……………………………………………………………… 70
唐诗杂谈（二则） …………………………………………………… 81
唐人的稿酬意识 ……………………………………………………… 87
唐诗中记载的节令习俗 ……………………………………………… 90
王维《观猎》的表现艺术 ………………………………………… 106
王维诗中写的香积寺在哪里 ……………………………………… 110
刻画精微，出神入化
　　——读钱起《衔鱼翠鸟》 ………………………………… 114
深婉缠绵、真挚蕴藉的恋歌
　　——李商隐《无题》一诗的描写艺术 …………………… 116
勇于开拓、新见迭出的唐诗研究
　　——评吴淑玲《唐诗传播与唐诗发展之关系》 ………… 122

驿传与文学关系研究的新成果
　　——评吴淑玲《唐代驿传与唐诗发展之关系》……………126
《卢纶研究》序……………………………………………………130
《卢照邻研究》序…………………………………………………134
点校《唐诗鼓吹评注》琐记………………………………………137
对《中国历代文学作品选》一书中几个问题的商榷意见………143
对《四库全书》处理"违碍"字问题的讨论……………………152
警惕《四库全书》的文字抄写之误………………………………157
均衡：洛书图像符号的文化意蕴解读……………………………161
从河北省曲阳县北岳庙碑刻看北岳地点的沿革…………………166
民族志士的深思与呐喊
　　——读张元干《贺新郎·送胡邦衡待制赴新州》…………173
花团锦簇的宋代春节………………………………………………178
"龟"字从何时退出中国人名……………………………………183
漫谈咏物诗…………………………………………………………187
浅谈抒情诗的艺术形象……………………………………………190
长歌当哭：论诗歌创作本原动因…………………………………193
传统诗歌意象与当今诗歌创作……………………………………197
《古代诗歌选读》前言……………………………………………202
白话诗词：中华诗词的自救之路…………………………………205
医者的诗意人生
　　——读曹庆华先生《三品轩诗草》增订本（代序）………209
《潇月诗词》序……………………………………………………213
《诗囚居自吟集》序………………………………………………217
《水库诗草》序……………………………………………………222
《时代飞歌》序……………………………………………………226
《古北岳文化》序…………………………………………………230
《碧花又绽满帘青》序……………………………………………233
《古莲花池碑文精选》序…………………………………………237

《诗话易水：古易水咏史诗整理与研究》序 ……………………240
《史记》研究的新视野
　　——读《〈史记〉中的河北人物研究》 ……………………243
批判继承、推陈出新的光辉典范
　　——学习毛主席诗词笔记 ……………………………………247
社会改革家的临秋情怀
　　——重读毛泽东词《沁园春·长沙》 ………………………258
世纪伟人的眼界与胸襟
　　——重读毛泽东词《沁园春·雪》 …………………………262
论李瑛诗歌的传统诗学艺术精神 …………………………………266
金号在朝霞中吹响
　　——评王大民歌词 ……………………………………………276
深婉细腻的歌吟
　　——谈旭宇诗集《醒来的歌声》的艺术风格 ………………280
太白遗风，笑貌可人
　　——读葛景春诗集《梦诗斋吟草》 …………………………285
古典诗艺的精彩传承
　　——快读郭庆华诗集《天放韵事》 …………………………289
深婉蕴藉的歌吟
　　——评潇月的抒情诗 …………………………………………296
刘瑞峰的旅游诗 ……………………………………………………305
文静而沉思的抒情形象
　　——读李新锁诗集《云外蝉音》 ……………………………307
杜甫精神的继承者
　　——郑州成功财经学院创办人王广亚先生印象记 …………312
黄绮先生的诗品与人品 ……………………………………………315
中山人物古来奇
　　——陈文增先生和他的"三联艺术" ………………………318

杜审言与五律、五排声律的定型[1]
—— 兼述初唐五律、五排声律的定型过程

　　五言律诗（五排是五律的延长）是中国文学史上的一种具有强大生命力和深远影响的诗歌形式。作为一种诗体，五言律诗的雏形发轫于齐梁时期，经过二百多年艰苦的创作实践的探索，直到初唐后期，它的声律才正式宣告定型。

　　历代论者都把律诗的定型之功归于沈宋，这种观点实际来自《新唐书·文艺传·宋之问传》："魏建安后迄江左，诗律屡变。至沈约、庾信，以音韵相婉附，属对精密。及之问、沈佺期，又加靡丽，回忌声病，约句准篇，如锦绣成文。学者宗之，号为'沈宋'。"[2]

　　这段话被后人作为沈宋为律诗声律定型的依据，代代相因，视为真理。却很少有人静心详察他们的创作实践。笔者近年通读《全唐诗》[3]，在作品的声律上留心揣摩，感到沈宋近体诗的声律合律度并非如《新唐书·文艺传》所云，于是下决心对"沈宋为律诗定型"这一立论进行重新审视。考虑到五律、五排这两种体式在初唐近体诗中占有重要的地位，笔者遵循"实践是检验真理的唯一标准"这个原则，依据《广韵》，对初唐较有影响的诗人创作的1400余首诗中942首五律、五排运用声律的情况作了考察。通过考察，笔者得出了另一种结论：杜审言的五律、五排的声律合律度大大超过了沈宋，且位居初唐诗人之首，他应享有为五律、五排定型之首功。

---

[1] 本文与陈菁怡合著。
[2]《二十五史·新唐书》，上海古籍出版社，1986年，第614页。
[3]《全唐诗》，中华书局，1960年。

初唐时期，在近体诗形成的链条上具有重要位置的，有三代诗人。笔者选取诗名较著、具有代表性、《全唐诗》存诗一卷以上的诗人为考察对象，共19人。他们是：第一代以虞世南、王绩、褚亮、李百药、李世民为代表；第二代以上官仪为代表；第三代以四杰、刘希夷、陈子昂、文章四友、沈宋、崔湜为代表。这些诗人在前后相续的不同时间里各自探索着声律，在促成五律、五排声律艺术的完成上，作出了不同程度的贡献。下面是笔者对这三代诗人（依卒年为序）的声律运用情况所作的调查。通过调查，我们可以发现五律、五排的平仄声调逐渐合律的演进过程，以及在这个过程中，各位诗人作品的声调合律度之高低差异，从而确定在五律、五排的声律定型上哪些诗人功劳为大。笔者认为，在尚未发现诗人们著述的有关声律理论文献的情况下，采取作品实证的方法是鉴别其定型之功的唯一途径。

为了表述上的方便，本文把那些只具有"对"的规则，而不具有"粘"的规则的五言八行体诗称为"对式律"；把那些既有对又有粘，但粘对规则运用得不够严整（如某联失对或失粘、个别诗句拗而未救、犯孤平、专用名词之外的三平调失误）的五言八行体诗称为"粘对混合律"；把那些具备严整的粘对规则的五言八行体诗称为"粘式律"。

一、第一代诗人五律、五排的声律运用情况

这一代诗人活跃于高祖、太宗年间，其中有的是由隋入唐的，还有的是由陈经隋入唐的，如虞世南、褚亮、李百药等。这批人有的是政治家，有的是皇帝的文学侍从，以文章翰墨见称。

虞世南（558—638）[1]，《全唐诗》录存其诗32首。其中，五言八行体诗9首，包括"对式律"1首（限于篇幅，诗题从略，下同），"粘对混合律"8首。也就是说，他没有一首"粘式律"的作品，可见他对于五律

---

[1] 本文所涉诗人的生卒年依据张忠纲主编《全唐诗大辞典》，语文出版社，2000年9月第1版，下同。

"粘"的规则，处于若即若离的迷蒙状态，尚未有清晰的认识。又有五排体诗 12 首，均为"粘对混合律"。可知，他的五律、五排的合律度是零。

王绩（589—644），《全唐诗》录存其诗 57 首。其中，五言八行体诗 8 首，包括"粘对混合律"5 首，"粘式律"3 首。"粘式律"占其所作五言八行体诗总数的 38%。又有五排体诗 14 首，包括"对式律"1 首，"粘对混合律"10 首，"粘式律"3 首。"粘式律"占其所作五排体诗总数的 21%。他的五律、五排合律度为 27%。在初唐前期，也就是在第一代诗人群体中，王绩在建立五言律诗的声律体制上具有筚路蓝缕之功。

褚亮（560—647），《全唐诗》录存其诗 33 首，多为乐章。其中，五言八行体诗 5 首，均为"粘对混合律"。又有五排体诗 5 首，包括"粘对混合律"4 首，"粘式律"1 首。"粘式律"占其所作五排体诗总数的 20%。他的五律、五排合律度仅为 10%。

李百药（565—648），《全唐诗》录存其诗 26 首。其中，五言八行体诗 11 首，包括"粘对混合律"9 首，"粘式律"2 首。"粘式律"占其所作五言八行体诗总数的 18%。又有五排体诗 7 首，均为"粘对混合律"。他的五律、五排合律度仅为 11%。

李世民（599—649），作为一代开国英主，他是唐帝王中少有的在文学史上占有一定地位的诗人，其诗歌内容和格调在唐诗的开创期起到重要作用。《全唐诗》录存其诗 98 首。其中，五言八行体诗 40 首，包括"对式律"5 首，这些诗只注意了"对"的规则，而未解决"粘"的问题，形式单调少变化，沿袭了永明体"对式律"的形式；"粘对混合律"28 首；"粘式律"7 首。"粘式律"占其所作五言八行体诗总数的 18%。又有五排体诗 23 首，均为"粘对混合律"。通过以上对太宗 63 首五律、五排体诗歌声律的梳理，可以看出他对五言声律的积极探索的态度。《诗源辩体》说"武德、贞观间，太宗及虞世南、魏徵诸公五言，声尽入律"[1]。说"声尽入律"，显然有失严谨，但毫无疑问，他已有意识地在创作中向律体完成的方向作着努力，虽说五律、五排的合律度仅为 11%。

---

[1] 许学夷《诗源辩体》，人民文学出版社，1987 年，第 138 页。

二、第二代诗人五律、五排的声律运用情况

生于隋末或唐初,活跃于太宗、高宗年间的新兴的一代诗人,可以上官仪为代表。上官仪(608?—664),诗歌多为应制之作,注重形式之美,精巧雅致,绮错婉媚,被时人号为"上官体"。他的"六对""八对"对仗形式的建立,促进了五律对仗艺术的发展。《全唐诗》录存其诗20首。其中,五言八行体诗6首,包括"对式律"2首,"粘对混合律"4首。又有五排体诗3首,均为"粘对混合律"。也就是说,他的五律、五排合律度是零。总之,上官仪的五言八行体、五排体诗,没有一首完全合律,可见其于对仗艺术掌握虽好,但于声律建设上却无贡献可言。

总观前两代诗人的创作情况,从数字上看,可知近体诗体已经成为他们创作的主选体式;从运用声律的情况看,"对式律"和"粘式律"作品都很少,多数为"粘对混合律",呈现出两头小、中间大的格局。这说明:他们具有了对永明体的对式结构已经不能满意,力图新变,而又一时难以认准出路的创作心态。这6位诗人所写的"粘式律"五律作品总共只有12首,"粘式律"五排作品总共只有4首,五律、五排的人均合律度仅为10%。既能抛弃"对式律",又能从"粘对混合律"中挣脱出来,向"粘式律"进军,这是第三代诗人致力研究并取得重大成果的课题。在第三代诗人群体中,有的人步子迈得快些,有的人则较为迟缓,并非齐步前进。而走在最前面的则是杜审言。

三、第三代诗人五律、五排的声律运用情况

承接上官仪而起的,是一个朝气蓬勃的诗歌时代。在京在朝的诗人和从各地漫游至京,又云游而去的诗人,共同组成一支强大的生力军,他们彼此唱和,切磋声律,最终锻炼出精粹无比的五律、五排的声律结构,为3个世纪以来若干代诗人的探索和建设作了光彩的总结。第三代诗人数量较多,他们活跃于高宗、武后、中宗、睿宗在位时期。主要代表诗人有四

杰、刘希夷、陈子昂、文章四友、沈宋、崔湜等。

王勃（650—676），《全唐诗》录存其诗89首。其中，五言八行体诗31首，包括"对式律"1首，"粘对混合律"21首，"粘式律"9首。"粘式律"占其所作五言八行体诗总数的29%。又有五排体诗5首，包括"对式律"1首，"粘对混合律"3首，"粘式律"1首。"粘式律"占其所作五排体诗总数的20%。他的五律、五排的合律度是28%。

刘希夷（651—678？），《全唐诗》录存其诗35首，多为乐府古诗。其中，五言八行体诗5首，包括"粘对混合律"1首，"粘式律"4首。"粘式律"占其所作五言八行体诗总数的80%。又有五排体诗7首，包括"粘对混合律"3首，"粘式律"4首。"粘式律"占其所作五排体诗总数的57%。他的五律、五排合律度为67%。

骆宾王（635？—684？），《全唐诗》录存其诗130首。其中，五言八行体诗68首，包括"对式律"5首，"粘对混合律"41首，"粘式律"22首。"粘式律"占其所作五言八行体诗总数的32%。又有五排体诗43首，包括"粘对混合律"29首，"粘式律"14首。"粘式律"占其所作五排体诗总数的33%。他的五律、五排合律度为32%。

卢照邻（636？—695？），《全唐诗》录存其诗105首，七言歌行较多。其中，五言八行体诗34首，包括"对式律"4首，"粘对混合律"24首，"粘式律"6首。"粘式律"占其所作五言八行体诗总数的18%。又有五排体诗27首，包括"粘对混合律"26首，"粘式律"1首。"粘式律"占其所作五排体诗总数的4%。他的五律、五排的合律度是11%。

陈子昂（661—702），一向被文学史家所推崇，他的以复古为革新的诗歌主张和创作实践，对当时诗坛来说确有振聋发聩的作用。但也许正是这个原因，他在五律、五排声律建设上，却贡献甚微。《全唐诗》录存其诗128首。其中，五言八行体诗32首，包括"对式律"2首，"粘对混合律"21首，"粘式律"9首。"粘式律"占其所作五言八行体诗总数的28%。又有五排体诗24首，包括"粘对混合律"20首，"粘式律"4首。"粘式律"占其所作五排体诗总数的17%。他的五律、五排的合律度仅为23%，远远低于四杰和刘希夷的平均值（42%）。想来，这与他力振汉魏风骨以矫正文风的创作主张不无关系。

杨炯（650—703？），《全唐诗》录存其诗33首。其中，五言八行体诗14首，均为"粘式律"。也就是说，杨炯的五律作品的合律度已达到100%。从这点来说，他应居五律声律定型之首功；但是，他的五排却不如人意。他的五排体诗共计14首，包括"粘对混合律"8首，"粘式律"6首。"粘式律"仅占其所作五排体诗总数的43%。他的五律、五排的合律度是71%。

杨炯的五律、五排创作，同其他诗人相比，五律合律情况最好，五排相对他的五律来说合格率稍低。刘大杰在《中国文学发展史》中说：四杰近体诗的声律在"句的平仄算是谐协了，然一章的平仄，却没有达到完全谐协的地步"[1]。这话并不恰当，尤其是对杨炯而言。可以说，杨炯在促成五律的声律定型上，占有重要的地位。

如果针对五律、五排的声律建设之贡献，把第三代诗人再分为两个群体，则以上6位诗人可看作一个群体，他们虽较前两代诗人贡献为大，但远远不如与他们同时而稍后的另一群体，即文章四友、沈宋、崔湜7位诗人。

苏味道（648—705），《全唐诗》录存其诗仅16首，均为近体诗。其中，五言八行体诗9首，包括"粘对混合律"5首，"粘式律"4首。"粘式律"占其所作五言八行体诗总数的44%。又有五排体诗6首，包括"粘对混合律"2首，"粘式律"4首。"粘式律"占其所作五排体诗总数的67%。他的五律、五排的合律度是53%。

崔融（653—706），《全唐诗》录存其诗18首。其中，五言八行体诗8首，包括"粘对混合律"2首，"粘式律"6首。"粘式律"占其所作五言八行体诗总数的75%。又有五排体诗2首，包括"粘对混合律"1首，"粘式律"1首。"粘式律"占其所作五排体诗总数的50%。他的五律、五排的合律度是70%。

宋之问（656？—713？），《全唐诗》录存其诗198首。其中，五言八行体诗85首（另有一首《初发荆府赠长史》存诗缺10字，无法辨别，故不予考虑），包括"粘对混合律"9首，"粘式律"76首。"粘式律"占

---

[1] 刘大杰《中国文学发展史》，百花文艺出版社，1999年，第358页。

其所作五言八行体诗总数的89%。又有五排体诗41首,包括"粘对混合律"13首,"粘式律"28首。"粘式律"占其所作五排体诗总数的68%。他的五律、五排的合律度是83%。

崔湜(671—713),《全唐诗》录存其诗32首。其中,五言八行体诗15首,包括"粘对混合律"1首,"粘式律"14首。"粘式律"占其所作五言八行体诗总数的93%。又有五排体诗8首,包括"粘对混合律"1首,"粘式律"7首。"粘式律"占其所作五排体诗总数的88%。他的五律、五排的合律度是91%。

李峤(645—714),《全唐诗》录存其诗209首。其中,五言八行体诗164首,包括"粘对混合律"20首,"粘式律"144首。"粘式律"占其所作五言八行体诗总数的88%。又有五排体诗20首,包括"粘对混合律"8首,"粘式律"12首。"粘式律"占其所作五排体诗总数的60%。李峤五排体诗合律状况不如其五言八行体诗,他于长律的"粘对"尚未能娴熟运用。他的五律、五排的合律度是85%。

沈佺期(656?—715?),《全唐诗》录存其诗156首。其中,五言八行体诗66首,包括"粘对混合律"8首,"粘式律"58首。"粘式律"占其所作五言八行体诗总数的88%。又有五排体诗36首,包括"粘对混合律"7首,"粘式律"29首。"粘式律"占其所作五排体诗总数的81%。他的五律、五排的合律度是85%。

由以上统计可以看出,沈宋二人五律、五排的合律度分别为85%、83%,这个数字无疑是高于前面所述诸人的合律度(只低于崔湜)。但同时也表明他们仍有部分作品未合声律规则。因此,不宜将他们在五律、五排声律定型上的作用说得过分,他们比不上杜审言。

杜审言(645?—708),《全唐诗》录存其诗43首,除2首古风外,其余均为近体诗。其中,五言八行体诗有28首,包括"粘对混合律"1首,"粘式律"27首。"粘式律"占其所作五言八行体诗总数的96%。又有五排体诗7首,包括"粘对混合律"1首,"粘式律"6首。"粘式律"占其所作五排体诗总数的86%。这些诗均声律精严,长律粘对规则运用已很娴熟了。这种铺陈始终、排比声韵的长篇律诗,在唐之前,虽有试作,但篇幅不大,音韵未谐。骆宾王、苏味道、宋之问所写此类作品,亦不过多是六韵、十韵等短制。而杜审言的排律，有长达二十韵者，有长达四十韵者，皆典丽精工，气势宏伟。此种体裁，限制很严，局限性大，非功力深厚者，实难驾驭。可以说，杜审言在五排的建设上起了重要的开创作用。他的五律、五排的合律度是94%。

杜审言所作的五律、五排，只有两首不合律，一首是五律《奉和七夕侍宴两仪殿应制》，该诗颔联失对，尾联失粘；另一首是五排《赠崔融二十韵》，在这首长篇排律中，也仅有一联失粘而已。由此可见他对律诗这种新体制驾轻就熟的功夫。他在使用律句，使用对仗，以及在粘对方面，能以固定的形式规则体现于所作的几乎每首诗中。总体言之，其创作合律程度最高，深为时人所重。杜甫说"吾祖诗冠古"（《赠蜀僧闾丘师兄》），看来不是空言。杜审言于五律、五排的声律建设上具有极为重要的地位。他创作的五律、五排的声律合格率在初唐诗人中雄踞榜首，高达94%，超过李峤的85%、崔融的70%、苏味道的53%、沈佺期的85%、宋之问的83%〔见本文后面笔者所作的《初唐诗人近体诗（五律、五排）声律状况统计表》〕。这个数字雄辩地说明，杜审言在五律、五排声律建设上的功力与贡献，实在他人之上。宋人陈振孙《直斋书录解题·诗集类》说："唐初沈宋以来，律诗始盛行，然未以平侧失眼为忌。审言诗虽不多，句律极严，无一失粘者。"[1] 说"无一失粘者"，评价虽略有失当，亦可说明杜审言在近体诗声律定型上的巨大作用。创作实践证明，杜审言是五律、五排声律定型的第一功臣。

总观第三代诗人，尤其是第三代后期诗人，在五律、五排声律的探索上，表现出极大的热忱。从上官仪的去世（664）到初唐之末（712），近50年的时间里，五律、五排的声律建设取得了辉煌的成果。具体表现为以下四个方面：

其一，"对式律"作品急速消减，并终告灭绝。如上统计，前两代诗人的"对式律"作品共计9首，占他们所作的五律、五排体诗歌总数（143首）的6.29%。而第三代诗人的"对式律"作品共计13首，仅占他们所作的五律、五排体诗歌总数（799首）的1.63%；而且，这13首"对

---

[1] 陈振孙《直斋书录解题》卷十九，武英殿聚珍版，乾隆三十八年。

式律"作品主要出自稍前的四杰和陈子昂,到稍后的文章四友和沈宋的手中,"对式律"作品已经完全绝迹,从而彻底告别了永明体的对式结构。这堪称是划时代的标志。

其二,"粘对混合律"作品亦呈锐减之势。前两代诗人的"粘对混合律"作品共计118首,占他们所作的五律、五排体诗歌总数(143首)的82.5%。而第三代诗人的"粘对混合律"作品共计276首,仅占他们所作的五律、五排体诗歌总数(799首)的34.5%;而且,这276首"粘对混合律"作品主要出自稍前的四杰和陈子昂,他们所写的这类作品共计193首,占69.9%,而稍后的文章四友和沈宋等人,"粘对混合律"的作品已经很少。这说明,经过长期探索的初唐诗人们,一步步走出"混合"的泥沼,初唐后期诗人们的心目中已经明确了求索的目标——"粘式律",只是在具体的创作实践中,还不总是那样得心应手而已。

其三,"粘式律"作品大幅度地增加,并居于创作的主导地位。前两代诗人的"粘式律"作品极少,总共才有16首,仅占他们所作的五律、五排体诗歌总数(143首)的11.18%。而第三代诗人的"粘式律"作品已达510首,占他们所作的五律、五排体诗歌总数(799首)的63.83%;而且,这510首"粘式律"作品,属于四杰、刘希夷、陈子昂6人创作的共计94首,仅占"粘式律"作品总数的18.43%,占他们所写的五律、五排体诗歌总数(304首)的30.92%,而文章四友、沈宋、崔湜7人所写的"粘式律"作品多达416首,占"粘式律"作品总数的81.57%,占他们所写的五律、五排体诗歌总数(495首)的84.04%。这说明,"粘式律"已经成为初唐后期诗人们的创作主导,虽说他们不是同步前进的,但有杜审言、崔湜、沈佺期、李峤、宋之问诸人构成强劲的第一方队,足以显示五律、五排的粘对规则已经确定。

其四,杜审言是第一方队的排头兵,他的创作实践是五律、五排声律定型的重要标志。如果说李峤、沈宋诸人的五律、五排在声律上还不令人十分满意的话,那么杜审言的作品94%的合律度,已经雄辩地说明五律、五排的声律确已定型。至于那两首诗偶有失对、失粘之误,应该看作是创作过程中因表意的需要而无法避免所造成的,而不能视为作者在粘对规则上的含混不清。

初唐诗人近体诗（五律、五排）声律状况统计表

诗人	存诗数目	近体诗数目	占存诗百分比%	五律五排数目	占存诗百分比%	对式律 五律	对式律 五排	粘对混合律 五律	粘对混合律 五排	粘式律之五律 仄起仄收式	粘式律之五律 平起仄收式	粘式律之五律 平起平收式	粘式律之五律 合计	粘式律之五律 百分比%	粘式律之五排 仄起仄收式	粘式律之五排 平起仄收式	粘式律之五排 平起平收式	粘式律之五排 合计	粘式律之五排 百分比%	五律五排合度%
虞世南（558—638）	32	29	91	21	66	1		8	12					0					0	0
王绩（589—644）	57	41	72	22	39		1	5	10	1		2	3	38		1		3	21	27
褚亮（560—647）	33	17	52	10	30			5	4					0	1			1	20	10
李百药（565—648）	26	21	81	18	69	5		9	7	1	1		2	18					0	11
李世民（599—649）	98	76	78	63	64	2		28	23	4	3		7	18					0	11
上官仪（608?—664）	20	13	65	9	45	1		4	3					0					0	0
王勃（650—676）	89	68	76	36	40			21	3	5	3	1	9	29	1			1	20	28
刘希夷（651—678?）	35	14	40	12	34	5		1	3	1	1	2	4	80	3	1		4	57	67
骆宾王（635?—684?）	130	119	92	111	85	4		41	29	13	9		22	32	12	2		14	33	32
卢照邻（636?—695?）	105	75	71	61	58	2		24	26	6			6	18	1			1	4	11
陈子昂（661—702）	128	59	46	56	44			21	20	4	3	2	9	28	2	2		4	17	23
杨炯（650—703?）	33	29	88	28	85	5			8	5	3	6	14	100	4	1	1	6	43	71
苏味道（648—705）	16	16	100	15	94	2		5	2	1	1	2	4	44	3	1		4	67	53
崔融（653—706）	18	13	72	10	56	1		2	1	4	2		6	75	1			1	50	70
杜审言（645?—708）	43	41	95	35	81			9	13	21	3	3	27	96	5			6	86	94
宋之问（656?—713?）	198	156	79	126	64			1	1	38	15	2	76	89	12	11	5	28	68	83
崔湜（671—713）	32	26	81	23	72					6	5	1	14	93	4			7	88	91
李峤（645—714）	209	196	94	184	88			20	8	94	21	4	144	88	7	4	1	12	60	85
沈佺期（656?—715?）	156	126	81	102	65			8	7	27	16	4	58	88	15	6	3	29	81	85
合计	1458	1135		942		20	2	213	181	230	83	76	405		71	32	14	121		

仄韵五律之声律和韵律研究

迄今为止，学界对仄韵五律、仄韵七律的声律与韵律特征并无细致的研究。王力先生所著《汉语诗律学》，对平韵的五律、七律之声律与韵律作出详细的研究，而对仄韵律诗则未能详论。笔者依据清本《全唐诗》收录的作品，对仄韵五律的声律、韵律作了一番考察，研究过程和结果如下。

一、仄韵五律平仄格式之推导

律诗以押平声韵为常，但也有少数作品押仄声韵，这类押仄声韵的律诗可称为仄韵律诗。仄韵律诗与平韵律诗在声律的规则上应该是一样的。一是使用律句（包括"拗救"而形成的"变格律句"）；二是履行粘对规则，即一联中出句与对句的偶数字位及末字的声调要相反，邻联之间相贴近的两句，其偶数字位的声调要相同；三是偶数句押韵（首句可以押韵，也可以不押）。依照这三条，笔者推导出仄韵五律的声律格式如下：

1. 首句入韵的两种声律格式

（1）首句仄起仄收式（图示：○表示平声；●表示仄声；◎表示仄可平；⊙表示平可仄；▲表示韵脚。下同）：

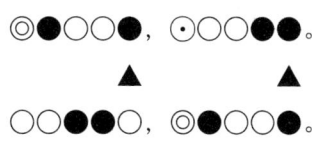

◎●●○○，⊙○○●●。
　　　　　　　▲
○○●●○，◎●○○●。
　　　　　　　▲

（2）首句平起仄收式：
⊙○○●●，◎●●○○。
　　▲　　　　　▲
◎●●○○，⊙○○●●。
　　　　　　　▲
○○●●○，◎●○○●。
　　　　　　　▲
◎●●○○，⊙○○●●。
　　　　　　　▲

2. 首句不入韵的两种平仄格式
（1）首句仄起平收式：
◎●●○○，⊙○○●●。
　　　　　　　▲
○○●●○，◎●○○●。
　　　　　　　▲
◎●●○○，⊙○○●●。
　　　　　　　▲
○○●●○，◎●○○●。
　　　　　　　▲

（2）首句平起平收式：
○○●●○，◎●○○●。
　　　　　　　▲
◎●●○○，⊙○○●●。
　　　　　　　▲
○○●●○，◎●○○●。
　　　　　　　▲
◎●●○○，⊙○○●●。
　　　　　　　▲

以上为仄韵五律的四种声律格式。这四种声律格式是笔者依据平韵五律的粘对规则推导出来的。但是，从唐人创作的仄韵五律来看，并未完全恪守这种声律格式。笔者详细调查了有唐一代的仄韵五律作品，发现仄韵五律在押韵和使用粘对规则方面，与平韵五律是同中有异的。本文第二部分以作品为依据，对这种同中之异进行了讨论与鉴定。

二、仄韵五律的出现与发展

从律诗的发展史来看，仄韵五律与平韵律诗在声律上的探讨，是在同一个时间起点上开始的。从清本《全唐诗》收录的作品来看，在初唐前期，以李世民为核心的文人集团在探讨平韵律诗声律形式的同时，也进行着仄韵律诗声律形式的思考。李世民创作五言八行体诗共40首，其中有10首为仄韵者，即《帝京篇十首》（其二、其三、其四、其六、其七、其八）、《于北平作》《初晴落景》《山阁晚秋》《度秋》。上官仪创作五言八行体诗共9首，其中有3首为仄韵者，即《早春桂林殿应召》《奉和颍川公秋夜》《谢都督挽歌》。今察这些仄韵律诗全部失对或失粘，这种情况与此时期的平韵五言八行体的声律多为失调相一致，只要看看李世民的30首平韵五言八行体仅有7首合乎粘对规则，而上官仪6首平韵五言八行体竟无一合乎粘对规则，即可明白。

初唐后期，在四杰、沈宋、文章四友的相继努力下，平韵五律的粘对规则终于获得确立。与此同时，仄韵五律的粘对规则也渐趋明晰。四杰中杨炯、卢照邻、骆宾王无仄韵五律，唯王勃有3首，其中2首存在失对、失粘之误，另外1首则基本达到了仄韵五律的声律要求。现抄录如下：

春日宴乐游园赋韵得接字
  帝里寒光尽，神臯春望浃。梅郊落晚英，柳甸惊初叶。
  流水抽奇弄，崩云洒芳牒。清尊湛不空，暂喜平生接。

诗中韵字"浃""叶""牒""接"，同属于入声"叶"韵，可见押韵之严格，这正是律诗与古体诗在押韵上的区别。全诗皆用律句，各联完全合乎粘对规则，中间两联使用对仗。不足之处是第一句未能入韵，第五句未能使用平脚律句（即用平声字收尾的律句），而是用的仄脚律句（即用仄声字收尾的律句）。这两点"不足"，是根据"仄韵律诗平仄格式之推导"比较出来的。事实上，从后来诸多诗人写的仄韵律诗的声律来看，这两点"不足"，却一直被延续下来了。可以说，王勃的这首诗实际上已经确立了仄韵五律的一种平仄格式。

宋之问创作仄韵五言八行体诗3首，均为失对或失粘。沈佺期也有3首仄韵五言八行体诗，也都失对或失粘。杜审言、苏味道无仄韵五言八行体诗。李峤创作了大量的平韵五律，仄韵五言八行体诗仅有1首，亦有失粘之误。值得一提的是崔融，他创作的仄韵五言八行体诗虽仅1首，却能做到首句入韵，对王勃的仄韵五律之缺陷是一种补救。其诗如下：

关山月

月生西海上，气逐边风壮。万里度关山，苍茫非一状。
汉兵开郡国，胡马窥亭障。夜夜闻悲笳，征人起南望。

诗中韵字"上""壮""状""障""望"，同属于上声"漾"韵，这是仄韵五律首句真正入韵的最早实践。惜其第五句未能使用平脚律句，否则，这就是一首标准的仄韵五律了。

盛唐时期，诗人创作仄韵五律多了起来。张九龄、祖咏、李颀、储光羲、王昌龄、李乂、王维、杜甫等人，都曾写过接近声律要求的仄韵五律。值得一提的是李乂，他写的《故赵王属赠黄门侍郎上官公挽词》，已进一步解决了上面所引崔融诗存在的"第五句未能使用平脚律句"的问题。诗云：

暮归泉壤隔，朝发城池恋。汉時结愁阴，秦陵下悲霰。
骎骎百驷驰，悯悯群龙饯。石马徒自施，玉人终不见。

此诗第三、五、七句皆用平脚律句，形成各联内出句、对句的扬抑之势，与平韵五律的声律呈反趋之妙。而且，诗中韵字"恋""霰""饯""见"，同属于去声"霰"韵，粘对规则整饬，颔联、颈联对仗工整，足见作者的良苦用心。唯首句"隔"字未能入韵，第七句声律有误，稍叹遗憾。李乂是初唐、盛唐之交的重要诗人，《全唐诗》收其七律6首，完全合律，这在当时是不多见的；又收其平韵五律21首，也完全合律；还有1首五绝、5首七绝，声律规则上亦无一处失误。由此可见，李乂是一位精心于格律的诗人。他所创作的这首仄韵五律，代表着这种诗体在声律上的最高精度。在他之后的诗人们，所作仄韵五律都没有达到这种精度。

王维是一位大量创作仄韵五言八行体的诗人。从《全唐诗》收录的王维作品来看，他的这种诗体有13首，但有10首失粘或失对。失误率很高。余下的3首均在第五句上出现仄脚律句，如《故南阳夫人樊氏挽歌》：

　　石窌恩荣重，金吾车骑盛。将朝每赠言，入室还相敬。
　　叠鼓秋城动，悬旌寒日映。不言长不归，环佩犹将听。

诗中的"听"字，读去声，属于"径"韵；"盛""敬""映"，属于去声"敬"韵；首句的"重"字，属于去声"送"韵。此诗使用的是邻韵通押之法。而全诗皆用律句，粘对规则无误，颔联、颈联皆用对仗。第五句使用仄脚律句，于标准格式稍有未合。又如《齐州送祖三》：

　　相逢方一笑，相送还成泣。祖帐已伤离，荒城复愁入。
　　天寒远山净，日暮长河急。解缆君已遥，望君犹伫立。

诗中"泣""入""急""立"四个韵字，属于入声"缉"韵。全诗仅第七句非律句，其余皆用律句，或是用拗救而成的变格律句，且粘对规则无误，颔联、颈联皆用对仗。第五句也是用仄脚律句，另外就是首句应入韵而未能入韵。

看来，对于首句入韵的仄韵五律来说，第五句用仄脚律句已成定式。以与王维同时而稍后的杜甫作品来看，也是这样处理的。如《屏迹三首》（其一）云：

　　衰年甘屏迹，幽事供高卧。鸟下竹根行，龟开萍叶过。
　　年荒酒价乏，日并园蔬课。独酌甘泉歌，歌长击樽破。

诗中"卧""过""课""破"，属于去声"个"韵，从押韵的严格上可以看出他是着意要作成律诗的，因为他的古体诗在押韵上经常采用邻韵通押。从整体来看,全诗皆用律句或变格律句,粘对规则无误,对仗亦颇工整。这首诗也是首句应入韵而未能入韵,再有就是第五句使用仄脚律句。再看《江头五咏·丁香》:

> 丁香体柔弱,乱结枝犹垫。细叶带浮毛,疏花披素艳。
> 深栽小斋后,庶使幽人占。晚堕兰麝中,休怀粉身念。

诗中"垫""艳""占""念",属于去声"艳"韵,可以看出其用韵的严格。全诗除第七句为非律句,其余皆为律句或变格律句,粘对规则无误,对仗亦较工整。依然是首句应该入韵而未能入韵,第五句使用仄脚律句。

到了中唐,刘长卿、白居易等人大量创作这种诗体,但这些问题仍未得到解决。刘长卿《湘中纪行十首》,王力先生认为有五首是仄韵律诗[1],其实,这五首诗也存在着上述的声律问题。其诗如下:

浮石濑

> 秋月照潇湘,月明闻荡桨。石横晚濑急,水落寒沙广。
> 众岭猿啸重,空江人语响。清晖朝复暮,如待扁舟赏。

(桨、广、响、赏,属于上声"养"韵)

秋云岭

> 山色无定姿,如烟复如黛。孤峰夕阳后,翠岭秋天外。
> 云起遥蔽亏,江回频向背。不知今远近,到处犹相对。

(黛、背、对,属于去声"队"韵;外,属于去声"泰"韵;此诗为邻韵通押)

花石潭

> 江枫日摇落,转爱寒潭静。水色淡如空,山光复相映。
> 人闲流更慢,鱼戏波难定。楚客往来多,偏知白鸥性。

(静,属于上声"梗"韵;映、性,属于去声"敬"韵;定,属于去

---

[1] 王力《汉语诗律学》(增订本),上海世纪出版集团、上海教育出版社,2002年,第52页。

声"径"韵；此诗为邻韵通押）

石围峰

前山带秋色，独往秋江晚。叠嶂入云多，孤峰去人远。
夤缘不可到，苍翠空在眼。渡口问渔家，桃源路深浅。

（晚、远，属于上声"阮"韵；眼，属于上声"潸"韵；浅，属于上声"铣"韵；此诗为邻韵通押）

横龙渡

空传古岸下，曾见蛟龙去。秋水晚沉沉，犹疑在深处。
乱声沙上石，倒影云中树。独见一扁舟，樵人往来渡。

（去、处，属于去声"御"韵；树、渡，属于去声"遇"韵；此诗为邻韵通押）

以上五首，前两首为首句用平脚律句者，后三首为首句用仄脚律句者。从前两首来看，都是在第三句、第七句上使用了仄脚律句。从后三首来看，都是在第五句上使用了仄脚律句。这与王维、杜甫的处理方式相同，已经形成了定式。此外，这五首诗中，时有非律句掺入。再看几首仄韵五律：

祭岳回重赠孟都督
韩 翃

封作天齐王，清祠太山下。鲁公秋赛毕，晓日回高驾。
从骑尽幽并，同人皆沈谢。自矜文武足，一醉寒溪夜。

（下、驾、谢、夜，属于去声"祃"韵）

芳荪
李德裕

楚客重兰荪，遗芳今未歇。叶抽清浅水，花照暄妍节。
紫艳映渠鲜，轻香含露洁。离居若有赠，暂与幽人折。

（歇，属于入声"月"韵；节、洁、折，属于入声"屑"韵）

以上两首,属于首句用平脚律句者,第三句、第七句都是使用仄脚律句,这与前面所引刘长卿前两首的情况相同。再看几例首句用仄脚律句的作品:

送南少府归寿春
韩 翊

人言寿春远,此去先秋到。孤客小翼舟,诸生高翅帽。
淮风生竹簟,楚雨移茶灶。若在八公山,题诗一相报。

(到、帽、灶、报,属于去声"号"韵)

潭上紫藤
李德裕

故乡春欲尽,一岁芳难再。岩树已青葱,吾庐日堪爱。
幽溪人未去,芳草行应碍。遥忆紫藤垂,繁英照潭黛。

(再、爱、碍、黛,属于去声"队"韵)

以上两首,属于首句用仄脚律句者,其第五句都是使用仄脚律句,这也与前面所引的作品情况相同。

由此看来,仄韵五律在声律上的最大障碍,是奇数句(三、五、七句)未能绝对使用平脚律句,诗人们似乎是受平韵五律的影响,在奇数句的处理上仍然习惯于使用仄脚律句,也就是经常用"⊙○○●●"(或◎●○○●)作为出句,来与"◎●○○●"(或⊙○○●●)构成一联。这样一来,一联中的两句都是仄声收尾,从而失去了声调上的扬抑之势。还有一个问题,就是首句用仄脚律句者,其仄脚字多数没有入韵。

三、唐人仄韵五律的实际平仄格式

本文的第一部分,所画的仄韵五律平仄格式,是根据平韵五律的平仄格式推论出来的。但是,从唐人的创作实践来看,只有极少数诗人的极少数作品贴近这种格式,例如崔融的《关山月》、王维的《故南阳夫人樊氏挽歌》，真正做到了首句入韵（但第五句却使用了仄脚律句）。李乂的《故赵王属赠黄门侍郎上官公挽词》在第五句上使用了平脚律句（但首句却未能入韵）。而大多数诗人的大多数作品，其声律格式呈现为：

一是首句若是使用仄脚律句，则仄脚字并不入韵，而且第五句使用仄脚律句，第三句、第七句使用平脚律句。

二是首句若是使用平脚律句，则第三句、第七句使用仄脚律句，只在第五句上使用平脚律句。

综合以上两条，就整体形式来看，在奇数句一、三、五、七的这半面上，其句末字的声调，或呈现为"平→仄→平→仄"，或呈现为"仄→平→仄→平"。下面是唐人仄韵五律的实际平仄格式：

1. 首句为仄脚律句的两种平仄格式

（1）首句仄起仄收式：

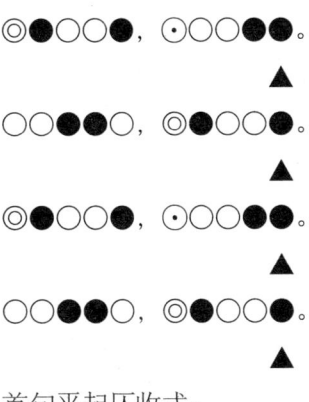

（2）首句平起仄收式：

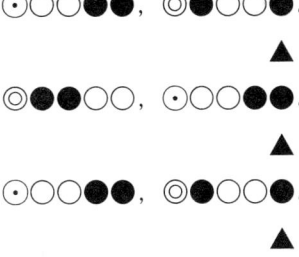

2. 首句为平脚律句的两种平仄格式

（1）首句仄起平收式：

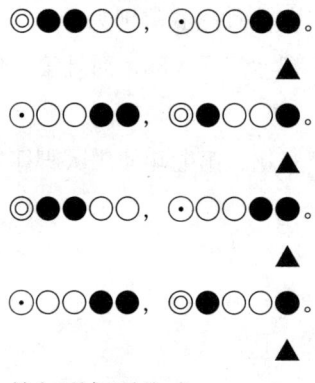

（2）首句平起平收式：

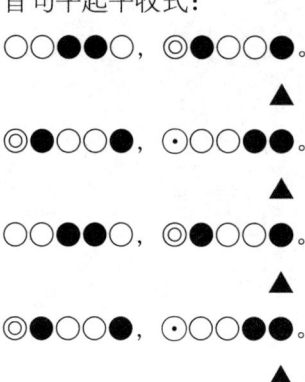

上述仄韵五律的平仄格式，其粘对规则是与平韵五律同中有异的。这种格式的得出，依据的是多数诗人的多数作品。它虽在声律的抑扬上不如平韵五律那样和谐，但也只能如此，所谓积重难返是也。唐代诗人用仄韵格式创作的五律作品不多，优秀作品更是罕见，可能是由于押仄声韵难以体现近体诗的声韵美学优长。

唐太宗有可能写出严整的七律吗

陈尚君先生在博览群书、广搜佚文的基础上,编撰出《全唐诗续拾》(中华书局,1999年出版)一书。该书辑录逸诗4300余首,于唐诗整理与研究上功劳为大,不必赘言。该书增补了太宗李世民3首七律(第14册),这3首诗均为粘对合律的严整七律。笔者以为这些诗不可能是太宗所作。我们先来看看它们的面目。第一首拾自清人陆耀遹《金石续编》卷二十,诗题及全文如下:

赞姚秦三藏罗什法师诗

秦朝朗现圣人星,远表吾师德至灵。
十万流沙来振锡,三千弟子共翻经。
文含金玉知无朽,舌似兰荪尚有馨。
堪叹逍遥薗里事,空余明月草青青。

此诗平仄声调为:

平平仄仄仄平平,仄仄平平仄仄平。
仄仄平平平仄仄,平平仄仄仄平平。
平平平仄平平仄,仄仄平平仄仄平。
平仄平平平仄仄,平平平仄仄平平。

八句诗皆用律句,而且符合粘对规则,声律上无丝毫遗憾。第二首拾自《四部丛刊初编》影宋本释法云《翻译名义集》卷七"续补译师"条注,诗题及全文如下:

焚经台

门径萧萧长绿苔，一回登此一徘徊。
青牛谩说函关去，白马亲从印土来。
确实是非凭烈焰，要分真伪筑高台。
春风也解嫌狼籍，吹尽当年道教灰。

此诗平仄声调为：

平仄平平仄仄平，仄平平仄仄平平。
平平仄仄平平仄，仄仄平平仄仄平。
仄仄仄平平仄仄，仄平平仄仄平平。
平平仄仄平平仄，平仄平平仄仄平。

八句皆用律句，使用粘对规则亦十分严整。第三首拾自《大正新修大藏经》第五十二册元释详迈撰《辨伪录》卷五，云出元如意长老《圣旨特建释迦舍利灵通感通之塔碑文》，诗题及全文如下：

缺题赞

功成积劫印纹端，不是南山得恐难。
眼睹数重金色润，手擎一片玉光寒。
炼时百火精神透，藏处千年莹彩完。
定果薰修真秘密，信心莫作等闲看。

此诗平仄声调为：

平平仄仄仄平平，仄仄平平仄仄平。
仄仄仄平平仄仄，仄平仄仄仄平平。
仄平仄仄平平仄，仄仄平平平仄平。
仄仄平平平仄仄，平仄仄仄仄平平。

八句皆为律句，而且粘对之处无一失误。如此声律严整的七律，出自初唐前期的太宗之手，是不能不令人怀疑的。从中国诗歌的发展进程来看，七言诗产生于五言诗之后，它的律化定型也相对落后。初唐后期，在四杰、四友、沈宋的共同努力下，五律方得以定型；而七律的声律规则尚处于探索之中。甚至到了盛唐，七律的粘对规则，也并未严整于所有诗人的作品之中。七律的粘对规则是在中、晚唐诗人作品中全面体现的，中、晚唐是七律的繁荣期。

下面，请看看与太宗同时代人所作七言八行体诗的情况。武德四年，秦王李世民命杜如晦等十八人以本官兼学士，史称"十八学士"，其中只有许敬宗写了两首七言八行体诗，题目为《奉和圣制送来济应制》《七夕赋咏成篇》，为了看清其声律问题，现抄录于下：

奉和圣制送来济应制

万乘腾镳警岐路，百壶供帐饯离宫。
御沟分水声难绝，广宴当歌曲易终。
兴言共伤千里道，俯迹聊示五情同。
良哉既深留帝念，沃化方有赞天聪。

此诗平仄声调为：

仄仄平平仄平仄，仄平平仄仄平平。
仄平仄平仄平仄，仄仄平平仄仄平。
仄平仄平平仄仄，仄仄平仄仄平平。
平平仄平平仄仄，仄仄平平仄仄平平。

七夕赋咏成篇

一年抱怨嗟长别，七夕含态始言归。
飘飘罗袜光天步，灼灼新妆鉴月辉。
情催巧笑开星靥，不惜呈露解云衣。
所叹却随更漏尽，掩泣还弄昨宵机。

此诗平仄声调为：

仄平仄仄平平仄，仄仄平仄仄平平。
平平平仄平平仄，仄仄平平仄仄平。
平平仄仄平平仄，仄仄平仄仄平平。

仄仄仄平平仄仄，仄仄平仄仄平平。

前诗后四句都不是律句，而且颈联、尾联均失粘。后诗第二句、第六句、第八句都不是律句，颔联、颈联均失粘，而且首联、颈联、尾联均失对。在这样的时代，与这样的诗人群体相唱和，很难想象，会有太宗"一枝独秀"的现象发生。

太宗即位以后，又陆续挑选一些文学之士进入弘文馆，以本官兼任学士或直学士。太宗经常与他们吟咏唱和。这些学士、直学士主要有颜师古、褚遂良、欧阳询、萧德言、谢偃、朱子奢、上官仪等。考察这些人的七律创作情况，也可作为判断太宗不能创作严整七律的旁证。且看笔者的调查结果：

颜师古（581—645），仅有五言诗1首。

褚遂良（596—658），仅有五言诗1首。

欧阳询（557—641），仅有五言诗1首。

萧德言（558—654），仅有五言诗1首。

谢偃（？—643），五言诗3首，七言乐府1首。

朱子奢（？—641），仅有五言诗1首。

上官仪（约608—664），五言诗17首，七言古诗1首，七绝1首，唯一的1首七言八行体诗尚有失对、失粘之病。为了便于说明问题，现将此诗抄录于下：

咏画障

芳晨丽日桃花浦，珠帘翠帐凤凰楼。
蔡女菱歌移锦缆，燕姬春望上琼钩。
新妆漏影浮轻扇，冶袖飘香入浅流。
未减行雨荆台下，自比凌波洛浦游。

此诗首联失对，颔联失粘，尾联失对，而且第七句非律句。

除了上述"十八学士"和"弘文馆学士"无一首粘对合律的七律作品，即便是在太宗在世的整个初唐前期，所有诗人亦无一首粘对合律的七律作品。笔者逐个查阅了这个时期的诗人作品，仅有5人写过七言八行体诗，情况如下：

陈子良（575—632）1首：《于塞北春日思归》，此诗失对、失粘。（卷39）

长孙皇后（601—636）1首：《春游曲》，此诗失粘。（卷5）

杨师道（？—647）1首：《咏马》，此诗失对、失粘。（卷34）

沈叔安（？—？）1首：《七夕赋咏成篇》，此诗失对、失粘。（卷33）

何仲宣（？—？）1首：《七夕赋咏成篇》，此诗失对、失粘。（卷33）

以上调查材料显示：一是初唐前期的诗人，写作七言八行体诗者不仅人数极少，而且作品数量极少，这说明在此时期，七律体诗尚处于萌生阶段；二是所列出的8首诗无一合乎粘对规则，这说明在此时期，粘对规则远未形成。而就在这个时期，却出现了太宗的粘对严整的七律，而且竟有3首，当然不是偶合，这除了是后人伪造，又能作何解释？

以上材料足以对陈尚君先生所拾的3首太宗七律构成疑问。既然与太宗同时代的诗人并无一人能写出粘对合格的七律，何以太宗能够写出？他作为一国之君，倘能写出声律严整的七律，何以不能影响与他唱和的诗人们，而让自己一家独鸣？这在逻辑上也是说不通的。如果认为这3首七律是太宗所作，那就是等于承认七律的声律定型早在初唐前期就已经完成了，甚至要早于五言律诗，这显然是不能为学界所接受的。

陈尚君先生在所拾太宗第一首七律《赞姚秦三藏罗什法师诗》后，加按语云："《金石续编》谓此诗石刻为正书，在陕西鄠县。诗后有题记云'维那僧定瑞……，正大乙酉岁仲冬望日，主持传法沙门义金重录立石。长安樊世亨刊'。正大为金哀宗年号。既云重录，当有所自，惜未见更早记载。"陈先生遗憾此诗未见有更早的记载，笔者以为，这样的诗作，即便不是金代僧人所造，是所谓"重录"，也定是前人之伪托，绝非太宗手笔。

陈先生在所拾太宗第二首七律《焚经台》后，加按语云："《全唐诗》卷七八六以此诗归无名氏，云'其声调不类，要是后人妄托'。然此诗征引甚早。《翻译名义集》亦非伪妄之书。同卷录义净三藏诗，亦初唐时人。恐馆臣之意不在声类，而在此诗有玷太宗之盛德耳。义净诗亦误录。岑仲勉先生《读全唐诗札记》已斥其妄。初唐七律传世甚少。故重录之。"今按，《全唐诗》的编者在该诗题下注云："此诗载《翻译名义集》，云唐太宗作，其声调不类，要是后人妄托。"笔者以为，馆臣之意，又何虑有玷一千年前的君王盛德？他们所谓的"声调不类"，正是认为太宗时代不可能出现如此粘对合律的作品。如果因为"初唐七律传世甚少"，就把伪作"重录"，这是得不偿失。

陈先生在所拾太宗第三首七律《缺题赞》后，注云："《佛祖统纪》卷四五作宋太宗《佛牙赞》。"《佛祖统纪》是宋代僧人志磐撰写的一部佛教史书，完成于咸淳五年（1269）。二人相距不远，所云此诗为宋太宗所作，当是言之有据。而且，到了宋太宗的时代，七律的粘对规则已经如日月经天那样为人所共识。

至于童养年先生在《全唐诗续补遗》中，从《弘治黄州府志》所拾的一首太宗七言排律《题龟峰山》，更是有悖于律诗发展的轨迹。这首七排长达 24 行，除首尾两联不用对仗，中间 10 联皆对仗工整，而且粘对规则无一处失误，这在初唐前期连七律的粘对规则都未能确立的情况下，更是令人感到莫名其妙，难以置信。

康熙年间编撰的这部《全唐诗》，所用的时间不足两年，编者未能遍览群书，是可以想见的。但也未必遗失如此之众，其中不能排除对于伪作的删除之举。编撰者心中存有律诗发展的梗概认识，自然要对那些伪作不留情面。

上述观点，诚请方家教正。

唐诗对立统一的表现艺术

唐代诗人懂得事物之间的对立统一关系,在诗歌创作中,经常以矛盾的一方去表现另一方,以相反致相成,诸如对于"有与无""动与静""明与暗""宾与主""答与问"等矛盾,每每采用"以有见无""以动见静""以明见暗""以宾见主""以答见问"手法,使表现对象的特征鲜明化。本文将对上述几个方面的内容作出讨论。

一、以有见无

"有"和"无"是一对矛盾,在现实生活中,二者是相互排斥、壁垒分明的,有就是有,无就是无,"无中生有"是批评做人不诚实的词语。但是在文学作品中,"无"和"有"的关系就不是如此简单。在一定条件下,"无"和"有"呈现为相反相成的关系:"有"是因"无"而"有","无"是因"有"而"无"。笔者将后者称之为"以有见无"的表现手法。唐代诗人长于这种手法的使用,在他们的某些作品中,为了表现"无",却从"有"上着笔,"有"是对"无"的诗性表达,"有"是对"无"的诙谐式认定。

杜甫在客居秦州(甘肃天水)期间,生活异常贫困,他写了一首《空囊》,诗云:"翠柏苦犹食,明霞高可餐。世人共卤莽,吾道属艰难。不爨井晨冻,无衣床夜寒。囊空恐羞涩,留得一钱看。"他并不说自己穷得一个钱都没有,而是说由于害怕面子上过不去,还留下一个铜钱守在口袋里看家呢。这里的"有",就是对"无"的诙谐式表达。道理很清楚,人们不会因为这"一钱"之"有",认为杜甫生活还可以;反倒因为老杜硬着头皮"留"下这"一钱"不花,而感知他的生活艰难和心情的难堪,这一个小钱确实把他的贫穷具体化了,可感化了。在这里,杜甫成功地使用了"以有见无"的手法,写出他的困境来。清人赵星海《杜解传薪摘抄》说:"本言囊空无钱,又偏云留一钱看,转以不空见空,冷甚,趣甚!与起联同一笔法。凡写困苦题,总要想一反法,或别寻一出路,方不衰飒,方不冷淡。"[1] 所谓"以不空见空""想一反法",就是"以有见无"的手法,其艺术效果是"不衰飒""不冷淡",就是能使诗句具有趣味,不干瘪,不枯燥。又如杜甫在《季秋江村》写道:"登俎黄柑重,支床锦石圆。"祭祀祖先,买不起牛头、羊头、猪头,只好用黄柑充数;床腿断了,没钱买新床,只好用锦石来支撑。这里的黄柑、锦石,写的是"有",却正好把家贫的状况生动地表现出来。又如唐代诗人孟郊,家里很穷,这个穷况如何表现?他在一首写搬家的诗中说"借车载家具,家具少于车"(《借车》),如此下笔,穷状毕显。

以上几例的"以有见无",都是通过强调"有"的"少量"来完成的,可见,强调"少量"是个关键。王朝闻在所著《开心钥匙》中讲到他对二人转《冯魁卖妻》的观感。冯魁是个穷汉,为了养活一双儿女,忍痛卖了妻子。妻子在离家之前,叮嘱女儿怎样做晚饭。王朝闻说:"这个妇女叮咛女儿做晚饭,提到还有半捆柴,提到还有半把盐……",半捆柴、半把盐,把家贫给具体化了。王朝闻接着说:"有当然不等于无,但这里的'有',其实是'无'的一种独特的表现形式……这较之直率地说苦道穷的用语,是更接近诗意的语言,所以是特别动人的语言。"[2] 王朝闻先生所谈的,正是"以有见无"的手法,其实这种手法在唐诗中已经广泛使用了。

---

[1] 赵星海《杜解传薪摘抄》,清同治四年刻本,第9页。
[2] 王朝闻著,简平编《王朝闻集·开心钥匙》,河北教育出版社,1998年,第186页。

二、以动见静

"动"与"静"是一对矛盾现象,在生活中它们是相互排斥的:动则静不了,静则不能动。但是在文学作品中,特别是在表现主观感受的诗歌中,在一定条件下,二者失去了科学意义上的对立,而成为表现对方的绝好媒介。诗人欲表现静境,每每反面下笔,写出轻微声响,来衬托环境之静。

南朝梁代诗人王籍《入若耶溪》诗中写道:"蝉噪林逾静,鸟鸣山更幽。"以"蝉噪""鸟鸣"两种轻微的声音,写出山林的幽静,被后人赞为"文外独绝",这种表现手法为唐代诗人欣然接受,创作出许多脍炙人口的诗篇。

作为"以动见静"的表现手法,关键在于对"动"的分寸把握上。如果所写的声响过大,则宁静不能显示;反之,如果声音过于细弱,又难以诉诸听闻。作者的才力表现在他对音响的合理取舍。唐代诗人孟浩然《夏日南亭怀辛大》写道:"山光忽西落,池月渐东上。散发乘夕凉,开轩卧闲敞。荷风送香气,竹露滴清响。欲取鸣琴弹,恨无知音赏。感此怀故人,中宵劳梦想。"诗写作者于夏夜思念友人而不能寐,着力描绘中宵南亭环境之宁静,其中"竹露滴清响"便是精彩的一笔。试想,竹叶上的露珠滑落,掉在亭子旁边的池水上,声音是相当微弱的;然而这微弱的声音竟被作者听见,足见其环境之幽静。又如孟浩然的《初出关旅亭夜坐怀王大校书》写夜坐旅亭时对王姓友人的思念,其中一联写道:"烛至萤光灭,荷枯雨滴闻。"写雨点滴落在枯荷上发出的轻微声音被他听到,也是恰到好处地描写出夜的宁静。"枯荷滴雨"于是作为一种感知妙境被后人传承下来,李商隐《宿骆氏亭寄怀崔雍崔衮》诗中的名句"留得残荷听雨声"便是明证。

唐代诗人王维写了大量的山水诗,体悟并表现山林的静谧是他的创作主旨,是他参禅的一种方式。在这些作品中,以动衬静是其惯用的手法。他是善于权衡音响度数的,且看以下诗例:"人闲桂花落,夜静春山空。月出惊山鸟,时鸣春涧中。"(《鸟鸣涧》)"空山不见人,但闻人语响。"(《鹿柴》)深夜里几声空谷"鸟鸣",从山谷远处传来的"人语",衬托出一派空寂来,从表现寂静的效果来说,这种有声之境确实比无声之境来得鲜明、深刻,真可谓妙笔生花。再举几例,韦应物《秋夜寄丘二十二员外》写道:"怀君属秋夜,散步咏凉天。山空松子落,幽人应未眠。"诗中以听闻松子坠落的声音状写空山之幽静。杜甫《倦夜》写道:"重露成涓滴,稀星乍有无。暗飞萤自照,水宿鸟相呼。"露水珠滴落的声音、水宿鸟呼叫的声音,显示出夜的沉寂来。

诗是写感觉的,由低微的音响感觉环境的寂静,符合了人们的感知心理,在这个上面它排斥了科学意义上的判定。究竟是无声寂静还是有声寂静?从科学意义上说当然是无声更为寂静,但是无声之境不能诉诸人们的感官。宋人王安石不明白这个道理,他在《钟山即事》诗中,就把"鸟鸣山更幽",改写成"一鸟不鸣山更幽"。他是用科学的眼光来作诗的。而从人的感受角度来说,"一鸟不鸣"的山中,难以使人感觉到寂静,唯独有那几声轻细的鸟鸣传来,方能触发出人对静境的体察。

三、以明见暗

"明"与"暗"虽说是一对矛盾,但在文学作品中却每每出现相反相成的效果。尤其是"明"对"暗"的表现效果更为突出,由于"暗"不便于付诸直觉,难以正面表现,从它的反面给幽暗之处加上一点光亮,立刻就能让人感觉出"暗"来。

王维是个诗人,也是著名的画家,是中国南宗画派(重写意)的鼻祖。他常常把绘画艺术引入诗歌创作中来。绘画艺术讲究明与暗的表现,"以明见暗"是常用的手法。他在诗歌中很好地运用了这种手法。如《鹿柴》的尾联"返景入深林,复照青苔上",写夕阳的一束光柱射入幽深的树林,照在了青苔上面。这束光柱的出现,立刻唤起人们对树林幽暗的感受。这是因为必须是在幽暗的环境中,光柱才能出现;如果是在明亮的环境中,人们是无法看见它的。在电影院里,必须是周围的壁灯全部熄灭,我们才能看到头顶上那束射向银幕的光柱。王维把这束光柱引入幽林,如果从科学的角度看,是破坏了幽暗的程度,但是从文学的角度看,正是这束光柱唤起人们对幽暗的感受。"明"能显"暗",这就是艺术的辩证法。诗歌的功能在于唤醒人们的感受,科学与文学在此产生了对立,谁要是坚持"科学性",就不足以谈论诗道。

杜甫也是擅长"以明见暗"手法的,例如他的《春夜喜雨》写道:"好雨知时节,当春乃发生。随风潜入夜,润物细无声。野径云俱黑,江船火独明。晓看红湿处,花重锦官城。"通篇写春雨的可喜,可喜之处在哪里?首联写它知道农时的需要,应时而降。颔联写它下得绵绵腻腻,无声无息,正好适合萌芽状态的作物生长。颈联强调了雨量的充足,可供禾苗饱饮一番。这联在表现雨量的充足上,一句写云黑,云黑则雨足;一句写雨夜的阴黑,写雨夜阴黑也在于表现雨量充足。作者写雨夜阴黑就是采用了"以明见暗"的手法,"江船火独明"是说雨夜之中别无所见,只有江船上的渔火闪烁着一点亮光。这一点渔火之光正好表现出雨夜的阴黑来。若是在月朗星稀的夜晚,这点渔火是看不见的,即便勉强看见,也不会是这样的"明"。唐代诗人刘沧在《江行夜泊》诗中写道"渡口月明渔火残",月光明亮,渔火就显得微弱了。所以,杜诗中这点渔火的出现,不但没有降低黑夜的浓度,反倒激发起人们对阴黑雨夜的想象。

"以明见暗"的手法在唐诗中广为采用,再举几例,韩愈在《独宿有题》中写道"山楼黑无月,渔火灿星点",写几点渔火灿如星光,表现出没有月亮的夜晚漆黑的程度。诗人薛逢在《送庆上人归湖州因寄道儒座主》诗中写道"夜雨暗江渔火出",也是用渔火的出现来表现夜雨江面的阴黑。

四、以宾见主

山高怎么去写?楼高怎么去写?塔高怎么去写?对于人世间的一切高物,如何把它们的高耸之势表现出来?唐代诗人告诉我们:不要对这些表现对象正面下笔,要从与它们相关联的客体身上用墨,以宾见主,才能奏效。

唐代诗人具有丰富的想象力,他们采用人们生活经验中已知的高大客体事物，与主体事物建立某种位置关系，从而把主体的"高"表现出来。例如李白《蜀道难》写蜀山的高大"上有六龙回日之高标"，六条龙拉着太阳神坐的车，来到蜀山面前被挡住了，不得不绕个弯子才能过去。杜甫《同诸公登慈恩寺塔》状写慈恩寺塔之高耸，"七星在北户，河汉声西流"，说站在塔的最高层，看到了北斗七星正对着塔顶的北门，而且还听到了银河水向西流动的声音，则塔之高峻即在不言中。又如，唐代诗人苏颋在《奉和春日幸望春宫应制》中写道："宫中下见南山尽，城上平临北斗悬。"诗人写望春宫的高大雄伟，说站在宫中南望，终南山尽在眼下；站在城楼上北望，北斗星与城楼相平。终南山、北斗星都是已知的高物，如此设置它们与望春宫的位置关系，则望春宫之高大便被表现出来。再如杜甫《望牛头寺》，写牛头寺殿宇的居高之势"天河宿殿阴"，说天河宿于殿宇的背阴处，则牛头寺之高耸之势立刻可以想见。宋人赵次公解释说："言殿之高，若与天河相接。此与《慈恩寺塔》云'七星在北户'同意。"[1]

北宋郭熙在所著画论《林泉高致》中说道："山欲高，尽出之则不高，烟霞锁其腰则高矣。"[2]这是画家借用人生经验，用烟云引发人的想象，去表现山的高耸之姿。郭熙说的是绘画技巧，其实作诗也同此理，诗与画实为孪生姐妹，诚如苏轼所说"诗画本一律"（《书鄢陵王主簿所画折枝》）。唐代诗人在表现某些正面描摹难以奏效的事物时，从具有表现力的客体事物下笔，以宾见主，收到了异乎寻常的表现效果。

唐代诗人还用"以宾见主"的手法表现某种技艺的高超，也就是从受事者反应的角度下笔。李白《听蜀僧濬弹琴》写道："蜀僧抱绿绮，西下峨眉峰。为我一挥手，如听万壑松。客心洗流水，余响入霜钟。不觉碧山暮，秋云暗几重。"全诗皆从李白听琴的反应下笔，写出蜀僧濬琴技之高超。李白说听那琴声如同听到万壑松涛在轰鸣，自己的心仿佛被流水洗过，变得纯净，琴声的余响与寺院的钟声相汇合，听得入迷，以致连天色已晚都没觉得。韩愈《听颖师弹琴》，诗的结尾写自己的听琴感受："嗟余有两耳，未省听丝篁。自闻颖师弹，起坐在一旁。推手遽止之，湿衣泪

---

[1] 郭知达《九家集注杜诗》，上海古籍出版社，1985年，第285页。
[2]《古画品录》（外二十一种），上海古籍出版社，1991年，第812页。

滂滂。颖乎尔诚能，无以冰炭置我肠！"听到如此美妙的琴声，韩愈感慨自己以前白长了两个耳朵，说自己被琴声感动得坐立不安，热泪滂沱，内心忽冷忽热，有如冰炭交加，以致请求对方快快罢手。杜甫《观公孙大娘弟子舞剑器行》写公孙大娘舞剑器，舞姿之凌厉令观众震撼："昔有佳人公孙氏，一舞剑器动四方。观者如山色沮丧，天地为之久低昂。"此诗也是从受事者的观感角度下笔。杜甫《听杨氏歌》几乎全从听众的反应上落墨，清代学者仇兆鳌解释得十分中肯，他说："从听者心上，摹写歌声独绝。卢注：老壮智愚，即满堂中人听若疲而心欲死，所谓'惨不乐'也。素月清夜，闻声更觉惨凄。玉杯停饮，金管失谐，言听者恍惚神移矣。"[1]诗中写道，在杨氏歌声的感染下，杜甫生发了暮年之悲，壮士泪水泉涌，在场的听众无心饮酒，伴奏的乐师也弹错了音节，此时无论愚者智者都已心若死灰。如此精彩的客体感受描写，把杨氏歌声的"绝代"技艺和巨大的感染力推到极致。

唐代诗人还将"以宾见主"的手法用于表达作者的某种心情，也就是通过展示旁观者对作者处境的反应，来强化这种心情。杜甫困居长安期间，他的小儿子在秋收之后竟被活活饿死，他在诗中叹道"吾宁舍一哀，里巷犹呜咽"（《自京赴奉先县咏怀五百字》），从街坊父老的哭泣中去表现此事的可悲和杜甫的沉痛心情。他在凤翔担任左拾遗时，因疏救房琯触怒了肃宗，遭到疏远，后来他索性告假回羌村探望家属。在兵荒马乱中，冒着生命之危艰险跋涉，终于侥幸生还，亲人相见，抱头痛哭。写到此处，杜甫展示了旁观者的反应——"邻人满墙头，感叹亦嘘唏"（《羌村三首》其一），从邻居为之伤感的角度来加重乱世人生的感慨。

五、以答见问

在叙事性的诗歌中，人物的对话一般来说是免不了的。先唐阶段的这类作品，基本是采用"问答并见"的方式，问话与答话都出现在字面上。

---

[1] 仇兆鳌《杜诗详注》，中华书局，1979年，第1480页。

例如汉代古诗《上山采蘼芜》、汉乐府《陌上桑》《焦仲卿妻》以及相传产生于北朝的《木兰诗》，在处理人物对话时，都是如此。毫无疑问，这种问答并见的做法，能使作品贴近生活，能使识字不多的人看懂。但同时，这也带来了诗歌语言烦冗不精的缺陷，不符合诗歌语言高度精练的审美要求。

到了唐代，情况发生了重大的变化，那就是有不少作品，人物的问话被剪掉了，问话的内容由答话的内容间接地表现出来。这种做法可以称为"以答见问"。如杜甫的《兵车行》《石壕吏》，这两首诗是杜甫创作的新题乐府，从整体来看，它们在缘事而发和用语通俗这两个方面，是直接继承了汉乐府的传统的。但是，杜甫在处理人物对话上则力求其精，他剪掉了人物的问话。如《兵车行》所写："道旁过者问行人，行人但云点行频。或从十五北防河，便至四十西营田。""问行人"问的是什么，没有写，但从行人的答话中可以知道问的内容——你们这是干什么去？就是说，这样的处理并没有影响诗歌内容的表达，反而使人感到语言的精练美。倘若加进问话的具体内容，就显得累赘了。《石壕吏》是写差吏深夜抓丁的，一般说来，差吏逼命要人的言辞是要见于字面的。但杜甫还是把它剪掉了，诗中写道："吏呼一何怒，妇啼一何苦！听妇前致词：三男邺城戍。一男附书至，二男新战死。存者且偷生，死者长已矣！室中更无人，惟有乳下孙。有孙母未去，出入无完裙。老妪力虽衰，请从吏夜归。急应河阳役，犹得备晨炊。"

"吏呼"的具体内容虽被剪掉了，但从以下老妇的答话中能间接地表现出差吏的逼问内容，而且，根据老妇让老翁逃跑的情节（躲避抓丁）和韵脚的转变情况，可以读出差吏的三层逼问。从"三男邺城戍"到"死者长已矣"，间接写出差吏的第一次逼问："你的儿子呢？叫他出来跟我们走！"从"室中更无人"到"出入无完裙"，间接写出差吏的第二次逼问："你屋里还有什么人？老实说！"从"老妪力虽衰"到"犹得备晨炊"，间接写出差吏的第三次逼问："不管你怎么说，你家得出个人，你看谁去吧！"在差吏的凶恶逼迫下，为了保住儿媳，进而保住孙子，老妇只得请求差吏把自己带走。杜甫绝不怀疑读者依情断事的能力，他大胆地剪掉了差吏的步步进逼言辞，却依然能够刻画出差吏的凶恶嘴脸。《石壕吏》仅用

24句就把故事叙述完毕,正是得益于作者采用这种"以答见问"的手法。

在一些以叙事为手段的抒情类诗歌中,唐代诗人也每每采用这种手法。如贾岛的《寻隐者不遇》:"松下问童子,言师采药去。只在此山中,云深不知处。"

"问童子"问的是什么,没正面去写,而是从童子的答话(言师采药去)中显示出来。后两句所写的童子答话,也进一步间接写出作者急于求见隐者的心情:他去哪里采药了?他在山的什么部位?倘若使用一问一答来表现这种情事,人们就会感到文字繁琐,不堪其扰。

唐代诗人采用这种手法者不是少数,像王昌龄的《芙蓉楼送辛渐》:"寒雨连江夜入吴,平明送客楚山孤。洛阳亲友如相问,一片冰心在玉壶。"洛阳亲友问什么,没写,但从叮嘱的答话(一片冰心在玉壶)中,可以知道问的内容是:王昌龄被贬谪以后,是否还保持高洁的情操?又如,李颀《赠别张兵曹》:"别后如相问,沧波双白鸥。"杜甫《玉腕骝》:"举鞭如有问,欲伴习池游。"李端《赠岐山姜明府》:"别后如相问,高僧知所之。"刘禹锡《送慧则法师归上都》:"休公久别如相问,楚客逢秋心更悲。"武元衡《送张六谏议归朝》:"归去朝端如有问,玉关门外老班超。"元稹《缘路》:"此中如有问,甘被到头迷。"杜牧《自宣州赴官入京,路逢裴坦判官归宣州,因题赠》:"江湖酒伴如相问,终老烟波不计程。"许浑《送岭南卢判官罢职归华阴山居》:"关西旧友如相问,已许沧浪伴钓翁。"许浑《郊园秋日寄洛中友人》:"嵩阳亲友如相问,潘岳闲居欲白头。"温庭筠《寄清源寺僧》:"白莲社里如相问,为说游人是姓雷。"皮日休《孙发百篇将游天台请诗赠行,因以送之》:"因逢二老如相问,正滞江南为鲇鱼。"陆龟蒙《和袭美赠南阳润卿将归雷平》:"真仙若降如相问,曾步星罡绕醮坛。"陆龟蒙《钓车》:"洛客见诗如有问,辗烟冲雨过桐江。"罗隐《送支使萧中丞赴阙》:"从此常僚如有问,海边麋鹿斗边槎。"吴融《阌乡寓居十首·阿对泉》:"五陵年少如相问,阿对泉头一布衣。"曹松《乱后入洪州西山》:"东峰道士如相问,县令而今不姓梅。"薛涛《送卢员外》:"信陵公子如相问,长向夷门感旧恩。"如此等等,都是将问话的具体内容略去,而以答话显示出来。

唐诗是精美的语言艺术。从唐诗的文本出发,总结这些艺术经验,是古代文学研究的重要课题。这对于反省当今诗歌语言的拖沓拉杂，提高诗歌语言的艺术水平，是有积极意义的。本文涉及的只是对立统一表现艺术的几个方面，尚有若干方面需待继续总结。

论唐诗地名的使用艺术

抒情诗中常有地名出现，这些地名的使用，并不像小说、戏剧那样仅仅交代人物活动的地点、背景。它们每每与作品的思想内容和作者所要抒发的感情相联系，使作品的内容因之而得到扩展，使感情因之而得到深化。在这些作品中，地名不仅仅是代表某个地方了，它们已经属于作者艺术构思的一个有机组成部分，是作者艺术匠心的表现。本文以唐诗为视点，对这一文学艺术手段作出研究。

一、开拓诗境　壮大气象

唐诗以气象恢宏称著，尤其是初盛唐诗。形成这种恢宏气象的原因固然有多种，而其主要者之一，就是把具有宏大特征的地名引入诗中。高山、大海、长河、广泽，以及雄关、大漠、名城、重镇，这样的地名进入诗中，就为诗境带来壮伟的气象。这种认识，古人已有。清人宋俊（字长白）《柳亭诗话》卷十三"地理"条中说道："庾子山诗'关山连汉月，陇水向秦城'，江总持诗'函关分地轴，华岳接天坛'，地理之祖。"又引金长真的话说："诗句连地理者，词气多高壮。要之情思笔路，自然相合。"并列举杨炯诗"汉国临清渭，京城枕蜀河"，杜审言诗"楚山横地出，汉水接天回"，张说诗"孤城临楚塞，远树入秦宫"，以及崔湜、韦元旦、孙逖、孟浩然、王维、岑参、杜甫、储光羲诗句，称"皆岧嶭离娄，象态万千。登高临胜时,诵此数语,意兴与山川同廓矣"。[1] 这段话中提出三个观点:一是从文学史的角度,称庾信、江总为诗中使用地名的开创者;二是从作品的格调角度看,诗中用地名能使诗歌"词气高壮";三是从接受美学角度来说,能使读者"意兴与山川同廓"。此论甚为中肯,所举的诗例也很典型。

把具有宏大特征的地名嵌入诗中,的确具有开拓诗境、壮大气象的作用,同时又能表现作者壮阔的诗思、深邃的情感,激发读者的意兴。现再举几例,以阐明之。李白"渡远荆门外,来从楚国游"(《渡荆门送别》),渡"荆门"、来"楚国",气势颇壮,是地名产生的效果。杜甫"浮云连海岱,平野入青徐"(《登兖州城楼》),大海、泰山、青州、徐州,这些地名开拓了极为广阔的空间,诗境因之而巨大。杜甫"吴楚东南坼,乾坤日夜浮"(《登岳阳楼》),写洞庭湖之浩渺,引入"吴楚"两地、"乾坤"二仪,作为衬托,可谓巨笔如椽,洞庭之阔大立即显示出来。孟浩然"气蒸云梦泽,波撼岳阳城"(《望洞庭湖赠张丞相》),云梦为两大水泽,岳阳为千古名城,其被"蒸"被"撼",足以显示洞庭湖的壮大。王维"大漠孤烟直,长河落日圆"(《使至塞上》),大漠、长河,直接展示了辽阔的诗境。王维"楚塞三湘接,荆门九派通"(《汉江临眺》),楚塞、荆门,何其雄也;三湘、九派(指长江),何其壮哉!这些地名具有的气派对汉江的气势构成了有力的烘托。许浑"残云归太华,疏雨过中条"(《行次潼关逢魏扶东归》),太华,指华山,险峻的西岳;中条,山名,雄踞山西省南部、黄河北岸,主峰雪花山海拔 1994 米。两座大山嵌入诗中,赢得了雄伟而威严的境界。其他如刘长卿"长江一帆远,落日五湖春"(《饯别王十一南游》),温庭筠"高风汉阳渡,初日郢门山"(《送人东游》),均以壮阔的山水地名显示出诗境之大。

七言诗亦多有嵌入地名者。崔曙"三晋云山皆北向,二陵风雨自东来"(《九日登望仙台呈刘明府》),三晋,战国时赵、韩、魏三国的合称,其地相当于今山西及河北西部、河南北部;二陵,即东崤山、西崤山,

---

[1] 宋长白《柳亭诗话》卷十三,据天茁园刻本排印,贝叶山房张氏藏版,上海杂志公司刊行,1936 年。

《左传》:"殽有二陵焉:其南陵,夏后皋之墓也;其北陵,文王之所避风雨也。"三晋、二陵,展示了极其广阔的地域,诗境由此得以阔大。杜甫"西山白雪三城戍,南浦清江万里桥"(《野望》),三城戍,指松州、维州、保州三座城堡,在成都西部大雪山一线;万里桥,在成都南郊锦江上。刘长卿"汉口夕阳斜渡鸟,洞庭秋水远连天"(《自夏口至鹦鹉洲望岳阳寄源中丞》),柳宗元"桂岭瘴来云似墨,洞庭春尽水如天"(《别舍弟宗一》)等诗句,皆以嵌入地名而获得阔大的气象。

金长真所云"情思笔路,自然相合",是说作者的壮阔情思与壮阔的地理自然吻合。作者的壮阔情思正是借助于壮阔的地理而得以展现。这些地名进入诗中,反映出诗人广大的眼界和阔大的襟怀;从抒情心理角度来说,它们也正是诗人心境的外化。当读者接触到这些地理名称时,就会由此而透视作者那种阔大的心境,感受到他那辽远的情思,从而产生出"意兴与山川同廓"的美学效果。

二、引入地名 暗寓行踪

钱锺书《谈艺录》说道:"唐人作诗,尚有用意,非徒点缀。如陈子昂《度荆门望楚》起四句云:'遥遥去巫峡,望望下章台。巴国山川尽,荆门烟雾开';每句一地名,而行程层次井然,不为堆垛。"[1]钱先生这里所说的是唐人使用地名的又一目的——以地名暗写行程路线。此说为当。查阅唐人诗篇,此种作法颇为多见。如李白《峨眉山月歌》:"峨眉山月半轮秋,影入平羌江水流。夜发清溪向三峡,思君不见下渝州。"诗中出现五个地名,勾画出作者欲出三峡的行踪路线。平羌江,即青衣江,岷江的支流,于乐山市汇入岷江。峨眉山,在平羌江西部,相距百余里。诗的前两句写夜行平羌江上,江面浮动着峨眉山上空的月影。后两句写连夜进发,沿岷江南行。"清溪"指清溪驿,《舆地纪胜》载"清溪驿在嘉州犍为县"[2],

---

[1] 钱锺书《谈艺录》,中华书局,1984年,第292页。
[2] 王象之《舆地纪胜》卷一四六,文选楼影宋抄本影写,道光二十九年刊板。

即今四川犍为县境内。据杜甫诗《宿清溪驿奉怀张员外十五兄之绪》所写"漾舟千山内,日入泊枉渚""石根青枫林,猿鸟聚俦侣",可知这是个临近江边的荒凉驿站。"夜发清溪"指的就是这个地方,"向三峡"说明此行目的在于出峡。"下渝州"是说向渝州进发,是就途经之地而言之。渝州,即今重庆市。诗中用五个地名,清晰地展示了出峡的路线:先沿平羌江南下,旁经峨眉山,入岷江,过清溪驿,再入长江而东行,经渝州,向三峡。交代得如此细致,却并不使人感到是一本流水账,这是由于有一种浓郁的恋乡情结流动于其中。杜甫诗《闻官军收河南河北》尾联"即从巴峡穿巫峡,便下襄阳向洛阳",接连出现了四个地名,把回乡的路线作出清晰的显示。巴峡,是重庆市东面的长江峡谷;三峡,即巴东三峡(瞿塘峡、巫峡、西陵峡)。先走水路,由巴峡起程而穿越三峡;出峡后改走旱路北上,经襄阳而回归洛阳。作者使用流水对法,又遣用"即""穿""便""向"等具有急速感的词语,把如箭的归心展示出来,因以情感运作地名,故不觉得是板刻的路线图。

以上两点,是前人的研究成果,笔者沿其思路,予以阐明发挥之。以下三点,则为个人的体会。

三、借用掌故 深化情感

华夏城镇星罗棋布,经过数千年的社会生活实践,这些城镇大多具有各自的历史文化、风俗习惯,或留有一些历史人物故事、神话传说。唐代优秀诗人发挥奇思妙想,根据所咏的人物特点或所抒发的感情性质,恰切地选择人物活动的场地,借助此地的历史掌故、风俗习惯或传说,使他所塑造的艺术形象更为生动,所抒发的感情更为真挚。

王维的代表作《观猎》就是一个典型的例证:"风劲角弓鸣,将军猎渭城。草枯鹰眼疾,雪尽马蹄轻。忽过新丰市,还归细柳营。回看射雕处,千里暮云平。"全诗着力塑造将军打猎的英武形象,表达作者早年时具有的慷慨奋进的情怀。第五句写将军驰猎范围之广,第六句写将军收猎回营。在这两句中,作者使用了"新丰市""细柳营"两个地名。试想,将军在"千里"(见末句)猎场上纵横驰骋,经过的地方一定很多,一定会经过诸如"三里村""五里店""马家合子""小王庄"之类的地方,诗人为什么单单选择新丰市呢?这就是他的匠心所在了。原来,新丰这个地方自古以来就以盛产美酒、聚集侠客而著称于世。庾信《春赋》云:"入新丰而酒美。"李白《结客少年场行》云:"托交从剧孟,买醉入新丰。笑尽一杯酒,杀人都市中。"王维《少年行》云:"新丰美酒斗十千,咸阳游侠多少年。相逢意气为君饮,系马高楼垂柳边。"这些作品都记录了新丰的风俗特点。侠客在当时以其慷慨大义、扶弱抑强的品格被人们所尊重所赞许。李白诗云"纵死侠骨香"(《侠客行》),王维亦云"纵死犹闻侠骨香"(《少年行》),这些诗典型地反映了侠客在当时人们心目中的崇高地位。那么,王维在这里选择新丰市让将军经过,就暗中给将军的形象抹上一层剑侠之气,巧妙而又自然地刻画出他的大义凛然的风度。这对于丰满将军的形象,对于抒发作者的景慕之情,无疑是起到重要作用的。再说细柳营。细柳营本是汉代名将周亚夫的营房。王维这里以细柳营代称所咏将军的营房,也是匠心运筹的结果。宋人曾公亮《武经总要》记载:"汉文帝时,匈奴入边,以周亚夫军细柳营。帝至军,吏被甲,锐金刃,控弓弩,持满。天子先驱至,不得入。曰:'军中闻将军令,不闻天子诏。'"汉文帝此行是慰劳各营将士,走到其他营房,营门大开。来到细柳营前,却被营门卫兵挡住了。直到周亚夫发令准许进入,汉文帝才得以进营,而且还要遵照规定,"按辔徐行",军令如此威严,颇令文帝赞许,叹道"真将军也"。[1] 后来,细柳营就被指代为军令威严的将军营地。王维借用这个地名所包含的故事,暗中写出将军的威严,有力地丰满了将军的形象。

　　李白诗《黄鹤楼送孟浩然之广陵》,把黄鹤楼作为送别地点,也是经过一番匠心运筹的。黄鹤楼作为千古登临之处,它还有个令人惆怅的故事氛围。据《报应录·武昌志》记载,武昌城内辛氏,卖酒为业,有一道士常去索酒,不计酬,道士临别,取橘皮于酒店墙壁画一黄鹤,告以客至拍手引之,鹤当飞舞以劝酒,辛氏遂富。一日,道士复至酒店,取所佩铁笛,吹数弄,须臾,便有白云自空中飘进酒店,黄鹤站在白云上,道士骑

---

[1] 永瑢等《四库全书》子部兵家类,台湾商务印书馆,1986年。

鹤，飘然而去，消失于碧空之上。辛氏遂毁酒店，建筑黄鹤楼，以志纪念。[1]后人登临此楼，每每生发鹤去楼空、好事难再的感慨。黄鹤楼也就带上了令人惆怅的氛围。后人借用这种氛围，或抒发身世变迁之慨，或抒发世事难料之悲，或抒发游子怀乡之思，或抒发诀别亲故之情。唐人崔颢在《黄鹤楼》诗中说道："昔人已乘黄鹤去，此地空余黄鹤楼。黄鹤一去不复返，白云千载空悠悠。晴川历历汉阳树，芳草萋萋鹦鹉洲。日暮乡关何处是，烟波江上使人愁。"这是抒发游子的思乡之情。毛泽东在1927年大革命失败以后，于中共武昌会议期间，也曾登临此楼，借用鹤去楼空的氛围，抒发他的失落感："黄鹤知何去？剩有游人处。把酒酹滔滔，心潮逐浪高。"(《菩萨蛮·黄鹤楼》)李白在诗中把黄鹤楼作为送别之地，目的也正在此，暗含的意思是说：美丽的黄鹤已然一去不返，而今我的好友又从这里走开了，岂不更让人惆怅伤怀！巧用地名，含蓄地表达了惜别之情。

李贺的名篇《雁门太守行》，写唐军将士慷慨赴敌、视死如归的报国精神，诗中有"半卷红旗临易水"的描写，此处的"易水"不能实看，因为全诗所写并非以某次战争为背景材料，只是概括性地讴歌，题目也是汉乐府旧题。作者之所以选择"易水"让唐军将士临近，是取用这个地名所包含的荆轲刺秦于易水诀别的悲壮氛围，来烘托唐军将士以死报国的英勇精神。李商隐的《无题》(相见时难别亦难)，尾联"蓬山此去无多路，青鸟殷勤为探看"，把恋人的住处说成是"蓬山"，蓬山乃神话中的蓬莱仙岛，是仙子所居之处。使用这个地名，就把恋人美化为仙子了，从而浓重地抒发了作者的恋情。

四、寓人于地　含蓄蕴藉

在一些赠别和思念类诗歌中，作者往往在描绘某地景物时，暗中把人

---

[1] 蒋廷锡等《古今图书集成（方舆汇编·职方典）》卷一一二二，上海图书集成书局铅字本，光绪十年。

物寄寓其中，字面上看是写地写景，实际上是写人写情。这种做法颇能收到含蓄蕴藉的美学效果。

杜甫《春日忆李白》："白也诗无敌，飘然思不群。清新庾开府，俊逸鲍参军。渭北春天树，江东日暮云。何时一樽酒，重与细论文。"题目标明是"忆李白"，前两联极力赞美李白诗歌的造诣，尾联表示渴望与李白重逢。中间"渭北春天树，江东日暮云"两句却插入了对"渭北""江东"的景物描写，似与前后不相关联，游离于题目之外了。实际上，这里的"渭北""江东"两个地名是分别寄寓了作者和李白的。当时杜甫身居渭北，而李白则漂泊江东。这两句诗语言高度凝缩，若把它们的意思展开来说，即："身居渭北的我（杜甫），看见春风吹绿了树木，不禁思念起李白，他在事业上是否也像春树那样有了新的起色呢？我猜想啊，江东之人李白，此刻正遥望西天的暮云，思念那云层下面的我。"试看，在这不动声色的两地景物描写中，寄托了多么深厚的友情！如果我们没有注意到这两个地名后面的内容，仅仅把它们看作是两地的景物风光，杜甫该是何等遗憾于九泉啊。

再如杜甫《送韩十四江东省觐》："兵戈不见老莱衣，叹息人间万事非。我已无家寻弟妹，君今何处访庭闱？黄牛峡静滩声转，白马江寒树影稀。此别应须各努力，故乡犹恐未同归。"此诗写于蜀州（今四川崇州市），韩十四由蜀州东面的白马江上船，前往江东探望父母，杜甫为其送行。颈联"黄牛峡静滩声转，白马江寒树影稀"用了两个地名，对于使用这两个地名的用意，古今注家多有误解。王嗣奭《杜臆》云："计其访之之处，从黄牛峡、白马江以达江东。"[1]这是把两个地名解释为韩十四一路行经之地了。仇兆鳌《杜诗详注》云："黄牛、白马，出峡所经。"[2]观点与王嗣奭相同。今人萧涤非《杜甫诗选注》云："二句想象中之景，不是写送别时当前之景。黄牛峡、白马江，皆韩出峡往江东所必经之地。黄牛峡在湖北宜昌县西。旧注，江陵有白马洲。"[3]这些解释，均未能认识杜甫

---

[1] 王嗣奭《杜臆》，上海古籍出版社，1983年，第134页。
[2] 仇兆鳌《杜诗详注》，中华书局，1979年，第829页。
[3] 萧涤非《杜甫诗选注》，人民文学出版社，1979年，第174页。

使用地名的原意。其实,白马江在蜀州东部十里处,乃韩氏上船与杜甫分手之处,黄牛峡才是韩氏出峡所经之处。杜甫使用这两个地名,是分别以之代表两个人的。意思是说:"当你乘船经过滩声滚动的黄牛峡时,我仍站在树叶凋零的白马江边思念着你。"它所表达的是惜别与思念之情,如果解释为杜甫想象韩氏所经之处,则大煞地名、风景中的情感内蕴。杜甫是擅长此道的,他的许多送别及思念之作,大都能以两地分指两人,正如赵次公所说:"公(指杜甫)诗凡寄远及送行,或居此念彼,必两句分言地之所在。"[1]这才是诗家知音。需要给赵次公补充的是,杜甫不仅能以两句分言双方居地之所在,且能在对地物风光的描写中渗入情思。杜诗其他例证,如《送贾阁老出汝州》之"宫殿青门隔,云山紫逻深",宫殿,指杜甫所居之地,杜甫此时任左拾遗;云山,为贾至所去之地。诗中以两地代指两人。"隔""深"二字,写出对离别的惋惜。又如《赠别郑炼赴襄阳》之"地阔峨眉晚,天高岘首春",以峨眉代指作者所居的蜀地,以岘首代指郑炼所去的襄阳,两地分别代指两人。"地阔""天高"写出惜别之情。又如《送舍弟颖赴齐州三首》(其一)之"岷岭南蛮北,徐关东海西",岷岭代指作者所居之地,徐关代指杜颖所归之地,两地分别代指两人。"南蛮""东海"极写空间距离之大,慨叹之情寄寓其中。又如《赠别何邕》之"绵谷元通汉,沱江不向秦",何邕曾任绵谷县尉,此时将赴长安,绵谷地处嘉陵江上游,"通汉"意为通向汉地,暗指何邕赴京;沱江流经成都东部,此时作者客居成都,沱江南流入长江,故云"不向秦"。两句字面上叙述地理,实为表达对何邕赴京的羡慕和自己不得归京的遗憾。

这种以地寓人、借地物来抒情的手法,当然不是杜甫所独有。唐代许多诗人均能得其妙味。王勃《送杜少府之任蜀州》中"城阙辅三秦,风烟望五津",即是以"三秦"寓自己,以"五津"寓友人。高适《送李侍御赴安西》中"虏障燕支北,秦城太白东",即是以"虏障"(遮虏障,阻敌的建筑物)寓李侍御,以"秦城"(长安)寓自己。柳宗元《别舍弟宗一》中"桂岭瘴来云似墨,洞庭春尽水如天",即是以"桂岭"寓自己,以"洞庭"寓柳宗一。可以说,以两地分寓主客二人,寓情感于地物风光的

---

[1] 郭知达《九家集注杜诗》,上海古籍出版社,1985年,第362页。

描写中，几乎成了创作这类题材诗歌的思维定式。

五、借用字面　辉映情绪

有些地名在字面上具有某种光感、色感或形态感，唐代优秀诗人善于选取具有这些特点的地名来辉映情绪，构成某种意境，抒发情感。

王昌龄《出塞》诗尾联云："但使龙城飞将在，不教胡马度阴山。"作者选取"龙城"和"阴山"两个地名，可谓精妙之极。诗中的"飞将"，指汉代名将李广，他因用兵神速、出敌不意而被称为"飞将军"。在他镇守的右北平郡内有座卢龙城，王昌龄便借用此城代指他的辖区，称其为"龙城飞将"。现在需要探讨的是，作为地名的简称，诗人为何不用"卢城"而用"龙城"呢？王安石编《唐百家诗选》，就把"龙城"改作"卢城"，揣摩他的用意，大概是担心用"龙城"会引起误解，因为匈奴人祭天的地方叫龙城。当然，王安石的担心是没有必要的，因为"飞将"之号是李广独有的，况且通观全诗，也不会让人觉得是在写匈奴将领。不过，王安石这一改，却给人们提供了进行比较的可能。究竟是用"卢城"好还是用"龙城"好？王昌龄为何要用"龙城"来与"飞将"相配呢？"卢城"与"龙城"在字面上给人的感受是决然不同的，"龙城"在字面上具有形态感，"龙"具有矫健、飞动的气势（《易经·乾卦》说"飞龙在天"），它与"飞将"正相协调，对"飞将"也构成了有力的衬托，使李广的骁勇精神更为突出；若作"卢城"，则出现不了这种艺术效果，只能客观地表述李广的镇守之地而已。唐代多感性诗人，宋代多理性诗人。诗歌虽不绝对排除理性，但首要的是感性。"龙"与"卢"，一字之差，亦足以见出两代诗人对于诗歌性质的体悟之差别。再说另一个地名"阴山"，"阴山"与"胡马"搭配在一起，也恰到好处。阴山又称大青山，作者不称其"青山"，而称"阴山"，是借用它在字面上的光感特征——阴云惨淡、光线昏暗，从而对胡人入侵者构成了极好的烘托，也表达了作者对于侵略者的厌恨之情。

杜甫诗《陪章留后侍御宴南楼》，为陪宴梓州刺史、东川留后章彝而作，此时吐蕃扰边甚急，杜甫犹怀国事，于宴会上长歌当哭。诗中有两句说道："朝廷烧栈北，鼓角漏天东。"意思是说：京都朝廷位于烧栈的北面，鼓角满城的梓州位于漏天的东面。"烧栈"指烧毁的栈道，唐时古栈道在巴山山谷，处于嘉陵江上游，是沟通川陕的唯一道路。以烧毁栈道来阻挡敌人进攻，可见朝廷之岌岌可危。"漏天"是地名，在今四川雅安市境内，其地多雨，因以得名。杨伦《杜诗镜铨》引《梁益记》云："雅州西北有大、小漏天，以其西北阴盛常雨，如天之漏也。"[1]此处以漏天之东来表述梓州的位置，乃是借用其字面的危难形态（天漏），来表现对巴蜀军情的危机感，与全诗的情绪相合。

李白在《梦游天姥吟留别》诗中，描写自己的梦魂从山东飞向浙江的天姥山，选用"镜湖"作为行踪标记——"一夜飞度镜湖月"，这个地名也是值得玩味的。从山东到天姥，可供作为行踪标记的山水为数不少，就以湖泊来说，山东的微山湖，江苏的洪泽湖、高宝湖、太湖，都是有名的大湖，但作者对这些一概不取，却偏偏选择一个小小的镜湖，这是为什么？就是因为镜湖在字面上具有明丽的光感，显示着湖水波平如镜，反射着空中明月的银辉，诗人的梦魂从这种湖光月色中飘然而过，那意态是何等优美！这优美的意态与全诗所喷发的游仙山之乐是和谐的，它无疑是作者抒情的需要。

沈佺期的名篇《独不见》："卢家少妇郁金堂，海燕双栖玳瑁梁。九月寒砧催木叶，十年征戍忆辽阳。白狼河北音书断，丹凤城南秋夜长。谁谓含愁独不见，更教明月照流黄。"诗以思妇为主人公，写她对戍边十年的丈夫的思念，揭示战争给人民造成的苦难。颈联使用了两个地名，"白狼河"与"丹凤城"。白狼河又称大凌河，在今辽宁省境内，是诗中所写的征夫戍边之地。丹凤城指长安，是诗中所写的思妇所在之地。白狼与丹凤，构成强烈的对比：一凶杀，一祥瑞；一荒蛮，一繁华。在对比中表现出作者对战争的厌恶，对和平生活的向往。

以上阐释了唐人使用地名的艺术用心。其佳处在于，能于看似不经意处寓深意，因而深合中国古典诗歌含蓄蕴藉的美学旨趣。唐诗的富于情

---

[1] 杨伦《杜诗镜铨》，上海古籍出版社，1998年，第458页。

味，与唐人艺术地使用地名不无关系。当然，并非所有唐诗中的地名都具有这种美学效果，并非所有的唐代诗人都具有这样的艺术造诣。这是一种高层次的艺术，激荡的主观情感与平静的客观叙述之高度融合，简直可以说是一种天机偶触，显示了唐代优秀诗人对诗艺的深刻理解。

论唐代音乐诗的表现艺术

唐代音乐繁荣，无所不及的唐诗触角很自然地伸向了这个领域。李白的《听蜀僧濬弹琴》，李颀的《听董大弹胡笳》《听安万善吹觱篥歌》，韩愈的《听颖师弹琴》，白居易的《琵琶行》，李贺的《李凭箜篌引》，是其中的佼佼者。读着这些诗篇，似听到一曲曲唐代音乐穿过历史的烟云回荡于耳畔。清人方扶南说：《琵琶行》《听颖师弹琴》《李凭箜篌引》三篇"摹写声音至文"。[1] 所谓"至文"，意为最好的文字。那么它们好在何处呢？古人论诗，每每只下断语，不作分析。这方天地留给了后人。

音乐是听觉艺术，本身无形无状。有形之物易写，无形之音难状。唐代诗人是如何通过语言文字来表现音乐之妙的呢？探讨其表现手法，对于鉴赏诗歌艺术和从事新诗创作，是有益的。

分析上述诗篇，可知其表现手法主要有四。其一是"以声拟声"，即使用自然界或人世间的诸种音响来摹写不同质感的音乐，唤起读者的联想，以完成对某种音乐的表现。李白《听蜀僧濬弹琴》写道："为我一挥手，如听万壑松。客心洗流水，余响入霜钟。"用万壑松涛声、流水声、霜天之钟声，摹写出琴声的宏伟、流畅和清肃。而韩愈的《听颖师弹琴》，重在摹写琴声由低微到高昂的变化："昵昵儿女语，恩怨相尔汝。划然变轩昂，勇士赴敌场。"琴声初起，细柔而缠绵，如同青年男女密语谈情；突然间一片强音爆发，如同勇士们喊着杀声冲向敌阵。李颀《听董大弹胡笳》，则以失群雏雁的酸嘶、胡儿恋母的哀啼、长风吹动林木、急雨敲打瓦片等众多萧瑟的音响，表现出胡笳乐曲的凄楚哀婉；《听安万善吹

---

[1] 王琦等《三家评注李长吉诗歌》，中华书局，1958年，第292页。

觱篥歌》以"枯桑老柏寒飕飗,九雏鸣凤乱啾啾。龙吟虎啸一时发,万籁百泉相与秋"这些音响来摹写觱篥(古代由龟兹国传入的一种管乐器,发声悲哀)的曲调,令人如闻其声。白居易摹写琵琶乐曲则一连用了十种声响:急雨声、私语声、珠落玉盘声、莺语声、冰下泉流声、银瓶破裂声、水浆迸溅声、骑兵奔驰声、刀枪相击声、裂帛声。这些来自大自然和人世间的音响,极容易触动人们联想的翅膀。尤值一提的是,唐代诗人在选择客体音响时,不但考虑到音响的质感与乐器的音质相吻合(例如,弹拨乐器"琴""琵琶"与吹奏乐器"胡笳""觱篥"的音质区别),而且考虑到音响的情感导向与乐曲的感情蕴涵(如低回与高昂,欢快与凄苦,缠绵与豪迈)相谐调,使乐曲的音质与情感得到鲜明的表现。"以声拟声"能直接引发人们的联想,是一种最便捷的表现手法。

其二是"以形写声",即用可视的特征性物形,调动人们的联想,开通由视觉到听觉的感受线路,把有形之物幻化为无形之声。韩愈《听颖师弹琴》写道:"浮云柳絮无根蒂,天地阔远随飞扬。"浮云、柳絮在广远的天地间相与追随飞扬的这种物态,是韩愈听到琴声之后在眼前出现的幻象,是由听觉到视觉的通连与幻化。当他把这种幻象诉诸文字,则感受敏锐的读者便会产生由视觉到听觉的逆向反应,透过浮云、柳絮追随飞扬的物象而听到悠扬婉转、舒缓自如的缕缕声。这首诗中还描写了琴声的高低变化,同样使用了"以形写声"的手法:"跻攀分寸不可上,失势一落千丈强。"韩愈说,他听到琴声低起而升,似看见有人在爬山,由山脚低处起爬,渐爬渐高,也渐渐手脚乏力了,每登一步,都十分艰难。到了分寸不可再上的高度(已经接近云层了吧),突然失足,从高峰上滚了下来,落到山脚低洼处。这一系列的形态过程,在感受敏锐的读者耳畔,会化成琴声由低渐次升高,升到极高之处突然急速跌降,最终回到初始状态的整个音乐过程。李颀《听董大弹胡笳》也使用了这种手法,诗中描写胡笳乐曲的变化,说道:"空山百鸟散还合,万里浮云阴且晴。"百鸟忽聚忽散,表现出乐曲的时急时缓;浮云且晴且阴,表现出乐音的清浊变化。这种感觉上的通连现象,钱锺书先生把它概括为"通感"。"通感"并非人人都能具有,多出现在感受敏锐者身上。真正的诗人都是敏感的人,发生"通感"理固宜然。接触音乐之后,他们的感受由听觉进入视觉,取得"由声入形"的飞跃,再"以形写声",把形体的感受交给读者,期待人们产生"由形入声"的飞跃。但是,由于并非人人都能产生感觉的通连,所以这种手法的艺术接受群是有限度的。有相当一批人(包括一些诗作者)对此感到莫名其妙,难以接受。例如,杜甫诗句"晨钟云外湿"(《船下夔州郭宿雨湿不得上岸别王十二判官》),钟声怎么会是湿的呢?其实,细心的杜甫已经在诗题中作了交代,因为是雨天,云雾浓重,杜甫不能上岸,只得坐在船上,而钟声来自高远的夔州城,杜甫听远来的钟声,那声音自然不会洪亮、清脆。一个"湿"字,准确地写出钟声的特点。这是由听觉到触觉的通连。明代学者王嗣奭对"钟声湿"感到不解,把"晨钟云外湿"定为"晨钟云径湿"。[1] 湿者是"云径",这自然能被一般人所理解了。可是,诗人对钟声的独特感受却因此化为乌有。清代学者仇兆鳌看来也是不懂"通感"之道,他把"晨钟云岸湿"作为该句的主选,而把"云外"作为参考。[2] 可见,学者(虽说他们也写过诗)说诗,每每变味。说完了"湿",顺便再说说"干"。杜甫又有诗曰:"回眺积水外,始知众星干。"(《水会渡》)星光难道还有干湿吗?原来,杜甫方才坐船渡江,身在江雾之中,仰望星空,觉得星星不亮,像是受了潮。现在渡过了江面,站在江边的高处,摆脱了水气的干扰,才发觉星星的明亮。一个"干"字,反映了诗人对星光的感受由视觉到触觉的通连,极度表现了星光的明亮。仇兆鳌注释此句,引用陆游诗句"水浸一天星"加以"参看"。[3] 其实二者除字面有某些相同之外,至于表现手法则完全不同,说明仇氏确实不知"干"从何来。不论学者们知与不知,承认与否,感觉的通连是一种客观存在,诗人完全有理由凭着这种天赋表达独特的生活感受。"以形写声"的手法完全可以确定下来。

其三是"侧面烘托",唐代的音乐诗几乎篇篇用到此法。通过听众(包括人和自然物)对乐曲的强烈反应,极写音乐的美妙或神奇。仅以上述所列诗篇为例说明之。李白《听蜀僧濬弹琴》尾联写道:"不觉碧山

---

[1] 仇兆鳌《杜诗详注》,中华书局,1979年,第1266页。

[2] 仇兆鳌《杜诗详注》,中华书局,1979年,第1266页。

[3] 仇兆鳌《杜诗详注》,中华书局,1979年,第711页。

暮，秋云暗几重。"因听琴曲，不觉天色已晚，心态之痴迷，正见乐曲之高妙。韩愈《听颖师弹琴》结尾写道："自闻颖师弹，起坐在一旁。推手遽止之，湿衣泪滂滂。颖乎尔诚能，无以冰炭置我肠！"颖师的琴曲威力够大，不但让韩愈坐立不宁，而且撞开了泪水的闸门，滂滂热泪洒湿衣裳，内心忽冷忽热，如同冰炭交置，最后不得不求其停止演奏。白居易更是擅长此道，《琵琶行》有三处描写听众的感受，一在其首，一在其中，一在其末，布置得可谓均匀。诗的开头，写白居易与客人在江边对饮，即将分手之际，"忽闻水上琵琶声，主人忘归客不发"，二人都被琵琶曲给吸引住了，接下来又是"寻声暗问"，又是"移船相近""千呼万唤"，求其露面。这一系列的描述，已使人感到"琵琶声"的不同凡响。待到一曲弹罢，满座寂然，"东船西舫悄无言，唯见江心秋月白"。听者神魂出窍，进入曲中，一时不能归身，木然对月呆坐而已。这一笔侧面烘托，把琵琶乐曲的精妙推到绝伦的地步。诗的末尾又用侧笔，当琵琶女应邀复弹一曲之后，"满座重闻皆掩泣"，身世相同的"江州司马"落泪最多，竟至湿了青衫。这些侧面笔墨，与正面描写相配合，卓有成效地展现了音乐的美妙动人。以上是从"人"的角度使用侧笔。作为音乐的受事者，人之外还有大千世界的万事万物。富于想象力的诗人，往往把眼光投向自然，以自然物（现实的或超现实的）作为音乐的反应对象，渲染音乐的神奇韵味。例如，李颀在《听董大弹胡笳》中有"川为净其波，鸟亦罢其鸣"诗句，是为胡笳乐曲所感动，乃至"深山窃听来妖精"，连秘居深山的妖精也前来偷听，足见音乐之神妙。李贺在《李凭箜篌引》中，更是调动了五彩缤纷的动物世界和光怪陆离的神话世界："昆山玉碎凤凰叫，芙蓉泣露香兰笑。"箜篌一响，昆仑玉石为之激动而碎，凤凰与之和鸣，芙蓉感动落泪，兰花露出笑容。甚至连炼石的女娲也忘了补天，造成"石破天惊逗秋雨"的惊险场面。"老鱼"和"瘦蛟"听了此曲，或激动得跳波，或高兴得起舞。那月宫里的吴刚也忘了砍伐桂树，长夜不眠，倚树倾听；嫦娥的玉兔也听得入迷，皮毛被寒露打湿也不觉得。经过这一番人间天上花鸟龙鱼万象综合渲染，使人觉得李凭的箜篌演技真可谓达到了出神入化的境地。

其四是"曲中有人"，把人物形象含容在乐曲之中，通过音乐塑造人物形象。这无疑是一种高层次的音乐表现艺术。就笔者所读的唐诗来说，达到这种层次的只有白居易的《琵琶行》。为了便于说明问题，现将诗中的两个段落抄录下来。一段是对琵琶乐曲的描写：

> 大弦嘈嘈如急雨，小弦切切如私语。
> 嘈嘈切切错杂弹，大珠小珠落玉盘。
> 间关莺语花底滑，幽咽泉流冰下难。
> 冰泉冷涩弦凝绝，凝绝不通声暂歇。
> 别有幽愁暗恨生，此时无声胜有声。
> 银瓶乍破水浆迸，铁骑突出刀枪鸣。
> 曲终收拨当心画，四弦一声如裂帛。

另一段是对琵琶女身世的叙述：

> 自言本是京城女，家在虾蟆陵下住。
> 十三学得琵琶成，名属教坊第一部。
> 曲罢曾教善才伏，妆成每被秋娘妒。
> 五陵年少争缠头，一曲红绡不知数。
> 钿头云篦击节碎，血色罗裙翻酒污。
> 今年欢笑复明年，秋月春风等闲度。
> 弟走从军阿姨死，暮去朝来颜色故。
> 门前冷落车马稀，老大嫁作商人妇。
> 商人重利轻别离，前月浮梁买茶去。
> 去来江口守空船，绕船月明江水寒。
> 夜深忽梦少年事，梦啼妆泪红阑干。

琵琶女的身世明显分为三个时期，即"今年欢笑复明年"的青春时期，"门前冷落车马稀"的中年时期，"去来江口守空船"的老年时期。每个时期的生活处境不同，她的心情亦有明显的差异，即由青春的欢乐到中年的寂寞，再到老年的悲愤。依循这条身世和心情变化的轨迹，去阅读那段音乐描写，我们惊奇地发现，乐曲的音响、感情的变化，与之是何等吻合，真乃丝丝入扣！开始，乐曲的音调是明快的，感情是欢乐的，那活泼洒脱的急雨声，那缠绵的私语声，那清脆的珠落玉盘声和婉转的花间莺语声，构成一种愉悦华美的氛围，这正是琵琶女青春岁月和欢乐心情的写照。接着，乐曲的音响、感情发生了变化，"幽咽泉流冰下难"，声音变得滞涩、细微、低沉，渐渐听不到了，"凝绝不通声暂歇"，一种"幽愁暗恨"于此中生出，这种音响和情感与琵琶女中年遭际和寂寞心情相对应，音响的空白正好描绘出琵琶女那种欲诉难尽、难以为诉的心情。在一段令人窒息的沉寂之后，突然奏起一片惊天动地的音响：银瓶乍破，水浆飞迸，铁骑驰突，刀枪齐鸣，最后以一声摧人心肠的裂帛之声戛然而止。这段强烈的、带有毁灭意味的音响，与琵琶女老年的绝境和愤激的心情相对应，表达出她对世态的血泪控诉。综上所述，可以看出，作者对琵琶女身世的叙述，目的之一，是为这一大段音乐描写添加注脚。有了这个注脚，音乐所塑造的人物形象方能鲜明，音乐的妙处方能由此而显出。由此也能看出，白居易确实是一位懂得音乐的诗人。"曲中有人"，在音乐描写中塑造人物形象，而不停留在一般的对音响的描写和赞赏上，是白居易独有的艺术造诣。

　　唐代是富于开创性的时代，唐代诗人是富于创造精神的弄潮儿。他们以勇于探索的精神，在音乐诗的表现艺术上取得了巨大的成就。其开创精神和表现手法，很值得我们认真学习，用之于新时代的诗歌创作。本文所谈的音乐诗，仅限于器乐类，至于那些描写声乐（演唱）的诗篇，需另外撰文进行讨论。

燕赵文化精神内涵与唐诗风骨

一、从燕赵民风的历史表述看燕赵文化精神的内涵

古代燕赵（大致同于现在的河北省辖界）文化实为燕、赵、中山三个子文化的合成体，三者虽有所别，但因自然地理条件相近，又长期同处于相近的社会政治格局之中，遂逐渐呈现出一个共同的区域文化特征。燕赵文化的发端至迟不晚于周初召公受封于燕国，其形成则在列国争雄之时。地域文化精神的构成是以地域民风特征为基本成分的，地域民风是地域文化精神的基因，研究燕赵文化精神的内涵，就须从考察燕赵地域的民风特征入手。本节拟从汉代至唐代的文献对燕赵地域民风的表述，探讨燕赵文化精神的内涵。

（一）两汉时期

司马迁在《史记·货殖列传》中，对燕赵地域的民风特点作出概括。他对燕地的描述是："夫燕亦勃、碣之间一都会也。南通齐、赵，东北边胡。上谷至辽东，地踔远，人民希，数被寇，大与赵、代俗相类，而民雕捍少虑。"[1]对中山（今河北正定东北）的描述是："中山地薄人众，犹有沙丘纣淫地余民，民俗儇急，仰机利而食。丈夫相聚游戏，悲歌慷慨，起则相随椎剽，休则掘冢，作巧奸冶，多美物，为倡优。女子则鼓鸣瑟，跕屣（拖着鞋子走路——引者注），游媚贵富，入后宫，遍诸侯。"[2]对赵地

---

[1]《二十五史·史记》，上海古籍出版社，1986年，第356页。
[2]《二十五史·史记》，上海古籍出版社，1986年，第355页。

的描述是:"邯郸亦漳、河之间一都会也。北通燕、涿,南有郑、卫。郑、卫俗与赵相类,然近梁、鲁,微重而矜节。濮上之邑徙野王,野王好气任侠,卫之风也。"[1] 所谓"濮上之邑徙野王",《史记正义》解释说:"秦拔卫濮阳,徙其君于怀州野王。"野王是地名。司马迁由燕地的生态环境——地广人稀,由所处的地理环境——与胡地接壤,讲到了燕地的民风特征是"雕捍少虑",就是说,燕地的百姓像雕一样迅猛强悍,不大顾虑生命的安危。对于中山之地,则由"地薄人众"的生态环境,讲到"民俗懁急,仰机利而食",就是说,中山之地民性急躁,靠着机巧牟利而生活,也就是指下文所说的情况——男人们"椎剽"(杀人劫物)、"掘冢"(挖墓取财),女人们练习乐器,游媚于富贵之门。由此,他指出中山之地的民风是"悲歌慷慨"。对于赵地,他说因与郑、卫相邻,故风俗与郑、卫相似,而卫地的风俗就是"好气任侠"。战国时期,那位刺杀秦王的猛士荆轲就是卫人。综上所述,司马迁对燕、中山、赵三地的风俗民性分别概括为"雕捍少虑""悲歌慷慨"和"好气任侠"。燕赵之地这种民风,与中原、山东那种安于农桑、注重名节之民风是大相径庭的。司马迁(约前145或前135—?)是汉武帝时人,处于西汉初期,他所描述的燕赵民风应主要是指先秦时期。《史记·刺客列传》记载荆轲刺秦、易水诀别的场面就颇具代表性:"太子及宾客知其事者,皆白衣冠以送之。至易水之上,既祖,取道,高渐离击筑,荆轲和而歌,为变徵之声,士皆垂泪涕泣。又前而为歌曰:'风萧萧兮易水寒,壮士一去兮不复还!'复为羽声慷慨。士皆瞋目,发尽上指冠。于是荆轲就车而去,终已不顾。"[2] 古代五音"宫、商、角、徵、羽",是五声音阶上的5个级,相当于现行简谱上的"1、2、3、5、6"。荆轲唱歌用的"变徵""羽声"属于高音级,声音高亢、凄厉,故司马迁用"慷慨"二字形容之,"慷慨悲歌"亦由此而出。这段发生在燕国土地上的故事,把燕地风俗与文化精神作了具象的表现。荆轲刺秦王未遂,燕国随之灭亡。荆轲的生前好友、燕人高渐离隐姓埋名,进入秦宫,以为秦始皇击筑的名义,伺机刺杀之,为荆轲报仇。他在筑里放入铅,以增加筑的打

---

[1]《二十五史·史记》,上海古籍出版社,1986年,第356页。
[2]《二十五史·史记》,上海古籍出版社,1986年,第284页。

击力度。在一次演奏中,他靠近始皇,用筑猛击,可惜未能击中,壮烈牺牲。始皇惊惧,自此不敢接近诸侯国家的人。荆轲与高渐离的英雄之举,为司马迁《史记·货殖列传》中对燕赵风俗的论断提供了生动而有力的注脚,是"悲歌慷慨"和"好气任侠"的具象体现。

其后,班固作《汉书》,其中《地理志》对燕赵民风的描述也很具体:"赵、中山地薄人众,犹有沙丘纣淫乱余民。丈夫相聚游戏,悲歌慷慨,起则椎剽掘冢,作奸巧,多弄物,为倡优。女子弹弦,跕躧,游媚富贵,遍诸侯之后宫。"[1]他对燕地民风的描述是:"燕蓟南通齐赵,勃碣之间一都会也。初,太子丹宾养勇士,不爱后宫美女,民化以为俗,至今犹然。宾客相过,以妇侍宿;嫁取之夕,男女无别,反以为荣。后稍颇止,然终未改。其俗愚悍少虑,轻薄无威,亦有所长,敢于急人。"[2]观其所记,赵地、中山之风俗与《史记》所载略同;燕地丈夫则除了"愚悍少虑""敢于急人"以外,还肯把妻子让给宾客留宿,即便是新婚之夜,也能允许其他男女共宿一室,而且以此为荣,全然无私心之念。这种心态集中地表现出燕地风俗之原始性的朴厚与豪爽,在他们看来,个人的性命尚且能为朋友捐献,何况区区一妇人乎!自然,这种风俗也与游牧民族的习俗浸染有关。班固(32—92)是东汉中期人,班志所记,可以看成是两汉时期燕地风俗状况。

(二)三国两晋南北朝隋时期

汉末建安时期,以曹氏父子和"建安七子"为主要成员的邺下文人集团,创作了慷慨健劲、梗概多气的诗篇,被文学史家称为"建安风骨"。邺,当时的地理位置处在今河北省临漳县,曹操为魏王时定都于此。建安风骨的形成,固然由于战乱频仍、民生涂炭的时局影响,也与燕赵地区的传统民风有关。发生在涿州的刘备、关羽、张飞的"桃园三结义",以义结盟,发誓"不求同年同月同日生,只愿同年同月同日死"。刘备、张飞是涿州人,关羽是山西人,这三人皆素怀大志,喜交天下豪杰。

---

[1]《二十五史·汉书》,上海古籍出版社,1986年,第158页。
[2]《二十五史·汉书》,上海古籍出版社,1986年,第159页。

班志之后,《后汉书·郡国志》《晋书·地理志》《魏书·地形志》均无地方生态和民风的记载,《三国志》《北齐书》《周书》等更无地理志。

直到《隋书·地理志》,恢复了司马迁、班固在地理志中介绍民风的做法。于是,我们得以直接了解到隋朝时燕赵民风情况。长孙无忌编撰《隋书·地理志》,在描述冀州民风时写道:"信都、清河、河间、博陵、恒山、赵郡、武安、襄国(今河北邢台),其俗颇同,人性多敦厚,务在农桑,好尚儒学,而伤于迟重,前代称冀幽之士钝如椎,盖取此焉。俗重气侠,好结朋党,其相赴死生,亦出于仁义。故班志述其土风'悲歌慷慨''椎剽掘冢',亦自古之所患焉。"[1]其中所说的"俗重气侠""相赴死生",与班志所记相同。同时,还增加了"务在农桑,好尚儒学"这种习俗,可见,燕赵之中南部民俗在长期的历史发展过程中,随着生产力的提高,生态环境的改善,是稳中有变的。对于燕赵北部的风俗,《隋书·地理志》记云:"涿郡、上谷、渔阳、北平、安乐、辽西,皆连接边郡,习尚与太原同俗,故自古言勇侠者,皆推幽、并云。"幽指幽州,并指并州,并州即太原,太原的风俗是"人性劲悍,习于戎马"。隋志又补充道:"涿郡、太原,自前代以来,皆多文雅之士,虽俱曰边郡,然风教不为比也。"[2]隋代的涿郡,辖蓟、良乡、安次、涿、固安、雍奴、昌平、怀戎等地,处于燕赵北部。隋志既指出此地风俗为"人性劲悍,习于戎马",又指出"多文雅之士"。可见,随着历史的演进,特别是经过汉代的独尊儒学,燕赵北部的风俗也是稳中有变的。从汉代至隋代,燕赵之地出现了许多经学和文学的名流,例如,西汉哲学家、经学大师董仲舒就是广川(治今河北景县西南)人;东汉文学家崔骃是涿郡安平(今属河北)人;诗人郦炎是范阳(今河北定兴)人;西晋文学家张华是范阳方城(今河北固安)人;西晋文学家张载、张协、张亢三兄弟是安平(今属河北)人,文学史上号称"三张";西晋文学家束皙是阳平元城(今河北大名)人;西晋文学家木华是广川(今河北枣强)人;西晋将领、诗人刘琨是中山魏昌(今河北无极)人;北魏地理学家、散文家郦道元是范阳涿县(今河北涿

---

[1]《二十五史·隋书》,上海古籍出版社,1986年,第111页。
[2]《二十五史·隋书》,上海古籍出版社,1986年,第111页。

州）人；北齐思想家、文学家邢邵是河间鄚州（今河北任丘）人；北魏散文家杨衒之是北平（今河北满城）人；隋朝诗人卢思道是范阳（今河北涿州）人；等等。这些经学大师和文学名流的出现，是对《隋书·地理志》所记燕赵之地"好尚儒学""多文雅之士"的有力证明。

（三）唐代：燕赵文化精神的鼎盛时期

《旧唐书·地理志》和《新唐书·地理志》均无地域风俗的记载，对于燕赵文化风俗的认知，也就缺乏正史的依据。不过，从唐人在诗文中对燕赵文化风俗的述论，仍然可以获得了解。例如，魏徵在《隋书·文学传序》中说道："河朔词义刚贞，重乎气质。"[1] 此处"气质"，即指"风骨"而言，称河朔地区的文章重视风骨。唐诗人钱起说道："燕赵悲歌士，相逢剧孟家。寸心言不尽，前路日将斜。"（《逢侠者》）杜甫赞扬高适的勇武，写道："高生跨鞍马，有似幽并儿。"（《送高三十五书记十五韵》）"幽并儿"是指侠客，高适是河北景县人，杜甫说他具有游侠的风采。韩愈说："燕赵古称多感慨悲歌之士。"（《送董邵南游河北序》）这些言论都说明唐代的燕赵之地仍然保留着"任侠使气""慷慨悲歌"的风习。唐诗人韦应物则对燕赵人物作出进一步的概括："礼乐儒家子，英豪燕赵风。"（《送崔押衙相州》）他既赞美了燕赵人士的英豪风姿，也强调了他们的儒家礼乐品格。最能表现唐代燕赵风概的是燕赵诗人的作品。有唐一代，燕赵诗人多达260余人。唐代强盛的经济实力，宽松的政治环境，多元化的思想文化背景，特别是侠文化的盛行，使燕赵诗人的慷慨情怀得到充分发扬。舍生取义的任侠豪气、献身沙场的慷慨情怀、宗经务实的淳朴文风，构成了燕赵诗人作品的主旋律。

纵观上述文献可以得知，燕赵文化主要由侠文化与儒文化构成。从先秦到唐代，燕赵文化精神的内涵，是在不断扩大着的，在继承传统的同时纳进了新的东西，它应该包括以下四点：任侠使气，慷慨悲歌，崇儒尚义，敦厚务实。前两者是传统，后两者是增生。仅以"任侠使气，慷慨悲歌"来表述燕赵文化精神是不全面的。

---

[1]《二十五史·隋书》，上海古籍出版社，1986年，第207页。

二、燕赵文化精神的形成原因

燕赵文化精神的形成经历了漫长的过程,它的形成主要是受自然环境和社会环境两大因素的影响。

(一)自然环境因素

燕赵文化精神的成因,究其自然环境的因素,已如司马迁所说是"地薄""地踔远",土地贫瘠,物产不足,生态环境恶劣,必然会迫使人们养成抗拒自然威胁的心态和能力,不屈服于自然界的压力,具有在艰苦环境中生存的毅力,咬紧牙关,握紧双拳,以坚忍的骨骼血肉迎击风霜雨雪、饥寒病痛。同时,为了活命,也就无暇顾及温良恭让,于是便有燕地男人的"雕捍少虑"、中山男人的杀人掘墓、女子献身后宫以取得生活资料的行为。在得其一饭便能活,失之一饭只有死的艰苦生活环境里,这里的人们深深感到义气的重要,为报一饭之恩,甘插两肋之刃,慷慨大义之风由此而生。这也是"任侠使气""慷慨悲歌"的文化精神所得的"江山之助"。

(二)社会环境因素

社会环境因素对于燕赵文化精神的形成,是很明显的,也是很重要的。司马迁说到燕地"地边胡""数被寇",他已经考虑到社会因素对民风形成之重要意义。班固《汉书·地理志》提出"域分"的标准,"凡民函五常之性,而其刚柔、缓急、声音不同,系水土之风气,故谓之'风';好恶、取舍、动静亡常,随君上之情欲,故谓之'俗'"[1],则明确地把地域文化风俗的形成原因于自然环境之外强调了君王的引导。自然环境相对稳定,相比之下,社会因素亦即政治因素则具有能动性,在地域文化的形成中起重要作用。燕赵文化精神的形成与燕赵之地边缘性的地理位置、所受游牧民族的文化浸染和儒学文化的影响关系重大,它是汉、胡文化交互渗

---

[1]《二十五史·汉书》,上海古籍出版社,1986年,第157页。

透、斗争融合的产物。

1. 边缘性的地理位置生成的悲慨情愫。从周朝到唐朝，在统一的封建王朝时期，燕赵地区在国家政治格局中的地位始终没有根本性的改变，即远离政治中心，不过是御敌的疆场而已。人们不愿到这里做地方官，这里的官员也不受朝廷的重视。《旧唐书·杨志诚传》载：太和五年（831），幽州后院副兵马使杨志诚谋乱，节度使李载义被逐，奔于易州。文宗急召宰臣商议对策。牛僧孺曰："此不足烦圣虑。"上问其故，僧孺对曰："陛下以范阳得失系国家休戚耶？且自安史之后，范阳非国家所有。前时刘总向化，以土地归阙，朝廷约用钱八十万贯，而未尝得范阳尺布斗粟上供天府；则今日志诚之得，犹前日载义之得也。陛下但因而抚之，亦事之宜也。且范阳，国家所赖者，以其北捍突厥，不令南寇。今若假志诚节钺，惜其土地，必自为力。则爪牙之用，固不计于逆顺。臣固曰不足烦圣虑。"上大喜曰："如卿之言，吾洗然矣。"遂以志诚为幽州左司马，知节度事。[1] 在朝廷君臣看来，命官李载义、乱臣杨志诚均为"爪牙"而已，无须计较谁为顺、谁为逆，谁有本事谁就当节度使，只要他能抵御外寇就行。特殊的地理位置，使得燕赵地区长期处于既边缘又前沿，既被中央政权疏离又被关注的尴尬和矛盾境地。生活在这里的人们，过的是"天高皇帝远"、失去国家纲纪维系、处境艰辛而天子恩泽常不到的日子，其悲慨之情是固已有之。何况，汉末之后，军阀争战，西晋之后，五胡纷扰，燕赵之地，战火频仍，杀戮不止，"悲慨"作为一种地域文化心理自有其必然性。在如此险恶的环境中求生存，就需要强健身手，习武之风亦因之而盛，如《史记·田叔传》记载"田叔者，赵陉城人"（陉城，今定州），"叔喜剑，学黄老术于乐巨公"。[2] 自古以来，幽、并二州多出剑侠，也与其地的政治军事特殊性有关。

2. 游牧文化的浸染。燕赵地区北部与游牧民族交接，处在农耕文化与游牧文化之冲突和融合的最前沿。而且，北方的游牧民族还每每前来河北繁衍生息乃至建国。例如，春秋时期的中山国，就是由白狄族建立的。

---

[1]《二十五史·旧唐书》，上海古籍出版社，1986年，第564页。
[2]《二十五史·史记》，上海古籍出版社，1986年，第308页。

白狄族原来是蒙古高原上的游牧民族,夏商周时期,白狄族相继进入陕西、山西、河北北部;春秋时期,继续南进,占有正定、定州一带土地,并于公元前506年建立中山国。其后,鲜卑族建立的北魏政权,其领地也包括了河北。北齐的统治者虽是汉人(世祖高欢,为渤海籍人,即今河北景县人),但在思想意识和生活方式上出现了明显的鲜卑化倾向。《北齐书·神武纪》:"神武既累世北边,故习其俗,遂同鲜卑。"[1]这样一来,汉人与游牧民族的接触以及受其风习的浸染是不可避免的。游牧民族的某些风习,如驰马弯弓、游荡迁徙、吞生食冷、男女无别、生死不虑等,必然会浸染汉人。班志所记的燕地风俗——"宾客相过,以妇侍宿;嫁取之夕,男女无别",显然是接受游牧民族的影响所致。《史记》和《汉书》中所记的中山女子弹琴卖唱、拖鞋行走、游媚于富贵之门,也是游牧文化的反映。《史记·佞幸列传》载:"李延年,中山人也,父母及身兄弟及女,皆故倡也。"[2]李延年是汉武帝时著名的歌手,举家都是倡优,可见其地民风受染之剧烈。

3. 儒家文化的影响。由于两汉时期朝廷独尊儒学,燕赵虽属于边远之地,亦不能不受影响,尤其是中部、南部地区,董仲舒那样的经学大师的出现,就是明证。其后,北魏、北齐的统治者也在努力推行儒学,由此而导致燕赵民俗能够延续汉代的崇儒之风。

北魏的统治者拓跋氏,是鲜卑族人,入主中原之前,就开始仿效儒家的典章制度。罗宗强先生说:"鲜卑族的汉化当然从制度、习俗到语言、服饰各个方面展开,但我以为最重要的一点,是他们努力要继承儒家的思想传统。"[3]《魏书》太宗明元帝拓跋嗣本纪:"太宗帝礼爱儒生,好览史传,以刘向所撰《新序》《说苑》于经典正义多有所阙,乃撰《新集》三十篇,采诸经史,该洽古义,兼资文武焉。"[4]他是以儒学思想来治理国家的,例如《魏书·本纪》载:永兴"三年春二月戊戌诏曰:衣食足,知荣辱。夫人饥寒切己,唯恐朝夕不济,所急者温饱而已,何暇及于仁义之事乎?王

---

[1]《二十五史·北齐书》,上海古籍出版社,1986年,第2页。
[2]《二十五史·史记》,上海古籍出版社,1986年,第348页。
[3] 罗宗强《魏晋南北朝文学思想史》,中华书局,1996年,第432页。
[4]《二十五史·魏书》,上海古籍出版社,1986年,第12页。

教之多违，盖由于此也。"[1]要想让百姓"知荣辱"，就必须先让百姓"衣食足"；要求饥寒的百姓"知荣辱"、行"仁义之事"，是无稽之谈。"衣食足，知荣辱"这话来源于管仲，《管子·牧民》："仓廪实，则知礼节；衣食足，则知荣辱。"[2]其后，孟子接受了这种思想，并加以展开论述，《孟子·梁惠王上》："今也制民之产，仰不足以事父母，俯不足以畜妻子；乐岁终身苦，凶年不免于死亡。此惟救死而恐不赡，奚暇治礼义哉？"[3]把孟子的这段话与拓跋嗣的诏书对读，就可以发现，二者在论说的内容和论说的方式（从反面论说）乃至口气上（反问）都是一样的。显然，拓跋嗣对《孟子》是熟读了的。

太武帝拓跋焘以儒学立国，《魏书·世祖本纪》载，神麚四年九月壬申下诏，称："范阳卢玄、博陵崔绰、赵郡李灵、河间邢颖、渤海高允、广平游雅、太原张伟等，皆贤俊之胄，冠冕州邦，有羽仪之用。《诗》不云乎：'鹤鸣九皋，声闻于天。'庶得其人，任之政事，共臻邕熙之美。"[4]起用这些熟悉儒家经典的汉人执政，表明他是以儒教作为立国之本的。这些人士大多来自燕赵地区，也说明了燕赵的文化风俗已经发生了变化。

北齐时期，统治者也重视儒学，《北齐书·儒林传》载："天保、大宁、武平之朝，亦引进名儒，授皇太子、诸王经术。"[5]儒学在燕赵地区尤为盛行，《北齐书·儒林传》载："横经受业之侣，遍于乡邑；负笈从官之徒，不远千里。伏膺无怠，善诱不倦。入闾里之内，乞食为资；憩桑梓之阴，动逾千数。燕赵之俗，此众尤甚。"[6]这情况与《隋书·地理志》所说的冀州民俗"好尚儒学"正相一致。

当然，农耕与游牧两种文化是在斗争中逐渐融合的。特别是当高层的汉族官吏与鲜卑族官吏发生权力冲突时，鲜卑族反对汉化的行为往往表现为对汉族官吏的残酷杀戮，例如《北齐书·后主纪》所记载的季舒之难：

---

[1]《二十五史·魏书》，上海古籍出版社，1986年，第11页。

[2]《诸子集成·管子》，上海书店，1986年，第1页。

[3]杨伯峻《孟子译注》，中华书局，1960年，第17页。

[4]《二十五史·魏书》，上海古籍出版社，1986年，第14页。

[5]《二十五史·北齐书》，上海古籍出版社，1986年，第61页。

[6]《二十五史·北齐书》，上海古籍出版社，1986年，第61页。

"(武平四年冬十月)杀侍中崔季舒、张雕虎,散骑常侍刘逖、封孝琰,黄门侍郎裴泽、郭遵。"[1]六名高层的汉族官员同时被杀,其深层原因是鲜卑贵族对汉化的反对。但是儒教毕竟对统治有利,游牧民族的汉化潮流不可挡。自两汉以来,儒家文化在燕赵地区始终没有断绝,它对燕赵文化精神的构成具有重要的作用。况且,儒家文化所倡导的"杀身成仁""舍生取义""威武不能屈"的义勇精神,与侠文化有相通之处,这也为儒家文化在燕赵地区盛行提供了有利因素。

三、燕赵文化精神对唐代燕赵诗人及唐诗风骨的影响

燕赵文化精神对唐代燕赵诗人及唐诗风骨产生了积极的影响。其"任侠使气""慷慨悲歌"之精神在促进唐诗风骨的形成上起到重要的作用,其"崇儒尚义""敦厚务实"之文化品格为唐诗的典重气质奠定了基础。本节以唐代燕赵诗人的作品为证,论述其所接受的燕赵文化精神的具体表现,兼及燕赵文化精神对唐诗风骨的影响。

(一)舍生取义的任侠豪气

唐代燕赵诗人多有咏侠之作,这些作品歌颂侠客们仗义行侠的果敢行为和拒绝酬谢的磊落胸怀,是"任侠使气"的燕赵文化精神的体现。魏徵、卢照邻、李百药、李峤、郭震、高适、张仲素、刘叉、贾岛等,都写过咏侠诗或在诗中言及侠客。

魏徵(580—643),魏郡馆陶(今属河北)人,他在《述怀》诗中写道:"季布无二诺,侯嬴重一言。人生感意气,功名谁复论!"季布,汉朝人,任侠仗义,信守诺言;侯嬴,战国魏人,为报答信陵君的礼遇,自刎而死。魏徵是在以两位古代侠义之士为立身标准,生死奔劳是感于人生意气,而不是为了个人的功名。

卢照邻(约637—约686),幽州范阳(今河北涿州)人,写有三题咏

---

[1]《二十五史·北齐书》,上海古籍出版社,1986年,第13页。

侠诗。《结客少年场行》赞美侠客"不受千金爵，谁论万里功"的磊落胸襟，歌颂侠客"横行徇知己，负羽远从戎"的敢死精神。《咏史四首》第四首，描写了汉代朱云的侠义气概："直发上冲冠，壮气横三秋。愿得斩马剑，先断佞臣头。天子玉槛折，将军丹血流。捐生不肯拜，视死其若休。"卢照邻歌颂朱云，实为自己写照。《刘生》写道：

  刘生气不平，抱剑欲专征。报恩为豪侠，死难在横行。
  翠羽装刀鞘，黄金饰马铃。但令一顾重，不吝百身轻。

《刘生》是乐府诗旧题，其人生于何代已不可知，前人以此为题作诗，皆歌唱其任侠豪放。卢照邻此诗，纵笔描绘其英武形象，尾联揭示其侠义之心：只要能被贤者看重，就不惜轻生百次！侠士精神，得到极度的张扬。

郭震（656—713），魏州贵乡（今河北大名东北）人，少年即怀壮志，任侠使气，不拘小节，任通泉县尉时，曾私自铸钱，掠卖人口，以作招待宾客之资。武则天召见他，问有无此事，他毫不隐讳，又上《宝剑篇》，深得武则天赏识。诗写宝剑经过良工锻造，锋利无比，它应与"游侠子""英雄人"为伴。作者以宝剑自比，希望在仕途上一展雄心。

刘叉，生卒年不详，河朔（今属河北。按，李嘉佑，河北赵县人，曾作诗《送从弟归河朔》，可知唐人以河朔称河北）人，作咏侠诗四首。《烈士咏》写道"义死天亦许，利生鬼亦嗔"，称为正义而死合乎天意，为私利而生鬼神嗔怪。他把宝剑赠给友人，告诫对方要用它铲除大害，不要纠缠小怨小恨："一条古时水，向我手心流。临行泻赠君，勿薄细碎仇。"（《姚秀才爱予小剑因赠》）诚如明人徐献忠《唐诗品》所说："刘叉朔气纵横，侠心不死。"朔气就是北方人的豪健气质。

贾岛（779—843），范阳（治今河北涿州）人，作咏侠诗四首。其《剑客》诗云："十年磨一剑，霜刃未曾试。今日把示君，谁有不平事？"此诗可谓语短情激，写尽了对剑侠精神的崇扬，此20字真可敌过刺客列传。

初步统计，唐代写咏侠诗以及诗中涉及剑侠者有115人，其中燕赵诗人19人，占总数的1/6。这些诗作激昂奋发，意气淋漓，大义凛然，深刻地揭示出剑侠除暴安良、伸张正义的品德，是燕赵文化精神结出的硕果。除了燕赵诗人，还有不少外域诗人咏及燕赵侠风，如陈子昂、骆宾王、王维、李白、杜甫等，在他们的诗歌中，频频出现"幽并儿""幽并客""幽并游侠儿""幽并豪侠"等词语，也说明了燕赵侠风对唐代诗歌的深刻影响。

（二）献身沙场的慷慨情怀

唐代国力强盛，民气高扬，时代的尚武精神在边塞诗中得到集中的体现。唐代的边塞诗所表现的深沉的爱国思想和强烈的民族自信，代表着唐诗的气质特征。在唐代边塞诗的"大合唱"中，燕赵诗人以高亢的歌喉唱出了主旋律：投笔从戎，驰骋疆场，为国捐躯。

高适（约700—765），渤海蓨（今河北景县）人，作为唐代边塞诗成就最高的诗人，他的两次出塞和一次入幕的经历，奠定了其生活基础，他以刚劲的气势、洪亮的歌喉，在边塞诗的"大合唱"中唱出了慷慨激昂的时代最强音。最能体现高适悲歌慷慨、气骨豪迈的边塞之作，是这首被王安石称作其诗集"第一大篇"的《燕歌行》：

> 汉家烟尘在东北，汉将辞家破残贼。
> 男儿本自重横行，天子非常赐颜色。
> 摐金伐鼓下榆关，旌旆逶迤碣石间。
> 校尉羽书飞瀚海，单于猎火照狼山。
> 山川萧条极边土，胡骑凭陵杂风雨。
> 战士军前半死生，美人帐下犹歌舞。
> 大漠穷秋塞草腓，孤城落日斗兵稀。
> 身当恩遇恒轻敌，力尽关山未解围。
> 铁衣远戍辛勤久，玉箸应啼别离后。
> 少妇城南欲断肠，征人蓟北空回首。
> 边庭飘飖那可度，绝域苍茫无所有。
> 杀气三时作阵云，寒声一夜传刁斗。

相看白刃血纷纷，死节从来岂顾勋。
君不见沙场征战苦，至今犹忆李将军！

诗中"杀气三时作阵云，寒声一夜传刁斗。相看白刃血纷纷，死节从来岂顾勋"，既是对沙场惨烈、健儿勇气的描述与歌颂，也可谓诗人慷慨赴国、不惜捐躯的战斗宣言。其他如《塞下曲》之写渴望获得战功："万里不惜死，一朝得成功。画图麒麟阁，入朝明光宫。大笑向文士，一经何足穷。"《塞上》之写反对和亲，主张生擒单于，"和亲非远图""一战擒单于"等，均气概非凡，充溢着民族的自信。殷璠在《河岳英灵集》中评高适诗："多胸臆语，兼有气骨，故朝野通赏其文。"[1] 唐诗史上，高适、岑参并称，严羽在《沧浪诗话·诗评》中曰："高岑之诗悲壮，读之使人感慨。"[2] 以上两则评语基本上概括了高适诗歌的气质风貌。应时而生的追求不朽功名的高昂意气，与直面现实的悲慨情怀相结合，使他的诗有一种慷慨悲壮之美。

在燕赵诗人中，高适之外，还有魏徵、李峤、郭震、卢照邻、崔湜、郑愔、郎士元、李端、司空曙等创作边塞诗篇，亦不乏豪健之作。

卢照邻亦多边塞之作，其《战城南》诗云："将军出紫塞，冒顿在乌贪。笳喧雁门北，阵翼龙城南。雕弓夜宛转，铁骑晓参驔。应须驻白日，为待战方酣。"此诗把对敌作战的场面描写得气势如虹，而且喝令太阳不得沉落，以成就我酣畅的战斗。

郑愔（？—710），沧州（今属河北）人，其《塞外三首》以浓重的笔墨渲染边塞壮阔景象："边声乱朔马，秋色引胡笳。遥嶂侵归日，长城带晚霞。断蓬飞古戍，连雁聚寒沙。"而结以"丈夫期报主，万里独辞家"的慷慨誓言，字字金石，掷地有声。

崔湜（671—713），定州安喜（今河北定州）人，其《塞垣行》《大漠行》《边愁》《早春边城怀归》皆边塞诗之力作。《塞垣行》末尾写道："一朝弃笔砚，十年操矛戟。岂要黄河誓，须勒燕山石。可嗟牧羊臣，海上久为客。"作者表示，从军作战并非为了封爵，而是要像汉代将军窦宪那样追

---

[1] 傅璇琮《唐人选唐诗新编》，陕西人民教育出版社，1996年，第152页。
[2] 何文焕《历代诗话》，中华书局，1981年，第698页。

击敌人到漠北,在燕然山壁刻字记功;至于苏武牧羊于北海多年,虽说节操可赞,毕竟是受制于敌人,是不足为楷模的!

李端(?—约786),赵州(治今河北赵县)人,曾入东川幕府。《度关山》写道:"拂剑金星出,弯弧玉羽鸣。谁知系虏者,贾谊是书生!"李端是"大历十才子"之一,在气势已衰的大历诗坛上,还能写出如此健拔的诗句,可谓非同凡响了。

张仲素(?—819),河间(今属河北)人,曾在武宁军节度使幕府供职,存留边塞诗七首:《塞下曲五首》《塞上曲》《陇上行》等。他的边塞诗豪迈、壮观,具有盛唐边塞诗的气象,且看《塞下曲五首》第一首:"三戍渔阳再渡辽,骍弓在臂剑横腰。匈奴似若知名姓,休傍阴山更射雕。"第三首:"朔雪飘飘开雁门,平沙历乱卷蓬根。功名耻计擒生数,直斩楼兰报国恩。"坚定的破敌誓言与盛唐王昌龄的边塞之音遥相呼应。

总之,以高适为代表的燕赵诗人,无论在初唐、盛唐、中唐,所作的边塞诗篇大气包举,绝少衰颓,这是燕赵风骨产生的作用。此类豪壮的诗篇构成了唐诗的筋骨,显示了唐诗的独特风貌,对于唐诗的繁荣发达具有重要意义。

(三)宗经务实的质朴文风

前文已述,燕赵地区自两汉起便有崇尚儒学的风气。燕赵诗人能够把英雄豪气与儒者情怀结合起来,正如唐诗人韦应物所说:"礼乐儒家子,英豪燕赵风。"(《送崔押衙相州》)儒家的仁民爱物、忧国忧民的思想精华为燕赵诗人所继承,并在他们的诗歌中予以体现,主要表现为对社会上弱势群体利益的关注。他们一般能够做到脚踏实地,清醒地观察现实人生,揭露阶级压迫,反映社会矛盾,同情百姓苦难。即便是在浪漫风气为主流的盛唐,也能保持务实的作风,这种作风给他们的诗歌带来质朴敦实的特征。卢照邻、李峤、高适、李端、刘叉、李嘉佑、刘言史、贾岛、高蟾、高骈等就是他们的代表。

高适任封丘县尉不久,便表示这个官难以做下去,原因之一就是"鞭挞黎庶令人悲"(《封丘作》)。他还没有满任,就辞掉了这个官职,出塞从军去了。他对军队中将领与士兵之苦乐悬殊也表示了反感:"战士军前半死生,美人帐下犹歌舞。"他对战士的艰苦生活也寄予深厚的同情:"铁衣远戍辛勤久,玉箸应啼别离后。少妇城南欲断肠,征人蓟北空回首。"(《燕歌行》)高适对百姓和士卒的苦难予以人文关怀,表现的是儒家的仁爱精神。

刘言史(?—812),邯郸人。王武俊为恒冀部团练观察使时,对他很赏识,荐举他为枣强(今属河北)县令,他未就任,时人礼重他,仍称他为"刘枣强"。严羽在《沧浪诗话》中称:"大历以后,我所深取者:李长吉、柳子厚、刘言史、权德舆、李涉、李益耳。"[1]可见其诗坛地位之重要。他的长篇叙事诗《苦妇词》记录黎民被虐情况,尤为残酷。诗写地方官吏骄横枉法,对一丧失丈夫和儿子的村妇滥用刑法。作者采用细节描绘的手法,极写村妇被虐的惨状:她衣不遮体,乱发披肩,痛不欲生,伤口流血,气息奄奄,倒在江边,虽说有孕在身,亦不免于严惩。作者愤慨言道:猎人还有放走幼鹿之举,鹮鸟也不捕杀幼兔,为什么官吏却对这个怀孕的妇女下手如此狠毒!结尾两句,作者警告地方官吏:你们不要以为做了这种亏心事是微不足道的,总有一天百姓会起来清算你们的罪行。这无疑是一首为民申冤、代民立言的诗篇。

刘叉亦多忧民之作,如《雪车》《经战地》《野哭》等。《雪车》写腊月大雪纷扬,百姓有的被冻死,而官家为了储藏冰雪以备来年夏日"御炎酷",竟然命令饥寒的百姓用车给他们运雪:"官家不知民馁寒,尽驱牛车盈道载屑玉。"作者沉痛言道:"岂信车辙血,点点尽是农夫哭!"作者大骂这些官吏是"孽苦苍生"的"蟊贼"。

其他如李嘉佑《早秋京口旅泊》中"千家闭户无砧杵,七夕何人望斗牛"之写乱世人生,贾岛《宿孤馆》中"橘树千株在,渔家一半无"之写渔村凋敝,高蟾《宋汴道中》中"平野有千里,居人无一家"之写田园荒芜,这些忧时怀民之诗作,均以儒家仁爱精神为根底,以儒家民本思想为依托,极为鲜明地体现了儒家的忧患意识。同时,我们也看到,燕赵诗人在揭露社会黑暗、官吏暴行时,每每秉笔直书,敢呼敢骂,摆脱了儒家"温柔敦厚"的诗教,这也正是燕赵慷慨之风影响的结果。

---

[1] 何文焕《历代诗话》,中华书局,1981年,第697页。

在唐代诗坛上,燕赵诗人承民俗风尚之传统,得地域文化之便利,侠儒两持,豪实并重,既推动了唐诗风气的转变,又为唐诗注入了鲜活、充实而多氧的血液,在唐诗风骨的形成上具有举足轻重的意义。燕赵诗人吹响了慷慨悲壮、韵调坚实、嘹亮远扬的号声,它引导并会同唐代众多诗人的歌唱,造就了有唐一代英雄主义的民族乐章。

读唐四题

笔者阅读《全唐诗》有年矣,间或得其技术启蒙。今略陈四题,作为心得,以示诗友,并就教于方家。

一、唐诗使用人名、地名不拘平仄

写近体诗难免也要使用人名、地名。使用人物典故,人名往往躲不开;为了开拓诗境,或丰满形象,或深化感情,使用地名又常常是十分必要的。李白《峨眉山月歌》:"峨眉山月半轮秋,影入平羌江水流。夜发清溪向三峡,思君不见下渝州。"此诗一连串使用五个地名,这不是记流水账,而是借以表达飘逸、洒脱的情怀。杜甫《闻官军收河南河北》的尾联"即从巴峡穿巫峡,便下襄阳向洛阳",连用四个地名,把如箭的归心表达得淋漓尽致。但是,在创作实践中,让人感到头疼的是所用的人名、地名,每每在平仄声调上成为羁绊,因为人名、地名不像其他词语有许多同义词语可选。唐人的处理方法,是尽量想办法使之合乎声律的要求;但如果实在做不成,则不为平仄所拘,听任其不合声律。可以举出不少的例证来说明这种做法。例如,初唐诗人李峤的五律《凫》:

飒沓睢阳涘,浮游汉水隈。钱飞出井见,鹤引入琴哀。
李陵赋诗罢,王乔曳舄来。何当归太液,翾集动成雷。

此诗颈联的平仄声调应为:仄仄平平仄,平平仄仄平。而"李陵"的"陵"字是平声,在《广韵》中属平声"蒸"韵,故此处于声律不合。考

虑作者的用意,就是因为此处是人名,虽说不合声律,读者也会明白,也会通融。又如,盛唐诗人李颀的七律《题璿公山池》:

> 远公遁迹庐山岑,开士幽居祇树林。
> 片石孤峰窥色相,清池皓月照禅心。
> 指挥如意天花落,坐卧闲房春草深。
> 此外俗尘都不染,惟余玄度得相寻。

首句的平仄声调应为:平平仄仄仄平平。而"庐山"的"庐"字是平声,在《广韵》中属平声"模"韵,故于声律不合。作者也没有躲闪,照样使用这个地名,也是因为地名的平仄声调可以放宽的缘故。再如,杜甫的七律《白帝》:

> 白帝城中云出门,白帝城下雨翻盆。
> 高江急峡雷霆斗,古木苍藤日月昏。
> 戎马不如归马逸,千家今有百家存。
> 哀哀寡妇诛求尽,恸哭秋原何处村?

按规则,首联的平仄声调应该是:仄仄平平仄仄平,平平仄仄仄平平。第二句的"帝"字,不合声律,"帝"字在《广韵》中属去声"霁"韵。杜甫绝不是没有发觉,他也不想换个词语,就那样原封不动地放着,因为他放心,他相信读者会在这个地方通融一下。再如,他的七律《题郑县亭子》:

> 郑县亭子涧之滨,户牖凭高发兴新。
> 云断岳莲临大路,天晴宫柳暗长春。
> 巢边野雀群欺燕,花底山蜂远趁人。
> 更欲题诗满青竹,晚来幽独恐伤神。

此诗首联的平仄声调应为:平平仄仄仄平平,仄仄平平仄仄平。而"郑县"的"县"字是仄声,在《广韵》中属去声"霰"韵。作者依然使用它,也是由于它是地名的缘故。

这样的例子还有不少,如宋之问七律《函谷关》的颔联"灵迹才辞周柱下，祥氛已入函关中"，"函"字是平声，在《广韵》中属平声"覃"韵，而此处应该用仄声字。"函谷关"是地名，故"函"字的声调可以通融。

又如宋之问五排《下桂江龙目滩》中"暝投苍梧郡，愁枕白云眠"，"苍梧"亦是地名，唐诗中常用，故"梧"字（《广韵》中属平声"模"韵）声调可以通融。

又如宋之问五排《别之望后独宿蓝田山庄》中"尔寻北京路，予卧南山阿"，"南山"即终南山，唐诗中常用地名，故"南"字（《广韵》中属平声"覃"韵）声调可以通融。

又如李峤五律《豹》的尾联"若令逢雨露，长隐南山幽"，也是因为使用"南山"地名，而不能看作"三平调"之失误。

又如李峤五律《马》的尾联"得随穆天子，何假唐成公"，"唐成公"的"唐"字，在《广韵》中属平声"唐"韵，因是人名，故可以通融。

又如杜甫七律《黄草》的首联"黄草峡西船不归，赤甲山下行人稀"，"甲"字是仄声，在《广韵》中属入声"狎"韵，因赤甲山是地名，故"甲"字的声调可以通融。

古人的处理方法如此，那我们也就不必在这类句子面前大惊小怪。同时，我们在写作近体诗的时候，遇到人名、地名声律不谐的情况，不妨参照唐人的做法，大家都这样做，形成习惯，达成共识，这不知要消掉多少烦恼，节省多少时间。

二、唐人对复姓人名的灵活运用

汉语诗歌的语音节奏是以两个音节为一个节奏，而复姓人名最少是三个字。如果仅仅以姓氏称之，又往往说不明白是指何人，如诸葛亮、司马迁，仅称诸葛、司马，就不清楚说的是谁。唐人遇到这个情况，就采取灵活做法，称诸葛亮为"葛亮"，称司马迁为"马迁"，等等。虽不规范，却也明达，子曰"辞达而已矣"，看来还是符合圣人说教的。现举唐诗例证如下。

杜甫《赤霄行》写道:"老翁慎莫怪少年,葛亮《贵和》书有篇。"诗中的"葛亮"就是指诸葛亮,据《诸葛亮传》记载:陈寿所上《诸葛亮集》目录,凡二十四篇,《贵和》是第十一篇。可见,"葛亮"并非另有所指。

任华《寄杜拾遗》写道:"南阳葛亮为友朋,东山谢安作邻里。"此处"葛亮"显然也是指的诸葛亮,因为有"南阳"这个地名保驾着,诸葛亮是南阳人,见于他在《出师表》中所写的"臣本布衣,躬耕于南阳"。任华这首诗是写给杜甫的(杜甫曾经任左拾遗),此时杜甫已辞掉官职,客居成都草堂,过着隐居生活,所以诗中举出两个隐士——诸葛亮、谢安来映衬他,并且对他建功立业的前途加以厚望。

此外,晚唐诗人韦庄在《和薛先辈见寄》中所写的"名自张华显,词因葛亮吟",刘兼在《重阳感怀》中所写的"张仪旧壁苍苔厚,葛亮荒祠古木寒"等,也是继承前代诗人的做法,以"葛亮"称呼诸葛亮。

至于把司马迁称为"马迁",见于白居易《读史五首》其二所写:"马迁下蚕室,嵇康就图圄。"下蚕室,就是遭受宫刑。蚕室,是指执行宫刑的屋子。古人养蚕,是在一个保温的房间里。执行宫刑也是在一个保温的地方进行,是为了避免犯人中风。所以用"蚕室"来代称。司马迁由于替李陵辩护,遭到宫刑。所以这里的"马迁"是指司马迁无疑。白居易又在《谈氏小外孙玉童》中写道:"中郎余庆钟羊祜,子幼能文似马迁。"这诗是赞美一个小孩,说他年幼能文,就像司马迁小时候一样。据《太史公自序》,司马迁"十岁则古文成诵",可知他天资聪颖。

李商隐《五言述德抒情诗》写道:"悼伤潘岳重,树立马迁轻。"晋代诗人潘岳,写《悼亡诗》,悼念他的原配夫人,诗情凝重感人,被称为悼亡诗的鼻祖。"树立"是指人一生的建树。古人有"三不朽"之说:"大上有立德,其次有立功,其次有立言,虽久不废,此之谓不朽。"三个"不朽"是有高低之分的,高者是"立德",中者是"立功",低者是"立言"。司马迁作《史记》,是"立一家之言",所以李商隐说"树立马迁轻"。

唐代是个思想精神异常活跃的时代,诗人们为表达思想感情而勇于探索、创新,不同于宋元明清的诗人那样有越来越多的顾忌。诗尊唐,这个大方向应该确立。

三、唐人不避诗中重复用字

近来网络上盛传一种说法：律诗不得重复用字。此论与我平素阅读唐诗留下的印象相悖，某次网上与孟兰先生聊及此事，他同意进行调查。我们选择了被后人称为律诗典范的杜甫律诗，以及被后人充分肯定的刘禹锡、李商隐的律诗作为调查对象。在鉴别是否重复用字上，我们排除了"当句对"中重复用字的作品，如"桃花细逐杨花落，黄鸟时兼白鸟飞"之类；排除了使用叠音词的作品，如"巫山十二郁苍苍，片石亭亭号女郎"之类；还排除了因使用特殊句式而出现的重复用字的作品，如"鱼在深潭鹤在天"之类。把上述这三类使用重字的作品排除在外，他们的律诗重复用字现象依然可观。我们的调查结果如下：

杜甫律诗151首，重复用字者30首，占总数的20%。举例如《曲江二首》其一："一片花飞减却春，风飘万点正愁人。且看欲尽花经眼，莫厌伤多酒入唇。""花"字两见。又如《因许八奉寄江宁旻上人》："不见旻公三十年，封书寄与泪潺湲。旧来好事今能否，老去新诗谁与传？""与"字两见。

刘禹锡律诗184首，重复用字者57首，占总数的31%。举例如《酬乐天衫酒见寄》："酒法众传吴米好，舞衣偏尚越罗轻。动摇浮蚁香浓甚，装束轻鸿意态生。""轻"字两见。又如《洛中送杨处厚入关便游蜀》："王城晓入窥丹凤，蜀路晴来见碧鸡。早识卧龙应有分，不妨从此躐丹梯。""丹"字两见。

李商隐律诗101首，重复用字者45首，占总数的45%。举例如《宋玉》："何事荆台百万家，惟教宋玉擅才华。楚辞已不饶唐勒，风赋何曾让景差。""何"字两见。又如《奉和太原公送前杨秀才戴兼招杨正字戎》："仙舟尚惜乖双美，彩服何由得尽同。谁惮士龙多笑疾，美髯终类晋司空。""美"字两见。

篇幅所限，不能将诗例全部引出。总之，通过这次调查，可以得出结论：唐人律诗并不避讳重复用字。

那么，网络上盛传的所谓"律诗不得重复用字"的说法，是从哪里来的呢？我们经过查阅史料，得知它的源头是清代，"律诗不得重复用字"是清代人的说法和做法。清末有个叫商衍鎏的人，他参加进士考试，名居"探花"，他根据自己参加县试、府试、院试、乡试、会试、殿试的亲身经历，写了一部《清代科举考试述录》，书中有一段话透露出个中消息："至乾隆二十二年，于乡、会试增五言八韵诗一首……取用平声，诗内不许重字，遂为定制。"当今有人强调"律诗不得重复用字"正是来源于此。

那么，我辈创作律诗，究竟是遵循唐人的做法还是清人的做法？我们认为应该遵唐。唐代是个性张扬的时代，唐诗是极度"缘情"的作品，诗人作诗就是为了抒发性情，而于文字并无过分的苛求。清代是个性压抑的时代，诗人畏惧"文字狱"的迫害，不敢抒发胸臆，只好把全部的精力用在文字的雕琢上。这是违背诗歌的功能的。

四、唐人并未将"三仄尾"视为声病

近年来，在网络上时常见有指斥"三仄尾"为声病者。我平日阅读唐人律诗，印象中"三仄尾"大量存在。当代语言学大师王力先生，在所著《汉语诗律学》中，也没有把"三仄尾"视为声病。于是，我抽出完整时间对这个问题作出研究。杜甫的律诗向来被后人看作典范，就以他的律诗作为研究对象。研究结果证明："三仄尾"的确不能看作是声病。依据就是杜甫律诗中大量存在这种句式。且看诗证：

1. "晨朝降白露，遥忆旧青毡"（《与任城许主簿游南池》）；
2. "将军不好武，稚子总能文"（《陪郑广文游何将军山林十首》其九）；
3. "斯游恐不遂，把酒意茫然"（《重过何氏五首》）；
4. "犹瞻太白雪，喜遇武功天"（《喜达行在所三首》其三）；
5. "三川不可到，归路晚山稠"（《晚行口号》）；
6. "须为下殿走，不可好楼居"（《收京三首》其一）；
7. "依然七庙略，更与万方初"（《收京三首》其一）；
8. "叨逢罪己日，沾洒望青霄"（《收京三首》其二）；

9. "星临万户动，月傍九霄多"(《春宿左省》);

10. "新诗句句好，应任老夫传"(《奉赠严八阁老》);

11. "人生五马贵，莫受二毛侵"(《送贾阁老出汝州》);

12. "飘飘搏击便，容易往来游"(《独立》);

13. "还闻献士卒，足以静风尘"(《观安西兵过赴关中待命二首》其一);

14. "奇兵不在众，万马救中原"(《观安西兵过赴关中待命二首》其二);

15. "北庭送壮士，貔虎数尤多"(《观兵》);

16. "迟回度陇怯，浩荡及关愁"(《秦州杂诗二十首》其一);

17. "微升古塞外，已隐暮云端"(《初月》);

18. "故巢倘未毁，会傍主人飞"(《归燕》);

19. "亦知戍不返，秋至拭清砧"(《捣衣》);

20. "悲丝与急管，感激异天真"(《促织》);

21. "幸因腐草出，敢近太阳飞"(《萤火》);

22. "随风隔幔小，带雨傍林微"(《萤火》);

23. "青冥亦自守，软弱强扶持"(《苦竹》);

24. "清商欲尽奏，奏苦血沾衣"(《秋笛》);

25. "相逢恐恨过，故作发声微"(《秋笛》);

26. "亲朋尽一哭，鞍马去孤城"(《送远》);

27. "将军别换马，夜出拥雕戈"(《日暮》);

28. "世人共卤莽，吾道属艰难"(《空囊》);

29. "尘中老尽力，岁晚病伤心"(《病马》);

30. "物微意不浅，感动一沉吟"(《病马》);

31. "铜瓶未失水，百丈有哀音"(《铜瓶》);

32. "蛟龙半缺落，犹得折黄金"(《铜瓶》);

33. "风尘苦未息，持汝奉明王"(《蕃剑》);

34. "神交作赋客，力尽望乡台"(《云山》);

35. "村春雨外急，邻火夜深明"(《村夜》);

36. "花飞有底急，老去愿春迟"(《可惜》);

37."寻常绝醉困,卧此片时醒"(《高楠》);

38."禅枝宿众鸟,漂转暮归愁"(《游修觉寺》);

39."梅花万里外,雪片一冬深"(《寄杨五桂州谭》);

40."蝉声集古寺,鸟影度寒塘"(《和裴迪登新津寺寄王侍郎》);

41."青钱买野竹,白帻岸江皋"(《北邻》);

42."邻人有美酒,稚子夜能赊"(《遣意二首》其二);

43."轻帆好去便,吾道付沧洲"(《江涨》);

44."论文或不愧,肯重款柴扉"(《范二员外邈吴十侍御郁特枉驾阙展待聊寄此》);

45."时危未授钺,势屈难为功"(《寄赠王十将军承俊》);

46."荒村建子月,独树老夫家"(《草堂即事》);

47."于身色有用,与道气伤和"(《江头五咏·栀子》);

48."看云莫怅望,失水任呼号"(《江头五咏·鸂鶒》);

49."城中十万户,此地两三家"(《水槛遣心二首》其一);

50."身无却少壮,迹有但羁栖"(《春日梓州登楼》);

51."使君自有妇,莫学野鸳鸯"(《数陪李梓州泛江有女乐在诸舫戏为艳曲二首赠李》);

52."枝枝总到地,叶叶自开春"(《柳边》);

53."青山意不尽,衮衮上牛头"(《上牛头寺》);

54."阑干上处远,结构坐来重"(《惠义寺送王少尹赴成都》);

55."关心小剡县,傍眼见扬州"(《巴西驿亭观江涨呈窦使君二首》其一);

56."相看万里外,同是一浮萍"(《巴西驿亭观江涨呈窦使君二首》其二);

57."终思一酩酊,净扫雁池头"(《戏题寄上汉中王三首》其二);

58."经过自爱惜,取次莫论兵"(《送元二适江左》);

59."频惊适小国,一拟问高天"(《题郪县郭三十二明府茅屋壁》);

60."寒花隐乱草,宿鸟择深枝"(《薄暮》);

61."东林竹影薄,腊月更须栽"(《舍弟占归草堂检校聊示此诗》);

62."江流大自在,坐稳兴悠哉"(《放船》);

63. "天寒邵伯树，地阔望仙台"（《巴山》）；
64. "才名旧楚将，妙略拥兵机"（《警急》）；
65. "蚕崖铁马瘦，灌口米船稀"（《西山三首》其三）；
66. "衣冠却扈从，车驾已还宫"（《收京》）；
67. "烟尘犯雪岭，鼓角动江城"（《岁暮》）；
68. "济时敢爱死，寂寞壮心惊"（《岁暮》）；
69. "相随万里日，总作白头翁"（《寄贺兰铦》）；
70. "方舟不用楫，极目总无波"（《泛江》）；
71. "应同避燥湿，且复过炎凉"（《双燕》）；
72. "春江不可渡，二月已风涛"（《渡江》）；
73. "真供一笑乐，似欲慰穷途"（《自阆州领妻子却赴蜀山行三首》其三）；
74. "开门野鼠走，散帙壁鱼干"（《归来》）；
75. "江通一柱观，日落望乡台"（《送舍弟颖赴齐州三首》其二）；
76. "何当一百丈，欹盖拥高檐"（《严郑公阶下新松》）；
77. "渔舟上急水，猎火著高林"（《初冬》）；
78. "花飞竞渡日，草见踏青心"（《长吟》）；
79. "乾坤万里眼，时序百年心"（《江村五首》其一）；
80. "经心石镜月，到面雪山风"（《江村五首》其三）；
81. "船经一柱观，留眼共登临"（《渝州候严六侍御不到先下峡》）；
82. "凉风动万里，群盗尚纵横"（《悲秋》）；
83. "收帆下急水，卷幔逐回滩"（《放船》）；
84. "犹闻蜀父老，不忘舜讴歌"（《怀锦水居止二首》其一）；
85. "微微向日薄，脉脉去人遥"（《又雪》）；
86. "风涛暮不稳，舍棹宿谁门"（《冬深》）；
87. "长为万里客，有愧百年身"（《中夜》）；
88. "瞿塘夜水黑，城内改更筹"（《不寐》）；
89. "高风下木叶，永夜揽貂裘"（《江上》）；
90. "朝廷问府主，耕稼学山村"（《晚》）；
91. "荒林庾信宅，为仗主人留"（《送王十六判官》）；

杂　论　79

92. "十年可解甲，为尔一沾巾"(《热三首》其三)；

93. "曾闻宋玉宅，每欲到荆州"(《送李功曹之荆州充郑侍御判官重赠》)；

94. "孤城一柱观，落日九江流"(《送李功曹之荆州充郑侍御判官重赠》)；

95. "秋分客尚在，竹露夕微微"(《晚晴》)；

96. "无端盗贼起，忽已岁时迁"(《历历》)；

97. "洛阳昔陷没，胡马犯潼关"(《洛阳》)；

98. "时征俊乂入，莫虑犬羊侵"(《提封》)；

99. "谁怜一片影，相失万重云"(《孤雁》)；

100. "篙工幸不溺，俄顷逐轻鸥"(《覆舟二首》其一)；

101. "冥冥甲子雨，已度立春时"(《雨》)；

102. "枝间喜不去，原上急曾经"(《喜观即到复题短篇二首》其二)；

103. "故园不可见，巫岫郁嵯峨"(《江梅》)；

104. "秋风楚竹冷，夜雪巩梅春"(《送孟十二仓曹赴东京选》)；

105. "欢娱两冥漠，西北有孤云"(《九日五首》其三)；

106. "衰年不敢恨，胜概欲相兼"(《入宅三首》其一)；

107. "桃红客若至，定似昔人迷"(《卜居》)；

108. "欲陈济世策，已老尚书郎"(《暮春题瀼西新赁草屋五首》其五)；

109. "楂梨且缀碧，梅杏半传黄"(《竖子至》)；

110. "江涛万古峡，肺气久衰翁"(《秋峡》)；

111. "繁忧不自整，终日洒如丝"(《雨四首》其四)；

112. "楼光去日远，峡影入江深"(《白帝楼》)；

113. "青山各在眼，却望峡中天"(《峡隘》)；

114. "只应尽客泪，复作掩荆扉"(《赠韦赞善别》)；

115. "往还二十载，岁晚寸心违"(《赠韦赞善别》)；

116. "云随白水落，风振紫山悲"(《人日二首》其一)；

117. "渥洼汗血种，天上麒麟儿"(《和江陵宋大少府暮春雨后同诸公及舍弟宴书斋》)；

118. "更深不假烛，月朗自明船"(《舟月对驿近寺》)；

119. "还瞻魏太子，宾客减应刘"（《重题》）；

120. "长安若个畔，犹想映貂金"（《哭李常侍峄二首》其一）；

121. "因声置驿外，为觅酒家垆"（《缆船苦风戏题四韵奉简郑十三判官》）；

122. "图南未可料，变化有鲲鹏"（《泊岳阳城下》）；

123. "虫书玉佩藓，燕舞翠帷尘"（《湘夫人祠》）；

124. "苍梧恨不尽，染泪在丛筠"（《湘夫人祠》）；

125. "贾生骨已朽，凄恻近长沙"（《入乔口》）；

126. "江边地有主，暂借上天回"（《双枫浦》）；

127. "来簪御府笔，故泊洞庭船"（《奉酬寇十侍御锡见寄四韵复寄寇》）；

128. "南瞻按百越，黄帽待君偏"（《奉酬寇十侍御锡见寄四韵复寄寇》）；

129. "深惭长者辙，重得故人书"（《酬韦韶州见寄》）。

杜甫七律出现"三仄尾"的四首诗是：

1. 《公安送韦二少府匡赞》："念我能书数字至，将诗不必万人传。"

2. 《严公仲夏枉驾草堂兼携酒馔》："竹里行厨洗玉盘，花边立马簇金鞍。"

3. 《咏怀古迹五首》其二："怅望千秋一洒泪，萧条异代不同时。"

4. 《南邻》："秋水才深四五尺，野航恰受两三人。"

以上各联的出句都是"三仄尾"，杜甫五律共计627首，也就是说，有1/6的五律作品使用了这种句式，这就排除了偶然性，说明杜甫对这种句式是认可的。为什么他会认可，原因不难分析。众所周知，汉语诗歌是以两个音节为一个节奏，律句的特征是节奏点的声调平仄相间，"平平仄仄仄"的节奏点是第2、第4个音节，它们是平仄相间的，所以"平平仄仄仄"仍然具有律句的音乐性。

既然唐人不排斥"三仄尾"，我们大可不必以其为非。须知，这种句式为律诗的创作增加了一种律句形式，给抒情表意带来了很大的方便。王力先生在《汉语诗律学》中没有否定这种句式，是有其道理的，我们还是别给自己拴套为好。

唐诗杂谈(二则)

一、文禁松弛是唐诗繁荣的根本原因

唐诗是中国诗歌群峰中的珠穆朗玛。"诗莫胜于唐"是历代文论家的公论。对于这一现象的历史成因,从宋代到今天,讨论不绝。归纳起来,主要说出了以下几点:一是由于唐代特别是初盛唐时期经济繁荣,国力强大,人心振奋,精神高扬;二是唐代结束了分裂局面,实现了南北文化的融合;三是唐朝统治者实行文化兼容政策,对内允许儒、释、道思想并行发展,对外吸收各种有益的文化营养。以上三条是共识。此外,还有说科举以诗赋取士者,还有说唐代皇帝于诗歌创作身体力行者,还有说诗在唐代具有多方面社交功用者。

笔者以为,如果就唐论唐,这些理由未尝不可成立。但如果从纵向考虑,从整个中国历史着眼,这些理由恐怕难以解释唐诗的辉煌。因为上述这些情况,在其他时代也有存在。论经济繁荣,国力强大,清代的康乾盛世未必就比唐代差;论国家统一,南北文化交融,宋、元、明、清,率皆如此;论儒、释、道并行发展,唐以后的历朝历代,大体如此。论皇帝带头写诗,唐以后的皇帝哪个不会附庸风雅?如乾隆一个人就写了4万首。论科举以诗赋取士,北宋前期也是这么办的,可是未见有多少好诗写出来。至于诗歌的社交功用,可以说在唐以后,这些功用并未消失。

笔者以为,上述种种对唐诗繁荣的解释,虽有一定道理,却并没有说出根本的原因。唐诗繁荣的根本原因,是由于唐代的统治者奉行了相对开明的政治,文禁松弛,允许人们说话,更不因诗人写诗抨击朝政而定其有罪。唐代的统治者对自己的统治抱有十足的信心,他们相信不会被人批倒；同时，他们又没有像其他王朝的统治者那样把自己的智慧凌驾于世人之上，他们能够做到广开言路，虚心纳谏。这个思想观念是由唐太宗确定的，他的后代子孙也基本能够奉行此种作风。唐人吴兢《贞观政要》记载了大量的太宗诚恳求谏、虚心纳谏的言论和事迹，现举几例。李世民曾对大臣们说："人欲自照，必须明镜；主欲知过，必藉忠臣。主若自贤，臣不匡正，欲不危败，岂可得乎？"[1]他又说："若人主所行不当，臣下又无匡谏，苟在阿顺，事皆称美，则君为暗主，臣为谀臣，君暗臣谀，危亡不远。……公等各宜务尽忠说，匡救朕恶，终不以直言忤意，辄相责怒。"[2]有时甚至责令大臣必须给他提意见。这些表明，太宗不以圣明自许，他恳切希望臣子直言进谏，以"匡救朕恶"，并且表示决不因为不合自己的心意而责怒进谏的人。有这样的明主，自然会有诤臣出现，如魏徵、刘洎、岑文本、马周、褚遂良等。对于臣子的批评意见，太宗能够认真考虑，他把谏书贴在墙上，出来进去反复观看琢磨，正确的意见就采纳。例如，他接受了黄门侍郎王珪的意见，放出某女官（此人原为叛臣李瑗的妾）回家；他接受了给事中张玄素的意见，停办了即将上马的洛阳乾元殿建筑工程；他接受了大理寺少卿戴胄的意见，收回了处死犯人的成命；等等。对于所提意见中肯的人，他则给予物质奖励，或赐绢，或赐金壶瓶，或赐金碗。

太宗既然欢迎臣子的批评，对于诗人的诗文批评自然不在话下。众所周知，唐代没有"文字狱"，唐代没有哪个诗人因为写了不满朝政、讽刺皇帝的诗而被收监入狱。李白痛斥统治者："珠玉买歌笑，糟糠养贤才。"杜甫批判玄宗的开边战争："边庭流血成海水，武皇开边意未已。君不闻汉家山东二百州，千村万落生荆杞。纵有健妇把锄犁，禾生陇亩无东西。"他还辛辣地讽刺唐代宗在吐蕃进攻长安时带领百官弃城而逃："犬戎直来坐御床，百官跣足随天王。"跣足，就是光着脚，连鞋子都来不及穿就落荒而逃了。杜甫甚至连唐肃宗宠宦官、怕老婆的事也给抖搂出来："关中小儿坏纪纲，张后不乐上为忙。"这个"张后"，就是肃宗的老婆。白居易

---

[1] 吴兢《贞观政要》，齐鲁书社，2000年，第52页。
[2] 吴兢《贞观政要》，齐鲁书社，2000年，第55页。

虽不曾讽刺过皇上,但对各级贪官污吏却不手软:"虐人害物即豺狼,何必钩爪锯牙食人肉!""地不知寒人要暖,少夺人衣作地衣!"唐代诗人诸如此类的作品不胜枚举。这些深刻反映社会现实的作品,能够写出来,传开去,正是得益于唐代统治者的文禁松弛。因为唐代统治者并未把写这些诗的人抓来治罪,顶多也就是下放到地方(如白居易、刘禹锡),让他们去做地方官而已;而且往往为时不久,即将其召回京都,重新予以重用。这种事情,在整个中国历史上是罕见的。唐代以后就不行了,苏轼因为写诗反对新法而蹲了监狱,险被杀掉。朱元璋把不愿意为其效力的文人也抓来杀了。清代"文字狱"的酷烈自不必多说。试想,处于这种政治高压下,诗人保命犹恐不及,谁还敢于写诗招祸?北宋诗人黄庭坚就曾胆战心惊地说,写那些大胆抨击时弊的诗,就等于是"引领以承戈,披襟而受矢(伸着脖子等刀砍,敞开衣襟等箭射)"(《书王知载朐山杂咏后》)[1]。南宋人洪迈说:"唐人歌诗,其于先世及当时事,直辞咏寄,略无避隐。至宫禁嬖昵,非外间所应知者,皆反复极言,而上之人亦不以为罪。"他接下来引杜甫、白居易、张祜、李商隐抨击时弊的诗例,然后说:"今之诗人不敢尔也。"[2] 唐人之所以敢于"反复极言",就是因为"上之人(皇上)亦不以为罪",宋朝诗人"不敢尔",就是由于宋朝文网的严密。

中国社会的知识分子,在经济上不能独立,在政治上需要依附朝廷,孟子所赞美的"富贵不能淫,贫贱不能移,威武不能屈"的大丈夫精神,随着封建集权制的加剧,是越来越暗淡了。他们中的绝大多数人,在政治的高压下变得消沉。所以,他们的诗才,是需要凭借政治环境的宽松才能发挥出来的。李唐统治者恰好在政治上为他们提供了宽松的环境。他们得以放心、放手地去写,无所顾忌地去唱。这种宽松的政治环境,对于加强诗歌反映现实的深度,对于披露诗人丰富多彩的内心世界,无疑是起着决定性作用的。

笔者当然不是认为只要有文禁松弛一个条件就能成就唐诗的繁荣,只是在于强调它的根本性作用。有了这个基本条件,再加上经济繁荣、国力

---

[1] 刘琳等点校《黄庭坚全集》第二册,四川大学出版社,2001年,第666页。
[2] 洪迈《容斋随笔》,中国世界语出版社,1995年,第152页。

强大而促成的时代精神的高扬,南北文化、中外文化以及儒、释、道思想的兼容,科举以诗赋取士等条件的并存,方才造就出唐诗的辉煌。

二、唐诗的社会功用

唐诗是中国古典诗歌群峰中的珠穆朗玛,其思想成就与艺术成就令其他时期的诗歌无法企及。究其原因,除了政治开明、文禁松弛、经济强盛、民气高扬之外,广泛的社会功用,也是重要的因素。俗语说:有用则兴,无用则废。诗歌在唐代,因其有用于社会生活而受到高度重视,唐诗不仅用于审美,更重要的是具有实用价值。

首先,诗歌用于科举考试。早在高宗、武后时期,命题作诗就出现在考卷上了,形式是写五言六韵的律诗。知识分子要想金榜题名,诗作不好是绝对不行的。这样的考试制度,一下子就把准备进入仕途的人统统变成了诗人。唐代的知识分子都会写诗,差别只是写作水平高与低而已。唐代的选官制度,科举及第之后,并不马上授予官职,还要候选几年。你要想提前获得官职,还得经过一次考试,叫作"科目选",其中的"博学宏词科",要考生写出论文一篇、诗一首、赋一篇。可以说,诗在唐代是知识分子走上仕途的"上马石"。你要是没有这方面的能力,干脆就归田务农或经商算了。

其次,诗歌在唐代还应用于广泛的社交活动。唐代人无论迎客来访或是送人离乡,无论贺人及第或是慰人落榜,诸如婚丧嫁娶、生辰祝寿、思亲忆旧乃至请客吃饭,都用诗歌来表情达意。唐代的送别诗有许多名篇,如王勃的《送杜少府之任蜀州》、王维的《送元二使安西》、李白的《黄鹤楼送孟浩然之广陵》,都是由于社交而产生的。白居易想请朋友来家中喝酒,既不写信更不写便条,他以诗代简:"绿蚁新醅酒,红泥小火炉。晚来天欲雪,能饮一杯无?"(《问刘十九》)绿蚁是酒面上漂浮的酒渣,表示这酒是刚刚酿成的,还没来得及过滤,味道十分鲜美。唐代还没有烧酒,酿的酒度数较低,时间一长就不好喝了,所以人们喜欢喝新酒。这首诗先以新酒来吸引对方,接着又说自家的炉火旺盛,然后说天气寒冷正需饮酒暖腹，最后点明邀请之意，一片盛情见于字里行间。想那姓刘的朋友，不来才怪！杜甫贫穷，秋天来了没钱置办衣服，就向时任彭州刺史的高适求援，也是写诗："百年已过半，秋至转饥寒。为问彭州牧，何时救急难？"（《因崔五侍御寄高彭州》）杜甫在成都西郊盖了一所茅屋，为了美化周围环境，向附近几个官员索要各种树苗，都是用诗达意，甚至还向县尉韦班要吃饭用的瓷碗："大邑烧瓷轻且坚，扣如哀玉锦城传。君家白碗胜霜雪，急送茅斋也可怜。"（《又于韦处乞大邑瓷碗》）诗中赞美大邑县烧出的瓷碗又轻便又坚固，白如霜雪，用手一敲，声如哀玉。杜甫把大邑县的瓷碗说得这么好，对方还好意思不赠送吗？这就是诗歌的功用。

再次，写诗可以获得尊贵的社会地位，甚至可以免于灾祸。这与唐代帝王喜欢写诗有关系。唐代的帝王都喜欢写诗，《全唐诗》中收录了不少帝王作品，比较多的如太宗李世民的诗有90多首，玄宗的诗有60多首，武则天的诗有40多首。这是个了不起的事情。俗话说"上有所好，下必甚焉"，有唐一代，由于皇帝的身体力行，写诗是极有品位的行为，会写诗的人由此而获得尊贵的社会地位，受到世人的尊重，"诗人"在当时是一顶辉煌的桂冠。李白一生是靠诗歌扬名天下的，"敏捷诗千首，飘零酒一杯"，这是杜甫给他的定论。杜甫后半生漂泊西南天地间，也是靠写诗交结朋友，取得生活的资助。倘若他不能写诗，怕是早已葬身沟壑了。还有个典型的例证，安史之乱发生以后，王维被叛军捉到，被迫接受了伪职。两京收复之后，他被唐政府押回长安，按刑律当判死罪，正是由于他在叛军营中写了一首怀念故国的诗"万户伤心生野烟，百僚何日更朝天？秋槐叶落空宫里，凝碧池头奏管弦"，才免于死罪。王维不死，当然还有他弟弟王缙起的作用，但这首深蕴故国之思的诗歌，确实打动了朝中大员。还有一事也很说明诗歌的免祸功用。唐朝长庆年间，诗人李涉去南方游历，入夜时分，来到九江边上的一个荒村，当时天下着雨，正准备投宿，却被一伙强盗围住了。强盗们喝令他交出财物免除一死。李涉的随从对强盗说，他是诗人李涉，你们不能劫他。强盗首领说，李涉这名字我知道，我还读过他的诗。要真的是李涉，就放你们走。不过，我要的是证据，李涉不是能写诗吗？他能立成一首好诗，就证明是李涉。那李涉稍稍镇定心情，便口吟一绝："暮雨潇潇江上村，绿林豪客夜知闻。他时不用逃名姓，世上如今半是君。"强盗首领听罢，露出一张笑脸来，连声说："好好，果然是李涉。"于是命令手下把财物奉还。一声呼哨，群盗消失在夜幕中。（事见《唐才子传》）写诗能让强盗退避，这在别的朝代是难以想象的。

在中国诗歌的历史长河中，唐诗是个辉煌的瞬间。这个辉煌瞬间的形成，是由于诗歌繁荣所需要的条件——政治的、经济的、文化的诸多条件的一时兼备。后代王朝由于某些条件的缺失，遂不能使诗歌重现辉煌。全面总结唐诗繁荣的原因，对于检讨当今诗歌创作局面具有重要意义。

唐人的稿酬意识

今之所谓"稿酬",古时称为"润笔"。求人作文,必以财货为报;为人作文,也以索取报酬为常例。这是古代人的常识,唐代人尤为看重。洪迈《容斋随笔·文字润笔》云:"作文受谢,自晋、宋以来有之,至唐始盛。"[1]唐人具有浓厚的稿酬意识。卖文者要价既高,买文者酬劳亦厚。

唐代文人所获得的文字酬劳是相当丰厚的。初盛唐时的文章大家、书法家李邕,擅长作碑文,朝中官员多有持重金求其作碑文者,李邕因此而巨富。《旧唐书》李邕本传记载:"邕早擅才名,尤长碑颂。虽贬职在外,中朝衣冠及天下寺观,多赍持金帛,往求其文。前后所制,凡数百首,受纳馈遗,亦至钜万。时议以为自古鬻文获财,未有如邕者。"[2]李邕可谓靠卖文发财的首户了。中唐散文大家韩愈的"润笔"也非常可观。他奉旨作《平淮西碑》,宪宗把碑文的拓片赐给韩弘,韩弘寄给韩愈绢五百匹。[3]他为检校左散骑常侍王用作碑文,得到马一匹(附带马鞍、马衔)、白玉腰带一条。[4]刘禹锡说他:"公鼎侯碑,志隧表阡,一字之价,辇金如山。"[5]这样丰厚的稿酬是我们难以想象的。韩愈平生为他人作碑文65篇,所得财货之多可想而知。所以,韩愈虽然在《进学解》中发贫穷的牢骚,在《送穷文》中驱遣"穷鬼",但他的生活日用还应该是富裕的。《新唐书》韦贯之本传记载:裴均死后,他的儿子拿着万匹缣,登门求韦贯之写墓志

---

[1]洪迈《容斋随笔》,中国世界语出版社,1995年,第182页。
[2]刘昫《旧唐书》,中华书局,1975年,第5043页。
[3]董诰《全唐文》,上海古籍出版社,1990年,第2464页。
[4]董诰《全唐文》,上海古籍出版社,1990年,第2463页。
[5]董诰《全唐文》,上海古籍出版社,1990年,第2733页。

铭。[1]缣是一种细绢，以一万匹缣换取一篇墓志铭，可见当时人们对文章的礼重。《新唐书》司空图本传记载：王重荣父子雅重司空图，请其作碑文，赠绢数千匹。[2]孙光宪《北梦琐言》记载：庐山道士李德阳善写欧书，下猛和尚圆寂，其徒请李德阳书写碑志，许奉一千匹缣。[3]这些史料足以说明，唐代的文字酬劳是相当可观的。

一方面是买文者肯于高价求购，另一方面是卖文者敢于高价售文。唐代文人十分重视文章的价值，按文取值，毫不客套，无论买文者官职多高，照收不误。皇甫湜为东都留守裴度作《福先寺碑》，裴度以丰厚的车马缯彩相赠，皇甫湜算了一笔细账，还是嫌酬赠太少，大怒曰："自吾为《顾况集序》，未尝许人。今碑字三千，字三缣，何遇我薄邪？"裴度于是增加了酬劳。[4]每个字三匹细绢，这要价高得可以。张嘉贞罢相，来定州做刺史，定州辖区曲阳县有北岳庙，嘉贞作《北岳恒山祠碑》，此碑白石黑字，今存于北岳庙中。[5]碑成之后，酬劳怎取？他是定州的最高长官，没有付酬的人了。他有办法——从北岳庙的香火钱中取出"数万"，作为酬劳。《旧唐书》张嘉贞本传记载了这件事，同时又说："嘉贞虽久历清要，然不立田园。及在定州，所亲有劝植田业者，嘉贞曰：'吾忝历官荣，曾任国相，未死之际，岂忧饥馁？若负谴责，虽富田庄，亦无用也。比见朝士广占良田，及身没后，皆为无赖子弟作酒色之资，甚无谓也。'闻者皆叹伏。"[6]可见，张嘉贞是一位颇有远见的清官。他居官不贪，却又取香火钱为自己谋取酬资，其实这并不矛盾，该着我得的我就必得，大大方方，这也正好说明唐人对文章酬劳的重视。还有一事也很能说明这种现象。白居易和元稹是生死至交，元稹临终之际，请白居易给他写墓志铭，许以舆马、绫帛、银鞍、玉带之物，作为酬劳，价值六七十万。白居易念及平生

---

[1] 欧阳修《新唐书》，中华书局，1975年，第5155页。
[2] 欧阳修《新唐书》，中华书局，1975年，第5574页。
[3] 孙光宪《北梦琐言》，学苑出版社，2000年，第246页。
[4] 欧阳修《新唐书》，中华书局，1975年，第558页。
[5] 韩成武等《北岳庙碑刻选注》，中国文联出版社，2003年，第24页。
[6] 刘昫《旧唐书》，中华书局，1975年，第3092页。

交谊，再三推辞，还是收下了，把这笔钱用于修香山寺了。[1]作为一对有着生死交谊的朋友，求文付费，尚且如此，足以见出唐人对稿酬的重视程度。

但也不是所有买文者都这样慷慨大方。遇到吝啬其囊的人，唐代文人每每咬住不放，拉下脸来要账。唐肃宗上元二年，杜甫客居成都草堂，唐兴县令王潜修建客馆，请杜甫作文记之，杜甫作《唐兴县客馆记》。[2]文章作成，交付王潜，这位县令却在酬劳上不肯大方出手，杜甫接连写了两首诗《敬简王明府》《重简王明府》，以诗代简，催他付资，诗中说"骥病思偏秣"，希望对方给自己吃点偏饭，多付些酬资，又说"看君用高义，耻与万人同"，这是激励对方要讲义气，在酬资的付给上别与一般人等同。须知，杜甫是个讲斯文、爱面子的人，他说"有求常百虑，斯文亦吾病"（《早发》），如果没有注重文章价值的时代文化习俗作背景，他是不会这样向王潜开口的。杜甫的邻居有个叫斛斯融的，擅长作碑文，为了讨回酬劳，他不惜舍家投远，到南郡去找买文者，一去多日，搞得家属无依无靠，杜甫作诗记之曰："故人南郡去，去索作碑钱。本卖文为活，翻令室倒悬。"（《斛斯六官未归》）看来，这斛斯融也是个讲死理、重文价的主。

唐代人重视稿酬，这种文化习俗的形成，与唐代的社会背景有密切的关系。唐代，特别是初盛唐时期，经济繁荣，国强民富，这就为付给丰厚的稿酬提供了经济基础。另外，唐代人思想活跃、自由、开放，勇于追求个体人生价值，唐代文人对文章价值尤为看重，杜甫所说的"文章千古事"是当时文人的共识。总之，重视稿酬的文化习俗是物质文明与精神文明发展到一定程度的产物。一个物质贫瘠的社会，不会产生这种习俗；一个精神麻木的社会，也不会产生这种习俗。

---

[1]董诰《全唐文》，上海古籍出版社，1990年，第3060页。
[2]仇兆鳌《杜诗详注》，中华书局，1979年，第2205页。

唐诗中记载的节令习俗

唐诗反映的社会生活是广阔而生动的,无论对传统节日还是四时节令的文化习俗都有细致的描写,诸如春节、元宵节、上巳节、清明节、端午节、七夕、重阳节、腊八、除夕,以及二十四节气等,常见于诗人的笔端。本文以《全唐诗》所收作品为依据,以时序为顺序,对这一文化现象作出梳理。

元　日

元日即正月初一,新年的首日,是古代隆重的节日。人们在这个节日做些什么,从杜甫《元日示宗武》诗中可以获得一些认识,诗中写道:"汝啼吾手战,吾笑汝身长。处处逢正月,迢迢滞远方。飘零还柏酒,衰病只藜床。训喻青衿子,名惭白首郎。赋诗犹落笔,献寿更称觞。不见江东弟,高歌泪数行。"诗中"飘零还柏酒""献寿更称觞"二句,记叙了这个节日的饮食和礼仪习俗,饮柏树枝叶泡的酒,是取健康长寿之意,"献寿""称觞"是说举杯祝寿。这个习俗早在南北朝梁朝宗懔《荆楚岁时记》就有了记载:"长幼悉正衣冠,以次拜贺。进椒柏酒。""椒是玉衡星精,服之令人身轻能走。柏是仙药。"[1]刘禹锡《元日乐天见过因举酒为贺》诗中写道"与君同甲子,寿酒让先杯",刘禹锡与白居易同年生(772),而月日在其后,所以说自己先饮寿酒。古代元日饮寿酒次序,幼者居先,《荆

---

[1] 宋金龙校注《荆楚岁时记》,山西人民出版社,1987年,第7页。

楚岁时记》记载："凡饮酒次第，从小起。"[1]

立 春

立春是二十四节气之首，唐人对此日有颇多写景咏怀之作。立春吃韭菜，记录这个习俗的有杜甫《立春》诗，诗中写道："春日春盘细生菜，忽忆两京梅发时。盘出高门行白玉，菜传纤手送青丝。"白玉，是状写菜盘之精美；青丝，指韭菜。仇兆鳌《杜诗详注》引《四时宝镜》："唐立春日食春饼、生菜，号春盘。"且引黄生注："生菜，韭也。"而后说："诗言青丝指韭，良是。""公居杜陵而家在洛阳，故两京春盘皆所尝食。"[2]立春吃韭菜，这种习俗来历已久，据《南齐书·周颙传》载，周颙隐居于钟山，文惠公子问他蔬食何味最胜，周颙答"春初早韭，秋末晚菘"[3]，就是提倡初春吃韭菜，秋末吃白菜。

元宵节

正月十五元宵节，古代又称为"上元节""元夕""元夜"，是一年中仅次于春节的隆重节日。这是个欢乐、热闹的夜晚，官府取消了"宵禁"，千家万户，扶老携幼，纷纷出来观看彩灯，欣赏歌舞。

元宵节俗称"灯节"，是以展示和欣赏各种各样的彩灯为主要活动的节日。说起当时的彩灯规模之大，着实令人瞠目结舌。据唐人郑处诲《明皇杂录》记载，元宵节时，唐玄宗在东都洛阳张列灯盏："结缯丝为灯楼三十间，高百十尺，垂以珠玉，微风一动，铿然成声。其灯为龙、凤、虎、豹之状。"[4]这灯楼不但高大，灯盏的造型也异常生动，而且还有美玉

---

[1] 宋金龙校注《荆楚岁时记》，山西人民出版社，1987年，第7页。
[2] 仇兆鳌《杜诗详注》，中华书局，1979年，第1597页。
[3]《二十四史·南齐书》，中华书局，1972年，第732页。
[4] 郑处诲《明皇杂录》，中华书局，1994年，第55页。

传音，形、声、光、色，一应俱全。豪门贵族也都不惜巨资，别出心裁，造出五光十色的巨大灯盏，五代王仁裕《开元天宝遗事》记载："韩国夫人置百枝灯树，高八十尺，坚之高山上元夜点之，百里皆见，光明夺月色也。"[1] 这些壮丽的彩灯，吸引着满城市民出来观赏，诗人苏味道在《正月十五日夜》记其盛况："火树银花合，星桥铁锁开。暗尘随马去，明月逐人来。游伎皆秾李，行歌尽落梅。金吾不禁夜，玉漏莫相催。"长安城的元宵之夜，简直就是个花灯的世界，环顾四周，到处都是火树银花。连护城河上的桥梁也布置了灯盏，远远望去，如同星桥，由于官府解除了"宵禁"，所以桥上的铁锁也打开了。游人涌动，遮掩了马匹蹬起的尘土，明月升起，似乎是追随游人也来观灯。人群中还有打扮得花枝招展的歌伎，她们边走边唱着《梅花落》。段成式在《观山灯献徐尚书》诗中，对彩灯作出细致的描写："火树枝柯密，烛龙鳞甲张。"高大的灯火之树，勾画出密集的枝柯；巨大的龙形灯盏，张开了鲜艳的鳞甲。如此造工，可谓惊人。张说在《十五日夜御前口号踏歌词二首》诗中写道："龙衔火树千灯艳，鸡踏莲花万岁春。"所谓"龙衔火树""鸡踏莲花"，也是对花灯造型的具体描绘。如此盛况，难怪定州诗人崔液在《上元夜六首》诗中说："谁家见月能闲坐？何处闻灯不看来？"到了晚唐，游人观灯的场面仍未减弱，李商隐在《正月十五夜闻京有灯恨不得观》写道："月色灯光满帝都，香车宝辇隘通衢。"其诗展示了当时观灯规模之宏大。

元宵之乐，不只是观赏灯火，还有轻歌曼舞为人助兴。歌舞演出者多由官府组织的歌伎充当。在明朗的月光下，在火树银花旁，衣装艳丽的歌伎们，在鼓乐箫笛的伴奏中，或脆展歌喉，或翩跹起舞。唐诗中有大量的作品反映出元宵歌舞的盛况。诗人王諲在《十五夜观灯》中写道："停车傍明月，走马入红尘。伎杂歌偏胜，场移舞更新。"歌舞的场地由歌楼舞榭移到了大街上，唱得更妙、舞得更新了。这显然是大众节日的欢乐气氛提升了歌伎们的情绪。诗人顾况在《上元夜忆长安》中写道："处处逢珠翠，家家听管弦。"珠翠，这里是代指歌伎，说处处都能遇到歌伎的演出，可见此夜歌舞场面之繁多。崔液在《上元夜六首》中，反复记录歌舞

---

[1] 王仁裕《开元天宝遗事》，中华书局，2006年，第55页。

之妙:"公子王孙意气骄,不论相识也相邀。最怜长袖风前弱,更赏新弦暗里调。"诗中写出舞姿之轻盈,演奏之娴熟。欣赏这样的轻歌曼舞,自然令人流连忘返:"星移汉转月将微,露洒烟飘灯渐稀。犹惜路旁歌舞处,踟蹰相顾不能归。"月亮西沉,灯火稀疏,歌舞已罢,游人仍旧徘徊相顾,不忍离去。

社 日

社日是祭祀土地神的日子,有春社、秋社之分。立春后第五个戊日为春社,立秋后第五个戊日为秋社。《荆楚岁时记》载:"社日,四邻并结宗会社。宰牲牢,为屋于树下。先祭神,然后享其胙。"[1] 书中详细记录了社日的活动。社日这天,农民宰杀牲畜作为祭品,在树底下搭个屋子,作为祭祀的场所。祭祀之后,分享祭祀用的肉。到了唐代,社日习俗仍然保留着。杜甫《遭田父泥饮美严中丞》写道:"田翁逼社日,邀我尝春酒。"从中可知社日有宴饮的习俗。殷尧藩《郊行逢社日》写道:"酒熟送迎便,村村庆有年。妻孥亲稼穑,老稚效渔畋。红树青林外,黄芦白鸟边。稔看风景美,宁不羡归田?"诗中写出秋社时农民庆祝丰收、拜谢土地神的情景。王驾《社日》写春社盛况:"鹅湖山下稻粱肥,豚栅鸡栖半掩扉。桑柘影斜春社散,家家扶得醉人归。"社日活动到日斜方散,村民长者大醉而归,一幅社日生活的生动剪影。

上巳节

上巳节也是古代重要节日。两汉以前,以农历三月上旬巳日为上巳节,魏晋以后,定为三月初三,不必是巳日这天。如果说重阳节可以称为山顶上的节日,那么上巳节就可以称为水边上的节日了。这个节日的习俗

---

[1] 宋金龙校注《荆楚岁时记》,山西人民出版社,1987年,第33页。

是临河洗浴,以祛除不祥。时当暮春,风和日暖,官民人等,聚集水边,撩水于身,踏青于野,别有一番生活情致。

这绝对是个历史悠久的节日。《论语》中记载,孔子和他的几个学生在暮春之时,穿着春装,在沂水中沐浴,就是这种节日习俗在春秋之际的留痕。最早记录这个节日的是西汉初期的文献,郑玄《周礼》注:"岁时祓除,如今三月上巳,如水上之类。"[1]晋人王羲之著名的《兰亭集序》,就是记录诗人们的节日活动和感受的:"永和九年,岁在癸丑,暮春之初,会于会稽山阴之兰亭,修禊事也。"修禊,就是临水洗浴,以祛除灾病。这群诗人洗濯完毕,便依次临水而坐,搞"流觞曲水"的游戏:把酒杯放在弯曲的水流上,诗成者饮酒。他们用诗歌抒发宇宙永恒、人生短促的浩叹,成为诗坛佳话。经过文化名人的点缀,这个节日便具有了高雅情调。

到了唐代,上巳节已成为重要的节日。唐诗中不乏表现这个节日的作品,笔者查阅《全唐诗》,出现"上巳"字面的诗歌就有29首。比较著名的有陈子昂《三月三日宴王明府山亭》:"暮春嘉月,上巳芳辰。群公禊饮,于洛之滨。奕奕车骑,粲粲都人。连帷竞野,祓服缛津。"节日这天,洛水岸边,群公齐聚,捧水沐浴,饮酒赋诗,帐篷相连,占满了原野,服装华丽,挤满了水滨。这些描写可能有夸张的成分,却也大体反映出节日的热闹景象。杜甫《丽人行》,诗中描写长安曲江边上仕女如云的盛况:"三月三日天气新,长安水边多丽人。"她们穿着艳丽,打扮入时,神态清远,一派太平盛世的景象。王维《三月三日曲江侍宴应制》写道:"万乘亲斋祭,千官喜豫游。奉迎从上苑,祓禊向中流。"可知这一天玄宗和群臣都来到曲江过节了,君臣乘船,到曲江的中流捧水洗浴,那盛况是可以想见的。乘船到河水的中流洗浴,大概是由于中流水质更为清纯,有不少诗篇反映了这个细节。一年之计在于春,在上巳节里洗浴身体,祈求身体康健,表现了唐代人积极的生活态度。不知何种原因,上巳节从汉民族现代生活中淡出,仅在个别地方还保留着踏青的习俗。但是这一节日在西南少数民族中还保留着,如壮族的三月三、傣族的泼水节等。

---

[1] 李学勤《十三经注疏·周礼注疏》,北京大学出版社,1999年,第691页。

寒食、清明

作为二十四节气之一的清明节，在古人的心目中，它不仅仅是个"清明前后，种瓜点豆"的农事节日，它还具有丰富的精神文化内涵。它既有因为祭祀活动而泪洒坟茔的悲情，也有因为春游踏青等习俗活动而赋予的欢乐。它是一个悲喜交加、哭笑并存、多姿多彩的节日。唐代诗人们积极参与了这些活动，用生花妙笔，描绘出一幅幅清明节的生动图画，既表达了他们的节日感受，也为后人留下了若干习俗方面的记载，具有史料价值。

需要提及的是，在唐代诗人的笔下，常常把清明节与寒食节连带着写。清明节的前三天是寒食节，它是为了纪念春秋时期的晋国廉士介子推而设立的，由于介子推不愿当官而被火烧死，遂将其遇难日定为寒食节，节日里要禁火三天，人们只吃冷食，到清明节时才起新火做饭。既然如此，本文标题中的"清明"自然也就包含了寒食节。

从寒食节开始到清明节的这几天里，是人们祭扫坟茔的日子。早在开元二十年，政府就下达了诏令，将此时的扫墓祭祀活动编入"五礼"。这条诏令，使得清明扫墓活动更加深入人心。白居易《寒食野望吟》写道："乌啼鹊噪昏乔木，清明寒食谁家哭？风吹旷野纸钱飞，古墓累累春草绿。棠梨花映白杨树，尽是死生别离处。冥寞重泉哭不闻，萧萧暮雨人归去。"作者以细致的笔墨，助以凄风苦雨的景物烘托，描写了人们扫墓上坟时的悲戚情景，字字句句充溢着泪水和伤悼，反映了唐人"慎终追远"的孝道理念和思亲情怀。

诗中提到"送纸钱"这个细节，这个细节有许多诗人都提到了，例如薛逢在诗中写道："清明纵便天使来，一把纸钱风树杪。"（《君不见》）这是说纸钱被风吹到树梢上。诗人王建在《寒食行》中写道："三日无火烧纸钱，纸钱哪得到黄泉？"作者认为，既然寒食节里不许动火，纸钱就不能焚烧，那么黄泉之下是收不到了。"三日"这个措辞提供了一个信息：寒食节的节期是三天，有不少人认为"寒食节在清明前两天"，看来这说法是不对的。如果是在清明节上坟，由于可以动"新火"了，烧纸钱就成为可能。关于清明节这天启动新火,有诗为证:杜甫在《清明二首》其一中说"朝来新火起新烟",韦庄在《长安清明》中说"内官初赐清明火"。当今有人说清明节这天也要禁火,是错误的。

唐人十分重视祭祀祖墓,即便是流落他乡,也在此时念念不忘,杜甫晚年客居夔州(今重庆奉节县),写诗给两个儿子,说有好几年没给祖先上坟了,深感不安:"几年逢熟食,万里逼清明。松柏邙山路,风花白帝城。"(《熟食日示宗文宗武》)邙山,在今河南省洛阳市北,杜甫祖坟在那里。"万里逼清明"的"逼"字,写出身在万里之外的诗人对清明节的强烈感受:本应该给祖先扫墓,却因路途遥远不能如愿的无奈。杜甫是儒家文化的优秀代表,他的身居异地而不忘祖茔的情怀,反映了唐朝人的共同心理。

除了祭扫坟墓,清明节还有一些游乐活动,拔河比赛就是其一。薛胜的《拔河赋》记录了拔河的热闹场面,赋的开头先写阵形之壮大,"壮士千人,分为二队",继而写绳索之长达"千尺"。比赛开始,"于是勇士毕登,嚣声振腾","然后一鼓作气,再鼓作力,三鼓兮其绳则直"。战鼓如雷,号子震天,壮士们"身挺拔而不动",由于用力蹬地竟然把鞋子踩进泥里,流出的汗水可以用手去捧。巨大的力气简直能够撼动不周之山,甚至要把地轴踏弯。双方阵式,如同"秦皇鞭石而东向,屹不可推;巨灵蹋山而西峙,嶷乎难摧"。赋的最后揭示了壮观场面的力量来源:"超拔山兮力不竭,信大国之壮观哉!"这是大唐国威的表现,是盛世精神的闪光。"名拔河于内,实耀武于外",是这篇壮赋的思想升华:向敌国展示国力之强大、民心之强悍——尔辈老实待着,不要以卵击石!薛胜用豪迈奔放的笔触,为后人留下这精彩的一幕,使我们得知中华民族曾经的辉煌。

此外,还有荡秋千与踢皮球(当时称为"蹴鞠","蹴"就是用脚踢,"鞠"就是皮球)游戏。唐代诗人们经常把二者并列写入诗中,例如杜甫《清明二首》其二写道"十年蹴鞠将雏远,万里秋千习俗同",王维《寒食城东即事》写道"蹴鞠屡过飞鸟上,秋千竞出垂杨里"。写荡秋千,晚唐诗人韦庄的《丙辰年鄜州遇寒食城外醉吟五首》、韩偓的《秋千》两诗最为出色,前者诗云:

"满街杨柳绿丝烟,画出清明二月天。好是隔帘花树动,女郎撩乱送秋千。"

绿柳如烟，花树芬芳，晴空明净，在这美好的环境中，一位女郎在用力荡动秋千，时时把美丽的身姿送上晴空，"撩乱"二字写出秋千摆动之快。这显然是一位健壮的女郎。而韩偓的《秋千》则描写了一个体力不支的少女荡秋千的窘况，诗云：

"池塘夜歇清明雨，绕院无尘近花坞。五丝绳系出墙迟，力尽才瞵见邻圃。下来娇喘未能调，斜倚朱阑久无语。无语兼动所思愁，转眼看天一长吐。"

春雨初停，庭院无尘，花坞附近，秋千晃动。荡秋千的少女用力蹬踏，摆动的高度却总是超不过墙头，直到拼尽全部力气，才勉强看到邻家的菜园。她累坏了，从秋千上下来，倚着栏杆娇喘吁吁，久久说不出话来。何时才能像别人那样把身体送上空中呢？她转动眼珠望着蓝天，发出一声深长的叹息。作者精于选取生活细节，把少女的形与神生动地表现出来，给人留下难忘的印象。

清明节出郊踏青也是习俗之一。顾非熊《长安清明言怀》写道："明时帝里遇清明，还逐游人出禁城。九陌芳菲莺自啭，万家车马雨初晴。"春雨过后，原野上芳草鲜花，黄莺歌唱，游人倾城而出，车马络绎不绝。

端午节

农历五月初五是端午节，又称端阳节，起源于先秦时期。在唐代，端午节是个盛大的节日，朝野上下，许多习俗要在这一天进行，诸如龙舟竞渡、君臣互赠夏衣、门前插艾、手臂缠五彩丝线等。唐诗的触角广博而细密，对这些习俗都有生动的反映。

先说龙舟竞渡。这个习俗相传是为纪念屈原而产生的。屈原含恨投汨罗江自尽，当地百姓得知，便驾驶船只争相打捞。这个传说，在唐代诗人的作品中有所反映，例如诗人文秀在《端午》诗中说："节分端午自谁言，万古传闻为屈原。"唐人继承了前朝人的做法，在端午节这天各地都举行规模盛大的龙舟竞渡活动。诗人卢肇在《竞渡诗》中写道："石溪久住思端午，馆驿楼前看发机。鼙鼓动时雷隐隐，兽头凌处雪微微。冲波突出人齐譀，跃浪争先鸟退飞。向道是龙刚不信，果然夺得锦标归。"龙舟之上鼓声咚咚，如雷滚动；船头劈开水面，掀起如雪的浪花。岸上看热闹的人们为冲锋在前的龙舟齐声呐喊，连鸟儿都退避三舍不敢前飞了。刚才还怀疑那条龙舟能否取胜，眨眼之间它便夺得了锦标，胜利回归了。诗人张建封的长诗《竞渡歌》最被人们看好，其中描写竞渡场面十分精彩："鼓声三下红旗开，两龙跃出浮水来。棹影斡波飞万剑，鼓声劈浪鸣千雷。"到了冲刺阶段，场面更加热烈了："鼓声渐急标将近，两龙望标目如瞬。坡上人呼霹雳惊，竿头彩挂虹霓晕。"望着即将靠近的终点锦标，两条龙舟上的健儿们眼睛闪出亮光。"目如瞬"，传说舜有双瞳，所以视觉特别明亮，这里是用来比方龙舟健儿急切、热烈的眼神。看着决胜的关头，坡上的观众发出了惊雷般的呼叫。胜负转眼间已见分晓："前船抢水已得标，后船失势空挥桡。疮眉血首争不定，输岸一朋心似烧。"这是写输的一方的表现，眼看着别人夺了锦标，只好徒劳地挥动船桨向前划。他们互相埋怨、打斗，以致头破血流，而赌输了的一位朋友更是心急火燎。那么，赢的一方又做什么？"竞脱文身请书上"，他们竞相脱掉衣服，露出文身，请求裁判官员在身上写个"上"字，以张扬自己的胜利。在胜者皮肤上面"书上"，看来是个法定的程序，因为诗人王建在《宫词一百首》中也有这样的记载："竞渡船头掉彩旗，两边溅水湿罗衣。池东争向池西岸，先到先书上字归。"诗人徐凝的《竞渡》诗写得短小而精彩，只有20个字而境界全出："乍疑鲸喷浪，忽似鹢凌风。呀呷汀洲动，喧阗里巷空。"鲸喷浪、鹢凌风，想象奇绝，把龙舟疾驰之状写得惊耸动人，这是正面下笔。后两句是侧面烘托，汀洲动、里巷空，写出观众之多，惊讶之巨。从上述这些诗歌不难看出唐代龙舟竞渡的盛况，生动的生活场景调动了诗人的丰富想象，绽放出朵朵绚烂的竞渡诗花。也有对年年搞龙舟竞渡不以为然的，例如白居易，他在《和万州杨使君四绝句·竞渡》诗中说："竞渡相传为汨罗，不能止遏意无他。自经放逐来憔悴，能校灵均死几多。"意思是说，年年都搞竞渡，年年都在救屈原，这就是说年年屈原都跳江自杀，这不是让屈原死的次数太多了吗？写诗讲究立意新颖，出语不凡，白居易也想这么干，但是效果不佳，有强词夺理之弊病。

端午节这天，君臣要互赠夏衣。按照时令，端午节之后进入夏季，人们需要更换衣服了。节日这天，皇上要向朝中的臣子赐予夏衣。这个工作很仔细，所赐的衣服用轻薄的细葛为料，还要根据臣子的身材缝制，让他们穿着合身。杜甫《端午日赐衣》诗中写道："宫衣亦有名，端午被恩荣。细葛含风软，香罗叠雪轻。自天题处湿，当暑著来清。意内称长短，终身荷圣情。"首句表达出乎意料的心情：宫衣上面居然还有我杜甫的名字啊！这是怎么回事？原来，此时肃宗正在打击他老爹的臣子，把房琯、张镐、严武、贾至、高适、岑参等人贬出京都，杜甫也在打击之列，端午节过后没有几天也被外放了。所以，他对受赐夏衣这份"恩荣"感到意外。三四两句写夏衣的轻软高级，细葛含着微风，香罗白如积雪，杜甫的想象力令人叹服。五六两句写穿着的惬意，夏衣上面的题名墨迹尚湿，穿在身上感到十分清凉。第七句写衣服长短合身，结句写自己终身感戴皇恩。杜甫当时任左拾遗，是个八品小官，他能受赐夏衣，可见皇上端午赐衣的范围十分广泛。

一方是皇上赐予臣子夏衣，另一方是地方官吏向皇上敬献夏衣。关于后者，史书未记，长于记事的杜甫却把它写进诗中。杜甫有《惜别行，送向卿进奉端午御衣之上都》，向卿其人名字不详，他制成了一件高级的夏衣，去上都（即京都长安）进奉给皇上，杜甫写诗给他送行。诗中写道："裁缝云雾成御衣，拜跪题封向端午。"云雾，比喻夏衣的轻柔；拜跪题封，是表示对皇上的敬重。

端午节还有挂长命缕与插艾草的习俗。具体的做法是：在门上或手腕上挂结长命丝绳，在门上插艾草。早在汉代，就有这种习俗，《后汉书·礼仪志》上说，五月初五"以朱索五色印为门户饰，以难止恶气"[1]。到了唐代，朝野仍然沿袭这种风俗。诗人和凝《宫词》写道："绣额朱门插艾人，羞将角黍近香唇。平明朝下夸宣赐，五色香丝系臂新。""朱门插艾""香丝系臂"就是这种风俗的体现。据《荆楚岁时记》载："五月五日……采艾以为人，悬门户上，以禳毒气。"[2] 这是对端午节插艾草的风俗

---

[1] 范晔《后汉书》，中华书局，1965年，第3122页。
[2] 宋金龙校注《荆楚岁时记》，山西人民出版社，1987年，第47页。

所作的解释。艾，又称"艾蒿""家艾""蕲艾"，菊科，多年生草本植物。艾叶有清香怡人味，舒畅肺腑。茎和叶皆含花香油，可作为调香原料，亦可用于杀虫。中医学上以叶入药。在古代，人们没有蚊帐躲避蚊虫叮咬，而端午节后蚊虫渐多，在门上插艾草，也可以阻止蚊虫进屋。

每年端午节，皇上还要向臣子赐赠"百索"。百索，就是长命丝绳，是用五色丝线编结的绳索，又名长命缕。诗人窦叔向有《端午日恩赐百索》，诗云："仙宫长命缕，端午降殊私。事盛蛟龙见，恩深犬马知。余生倘可续，终冀答明时。"道教称有尊位的神仙为"仙官"，这里指皇上。皇上赐予长命缕，深深感动了这位诗人，他说此事之大足可惊动蛟龙，恩情之深足可晓谕犬马，表示要在有生之年尽力报答圣明的时代。唐人韩鄂《岁华纪丽·端午》也有"百索缠臂"的记载。长命丝绳为什么要用五色丝线编成，这里是有说法的，古人以五色（红、黄、青、白、黑）对应五行（火、土、木、金、水），五行相生相克，所以能够辟邪除祸。

七 夕

《荆楚岁时记》载："七月七日，为牵牛织女聚会之夜。"[1]民间传说，农历七月初七夜晚，成群的喜鹊飞往银河，为牛郎织女架桥。初唐诗人沈叔安《七夕赋咏成篇》写道："彩凤齐驾初成辇，雕鹊填河已作梁。虽喜得同今夜枕，还愁重空明日床。"民间妇女有"乞巧"活动。《荆楚岁时记》载，这天晚上，妇女们把彩线穿在七孔针上，在院里摆上桌子，桌上陈列瓜果。如果有"喜子"（蜘蛛的一种）结网于瓜上，就意味着已经取巧成功了。崔颢《七夕》诗写道"长安城中月如练，家家此夜持针线"，就是记录"乞巧"这个民俗。祖咏《七夕》写得更为具体："闺女求天女，更阑意未阑。玉庭开粉席，罗袖捧金盘。向月穿针易，临风整线难。不知谁得巧，明旦试相看。"民间习俗，此日又有晾晒衣服之举。沈佺期《七夕》写道："月皎宜穿线，风轻得曝衣。"杜甫《牵牛织女》写道："曝衣遍天

---

[1] 宋金龙校注《荆楚岁时记》，山西人民出版社，1987年，第53页。

下，曳月扬微风。蛛丝小人态，曲缀瓜果中。"李贺《七夕》写道："鹊辞穿线月，花入曝衣楼。"想是因为农历七月已入秋季，溽暑结束，天气干爽，便于晾晒衣服。

重阳节

重阳作为节日，是什么时候才有的，先秦的文献中找不到记载，但不能因此而断定那个时候没有这个节日，因为生活中存在而文献失载的事情很多。就现在能够见到的文献记载是在汉魏时期。曹丕《九日与钟繇书》中，就有了记载："岁往月来，忽复九月九日。九为阳数，而日月并应，俗嘉其名，以为宜于长久，故以享宴高会。"[1]

在唐代，重阳节是个重要的节日。这一天，上自天子，下及庶民，都要参与节日活动。《唐会要》记载了唐代皇帝过节的情况，节日活动一般是在曲江岸边的亭子里举行，皇帝赐宴文武百官，还要即兴作诗，臣子应制唱和。例如，贞元四年的重阳节，唐德宗在曲江亭宴饮群臣，德宗把诗作成之后，群臣蜂拥唱和，当场交上来诗的有36人，德宗还把这36首诗评出三个等级：甲等4人，乙等4人，剩下的是丙等。君臣尽欢而散。

从唐人的诗作来看，当时的过节活动主要有三项：一是登高，二是赏菊采菊，三是饮菊花酒。有的地方还佩戴茱萸。茱萸是一种落叶乔木，有浓烈香味，是中药材。古人认为茱萸可以辟邪去恶，使人延年益寿。王维《九月九日忆山东兄弟》："遥知兄弟登高处，遍插茱萸少一人。"杜甫《九日蓝田崔氏庄》："明年此会知谁健，醉把茱萸仔细看。"杜甫写诗善用细节来抒情，仔细看手里的茱萸，这个细节有忧生之意，有寄希望于茱萸的意思。

唐诗写重阳节的作品有200多首。李白、杜甫、王维、岑参、白居易、杜牧等诗人都有这个题材的诗作。

表现重阳节习俗的诗写得最简洁的要数李白的《九月十日即事》："昨

---

[1] 严可均辑《全上古三代秦汉三国六朝文·全三国文》，中华书局，1958年，第1088页。

日登高罢,今朝更举觞。菊花何太苦,遭此两重阳?"登高、举觞(即饮酒)、赏菊,三件事都写到了。唐人以九月十日为"小重阳",故李白有"两重阳"之说。宋人陈元靓《岁时广记》卷三五引《岁时杂记》:"都城士庶,多于重九后一日再集宴赏,号小重阳。"李白叹息菊花两遭采撷,活得太苦,是调侃的口吻,颇能表现他的玩笑取乐的风神面貌。

借重阳的习俗表现无聊的心情,写得最绝妙的是岑参的《行军九日思长安故园》:"强欲登高去,无人送酒来。遥怜故园菊,应傍战场开。"想登高而实未能登,想喝酒而无人来送,想赏菊而菊花远在故乡。三件习俗都写了,却一件也没如愿,何其失落!

重阳诗写得最苦的是杜甫的《九日五首》其一:"重阳独酌杯中酒,抱病起登江上台。竹叶于人既无分,菊花从此不须开。殊方日落玄猿哭,旧国霜前白雁来。弟妹萧条各何在?干戈衰谢两相催。"杜甫晚年诸病缠身,不能尽兴饮酒,只能喝"杯中"少量的酒。而抱病登台,境况之艰难自不必说。既然如此,也就无心赏菊了,所以请求菊花不要再开。自己身在荒凉的夔州,日落之时,但闻黑猿哭啼;故乡远隔,音信不通,霜降之前,但见白雁飞来。弟弟妹妹远在他乡,生死不明。而战火频仍,诸病作祟,真像两个催命之鬼!此诗题目平常,却典型地揭示出作者晚年的心境。

重阳诗写得最洒脱、爽快的应属杜牧的《九日齐山登高》:"江涵秋影雁初飞,与客携壶上翠微。尘世难逢开口笑,菊花须插满头归。但将酩酊酬佳节,不用登临叹落晖。古往今来只如此,牛山何必泪沾衣?""上翠微"就是登上青翠的齐山,背着酒壶登山,其状可笑,其情可喜。想到人生多难,当此佳节自应将菊花插个满头,尽情作乐。还要尽情饮酒,一醉方休,何必面对落晖而感慨迟暮呢?人生苦短,古来如此,谁也逃脱不了,想那齐景公登临牛山,为生命短促而泪洒衣襟,真是徒劳之举。全诗格调高爽,令人眼新。

唐诗的妙处在于写同一个题目,而面目各异,绝不雷同。根本原因是他们敢于写出个人的生活感受,缘情而发,避免人云亦云,弃绝假大空话。这对我们有着深刻的启示。

腊 八

农历腊月初八,唐人称为腊日。《荆楚岁时记》记载,此日民间"以豚酒祭灶神"[1],但唐诗中未见有此记载。杜甫《腊日》诗云:"腊日常年暖尚遥,今年腊日冻全消。侵陵雪色还萱草,漏泄春光有柳条。纵酒欲谋良夜醉,还家初散紫宸朝。口脂面药随恩泽,翠管银罂下九霄。""口脂面药"就是防冻膏之类,已入苦寒季节,皇帝给臣子发放防冻膏,以示恩典。

唐诗有几首记录腊八打猎之事。例如卢纶《腊日观咸宁王部曲娑勒擒豹歌》:"山头瞳瞳日将出,山下猎围照初日。前林有兽未识名,将军促骑无人声。潜形踠伏草不动,双雕旋转群鸦鸣。"刘禹锡《连州腊日观莫徭猎西山》:"海天杀气薄,蛮军步伍嚣。林红叶尽变,原黑草初烧。围合繁钲息,禽兴大斾摇。张罗依道口,嗾犬上山腰。猜鹰虑奋迅,惊鹿时局跳。瘴云四面起,腊雪半空消。箭头余鹄血,鞍傍见雉翘。日暮还城邑,金笳发丽谯。"姚合《腊日猎》:"健夫结束执旌旗,晓度长江自合围。野外狐狸搜得尽,天边鸿雁射来稀。苍鹰落日饥唯急,白马平川走似飞。腊节畋游非为己,莫惊刺史夜深归。""腊节畋游"把节日与打猎联系起来,似乎打猎就是腊日的习俗之一。

除 夕

除夕作为重要的节日,唐诗对其习俗多有反映,主要有三。

守岁是除夕的一项重要习俗,家人团聚,从入夜一直坐到天明。有资料显示,早在汉代,文武百官在除夕要朝贺天子,饮宴作乐。最早将"守岁"二字写入文献的,是西晋人周处,他在《风土记》里记载蜀地风俗:"至除夕,达旦不眠,谓之'守岁'。"到了唐代,守岁的习俗更是风行朝野。唐太宗、唐高宗都以"守岁"为题作过诗。初唐诗人杜审言在《守岁

---

[1] 宋金龙校注《荆楚岁时记》,山西人民出版社,1987年,第68页。

侍宴应制》诗中写道:"季冬除夜接新年,帝子王孙捧御筵。宫阙星河低拂树,殿廷灯烛上熏天。弹弦奏节梅风入,对局探钩柏酒传。欲向正元歌万寿,暂留欢赏寄春前。"诗中描写了宫廷除夕守岁的盛况,皇上举办宴会,公子王孙、文武百官前来赴宴。此时,宫殿上空星河低垂,宫殿内外灯火辉煌,光照天宇。皇家乐队演奏着高级音乐,臣子们有的下棋,有的做藏钩的游戏,尽情娱乐。待到天明大年初一,齐声祝福皇上万寿无疆。诗题中的"应制"二字,说明这是由皇上下令而进行创作的,可见唐代的帝王很注意用诗歌来渲染节日气氛。在民间,无论家境贫富、做何营生,除夕都是要守岁的,甚至客居他乡,只身一人,也要通宵不寐,例如白居易,在《客中守岁》中写道:"守岁樽无酒,思乡泪满巾。始知为客苦,不及在家贫。畏老偏惊节,防愁预恶春。故园今夜里,应念未归人。"虽说眼前无亲,杯中无酒,也还是要守岁的。有的人客居他乡,难忍寂寞,就去亲戚或朋友家中守岁,唐代社会的人际关系比较密切,允许旁人在家中过除夕。例如杜甫困居长安期间,就曾去他的叔伯弟弟杜位家中守岁,作《杜位宅守岁》,说"守岁阿戎家"。孟浩然曾去张少府家中守岁,作《岁除夜会乐城张少府宅》,说"畴昔通家好,相知无间然"。即便是身居寺院里,也要强打精神遵循这个习俗,戴叔伦曾在二灵寺里过除夕,作《二灵寺守岁》,写道"守岁山房迥绝缘,灯光香炧共萧然","忧心悄悄浑忘寐,坐待扶桑日丽天"。虽说身在佛门,却也难逃世俗,说明唐代守岁之风确实非常强劲。

  守岁之外,在庭院里燃烧火炬,在犄角旮旯点亮蜡灯,是又一个重要习俗,这是为了营造一个亮堂堂的环境,以取吉利。唐代许多表现除夕夜的诗歌都写到了这个习俗。例如杜甫《杜位宅守岁》有"列炬散林鸦"之句,说成行成列的火炬在院子里燃烧,明亮的光焰惊散了树林里的乌鸦。王建《宫词一百首》,其中一首写除夕夜的火炬灯光之盛大,说"院院烧灯如白日"。沈佺期《岁夜安乐公主满月侍宴》说"岁炬常燃桂",除夕之际,适逢安乐公主满月,宫廷举办宴会,庭院里烧的不是一般的木柴,而是贵重的桂木,其奢华程度可知。丁仙芝《京中守岁》写道:"守岁多燃烛,通宵莫掩扉。"张说《岳州守岁》也有"寒庭燎火多"之句。总之,唐代的除夕夜,从京都到城镇再到村寨,到处都是烛灯、火炬,那是一个非常明亮的夜晚。

　　吃年夜饭、饮长寿酒,是又一个重要习俗。从入夜到天明,要经历十几个小时,吃年夜饭势在必行。这个活动一般在半夜时举行,而且拖得时间较长。孟浩然《岁除夜会乐城张少府宅》写有"续明催画烛,守岁接长筵",说的就是这种情况。长寿酒是用柏树枝叶浸泡而成的,是取柏树寿命长久之意,或许也有些医学道理。唐代守岁诗经常提到"柏酒",如杜审言《守岁侍宴应制》中说"对局探钩柏酒传",孟浩然《岁除夜会乐城张少府宅》中说"新正柏酒传",就是说的这个习俗。

王维《观猎》的表现艺术

王维在文学史上以山水田园诗享有盛名。他的山水田园诗的名篇，多数为晚年之作。而年轻时期的王维，被盛唐时代精神所感召，曾有过一番颇为豪壮的建功立业的志向。《观猎》这首诗，就是反映他强烈进取心的代表作，全诗描写将军打猎，突显将军的英武精神，借以表达作者的英雄之志。王维是个天才的艺术家，诗歌、绘画、音乐都取得了很高的艺术造诣。尤其是诗歌，精于各种表现手法，在唐代诗人群体中，其艺术成就仅在李白、杜甫之下。从《观猎》这首诗，可以见其一斑。诗云：

风劲角弓鸣，将军猎渭城。草枯鹰眼疾，雪尽马蹄轻。
忽过新丰市，还归细柳营。回看射雕处，千里暮云平。

首联在内容的安排上就显得别具一格。全诗写将军打猎，起句却不让将军出现，而是先写出两种声音：劲厉的北风声、弓弦的崩鸣声。这两种声音交织在一起，造成了威威赫赫的声势。这样一来，人物还没出现，读者的心已然被这声音抓住了，产生读下去的强烈欲望，这是一种"先声夺人"的表现手法。清代沈德潜在《说诗晬语》中评论说："起手贵突兀。王右丞'风劲角弓鸣'……直疑高山坠石，不知其来，令人惊绝。"沈德潜的话是有道理的。试想，如果开头两句写成"将军猎渭城，风劲角弓鸣"，那就不会产生这种令人震惊的艺术效果。这样安排，我们会感到有一种力量没有写出来，就是打猎时那种鹰飞马跃、弯弓搭箭、瞄准猎物、机不可失、时不再来的"急"劲，没有表达出来。现在，王维作出这样的安排，那个"急"劲就被表达出来了。由此，我们可以看出王维在艺术构思上的匠心独运。

颔联是采用"以物衬人"的艺术手法,就是用物的精神、性格来衬托人的精神、性格。作者的目的是要突显将军的"鹰"和"马"的英武、雄健。而突显"鹰"和"马"的英武、雄健,则是为了突显将军的英武、雄健。然而,在解释这两句的意思上,笔者所见的几种注本,却未能揣摩到作者的用意。何也?他们都作出这样的解说:由于猎场上草已干枯,所以鹰眼就显得特别锐利;由于猎场上雪已消尽,所以马跑起来就特别轻快。如此解说,使人们感觉到将军的"鹰"和"马"也就是一般的水平;而一般水平的"鹰"和"马",对于将军的形象只能是有损而无益的。这是违背"以物衬人"手法用意的,显然不会是王维的原意。这两句是"紧缩句",每一句都是由两个短句构成。"紧缩句"中的两个短句会出现各种语法关系。上面所说的几种注本,都把两个短句解释为因果关系。笔者以为,它们不是因果关系,而是并列关系。"草枯"是发现猎物的有利因素之一,"鹰眼疾"也是发现猎物的有利因素之一;"雪尽"是利于奔驰的因素之一,"马蹄轻"也是利于奔驰的因素之一。它们是"两个好"合并成一个"大好"的关系,如同说"力手持快刀""长帆遇劲风"。这样解释,才能突出将军的"鹰"和"马"的精神、性格,才能衬托出将军的英武、雄健。

颈联是通过巧用地名来丰满将军的形象。"忽"字是写作者的视觉感受,在作者的视野中,将军骑马向新丰市的方向奔驰,作者一眨眼的工夫没盯住,再找将军,他已经越过了新丰。这是强调将军打猎的神速。这一联最值得称道的是作者对两个地名的选用。从诗的尾联"回看射雕处,千里暮云平"来看,将军这次打猎的范围非常辽阔。在这"千里"猎场上,将军打猎一定会经过许多地方,可是作者独独让将军从"新丰市"经过,这是为什么呢?原来,新丰市有它独特的文化风俗,那就是盛产美酒、聚集侠客。南朝诗人庾信在《春赋》中说:"入新丰而酒美。"李白在《结客少年场行》中说:"托交从剧孟,买醉入新丰。笑尽一杯酒,杀人都市中。"王维在《少年行》中说:"新丰美酒斗十千,咸阳游侠多少年。相逢意气为君饮,系马高楼垂柳边。"这些作品都记录了新丰市产美酒、聚侠客的风俗特征。侠客在当时是以其扶弱抑强、仗义慷慨的品格被人们所赞许的。李白在《侠客行》中说"纵死侠骨香",王维在《少年行》中也说

"纵死犹闻侠骨香",反映了侠客在当时人们心目中的崇高地位。那么,王维在这里选择"新丰市"让将军经过,就暗中给将军的形象抹上一层剑侠之气,不动声色地刻画出将军慷慨大义的风度。这对于丰满将军的形象,对于抒发作者的仰慕之情,无疑是起到重要作用的。再说细柳营,细柳营本是汉代名将周亚夫的营房名,王维此处是借以代称所咏将军的营房。之所以用这个地名来代称,是由于细柳营包含着一个文化意蕴。宋人曾公亮《武经总要》记载:"汉文帝时,匈奴入边,以周亚夫军细柳营。帝至军,吏被甲,锐金刃,控弓弩,持满。天子先驱至,不得入。曰:'军中闻将军令,不闻天子诏。'"汉文帝此行是前来慰劳各营将士,走到其他营房,营门大开,随便出入。来到细柳营前,却被营门卫兵挡住了。直到周亚夫发令准许进入,汉文帝才得以进营,而且还要遵照规定"按辔徐行",军令如此威严,颇令文帝赞许,叹道"真将军也"。后来,细柳营就被指代为军令威严的将军营地。王维借用这个地名所包含的故事,暗中写出将军的威严,有力地丰满了将军的形象。唐诗优秀作品中出现的地名,都不仅仅是交代人物活动的地点,而是与塑造形象、抒发情感密切相关,是作者艺术构思的一个有机部分。

  尾联写将军收猎回营时意兴未尽的心态。"射雕"是择其壮者而言之。其实,打猎时多是遇到野兔、山鸡之类,雕是较少遇到的。但是,不能写成"回看射兔处",这样写不利于表现将军的英武形象——狗还能逮住兔子呢!雕则不同了,它是猛禽,飞得又高又快,若非有勇有力有谋,是难以射到它的,所以,"射雕"云云,正在于表现将军的英姿。"暮云平"三个字,大处落墨,写景壮阔,莽莽的暮云可以看成是将军的豪气所凝聚。唐诗中多把人之"气"与天之"云"相连类,高适《燕歌行》中"杀气三时作阵云"就是一例。这一联最有意味的是"回看"这个细节行为,作者经过精心构思,采用这个细节,把将军的内心世界作了深刻而含蓄的揭示。这实在是一个富于情感内蕴的细节:将军在进入营门之前,勒住马缰绳,回头遥望刚才的射猎之处,但见千里暮云,平铺在猎场的上空……这个镜头令人玩味不尽,显然,将军是在检阅自己的魄力,品味自己的气概。无限豪情,托于有限的文字之中。严羽所谓"言有尽而意无穷",说的就是这种艺术境界。诗歌的收结有各种方法,有议论结情法,有写景结情法,有细节结情法。用细节来收结情感,更能达到余波动荡的效果。

全诗成功地刻画了将军的英武形象。考察成功的原因,既有"先声夺人"手法的运用,又有"以物衬人"手法的运用,更有对地名的巧妙运用,以及"细节结情"收尾方法的运用。除此之外,还有一个重要的因素,那就是作者精于烘托渲染。且看,首句言"风",末句言"云",风是劲风,云是长云,如此构图,使将军的形象满带风云之气,将军的英武形象可谓呼之欲出了。

王维诗中写的香积寺在哪里

王维的名篇《过香积寺》，各家注本一致认为写的是长安附近的香积寺。笔者日前走访了该寺，发现其地理环境与王维诗中所写完全不同。先来复读王诗：

不知香积寺，数里入云峰。古木无人径，深山何处钟？
泉声咽危石，日色冷青松。薄暮空潭曲，安禅制毒龙。

从诗中描写的地理环境来看，香积寺处于深山之中，建在云峰之上，这里古木参天，渺无人迹，泉声幽咽，日色清冷。而笔者所见到的香积寺却处于西安城南的平地上，北距西安城17.5公里，南面是终南山，距终南山约为7.5公里，寺院南临潏河，北接樊川，地势平坦开阔，农田连绵，并无深山老林的自然环境。

难道是后人将香积寺从南面的终南山移到这里吗？从香积寺的介绍文字中得知，此寺院确实是近年重新修建的。介绍文字说"原香积寺殿宇早已坍塌"，"1979年，日本净土宗主动捐资协助修缮香积寺"。但是，寺院中的两座古塔确是唐代遗留的。介绍文字说："寺内现存680年建造的善导塔，塔由青砖砌成，塔身周围保存有鞍形的12尊半裸古佛，雕刻精巧，实为珍品。"既然塔是唐代遗留的，那么寺院虽属后修，其地址定然也是在这里。

还可以找出若干依据，证实香积寺就在此处，而非终南山中。

据《旧唐书》记载，唐玄宗天宝十四载（755）十月，安禄山起兵反唐。第二年，长安沦陷，玄宗逃入成都，唐肃宗即位。至德二载（757）秋，广平王李俶率领官军及回纥援军15万人，逼近长安，列阵于香积寺北,与叛军决战。《旧唐书·郭子仪传》记载:"子仪奉元帅为中军,与贼将安守忠、李归仁战于京西香积寺之北,王师结阵横亘三十里,贼众十万陈于北。归仁先薄我军,我军乱,李嗣业奋命驰突,擒贼十余骑乃定。回纥以奇兵出贼阵之后夹攻之,贼军大溃,自午至酉,斩首六万级。贼将张通儒守长安,闻归仁等败,是夜奔陕郡。翌日,广平王入京师,老幼百万,夹道欢叫,涕泣而言曰:'不图今日复见官军。'"史料中说,叛军10万人马在香积寺北摆开阵势,官军的阵势横亘30里,敌我双方这么大的阵势,只能摆在平川上,绝不可能摆在终南山里。

又据《旧唐书·李嗣业传》记载:"至德二年九月,嗣业从广平王收复京城,与贼大战于香积寺北,西拒沣水,东临大川,十里间军容不断。嗣业时为镇西、北庭支度行营节度使,为前军,朔方右行营节度使郭子仪为中军,关内行营节度王思礼为后军。戈铤鼓鞞,震曜山野,距贼军数里,列长阵而待之。贼将李归仁初以锐师数来挑战,我师攒矢而逐之,贼军大至,逼我追骑,突入我营,我师嚣乱。嗣业谓郭子仪曰:'今日之事,若不以身啖寇,决战于阵,万死而冀其一生。不然,则我军无孑遗矣。'嗣业乃脱衣徒搏,执长刀立于阵前大呼,当嗣业刀者,人马俱碎,杀十数人,阵容方驻。"这条史料进一步明确了战场的位置是在"香积寺北",其地理环境是"西拒沣水,东临大川"。经查阅地图,可以确定战场就是在城南的平地上。

既然长安附近的香积寺地理环境与王维诗中所写完全不同,那么王维诗中写的香积寺究竟在哪里?笔者认为是嵩山南麓风穴山中的风穴寺。风穴山位于汝州市东南约70公里处,属于嵩山山脉。风穴寺是河南省四大名刹之一,为国家级重点文物保护单位。与白马寺、少林寺、相国寺齐名,被称为"中原四大名刹"。该寺始建于东汉初平元年(190),重修于北魏,最初的名称就是"香积寺"。到了隋代,因寺周山峰林立,改名为"千峰寺"。至开元二十六年(738)改名为"白云寺",俗称"风穴寺"。此处群山耸立,怪石嶙峋,古木参天,泉水幽咽,自然环境与王维诗中所写相吻合。

那么王维是否到过这里,便成了问题的关键。笔者查阅王维全集,发现了他来嵩山游历的踪迹。他有两首诗可以为证,一首是《归嵩山作》,

诗中写道：

> 清川带长薄，车马去闲闲。流水如有意，暮禽相与还。
> 荒城临古渡，落日满秋山。迢递嵩高下，归来且闭关。

"嵩高"是嵩山的别称，此诗从题目到正文都说明王维到过嵩山。另一首是《过乘如禅师萧居士嵩丘兰若》，诗中写道：

> 无著天亲弟与兄，嵩丘兰若一峰晴。
> 食随鸣磬巢乌下，行踏空林落叶声。
> 迸水定侵香案湿，雨花应共石床平。
> 深洞长松何所有，俨然天竺古先生。

题目中说的"乘如禅师"，是唐代高僧。他是梁武帝六代孙，21岁出家。年轻时即受唐玄宗青睐，诏封为"临坛大德"。圆寂后由其俗兄萧居士在嵩丘寺建立了灵塔，塔铭为《萧和尚灵塔铭》。这首诗证明王维曾去嵩山拜访过乘如禅师的俗兄萧居士。此外，他还有一首送别诗也提到了嵩山，这首诗是《送方尊师归嵩山》，诗中写道：

> 仙官欲往九龙潭，旄节朱幡倚石龛。
> 山压天中半天上，洞穿江底出江南。
> 瀑布杉松常带雨，夕阳苍翠忽成岚。
> 借问迎来双白鹤，已曾衡岳送苏耽。

通过诗中描写的具体景观，也能看出他到过嵩山。既然他到过嵩山，风穴寺（香积寺）又在嵩山南麓，就完全有理由推断他去过那里，他的《过香积寺》写的就是这个寺院。

还有一个问题需要说清，他为什么不称此寺为"白云寺""风穴寺"，而称其为"香积寺"呢？这需要考证他来此寺的时间，《旧唐书·王维传》记载：开元九年（721）王维中进士第，为太乐丞。不久因罪被贬谪济州司仓参军。后归至长安。开元二十二年（734）张九龄为中书令，王维被擢为右拾遗。王维游历嵩山，应在被贬谪济州司仓参军途中，济州在今天山东，王维东行正好经过洛阳一带，游历嵩山是顺便之举。那么，他游历嵩山的时间段就是在开元九年到二十二年之间。而唐人把隋朝时称的"千峰寺"改名为"白云寺""风穴寺"是在开元二十六年。王维那时所见的寺院还是沿用隋朝的称呼。王维没有取用隋时的名称"千峰寺",而坚持用该寺的原名"香积寺",那是他个人的尚古心理所致,无可非议,古人也常有取用原始名称的做法。

刻画精微，出神入化
——读钱起《衔鱼翠鸟》

有意莲叶间，瞥然下高树。擘波得潜鱼，一点翠光去。

这是唐人钱起写的《衔鱼翠鸟》，小诗只写翠鸟捕鱼的瞬间情状，虽无深远寄托，但描摹之精微，状物之传神，亦足以悦人情性。

四句诗依翠鸟捕鱼的顺序来写。首句写它在高树上俯视水面莲叶的间隙，留心观察那散碎水面上偶然出现的鱼影；次句写它发现目标之后，从高树上一闪而下，"瞥然"是形容瞬间闪过的样子，极写俯冲之迅疾；第三句写它破水而入，啄得潜鱼；结句写它得食以后，跃出水面，便一闪而逝了。

寥寥二十字，展现了一个单纯的捕鱼过程、一组短暂的小镜头，然而翠鸟那锐利的目光和迅疾的动作，却给人留下强烈的印象。作者是如何把翠鸟的这两个特征表现得如此突出呢？

先说作者对翠鸟锐利目光的表现。作品从始至终没有一个字去正面直说它的目光如何锐利，而是把笔墨用在了翠鸟与环境关系的设置上，通过对捕鱼环境的精心设置，间接地表现出翠鸟那锐利的目光。请看：翠鸟所俯视的水面，是被重重"莲叶"遮盖着的，水中的游鱼只是在游到莲叶间隙时，才能隐约露出一点踪影，这么低的能见度，若非目光十分锐利，如何能够发现目标？此其一。其二，翠鸟所在之处，并非贴近水面，作者强调它是在"高树"上的，从这么高的地方下视水面，能将叶隙间的游鱼看个清楚，这又需要多么好的目力！其三，翠鸟所发现的目标，并非水面上的浮鱼，而是藏在水下的"潜鱼"，这一笔，又把翠鸟的目力推进一层。

"莲叶""高树""潜鱼",这些看来是纯客观的环境描写,却暗藏着作者的巧妙构思,作者避开了正面落笔的俗套,采用从旁点墨、以侧见正的手法,不动声色地达到了预期的目的,可谓"不着一字,尽得风流"(司空图《二十四诗品》)。

再看作品对翠鸟迅疾动作的表现。作者采用了三种手法。其一,仍是侧写,即通过翠鸟与环境关系的角度去表现,想那莲叶缝隙中的潜鱼是一晃即逝的,翠鸟从发现目标到由高树飞下、破水而入、伸嘴擒捉,必定是近乎闪电的速度,稍有迟滞,便会落空。其二,采用正面描写,直接展示翠鸟的几个连续动作:"下""擘""去"。三个动作的连续推出,简洁而有力地勾画出翠鸟由上而下、由空而水、由近而远的迅疾身影,给人一种急剧的、目不暇接的感受;它所展示的空间是如此阔大,而展示的时间却是如此短促,这种时空的逆差,更突出了翠鸟的飞动之速。其三,从观者的角度去写。作者写翠鸟从高树上俯冲下来,使用了"瞥然"这个词,说自己的眼睛无法追随那瞬间闪过的鸟影;写翠鸟得鱼后飞走,作者说只见"一点翠光"倏忽而逝。总之,在作者的视觉中,翠鸟的形体不见了,见到的只是点、线、光,描写这些主观感受,便将翠鸟的疾飞之状刻画至极。

另外,这首诗在着色上也别具一格,景物色彩不杂,呈现为单一的绿色,翠鸟、莲叶、树木,以及被莲叶遮覆的水面,无一不是绿色的,整个画面被绿色充满,是一个绿的整体。绿色,是生命的象征,蕴含着蓬勃的生气,这种色调对于翠鸟的旺盛精神构成了有力的烘托。

钱起是中唐大历时期的诗人,是"大历十才子"之一,而且被公认为十才子之首。唐代科举的省试诗,有两首为佳,一首是祖咏的《终南望余雪》,另一首就是钱起的《湘灵鼓瑟》,"曲终人不见,江上数峰青"所创造的深杳诗境和悠长韵味,颇能超越历史时空而永存。他的诗工于写景白描,审美上具有追求精确表现清幽小境的写实倾向,善于从细微之处下笔,精到之处真能笔追造化。这首《衔鱼翠鸟》可见一斑。

深婉缠绵、真挚蕴藉的恋歌
—— 李商隐《无题》一诗的描写艺术

每逢阅读李商隐的某些爱情诗篇，内心都会产生圣洁的感受。爱情作为人类的一种感情，固然其自身便具有神圣和纯洁的属性，但要把它形诸文字，付诸歌咏，却并非都能传出其真髓。比如在爱情诗繁荣的中晚唐时期，色相描写就曾充斥一时，"樱桃樊素口，杨柳小蛮腰"（白居易），"转面流花雪，登床抱绮丛"（元稹），"抱月飘烟一尺腰""吴宫女儿腰似束"（温庭筠），"二寸横波回慢水，一双纤手语香弦"（李群玉），等等，腰肢媚眼，口唇鼻舌，竟成为作家关注的对象和兴奋的焦点。这样的情诗失于浮艳，自然会使人感到不足。因为色相毕竟不是爱情的全部内容，更不具备爱情的深层和永恒的底蕴。

从色相描写的泥淖中拔出来，登上清峻的感情高冈，向人生发出深情绵邈的爱的呼唤的诗人，正是李商隐。他的某些爱情诗笔不涉艳，情感深挚，意境深邃，字里行间流动着一种失意的惆怅和憧憬的真情，刻画出属于诗人自己的深沉婉约的个性特征，抒情形象极为鲜明，具有高度的审美价值，在爱情诗史上占有重要的地位。由于时代的原因，他的某些爱情诗以"无题"为题，后代有些学者出于好事之心，从中探幽发隐，不惮其劳地去设想、求证李商隐的所谓风流韵事，实为徒劳之举。知人方能论诗。联系李商隐的生活经历以及由此而形成的正直、纯朴、深沉的性格，没有理由把这些"无题"诗猜疑为拈花惹草的放情之作，却完全可以视为作者的纯情恋爱的记录。李商隐出身于破落的贵族家庭，家境寒微，十岁时父亲死去，身依寡母，艰难度日，"四海无可归之地，九族无可倚之亲"（《祭裴氏姊文》），困苦的生活不仅给他的心灵长期罩上阴影，而且造成了婚恋上的障碍。在他被王茂元聘为幕僚期间,王茂元的女儿看中了他的人品和才华,他也十分爱慕这位王小姐。王茂元却因李商隐出身寒微、不合乎"门当户对"的联姻条件而未予应允。后来,经过王小姐的努力和其他人的撮合,才结为伉俪。李商隐的"无题"诗所抒发的惆怅与忧怀正与这段生活经历相吻合,是他苦恋的结晶。下面这首七律《无题》,就是很有代表性的一篇力作,集中反映了诗人的抒情个性和艺术风格。

  相见时难别亦难,东风无力百花残。
  春蚕到死丝方尽,蜡炬成灰泪始干。
  晓镜但愁云鬓改,夜吟应觉月光寒。
  蓬山此去无多路,青鸟殷勤为探看。

  从内容上看,这是一首赠别诗,是作者与恋人在一次难得的相会之后即将分别之际,所吐露的痛苦衷肠,感情凝重而深远,笔意曲折而缠绵。起句"相见时难别亦难",看似平常道情,却含艺术匠心。"相见时难",是叹相见的机会难得;"别亦难",是叹离别时难舍难分。作为一首赠别之作,起笔却不写离别,而写"相见",感叹相见之难,这是使用衬垫的艺术手法,用以加重表现离别的伤感。离别是令人不快的,正如古人所云:"黯然销魂者,唯别而已矣。"(江淹《别赋》)但倘若相见的机会很多,譬如今日热恋中的情侣,晚上离别,明晨即可相见,那么离别时的心情自然不会过于沉重(感情脆弱者或精神不太健全者除外)。然而,作者与他的恋人却难得相见的机会。古代女子深居闺房,难得外出,一般只是在正月十五元宵节才被允许出门观看灯火;何况,王茂元起初不同意他们的婚事,对女儿的行动必然加以约束。相见是如此之难,那么当此分别之际,势必翻涌感情的巨澜:一朝挥手,何时重见?岁月匆匆,流年似水,青春易老,婚事难谐,想到今后的相思之苦,必会万分珍惜这次相逢,自然要对眼下的离别倍感伤心。所以,"相见时难"这四个字,对于"别亦难"来说,起到一种水涨船高的衬垫作用,从而把离别的痛苦推到极点。

  第二句"东风无力百花残",这句景物描写,表面上是交代离别的时令和环境,春风无精打采地吹着,百花零落凋残,离别正值暮春时节。而从艺术审美的角度来看,此句则是作者以写景的手段抒发情感。它与第一句构成点染的关系，也就是说，作者在首联中使用了点染的手法，用以抒发伤感之情。所谓"点"，就是明确点出某种感情，喜怒哀乐，见诸字面；所谓"染"，就是用特定的景物对已经点明的感情进行渲染。此诗第一句中的两个"难"字，已经把离别的痛苦明显地点了出来，第二句则使用暮春时节残败的春色来渲染这种苦情，那无力的东风和凋残的百花之景观，有力地渲染了作者的主观之情，使诗歌呈现出物我合一的境界。点染法是一种非常有效的抒情手法，它既能使感情鲜明不涩，又能使感情具体有形。人与物合二而一，情与景密切交融，既明达又含蓄，引人身临其境，对作者的情思作无垠的遐想。因其如此，故每被诗人采用。白居易在《琵琶行》的开端写送别友人的苦闷心情时说道："醉不成欢惨将别，别时茫茫江浸月。"这就是使用点染法，先用一个"惨"字点出离别时的心情，然后用凄迷的江中月色进行渲染，有情有景，彼此融汇，造成意境。柳永《雨霖铃》词中写道："多情自古伤离别，更那堪冷落清秋节！今宵酒醒何处？杨柳岸，晓风残月。"先用一个"伤"字点出离别的心情，接着便用"冷落清秋""晓风残月"这种凄清、索寞的景物来渲染离别的伤感，从而浓重地抒发了感情。李商隐在《夜雨寄北》一诗中再次使用点染法，此诗是写给远方妻子的，首联写道："君问归期未有期，巴山夜雨涨秋池。"第一句写出有家难归的苦情，第二句便用凄风苦雨作渲染，那涨满秋雨的水池，使人联想到作者那颗被痛苦涨满的心。

总之，作者在首联成功地运用了衬垫和点染二法，仅十四个字便将其离别时的苦情表现得委曲婉转而又淋漓尽致。

颔联两句，是作者向其恋人表述对爱情的矢志不渝。表达此种心志，最易作成抽象议论，或者虽非议论，所取意象亦为"海枯石烂"之类的老生常谈。作者没有发表议论，而是将其心志凝结为两种独特的意象，通过使用比喻来揭示自己的内心——"春蚕到死丝方尽，蜡炬成灰泪始干。"春蚕和蜡炬，用以比喻诗人自己。蚕丝的"丝"与思绪的"思"，是谐音见义。蜡炬的"泪"是指蜡烛燃烧时流下的蜡油。经过作者一番精心构思，震撼千古人心的深情妙语倾诉出来了：我对你的思念啊，就像春蚕吐丝一样，吐着，吐着，直到生命的最后一息；我那痛哭的眼泪，就像蜡烛的泪珠一样，流着，流着，直到泯灭了自己的身体。

这两句诗一直被后人所赞许,被视为千古之绝唱。的确如此,在古往今来众多的爱情诗中,它们像两颗最为晶莹璀璨的明珠,闪烁着永恒不灭的光辉。人们拍案击节由衷赞美之,却很少能说出它们的感人之力来自何处。以我之见,它们之所以具有如此巨大的感染力,除了感情真挚、发自肺腑外,从艺术上加以考察,是由于作者创造性地运用了两个最为得体、最为准确的意象。试想,春蚕吐丝,是默默地、不停地;蜡烛流泪,也是默默地、始终如一地。这两种事物都具有内向的特点,因而对于表达男女情爱——这种具有内向特点的感情,是非常适合的、非常得体的。人的感情,因内容不同而各具特征。比如爱国之情就是外向的,可以在大庭广众之下慨然陈述。孝亲之情也是外向的,可以在父母亲朋中公开表达。唯独男女恋情,在我们中华民族的传统心理上是内向的,是以含蓄为美的,谈情说爱必选择僻静之处,轻声细语,羞羞怯怯;撰写情书也要回避他人,捂着盖着,左顾右看;很少见到有谁在众生面前痛诉自己的恋情。李商隐的成功,正在于他对男女恋情之特征作出精心的揣摩和准确的把握,他所选用的两个意象,神形兼备而又精细入微地表达出中华儿女的共同体验,正所谓人人心中所有,又是人人笔下所无的,一经妙笔传出,遂成千古绝唱。

以上两句是写离别之后作者自己的痛苦思念,写的是由生到死,情思不断。颈联两句则变换了角度,写离别之后恋人的痛苦心情,写的是王氏小姐从晓到夜,思念不绝:"晓镜但愁云鬓改,夜吟应觉月光寒。"虽为揣想之词,却何等细腻、体贴!作者揣想对方,每天清早对镜梳妆,该会对着偶然出现的白发而伤怀;夜晚独自吟诗时,该会觉得月光的寒冷,从而追寻那温暖的回忆。作者采用工笔细绘、叙事寄情的手法,既塑造了恋人的动人形象,又抒发了深婉的怜惜之情。这一联妙处有四:其一,"晓"与"夜"两个时间词,概括了恋人日夜思念的情状,写她无时无刻不处于伤感的精神状态之中。这无疑是心灵的感悟、情思的共振,只有真心相爱的人才会作出这种揣想。其二,晓妆对镜,月下吟诗,这两个生活细节也选择得恰到好处,二者结合起来,塑造了一个才情兼备的女性形象,体现了作者的审美标准,表达了由衷的爱慕之情。其三,写恋人对镜忧伤云鬓的改变,暗含着芳龄渐老而婚事未谐的慨叹;写恋人月下吟诗感到月光的寒冷，暗含着独处闺房的寂寞和对于幸福婚姻的希求。这些地方，语虽不涉情事，而情事自在其中，深婉含蓄，蕴藉无穷，引人作丰富的联想，此种笔墨最合艺术之道。其四，描绘恋人形象，仅以"云鬟"一词带过，可谓笔不涉艳，更见感情的圣洁与深挚，表明作者不是在玩赏对方的颜色，而是在以平等的地位，追求两性的契合，这种心态在封建文人中是少见的。这种纯洁的笔墨在文人爱情诗中也属凤毛麟角。

尾联两句，是作者对恋人的宽慰之词。"蓬山此去无多路，青鸟殷勤为探看。""蓬山"，即蓬莱山，古代传说东海有三座仙山，蓬莱是其中的一座。这里是用蓬莱指代恋人的居所。传说中的蓬莱山是仙子所居之地，作者用仙子的所居之地来代指恋人的居所，这实际上是把恋人视为美妙、圣洁的仙子了。地名的巧用，丰满了人物形象，也委婉地表达了作者对她的至高至上的崇拜与爱慕之情。唐代诗人善用地名，或以地代人，寓人于地，或借某地风俗和传统来加深人物形象，或借助地名的字面构成某种意境。总之，地名的使用往往与抒发感情相联系，鉴赏时不可等闲视之，轻易放过。"此去"的"此"字，应是指作者所居之地，"去"即距离之意。"蓬山此去"是"此去蓬山"的语序倒装，因律诗的字句规定了平仄声调，为适合声调的要求，语序倒装是常见的句法现象。"青鸟"，是神话传说中为王母传递信息的神鸟，这里是借指为作者和他的恋人传送书信的人。由于作者把他们的爱情看得异常神圣，所以连为他们传信的人都给加上了圣洁的光环，被视为"青鸟"了。这一神话典故的运用，起到很强的抒情作用。"青鸟"与"蓬山"联翩而出，为诗境蒙上一层朦胧而缥缈的气氛。全诗以宽慰恋人作结，既言两地相距不远，又道经常派人打探、问候，熨帖之心，可谓良苦。安慰对方，实际上也是在安慰自己，当此无可奈何凄然分手之际，也只能用宽慰之词来缓解愁肠了。所以这束希望之光，乃是从泪眼中闪现出来，自含有无限凄楚之意。一对情深意切的恋人，被传统势力所阻隔，只好把感情托于"青鸟"，把希望寄予渺茫之未来。作者运用曲笔，名为宽慰，实则感慨，诗的尾声无疑又是一缕深长绵邈的心灵颤音，与全诗的格调密切吻合。

这首诗情深语真，唏嘘婉叹，字字珠泪，句句心声，富有鲜明而独特的抒情个性。其感情之纯洁，格调之雅正，不徒傲立于古代情诗之林，亦使今日某些喧嚣性欲的所谓情诗相形见绌,实为一篇楷模之作。全诗采用多种艺术手法,如衬垫法、点染法、谐音法,以及得体而新颖的意象,又加以神话典故的渲染等,都为后人留下了弥足珍贵的艺术启迪。

勇于开拓、新见迭出的唐诗研究
——评吴淑玲《唐诗传播与唐诗发展之关系》

对唐诗在唐代的传播进行研究，是一个颇有难度的课题，因为这必须涉及诗歌的传本，而唐人作品缺少在唐代的传本。雕版印刷虽然出现在唐代，却没有刊印过唐人的诗文集。雕版印刷刊印文人诗文集是五代以后的事情。据笔者所知，五代时的和凝与贯休的集子是中国文人最早进入雕版印刷的，而唐人诗文集的刊刻，是宋代才开始的。没有版本依据，没有刊刻地点，没有印本数量，除了敦煌遗书里少量的诗文残卷抄本，没有其他实证材料，要想描述唐诗在唐代怎样传播，已经很有难度，更何况还要探讨唐诗传播与唐诗发展的关系。我曾经对这一课题有过些许担心，但当我拿到中华书局出版的这部近30万字的著作，读后不禁感叹：这是一部非常踏实的学术著作，也是一部勇于开拓、新见迭出的唐诗研究著作，从观点到材料，很多地方都有令人耳目一新的感受。

首先是唐诗研究新领地的开拓。唐诗研究是古代文学研究中最为成熟的学科之一，大批的研究成果，已经让很多唐诗研究学者感慨选题很难。吴淑玲的这一选题却让我们看到唐诗研究的一大块值得开拓的研究空间。从书目的章节设置可以感受到，作者触及了很多尚未有人开垦的唐诗研究的处女地：唐诗的传播条件（其中诗板、诗碑、诗筒、诗嶂是不见有人研究的）、传播版式、传播渠道、传播意识、传播趣尚、传播范围、传播影响（探讨唐诗传播与唐诗发展之关系）。这些大都是以前学者尚未关注到的。作者把之前唐诗研究学者在唐诗传播研究领域的努力系统化，并展开了多方面全新的探讨，使得唐诗在唐代的传播研究视域大开。因为每一个视角都可能再进行更为细致深入的研究，以至首都师范大学左东岭教授在给她的评议书中称"在唐诗研究很难找到课题的情况下开拓了唐诗研究的新视野","只要有人进行唐诗在唐代的传播研究,甚或后来者进行某种文学样式在当时的传播研究,都不能不注意到你的研究成果"。[1] 据说左东岭先生还开玩笑似的说她这是"跑马圈地",可见这一课题的研究范围和开拓价值。事实上她自己也确实已经开始进行更为细致深入的研究——唐诗传播条件中"驿传"对诗歌传播的价值,她以《唐代驿传与唐诗发展之关系》为课题申报了 2011 年国家社科项目,并完成了 20 多万字的书稿,已顺利结项。其他章节的视角,也多可进行这样的拓展性研究,可见唐诗传播这一领地确实还有很多值得深入挖掘的内容。

其次是唐诗研究新材料的大量使用。因为唐诗在唐代的传播没有完全受到学界注意,所以,有很多相关材料就躺在文献中,这就需要从大量的文献资料里钩稽索隐,让躺着的材料站起来,为新的课题服务。阅读全书,知道作者确实花费了相当心血对原典进行重读,用活了很多新材料,如唐代书肆的材料、唐手写本诗文版式的材料、诗歌传播渠道的材料、唐人传播意识的材料,几乎都是以前学者没有使用过的。邓小军先生说:"《唐诗传播与唐诗发展之关系》,亦使用了不少未被人使用过的传世文献材料,以支持其所提出的创新性的视野和观点。"[2] 的确如此,比如谈及唐代的诗歌传播渠道,有一小部分专门讨论"秘府的汇集与播散",其中使用了很多躺在文献中的材料,说明秘府怎样收集、收集了什么和怎样外传,把可能的来龙去脉勾勒得比较清楚。她用张九龄《为何给事进亡父所著书表》中提及的所谓"将欲献纳,才加撰次""下藏秘府",论证唐人把作品献给秘府收藏的情况;用白居易《读张籍古乐府》中"日夜秉笔吟,心苦力亦勤。时无采诗官,委弃如泥尘。恐君百岁后,灭没人不闻。愿藏中秘书,百代不湮沦。愿播内乐府,时得闻至尊",证明唐代秘府确实收集有唐人诗文作品;又用唐代秘府雇佣楷书手的情况和竞写《双橰赋》之类的材料,说明唐代秘府为诗文传播制造传本的情况。这一来龙去脉的勾勒建立在扎实的文献基础上,是比较令人信服的。又比如关于唐人诗歌传

---

[1] 孙微《开拓唐诗研究的新领域》,《保定日报》2014 年 4 月 20 日。
[2] 邓小军《唐诗在唐代是如何传播的》,《中华读书报》2014 年 4 月 16 日。

播意识的研究，作者从有意识传播、无意识传播和传播意识中的阻碍因素三个层面进行论述，这是首次系统论述唐人的诗歌传播意识。有些材料的使用，角度很新，其中有关杜甫、李贺、韦庄等人的诗歌在传播中受到阻碍的材料，是首次从传播学角度使用的。这些材料的使用，能够帮助我们解释一些文学史上难以理解的现象，如杜甫作为中国最伟大的诗人之一，其诗名在杜甫的时代远不如宋代以后出名，这可能与杜甫"新诗莫浪传""将诗不必万人传"的传播意识有关。杜甫有一首《同元使君春陵行》的诗歌，是对元结诗歌的唱和，题序中竟然说"感而有诗，增诸卷轴，简知我者，不必寄元"，这是对传播范围进行了严格的限制。随着这些材料的浮出水面，我们似乎理解了杜甫诗歌在唐代流传不广、唐人选唐诗中少见杜诗的一些原因。

  第三是关于唐诗传播与唐诗发展研究的新结论。有了新的审视视角，就必然收获新的成果。《唐诗传播与唐诗发展之关系》的新视角、新材料，为其收获了许多原创性成果。比如，作者通过考察唐人诗歌的传播方式发现：唐代存在着大量的诗板、诗碑和诗屏，这种传播方式与纸张抄写、题壁共同汇成唐诗传播的盛况，而诗板、诗碑是更适于长期保管的物质载体，故而后来的一些唐人诗文不少是依赖于这类载体整理的；通过考察唐代驿传传播唐诗的情况发现：唐代的驿传保障了唐代诗人之间的互相唱和能够及时递达，并直接影响诗人之间的诗艺切磋，进而对诗人风格的互相融合、诗歌流派的形成等都有直接的影响；通过考察唐代书肆传播唐诗的情况发现：书肆传播是唐诗传播的一个重要渠道，唐代诗文行卷能够通过书肆传播为才子传名，同时增加了诗人之间的诗艺交流，为诗人之间的互相学习搭建了桥梁；通过考察唐人诗歌传播意识发现：唐人的诗歌传播意识可以分为"有意识传播"和"无意识传播"以及"有意识地阻碍传播"三个层面。有意识的诗歌传播对诗歌本身的知名度和诗人的知名度起到了极为积极的影响，并直接导致学习仿效和跟风，影响当时的诗歌风格；无意识传播所体现的民间欣赏风尚及其对诗歌创作的影响，在于诗人希望传名，有时会在一定程度上受民间风尚的影响，浓郁的民间氛围，又给唐代诗人提供了成长的条件；而传播意识中的阻碍因素可能导致一些诗歌在当时并不知名，也就不能对当时的诗歌创作产生直接影响。通过考察唐诗在唐代的传播，作者得出了这样的结论：唐诗的传播对唐诗的发展有直接影响，是唐诗发展过程中一个非常重要的因素，唐诗传播在唐代形成的热闹场景，对鼓舞唐代诗人的创作热情、诗人之间的诗艺研磨、引导和培养后辈诗人等方面起到了相当重要的作用，对唐诗的风格变迁也起到了直接的推动作用，谈论唐诗的发展因素，离开唐诗在当时的传播就很不完备。这些结论，都堪为中的。

这部著作在写作过程中就已经受到专家学者的关注，2013年12月由中华书局出版，2014年4月16日《中华读书报》发表第一篇书评，书评发表两天后即被中国社科网全文转载。相信随着时间的推移，会有越来越多的学者认同这部书的开创价值。也希望作者潜心研究，百尺竿头，再进一步。

驿传与文学关系研究的新成果
——评吴淑玲《唐代驿传与唐诗发展之关系》

近年来,唐代驿传与唐诗关系的研究引起人们重视,题壁诗、馆驿诗的研究出现很多成果,驿传与文学关系的研究也有2008年人民文学出版社出版的李德辉《唐宋时期馆驿制度及其与文学发展之关系研究》。但淑玲新著《唐代驿传与唐诗发展之关系》却从更新、更系统、更贴近文学发展的角度,对驿传影响文学的层面进行了解说,比如对驿路诗歌的生产方式、情感内涵、艺术特质进行了深入的富有文学意义的阐释,对驿传的异地传诗功能、具体的传诗方式、诗歌团体的形成对驿路的依赖、驿传对唐诗风格变迁的影响等都作出了新的解说。

这一成果是在她的《唐诗传播与唐诗发展之关系》(中华书局2013年版)的基础上的深入拓展。在《唐诗传播与唐诗发展之关系》中,"驿传:唐诗传播的制度凭借"只是第一章第三节的内容,而在现在出版的这部著作里,已经拥有了整整25万字,其材料的充实和研究的深度是可想而知的。

在这个已经拥有一定成果的课题里,相对于以往驿传与文学关系的研究成果,此书在多方面进行了全新的阐释,收获了独到的成果。有五个方面值得重视:

一是对驿路诗歌的生成方式、情感内涵和艺术特质进行了深入的探讨。该书第二章探讨了在唐代驿传背景下的驿路诗歌的生成方式、情感内涵和艺术特质,这是以往研究中没有进行过统筹观照的内容,尤其是对驿路诗歌情感内涵的揭示和对驿路诗歌的文学特质的探讨,有比较新颖的观点。对驿路诗歌情感内涵的揭示,认为驿路上变动不居的生活,长年在外的漂泊,使得很多唐代士人不得不以馆驿为家,而乘驿的诗人入驿之前和入驿之后,生活和心态都会发生很多变化,其所创作的诗歌,也与常态生活下的创作有很多不同,其羁旅行愁之作、思乡恋家之作、留别送行之作、酬唱应和之作,既有不同的功用,也有不同的情感内涵,这对理解行驿之人的心态非常重要,它在一定程度上是唐代某一方面的社会生活的镜像。对驿路诗歌文学特质的探讨,从其写实性、内容与现实的疏离性、情感审美的悲凉性等层面深化了对驿路诗歌的研究。如由唐代驿路诗歌的内容去追寻唐代驿路诗歌的艺术品质,她认为:驿路诗歌中的写景作品写实性很强,并因此而具有地域性特征;应酬唱和之作更多追求表面的形式美,但也不乏情深义重的送别诗,如李白的《送友人》《送别》,杜甫的《奉济驿重送严公四韵》;写景抒情之作和思亲念友之作则以追求真实为尚,往往产生优秀之作,如杜甫在去往成都的路上所写的诸多诗作,如白居易、元稹、李商隐等所写的诸多思亲念友诗作。这就在更深层次探讨了驿路诗歌的文学价值。

二是探讨了唐代驿传在唐诗异地交流中的功能。该书第三章集中研究了驿传在唐诗异地交流中所起的作用。其研究成果确证了驿传体系在传播诗歌的过程中所能起到的作用:通过驿路转送诗人到新的诗歌创作地和传播地;通过驿寄让诗人之间实现诗歌互相寄送;诗人们还可以通过驿站题壁诗的抄写、阅读,实现诗歌的互相交流和情感的互相沟通。在当时唐代诗歌的传播中,异地诗人之间的互动,异地诗人的诗歌交流,是唐诗发展的重要环节。研究结果证实:驿传,实在是唐诗异地交流的不可或缺的因素。

三是探讨了唐代驿传的比较具体的传诗方式。在该书第四章,作者从唐代驿传怎样传播诗歌的角度入手,侧重探讨了驿传在当时唐诗传播中的实现方式,旨在探讨唐人在当时怎样因驿传而传播诗歌,并使诗歌成为社会风行的文化现象。研究结果认为:驿路行人的携带使得诗歌得以传递到异地;驿路吟诵、驿路传唱则会给诗歌的传播带来很好的影响,过往行旅中的好诗之人让"篇章传道路",成为唐代驿路上一道亮丽的人文景观,"未容寄与微之去,已被人传到越州"(白居易语)也是驿路传诗的功劳。这些描述,真实地再现了唐代诗人之间交流诗歌的历史场景,把我们带到了一个生动的诗歌传播的时空中。

四是探讨了唐代驿传与唐代诗歌团体形成的关系。唐代诗歌团体的形成，有多方面的因素，诸如时代环境、文人情趣、文馆活动、文人入幕、诗人个性、文人唱和等，驿传也是一个层面。事实上，驿传对唐代诗歌团体的形成是相当重要的因素，尤其是不同地域的诗人的聚合、相距较远的文人之间诗歌观念和诗艺的互相影响，没有驿传几乎是不可能实现的。该书考察了一些诗歌团体因驿传联结而形成的情况，认为是驿传使得远距离的诗人们能够较好地沟通彼此之间的诗歌观点，是驿传让他们彼此寄送诗歌实现诗艺的互相切磋，是驿传把一些诗人从四面八方联结到一起。由此而形成的远距离诗人之间诗风的共同律动促进了诗歌团体的形成。比如元、白之间诗歌观念的交流、诗歌的互相寄递、诗艺的互相探讨，绝大多数是通过驿路实现的，这是形成元白诗派的重要因素。韩愈与其麾下诗人结成团体，驿传的功用也很明显，一些文学观点的交流、一些诗人对韩愈的追随、韩愈对某些麾下文人的指点，干脆就是在驿路或驿馆完成的。类似现象，在唐代中后期的文学团体中极为普遍。可以说，驿传对促进唐代诗歌团体的形成有诸多助益。这方面的探讨，是同类著作中所没有的。

五是探讨了驿传与唐代诗歌风格之间的关系。诗歌风格的变迁是唐诗发展中相当重要的研究课题，它是怎样变化的，为什么这样变化，都是文学的本质性问题。驿传作为一种制度或行政运作方式，它与文学风格的变化到底有没有关系，这种关系到底是怎样的，这才是文学研究的本质性问题。如果没有这方面的探讨，"驿传与文学关系"的研究就会沦入为其他学科打工的尴尬境地，好在淑玲没有留下这方面的遗憾。"驿传与文学关系"的探讨集中在第六章。作者经过考察认为：唐代驿传的快捷使得唐诗影响唐代诗人的创作得以实现，某一阶段的唐代诗人的创作影响同时代或稍后时代的诗歌风格。驿传速度和范围关涉诗歌的影响力，比如元稹、白居易的诗歌能够达到天下共同追随的盛况，"自衣冠士子，至闾阎下俚，悉传讽之，号为'元和体'"，"巴、蜀、江、楚间泊长安中少年，递相仿效，竞作新词，自谓为'元和诗'"。而驿传受阻之时，受阻之地就不能与唐代主流诗歌协同变化，如敦煌陷蕃时期就未能及时接受唐诗的影响。驿路覆盖范围广，也能扩大唐诗在当时的影响范围，敦煌的唐诗写本实例说明，内地的诗歌风尚都能直接影响到边远地区，如著名陷蕃诗人马云奇的诗歌就颇受边塞诗歌的影响。驿路风物和风土人情直接影响诗歌的创作风格，如杜甫的驿路诗歌，在秦州附近凄苦，在同谷一带险怪，在成都附近平和。临近地域的诗人或关系密切的诗人之间容易在诗风方面互相影响，如元稹、白居易、崔玄亮的三州唱和，刘禹锡和白居易的汝洛唱和，刘禹锡和令狐楚的同苏唱和（同州、苏州，诗在《彭阳唱和集》）。这些探讨，确证了唐诗的风格变化与驿传不可分割的联系。

以上五个方面的成果，所用材料扎实可靠，所获结论均颇有新意。虽与李德辉《唐宋时期馆驿制度及其与文学发展之关系研究》选题方向相同，而努力方向却大有不同，因而所获结论亦各有己见。而淑玲作为女性学人，尤其有其细腻和周到之处，文笔优美，富于情致，在阅读该书时能令人感受到文学研究的魅力。

该书在驿传体系的考证方面功力不及李德辉著作，但正像她自己所说：她的目标不在体系或制度本身，而在文学与体系或制度的关系。所以，体系或制度方面的材料，她就多采用李德辉成果，但都一一注出，这是她的学德之所在。

《卢纶研究》序

卢纶是唐代著名诗人，他作为"大历十才子"之一，自中唐以来就受到学界的关注。蒋寅先生在所著《大历诗风》《大历诗人研究》中对卢纶有较多的研究成果。其他散见的卢纶研究论文亦有多篇。但迄今为止，学界尚无一部系统、深入研究卢纶的学术专著，某些问题的研究尚留有空白，或未能深入。赵林涛的博士学位论文《卢纶研究》在一定程度上填补了这个空白。该文对卢纶的生平仕历、思想归属、与大历诸子的交游、诗歌的题材内容、艺术风格及成就，以及卢集版本源流情况，作出全方位的较有深度的研究，取得了不少创获。

细致周密、稳重求实是该文的基本作风。首先表现为对卢纶的诗歌进行逐首解读，从而对其诗歌内容和艺术特征作出整体性的把握。其次是对有关卢纶的历史文献资料和前人的研究成果作出全面的收集和梳理，也就是说，对第一手资料和第二手资料做到高度的熟悉，为研究打下坚实的基础。有了这个基础，便能发现何处为研究的空缺，何处为薄弱的环节。例如，卢纶身后曾获赠太子宾客，谥号为"恭"，即是著者的新发现，这就为其生平仕历填补了一笔。又如，前人的研究成果已经提出大历诗坛多用"流水对"的观点，著者则进一步对卢纶诗歌的对仗种类进行细致的分析，找出76联"流水对"，然后又与"大历十才子"其他九人的诗歌使用"流水对"的情况作出比较，最后得出卢纶是使用"流水对"最多者这一结论。这个结论的得出，不仅需要有对"流水对"这种特殊对仗形式的深入认识，更需要有坐下来进行潜心研究的心态。对于大历诗坛大量出现"流水对"这一文学现象，著者还作出中肯的分析，该文指出："流水对"在表意上具有并列形式的对仗所无法表达的功能，并列形式的对仗在写景、表现单一的情感方面是可以奏效的，但是对于表现复杂的情感，尤其是在义理的述说上，则显出无能为力。而"流水对"则在这些方面显得游刃有余。中唐诗坛，由杜甫所开创的在诗中述说义理之风已然盛行，在诗中表现复杂的生活感受乃至说理，非"流水对"难以完成。同时，"流水对"的盛行还与诗人对艺术的自觉追求有关，"流水对"具有匀齐美和流动美的双重优点。这段论述，从"流水对"的表意功效、唐诗发展史、诗人的审美追求三个角度对这一文学现象进行思考，作出合理的解释。再如，对于"次韵"的首创者，当今学界均取"元白首创"之说，著者通过阅读《四库全书总目》，于《禅寄笔谈》的提要中，发现四库馆臣提示的"次韵倡和始于卢纶、李端"之说。沿着这一线索，著者在卢纶、李端诗集中，找到李端七律《野寺病居喜卢纶见访》以及卢纶的次韵诗《酬李端公野寺病居见寄》，两首七律的韵字依次均为"阴、深、林、心、寻"；又据胡震亨《唐音癸签》所云"盛唐人和诗不和韵……至大历中，李端、卢纶《野寺病居》酬答，始有次韵"，为卢纶首创"次韵"诗之说找到又一个依据。著者又细致检索诗作，发现卢纶还有一首次韵李益的诗《酬李益端公夜宴见赠》，李益诗的题目是《赠内兄卢纶》，两首均为五言律绝，韵字依次均为"同、翁"。两条言论依据，两条作品依据，足以推翻成说。但是著者并未到此止步，他继续为"次韵"诗探源，在北魏人杨衒之《洛阳伽蓝记》中，发现了最早的"次韵"诗。这种穷尽资料、细致探索的精神，贯穿着《卢纶研究》的始终。

作为对诗人的个案研究，自然要以其作品的题材内容、艺术成就为重心。《卢纶研究》在这个方面也体现出细致探求、周密思考的作风。例如，在卢纶诗歌的内容分析上，著者首先对其诗歌的题材作出过细的归类，依据《文苑英华》对诗歌题材所分的二十四大类别，将卢纶诗歌题材分为天部、地部、帝德、应制、省试、朝省、乐府、音乐、人事、释门、道门、隐逸、寺院、酬和、寄赠、送行、留别、行迈、军旅、悲悼、居处、郊祀、花木、禽兽，并且列出详细而明晰的图表，以说明卢纶诗歌题材覆盖了古代诗歌题材的全部。这个结论，其学术价值远远超过诸如"卢纶诗歌题材广泛"的泛泛之说。为了进一步说明卢纶诗歌题材广泛，著者还对"大历十才子"其他诗人的诗歌题材作出调查，结果显示，多者占十几类，少者仅有几类。通过横向比较，颇能说明问题。该文对于卢纶诗歌的内容亦作出细致的论述，对其边塞诗歌的主题阐释，对其诗对下层知识分子生存状态的展现，对乱世景象的记录以及对黑暗现实的揭露程度，表达了较为中肯的见解。

卢纶的边塞诗历来为人所重，身在中唐的卢纶却能表现盛唐边塞诗歌的气势，其表现形式和生成原因，前人之述备矣。著者于此处用笔不多，而将重点放在组诗《和张仆射塞下曲》描写对象的考证上。张仆射为何人，著者同意傅璇琮先生的观点，即张建封；但不同意组诗"为称颂张建封的武功而作"这个观点，认为组诗所赞颂的将军是浑瑊。著者阅读《旧唐书》张建封本传，得知张的一生所历，多为文职，不以武功见称。而《旧唐书》浑瑊本传所载，浑瑊为一战功赫赫的将军，组诗中的许多文字与本传记载相吻合，尤其是卢纶的亲身经历，更是重要依据，文章说："咸宁王浑瑊充京城西面副元帅，乃拔纶为元帅判官、检校金部郎中，对卢有知遇之恩。卢纶留有七首陪同浑瑊游宴的诗作。"张建封的《塞下曲》已经失传，无从知道他的诗是为谁而作，或者只是抒发一己之豪情。但这无关紧要，和诗是可以依据原作的情感而赞许作者心中的英雄人物的。著者对组诗《和张仆射塞下曲》描写对象所作的新解释，在更大的范围里展示了唐诗对于社会面貌的表现力，对认识卢纶的生平、性格也具有积极意义。

《卢纶研究》对卢纶诗歌的风格阐释亦颇见功力，著者结合卢纶生活的五大转折，根据不同阶段的不同际遇、不同心态，对其诗风的变化情况作出详细的论述，结论令人信服。论述卢纶诗歌的艺术表现特征，突出其个性化的人物形象刻画、巨细兼擅的景物描写，堪称肯綮之论。

总之，这是一部综合前人研究成果并且富有独到见解的卢纶研究力作，除了前面已经提到的几个方面之外，在论述卢纶在唐诗发展史上的承前启后的地位以及清理卢纶诗集版本源流方面，也作出了努力，取得了成果。还须一提的是，文章思路清晰，行文简洁，要言不烦，具有较强的可读性。

著者赵林涛从我进学多年，相继攻读了硕士学位和博士学位，其人思维细密而品性端直，学风淳朴而勉力创新。今逢其博士学位论文即将付梓之际，略备数语，弁其卷首，并以纯钢再锻冀望之。

2009年5月30日于河北大学紫园

(《卢纶研究》，河北大学出版社，2010年)

《卢照邻研究》序

作为初唐四杰之一的卢照邻，学界对其不乏关注，取得了一些重要的研究成果，却也存在着若干的空间：缺乏研究的系统性，某些领域也有待深入，等等。王明好的博士论文《卢照邻研究》便是针对这些不足而确定的选题。作者在详细解读文本和广博收集已有研究成果的基础上，经过潜心思考，对卢照邻的出身、家世、履历、交往、思想、性格、文学观、诗文的题材内容、艺术风格、各种诗体的创作成就以及文集版本流传情况，进行了全面、系统且较有深度的研究，在研究领域上有所开拓，对某些问题提出新见，理据充实，逻辑严密，表现出求稳求实的学术作风和较高的研究水平。本书是对其博士论文加以修订之后定稿的。

该书的创获之处颇多，试举以下数条。

对卢氏诗歌艺术进行深入、全面的研究是该书的最大长处。其中一个显著的成果是对卢氏格律体诗的研究。此前，学界集中研究的是卢氏的七言歌行，对于其他体式则少有关注。该书以大量的篇幅、量化的方式对卢氏格律体诗的格律作出研究，通过对其69首律体作品进行律句、律联方面的调查，得出律句占总句数98.76%、律联占总联数91.3%的结论，这个调查结论是有学术价值的，它说明在初唐时期诗体律化的进程中，卢照邻也是作出了努力的。与此同时，该书也指出卢氏在粘对问题上还没有解决得很好，粘式律作品的比率较低，仅占律体作品的14.5%。作者既肯定其贡献，又指出其不足，从而对卢氏格律体诗在声律上给予科学的总结。声律之外，作者对卢氏格律诗的对仗艺术也进行了过细的考察，结论显示，在295对律联中，工对为247联，占对仗联数的90.5%，这个数据表明卢氏在对仗工稳上的刻苦追求；而且，调查还发现有108联是流水对，占对仗联数的 37.5%（工对与流水对有部分重合），流水对的功效是在表意的流程中呈现对仗的匀齐美，摆脱了一般对仗的刻板之弊，给诗歌带来灵动之美，应该说这是卢氏在对仗艺术上的重要贡献，开其后盛唐诗人（例如杜甫）大量使用流水对之先河。对仗是格律诗三大格律要素之一，由此可以说明卢氏在促成格律诗的定型上是起到重要作用的。进行声律、对仗方面的研究，不仅需要足够的耐心，更需要扎实的古典诗歌基础知识，作者在这个方面显示出作为古典诗歌研究者所应具备的知识水平。格律之外，作者对卢氏格律体诗的内容、艺术亦作出恰当的分析。

该书对于卢照邻的思想、性格、长期卧病的经历及其对诗文创作产生的影响作出系统且有深度的研究。卢照邻早期奉儒，幼年时即以重振家声为己任，确立了"兼济天下"的济世理想，这是门阀观念与儒家思想的结合。他干谒公卿，参加科举以求仕进，表现出对建功立业的狂热追求。晚年身患恶疾，在与疾病的顽强抗争中，支撑他坚强生存并且奋笔写作的动力仍然是儒家思想。他虽也曾在道家和道教、佛教中寻找过精神依托，但儒家思想始终扎根于内心深处。他认为生命的价值不在于生存的长度，而取决于生存的质量，平庸的生命即使长命百岁也毫无意义，而能够创造不朽功绩的人生即使短暂也是意义非凡的。他以儒家"立德、立功、立言"三不朽的思想为圭臬，确立自己的人生坐标"为龟为镜，立德立言"（《五悲·悲穷通》），走孔子晚年"删书定礼"之路，让自己的学问与文章流芳百世。支撑着卢照邻"已濡首兮将死，尚摇尾兮求活"（《五悲·悲今日》）的是他渴望自己"死且不朽"（《五悲·悲今日》）的信念，儒家的生命哲学给予他精神力量。作者对卢氏早年的执着刚直、晚年的顽强不屈的性格特征也作出了研究，对其思想、性格给予诗文创作的影响作出了中肯的分析，指出其早年作品"雄杰豪放"风格的形成，晚年作品"骚怨"精神、"怨愤且怒"品格的形成，其源盖出于此。这些结论是令人信服的。对卢氏思想、性格的成因分析，从燕赵地方文化影响的角度进行阐释，亦具有说服力。

该书还对卢照邻的诗学思想与其创作的关系作出探讨，指出卢照邻的文学理论重在强调批判与继承的辩证关系。他主张继承儒家传统文学观，既倡言风雅，又批判时风；重视真情实感，尤其强调对"怨情"的抒发，表现在他的骚体赋创作呈现出凄凉悲怆的风格。其创作论提出"风骨"和因变,肯定天然声律和人为声律,文辞上提出清词、丽词的标准。其风格论肯定不同作家的多种风格。以上种种,均分析通透,鞭辟入里。

此外,对于卢照邻的生卒年,作者通过细读卢氏的诗文,于蛛丝马迹中认真寻觅,得出不同于此前诸家的结论,即卢照邻约生于贞观七年(633),卒于武后垂拱元年(685)之后。虽无确定的年份,亦表现出治学的求真精神,可立一家之说。对卢氏文集的版本源流所作的较全面的梳理,也是一大收获,值得肯定。

王明好的博士论文在匿名评审中受到专家的多方好评,同时也存在某些不足。对于这些批评意见,作者经过认真思考,在若干方面予以修正,此番成书较之原稿已有明显进步。倘若求全责备,我以为还有尚需继续研究的空间,诸如对初唐文学环境的整体把握,燕赵地域文化对卢氏文学思想及创作的影响,对这些问题进行深入研究将使论著臻于完善。

总体来看,《卢照邻研究》是一部成功之作。其不事空谈、稳健求实的朴素文风,尤其令人欣喜。书稿即将付梓之际,作者要我作序,作为导师略陈数语于上,并向明好同志表示祝贺。

2013 年 1 月 20 日于河北大学紫园
(《卢照邻研究》,人民出版社,2013 年)

点校《唐诗鼓吹评注》琐记

《唐诗鼓吹》是一部特色鲜明、影响较大的唐诗选本。说它特色鲜明,是因为它只选唐人七律,而且以中晚唐作品为主;说它影响较大,是它自问世之后,出现了不少注释本、解评本,如元代郝天挺《注唐诗鼓吹》,明代廖文炳《唐诗鼓吹注解大全》,清代钱朝鼒、王俊臣、王清臣、陆贻典《唐诗鼓吹笺注》,钱谦益、何义门《唐诗鼓吹评注》,朱三锡《东岩草堂评订唐诗鼓吹》,以及民国时期吴汝纶《评点唐诗鼓吹》等,可谓绵连不绝。而且,这种按诗体选编诗歌的做法,对后世影响亦大,元代方回选编的《瀛奎律髓》,所选者均为唐宋五律、七律,而清代金圣叹选编的《贯华堂选批唐才子书七言律》,从选诗体式到作者取舍、选篇轻重以及选篇总数,无不显示出参从《唐诗鼓吹》的痕迹。

《唐诗鼓吹》共 10 卷,选唐诗人 96 家、作品 597 首,对中晚唐诗人许浑、薛逢、陆龟蒙、皮日休、杜牧、李商隐、谭用之等人作品选录为多。所选作品多为伤时感怀之作,较为准确地反映了部分中晚唐诗人的创作面貌。安史之乱以后,唐王朝政治、经济形势每况愈下,外族入侵,藩镇猖獗,权臣当道,民不聊生。唐诗的青春浪漫岁月已成过去,感伤现实成为诗坛的基本情绪。由杜甫开创的用七律反映社会民生苦难现实的做法,已被许多中晚唐诗人所继承。《唐诗鼓吹》的编者将一些忧时情怀较为浓烈的七律作品收入其中,如许浑《咸阳城西楼晚眺》所写"溪云初起日沉阁,山雨欲来风满楼",对当时风雨飘摇的国势作出艺术概括;薛能《汉南春望》所写"几处松筠烧后死,谁家桃李乱中开",对战乱中的田园荒废景象作了痛心的描绘;李商隐《马嵬》所写"此日六军同驻马,当时七夕笑牵牛",是晚唐人对导致大唐衰落的玄宗皇帝的反思和讽刺;司空图《浙上》所写"愁看地色连空色,静听歌声似哭声。红蓼满村人不在,青山绕槛路难平",写的是靠近京都的"西北乡关"的景象,读来令人黯然神伤;韩偓的几首纪乱诗如《伤乱》《乱后春日途经野塘》《避地寒食》等,写遭逢军阀战乱、流寓他乡之苦,"故国几年犹战斗,异乡终日见旌旗。交亲流落身羸病,谁在谁亡两不知",笔墨亦十分沉痛;杜牧《洛阳》所写"侯门草满宜寒兔,洛浦沙深下塞鸿",描画出东都洛阳的衰残;刘沧《长洲怀古》写金陵的荒废,"千年事往人何在,半夜月明潮自来。白鸟影从江树没,清猿声入楚云哀";等等。这些诗篇再现了中晚唐时期的社会面貌,抒发了诗人悲慨凄凉的心曲,具有认知价值。当然,选本还间或收录娱情悦志的篇什,这些诗篇是唐代诗人生活丰富性的反映,选编者照顾到内容上的这个层面,是有益的。

《唐诗鼓吹》的选编者是谁,历史上曾有不同说法。《四库全书总目提要》说,该书"不著编辑者名氏。据赵孟頫序称为金元好问所编,其门人中书左丞郝天挺所注"[1]。赵孟頫在郝天挺《注唐诗鼓吹》序中,极称该书选诗精美,认为"非遗山不能尽去取之工"。遗山是元好问的号,则赵氏认定此书为元氏所编无疑。赵序又极称郝注之精湛,并认为其所以能如此精湛,是因为"郝公当遗山先生无恙时,尝学于其门,其亲得于指授者,盖不止于诗而已"[2]。这又说明遗山与天挺为师生关系。但也有人对此书的编者持有异议,如沈德潜在《说诗晬语》中、罗汝怀在《七律流别集述意》中均对元氏说提出疑问,但缺乏有力的证据。钱谦益在《唐诗鼓吹评注》序文中作出一番思辨,他说:"余谛观此集,探珠搜玉,定出良工哲匠之手。遗山之称诗,主于高华鸿朗,激昂痛快,其指意与此集符合,当是遗山巾箱箧衍,吟赏记录。好事者重公之名,缮写流传,名从主人,遂以遗山传也。"[3] 钱氏从该书所选作品符合元氏论诗"主于高华鸿朗,激昂痛快"的审美趣味角度,确定为元氏"巾箱箧衍,吟赏记录",这种推断是科学的。我们还可以从该书选诗重于伤时感怀这一点,为元氏说提供佐

---

[1]《四库全书总目提要》,中华书局,1965年,第1706页。
[2]《四库全书》集部八,上海古籍出版社,1987年。
[3] 钱谦益《唐诗鼓吹评注序》,上海文明书局,1919年。

证。元好问（1190—1257）生活在金、元交际，在蒙古军的铁蹄之下饱尝了丧乱之苦，也激发了强烈的爱国思想，他的诗作忠实地反映了金亡前后的战乱时代，以悲壮深沉的感情唱出了一代人的亡国之痛。清人赵翼说"唐以来，律诗之可歌可泣者，少陵十数联外，绝无嗣响，遗山则往往有之"，理由是他的这些律诗"感时触事""事关家国""沉挚悲凉，自成声调"。[1]元氏律诗"感时触事"，正与中晚唐这些"伤时感怀"的律诗精神相合。可以认为，元氏选编唐人此种律诗，是借他人之酒以浇胸中块垒，寄托自己的伤时之思。其后，清人翁方纲又为元氏提出有力佐证，在所著《石洲诗话》卷五中用与元氏同游者的诗作证，是颇有说服力的。"曹兑斋《读唐诗鼓吹》云：'不经诗老遗山手，谁解披沙拣得金？'兑斋从遗山游，而其言如此，则《鼓吹》之选，信是遗山用意处耶？"[2]

我们点校的这本《唐诗鼓吹评注》（上海文明书局1919年出版），是清代学者综合前人的研究成果，在几代人对《唐诗鼓吹》注解的基础上写成的。就现有资料来看，元代郝天挺《注唐诗鼓吹》是最早的注本，郝本只注出典，"虽颇简略"而"尚不涉于穿凿"[3]，但也偶有引典失当之处。其后，明代廖文炳重为补正，增以诠释，疏解诗意，写成《唐诗鼓吹注解大全》。到了清初，钱朝鼒等四人又对廖氏注解进行修正，而保留了郝氏的注释文字，成书之后，请钱谦益作序。钱氏在序文中说："里中陆子敕先、王子子澈、子吁，偕余从孙次鼒，服习《鼓吹》，重为校雠，兼正定廖氏注解，刻成而请序于余。"[4]既是"刻成而请序"，则钱氏于此书之正文未付笔墨之劳，可以断定。但是，这本由钱氏作序的四人注解本却未能传至今日（四人另有《唐诗鼓吹笺注》，文字与此书不同）。钱氏死于1664年，1661年何焯出生，几十年后，何焯对钱氏作序的四人注解本作了眉批，刻印成书，这本书就是我们所点校的《唐诗鼓吹评注》。

我们所点校的上海文明书局1919年出版的这本《唐诗鼓吹评注》，封面上标明"[清]钱牧斋、何义门评注"。前文已述，钱氏只是为该书作

---

[1] 赵翼《瓯北诗话》，人民文学出版社，1998年，第117页。
[2] 郭绍虞《清诗话》，上海古籍出版社，1983年，第1469页。
[3]《四库全书总目提要》，中华书局，1965年，第1706页。
[4] 钱谦益《唐诗鼓吹评注序》，上海文明书局，1919年。

序,并未参与正文的写作。何义门即何焯,该书的眉批应该是他作的。何以知道呢?依据是批语中多次引用南朝诗人何逊的诗句,如对杨巨源《寄江州白司马》第三句"湓浦曾闻似衣带"的批语为:"吾家仲言《日夕望江山赠鱼司马》诗'湓城带湓水,湓水萦如带',第三句用其语。"何逊字仲言,称何逊为"吾家仲言",自然是何焯的得意口吻。何焯的眉批并非每首皆有,眉批的内容包括注音、校雠、考典、点评等,其中虽不乏独到见解,却也间发迂腐之论。例如,杨巨源《送章孝标校书归杭州因寄白舍人》诗"日光金柱出红盆",郝注赞曰:"日出海中,海水尽赤,望日光如金柱捧出红盆耳,此最模写妙处。"何焯则批曰:"'红盆'二字,毕竟杜撰,开俚俗之门,不足为法。"斥为"杜撰""俚俗",不过是因为前贤未曾使用过这个比喻,但如果用比皆见于前贤作品,则比喻的新巧又从何谈起?再如,对崔涂《过绣岭宫》诗"上皇曾此驻泥金"一句,何氏的批语说:"'驻'字不通之甚!岂惟瞎一诗之眼,并'泥金'亦似车矣。"(按,"泥金"有二义:一是指古代帝王行封禅之礼时,所用的玉检、石检用金丝缠住,用水银和金屑泥封,称为"泥金";二是指古代帝王所乘的涂泥金的銮车。)崔涂这首诗是写自己经骊山绣岭宫时的观感,惋惜玄宗骊山行乐、不恤国事而招致安史之乱,与封禅毫无干系,诗中所谓"驻泥金",就是"驻銮车"的意思,玄宗每年十月起,都要去骊山行宫里过冬、游乐,"驻銮车"是对玄宗骊山游乐的形象说法,诗意原本很清楚。郝氏注本引玄宗开元十九年东封泰山事为"泥金"作注,本已失当,何氏因循此注,痛斥"驻泥金"语句不通,是他不知道"泥金"尚可借指銮车,他对崔涂的戏谑恰好给自己画了个可笑的花脸。何焯是康熙进士,蓄书数万卷,以校订《汉书》《后汉书》《三国志》而负盛名,是当时很有影响的校勘大家。也许是"人怕出名猪怕壮"吧,人的名声越大,自信越强,何氏的失误,亦不足怪。

现在来评价何焯、钱谦益二人对《唐诗鼓吹》选篇的议论。由于该书只选七律作品,而且以中晚唐诗人作品为主,盛唐诗人只选王维、高适、岑参、张说、崔颢、李颀数人,总共仅有15首,占全书所选篇数的2.5%,且不选李杜诗作。对此,何焯在该书的目录之页,引用明代人王行(字止仲)《半轩集》卷五中的言论作为批语,说道:"王止仲云:'元人为诗,独尚七言近体。盖元裕之倡之,常裒萃唐人此体,为《鼓吹集》十卷,以教后学。其徒又为之注释,以广其传。其间抡择之不精,去取之无据,其人乖乱,其世混淆。予每见之,未尝不笑其陋也。"何氏认为,元好问独选七律,是趋于时尚并推波助澜;说该书选诗不精,对作者取舍无据,所指当是该书轻盛唐而重中晚的选篇原则,兼及不选杜诗。前文已经说到,元好问侧重选中晚唐伤时感怀之作,是用以寄托自己的国家丧乱之思,何焯显然对此未能理会,故发斥言。还有一点需要认识,从七律的定型和发展历程来看,初盛唐时期不仅七律的作品少(仅300余首),而且有一半左右的诗人并未谙熟其粘对规则,失粘的现象比较普遍。中晚唐时期才是七律的繁盛期,不但作品数量剧增(8000余首),而且粘对规则已被普遍遵从。从这个角度来说,元好问选篇重于中晚唐,乃是极为自然之举。至于不选杜甫七律,应是元好问出于对杜诗极为尊崇的心理。元好问在《杜诗学引》一文中,赞扬杜诗"元气淋漓,随物赋形","千变万化,不可名状",尽得"九经百氏古人之精华"。[1] 在《论诗绝句》中,他称美"少陵自有连城璧"。[2] 读过元氏七律的人,都会觉得其气韵之沉雄颇似杜律,他于杜甫七律借鉴为多。在元氏看来,杜甫七律篇篇皆为金精美玉,是不可为选的。至于何氏批评《唐诗鼓吹》所选作者"其人乖乱,其世混淆",这倒有些依据,《四库全书总目提要》就曾指出:"第八卷中胡宿诗二十三首,今并见文恭集中,实为宋诗误入。"[3] 胡宿,北宋人,太宗至道二年(996)生,历仁宗、英宗两朝为官,于英宗治平四年(1067)卒,谥文恭。把宋人胡宿当成唐人,确为失误。但也仅此一人而已。

与何焯指责该书选篇轻盛唐而重中晚相反,钱谦益却对这种选篇取向大加赞扬。他在该书的序文中,对倡导盛唐诗的严羽、分界四唐的高棅进行猛烈抨击,视之为"邪根谬种":"此为'妙悟',彼为'二乘';此为'正宗',彼为'羽翼'。支离割剥,俾唐人之面目蒙幂于千载之上,而后人之心眼沉锢于千载之下。甚矣,诗道之穷也!"而对于元好问,则视之

---

[1]《四部丛刊集部·遗山先生文集》卷三十六,上海芬涵楼藏书。
[2] 郭绍虞《元好问论诗三十首小笺》,人民文学出版社,1998年,第65页。
[3]《四库全书总目提要》,中华书局,1965年,第1706页。

为"使唐人得洗发其面目,而后人得刮磨其障翳"的"先医"。[1] 钱氏是一向反对"诗必盛唐"的,在这里是借元好问选诗重中晚来发挥他的观点。其实,《唐诗鼓吹》所选作品只是七律,并不兼容各体唐诗,既然独选七律,而七律又盛于中晚唐,就不能以点代面,说元好问也在反对"诗必盛唐"。众所周知,初盛唐之五律,盛唐之歌行、乐府、古体,是其他时代不可较量的。倘若元好问兼选各体唐诗,则绝对不会偏重于中晚唐。可见,名家论事亦难避免偏颇。

（本文据《点校〈唐诗鼓吹评注〉》一书前言修改而成。《唐诗鼓吹评注》,河北大学出版社,2000年）

---

[1] 钱谦益《唐诗鼓吹评注序》,上海文明书局,1919年。

对《中国历代文学作品选》
一书中几个问题的商榷意见

朱东润先生主编的《中国历代文学作品选》，现为全国高等院校通用教材，该书选篇精要，解题简明，注释亦较为严谨，确实是一部较为理想的教科书。笔者在教学中深得其助，同时也感到有些提法尚有可以商榷之处。愿在这篇短文中提出不成熟的意见，以就教于朱先生和各位同事。

一、王安石《祭欧阳文忠公文》的写作年代问题

王安石《祭欧阳文忠公文》的写作年代，教科书说："本文作于宋神宗熙宁四年（一〇七一）。"（见中编第二册307页）

王安石的这篇文章是悼念欧阳修的一篇祭文，当然要写在欧阳修死后。而宋神宗熙宁四年，欧阳修还在世，他是熙宁五年去世的。《宋史·欧阳修传》记载："熙宁四年，以太子少师致仕。五年，卒，赠太子太师，谥曰文忠。"（见中华书局《宋史》第10380页）在宋代，是否有为活人写祭文的习惯，不得而知，不过从情理上讲，这种情况是不可能有的。清人蔡上翔《王荆公年谱考略》亦认为是熙宁五年之作："熙宁五年壬子年五十二。……八月，太子少师致仕欧阳修薨。（有）《祭欧阳文忠公文》。"此论为当。

二、"嫠妇"的释义

苏轼《前赤壁赋》有"舞幽壑之潜蛟，泣孤舟之嫠妇"句。对"嫠妇"一词，教科书注释为"孤居的妇女"（见中编第二册328页）。这种解释，词义不甚分明。

"嫠妇"，就是寡妇。《左传·昭公十九年》："莒有妇人，莒子杀其夫，已为嫠妇。"又《左传·襄公二十五年》："嫠也何害，先夫当之矣。"杜预注："寡妇曰嫠。"可知"嫠妇"一词专指意义是很清楚的。如讲成"孤居的妇女"，则有两种可能，一种是因夫死而孤居的妇女，一种是因夫远离而孤居的妇女。"孤"字并不含有"寡"的意思。鳏、寡、孤、独，是相互并列的四种概念，是"父死为孤"，而不是夫死为孤。

三、"宫中美人"指的是谁

苏轼《荔枝叹》诗："宫中美人一破颜，惊尘溅血流千载。"对"宫中美人"一语，教科书注释为"指杨贵妃"，接下来又注"千载"一词"谓由汉至唐（举成数而言）"（见中编第二册160页）。这两条注释有矛盾。从汉和帝永元年间进贡荔枝起，到唐玄宗天宝年间止，这一段时间有近七百年，举成数可以说成"千载"。但在这"千载"之中，"惊尘溅血"送荔枝，仅仅是为了一个杨贵妃吗？这从事理上是说不通的。作者的原意恐怕是这样的：历代统治者为了使他们的宠妃开颜一笑，不惜劳民伤众，惊尘溅血的惨象绵延了千载。"宫中美人"应指"历代帝王的宠妃"为宜。

四、秦观《踏莎行》词中"桃源"的用典问题

秦观《踏莎行》词有"桃源望断无寻处"句，教科书注释"桃源"句，认为是"化用刘晨、阮肇入天台山事，喻所向往的事物渺不可寻。相

传东汉时，剡县刘晨、阮肇共入天台山取谷皮，迷不得路，旬余粮绝。遥望山上有一桃树，大有子实，攀援得上，各啖数枚。后度山出一大溪，遇二女子，姿质妙绝，相邀还家，设膳款接。食毕饮酒，有群女来，各持三五桃子，笑而言：'贺汝婿来。'居十年求归。既出，亲旧零落，邑屋改异，问讯，得七世孙。至晋太元八年（三八三），忽复去，不知何所。（见《幽明录》）"（见中编第二册 393 页）

从以上文字可以看出，这是一段爱情佳话。用它来注释秦词的"桃源"，有三个问题。一是与词旨无关。秦观的这首词不是抒写爱情方面的苦闷与追求，而是表达个人被贬谪的失意。正如教科书在解题时说的：此词"乃宋哲宗绍圣四年（一〇九七）秦观在郴州（今湖南省郴州市）贬所之作。当时作者以旧党关系受到当政者的排斥，官职被削，一再远徙，精神上至感痛苦。这首词正是用比兴手法，抒发了他在这一特定境遇中的怅惘、失望和寂寞、愁苦心情"。这几句解题甚中窍要。但是，既然认为这首词是表达政治上的失意，那么把"桃源"解释为爱情的佳境，显然是隔得远了些，不如理解为作者是化用陶渊明《桃花源记》的典故。《桃花源记》是抒写政治上的追求和向往的，文中描写了一个没有压迫、没有痛苦、自由欢乐的理想境地。而秦观当时正处于一种被编管、无自由的环境中，他希望能找到桃花源那样的美好环境，以改变自己的现状。他所渴望的应是政治上的桃花源，而不会是爱情上的天台山。二是与创作构思相抵触。刘晨、阮肇所入的天台山远在浙江，而"武陵人"所见到的"桃花源"正是在湖南常德，后者与作者当时所在的湖南郴州相距较近。眼前景，身边事，以写心中情，是创作构思的常识，作者身在湖南，自然会想到湖南的桃花源，也正是由于近在身边，他的"望""寻"这些动作才有来由。如果他望的、寻的是远隔万水千山的天台山，那么"望断无寻处"的感叹就显得虚假了。三是刘晨等人所入的天台山，虽有一棵大桃树，而且他们还吃到了桃子，但与"桃源"二字尚有不小距离。一棵桃树，便称"桃源"，实在牵强。

五、"鸡黍"的出处问题

孟浩然诗《过故人庄》开头两句:"故人具鸡黍,邀我至田家。"教科书注释"鸡黍"的出处说:"《论语·微子》:'子路从(跟随孔子)而后,遇丈人,以杖荷蓧(竹器)。……止(留)子路宿,杀鸡为黍而食之。'语本此。"(见中编第一册33页)书中认为"故人具鸡黍"之语是由《论语·微子》这段话中来的。

我认为大可不必作此论,不如把孟浩然的诗句解释为生活的实录,而不去以为他是在翻弄古书。炖鸡、蒸黄米饭,是农家待客的方式,孟浩然的友人不一定是读了《论语》之后才这样招待客人的,孟浩然也不一定因为《论语》中有"杀鸡为黍"的字样才写了这句诗。诗,应该是现实生活的反映,我们理解诗的时候,也不应把它看成古书的翻版。江西诗派主张"无一字无来处",结果把创作引入脱离生活的歧途。从欣赏的角度来说,如果我们把诗中的字词一律纳入古书的园囿,势必会败坏诗的活力。试想,把一个充满生活气息的鸡黍之宴理解为拾啜古人的唾余,那是多么索然无味!

那么写诗就不用典故了吗?诗歌创作不废用典,但用典的目的是加深诗的内涵,是用典故中所包含的特定内容、情绪,来增加诗的容量和余味,凡是具有这种效果的,我们认为是在用典;如果仅仅是字面上的一致,而在内容上无所补充的,在感情上无所深化的,就不能视为用典。《论语·微子》中写到老人杀鸡为黍招待子路,这件事对于孟浩然的友人设鸡黍之宴,没有在内容和感情上起到任何深化作用,仅仅是方法的一致、字面的一致,除此之外,没有给人什么新的联想,所以还是不要视为作者在用典。如果说成是用典,只能让人觉得孟浩然是在抄书,是在编造生活,那么这首诗所抒发的真挚情感就会在读者心目中减弱了。

六、"疑是崆峒来"中"来"的主语是什么

杜甫诗《自京赴奉先县咏怀五百字》中有"疑是崆峒来,恐触天柱

折"的句子,前一句中"来"的主语,教科书认为是承上省略的"群冰"(前两句是"群冰从西下,极目高崒兀"),说"崆峒,山名,在今甘肃省岷县。泾渭二水都从陇西流下,故疑来自崆峒"。(见中编第一册108页)

这条注释有三处值得商榷:第一,崆峒山在今甘肃省平凉市,而不是岷县,《辞海》有注,地图有标。第二,崆峒山就是泾水的发源地,所以不必"疑是崆峒来"。第三,那么诗人所"疑"的究竟是什么呢?换句话说,"疑是崆峒来"中"来"的主语究竟是什么?不是"群冰",而是"崆峒",是作者怀疑崆峒山漂下来了。作者当时站在河边上,西望群冰自上游高高悠悠地顺流而下,于是产生惊疑:莫非是崆峒山顺水漂来了吗?所以在下句才生出"恐触天柱折"的忧虑。如果把"来"的主语解为"群冰",全句就成了"怀疑群冰是从崆峒下来的",这毫无意义,因为群冰就是从崆峒山来的,崆峒山是泾水的发源地,杜甫是不会生疑的。他生疑的是,那"高崒兀"的群冰怎么就像崆峒山一样高啊。这样解释,突出了群冰的险恶,符合作者当时那颗对于时局的忡忡之心。

七、"高堂"的释义

李白诗《将进酒》开头四句云:"君不见黄河之水天上来,奔流到海不复回!君不见高堂明镜悲白发,朝如青丝暮成雪!"对"高堂"一词,教科书注释为处所名词:"意谓于高堂明镜之中,照见白发而生悲。"(见中编第一册75页)

这两个"君不见"句是排比句。前句的主语是"黄河",后句也应有个主语,是谁"于高堂明镜之中,照见白发而生悲"呢?应该有个着落,否则意念不清,句式不协。这个"高堂"显然应该作为"悲"的主语——"父母"来理解,才符合作者的原意,此句意谓:您没看见您的父母对着明镜感叹白发吗?"高堂"一词,有两种意义:一是讲成厅堂,二是讲成父母。李白诗《送张秀才从军》:"抱剑辞高堂,将投霍冠军。""高堂"即指父母。

八、"栗"与"惊"的受动者是谁？

李白诗《梦游天姥吟留别》，写到天姥山傍晚景色时，有两句诗云："熊咆龙吟殷岩泉，栗深林兮惊层巅。"教科书解释说："意谓岩泉发出巨大声响，有如熊咆龙吟，使得出入于深林层巅的山中游人，为之战栗而惊恐。"（见中编第一册89页）

此种说法有悖于全诗的情调。李白对天姥山非常之喜爱和向往，所以才积思成梦，醒而为诗。诗人用瑰丽的笔墨写出了天姥山的夜境、晓境、暮境、雨境、仙境五种境界，通过这五种境界赞美天姥山的壮丽、雄奇，字字句句表现着诗人对天姥山的喜爱之情。"熊咆龙吟殷岩泉，栗深林兮惊层巅"，写的是其中的暮境，作者意在表现天姥山暮境的神奇，是说：熊的咆哮、龙的长鸣，震动着岩石和泉水，使幽深的树林为之战栗，使重叠的山峰为之惊惧。"栗"与"惊"绝对不是"山中游人"（也就是作者）的心理活动。诗中并未交代还有别的同游者，即使有同游者也不行，因为使人心惊肉跳的环境绝不是个好环境。

判断一字一句的意思，必须顾及全篇，从作者的整个思想情绪上入手，才能比较准确，离开这个基本点，将会把抒情形象搞乱。

九、"三千尺"与"三千丈"

李白著名的七言绝句《望庐山瀑布水》，其中有"飞流直下三千尺"句，教科书取"三千丈"之说，这是由于版本不同，取舍各异之故吗？"三千尺"之说在社会上较为流行，编者应加必要的注释。况且李白用这个题目写了两首，另一首是五古，其中有"挂流三百丈，喷壑数十里"可参证。教科书在诗后注明所依版本为：《四部丛刊》影明本《分类补注李太白诗》卷二十一。经查此书，亦为"飞流直下三千尺"，而非"三千丈"。

十、关于"左牵黄,右擎苍"

苏轼词《江城子·密州出猎》,其中写到了作者打猎时所带之物:"左牵黄,右擎苍。"教科书注释这两句为:"左手牵黄狗,右手举苍鹰。"(见中编第二册26页)"手举苍鹰"的说法不妥。古人打猎,是把鹰放在手腕上架着,而不是用手举着。古书多用"臂鹰"一词以状其态,"臂"是名词动用,即用手臂架托的意思。如《史记·李斯传》:"李斯临刑,思牵黄犬、臂苍鹰,出上蔡东门,不可得矣。"又如《梁书·张充传》:"值充出猎,左手臂鹰,右手牵狗。"可知,苏词"左牵黄,右擎苍"应讲成"左手牵着黄狗,右臂架举苍鹰"。

十一、"为报倾城随太守"的释义

苏轼词《江城子·密州出猎》有"为报倾城随太守"句,"倾城"是指倾城而出的百姓,"随太守"是说这些百姓跟随太守(作者自称)出城,观看太守打猎。教科书注释此句说:"极言随往观猎的人众之多。"(见中编第二册26页)

这样解释,把"为报"二字丢开了。

后来,该书简编本又对此条作了修正,说"为报倾城随太守,亲射虎,看孙郎"三句"意谓请为我报知全城老百姓,使随我出猎,看我像当年孙权一样亲射猛虎"。(见简编本下册14页)

如此修正,仍觉未尽原意。把"报"解释为"报知",说苏轼以壮言来动员百姓出城看他打猎,调子是低沉的,与全词壮阔的情调不合。仔细揣摩,百姓的倾城而出,应是自愿的、主动的,并非经过动员而来,这使苏轼十分感激。"报"应理解为"报答",为了报答倾城而出的百姓之盛情,他要像当年孙权那样射一只猛虎,露一手,让百姓开开眼,以不负众望。百姓自动倾城观看,作者由感激而生成豪迈的誓言,这样解释,才与全词的壮阔情调相合。否则,按教科书的说法,作者出猎,无人观看,不得已而用壮言来发动群众助兴,那不是颇有些兴味索然了吗?

十二、"杀气三时作阵云"的"三时"

高适《燕歌行》云:"杀气三时作阵云,寒声一夜传刁斗。"教科书注:"上句写白天战场杀气腾腾,天昏地暗,下句写夜晚军营戒备森严,警报频传。""三时"写白天,"一夜"写夜晚,两句写出战士们从早到晚,从夜到朝的苦战与戒备。句注是正确的,但接下来注释"三时"一词,却与句注发生矛盾:"三时,意指历时甚久。三,不表确数。一说,三时指春夏秋三季农作之时。"(见中编第一册58页)无论是"指历时甚久"也好,"指春夏秋三季农作之时"也罢,都与"白天"关系不紧。"历时甚久"包括白天和夜晚,"春夏秋三季"自然也不能甩开夜晚不过。怎么能从这些说法中提取出"白天"的意思来呢?"三时"一词见于古书者,可能只有"历时甚久"和"春夏秋三季农作之时"两种意义,但词义的发展、扩大是不容回避的客观现象,到高适的年代,还一定要用春秋战国时的词义去注释,就不能不出现如上的问题。"三时",依据前后两句的对偶关系,应该解释为"白天",即早、午、晚三时。(其后查阅台湾《中文大辞典》,其中有"三时坐禅"条,解释曰:"早晨坐禅,晡时坐禅,黄昏坐禅。"由此可知,"三时"指白天。)

十三、关于《岳阳楼记》的解题

教科书中编第二册224页,在《岳阳楼记》的解题中,编者写道:"篇中通过写景以抒情,又转而言志,颇具匠心。"这种理解是欠妥的。

首先,所谓"通过写景以抒情",这种说法与原文对不上号。文章中有三处写景,都不是在抒发作者的什么情。第一处,总写洞庭湖的"大观",是为了写其"北通巫峡,南极潇湘"的开阔境界,由于境界开阔,交通便利,"迁客骚人"才"多会于此",那么他们的"览物之情"是怎么样的呢？可见，这一段写景在章法上乃是为引出"迁客骚人"的"览物之情"作铺垫的。下面的两处写景就是分别引出世俗的"览物之情"的。"若夫霪雨霏霏，连月不开，阴风怒号，浊浪排空……登斯楼也，则有去国怀乡，忧谗畏讥，满目萧然，感极而悲者矣。"这一段写"迁客骚人"面对秋色惨淡的洞庭湖所产生的悲凉情感。"至若春和景明，波澜不惊，上下天光，一碧万顷……登斯楼也，则有心旷神怡，宠辱偕忘，把酒临风，其喜洋洋者矣。"这一段写"迁客骚人"面对春光明媚的洞庭湖所产生的喜悦之情。可见，作者不是要"通过写景以抒情"，而是要通过景物来引导出世俗之人的悲喜之情来。这种为外物所左右的悲喜之情，正是作者所要否定的、批评的，而不是作者要抒发的，于是在文章的末段，他以"古仁人"的"不以物喜，不以己悲"的忧国忧民的高尚情操作为镜子，照出这种世俗之情的卑微、低下，并确立起"先天下之忧而忧，后天下之乐而乐"的道德标准。世俗之情与仁人之情一前一后，两相对照，有破有立，作者的布局和用意是很清楚的，他是把世俗之情作为批评的靶子，在批评世俗之情中申明志向，所以在章法上不是什么先"通过写景以抒情，又转而言志"，这里不存在"转"，作者的批评精神是一脉相承的。

以上对教科书中编两册的个别地方提出商榷意见，本着学术争鸣的精神拿出来供研究、探讨。谬误之处，诚望专家和同事们教正。

对《四库全书》处理"违碍"字问题的讨论

关于《四库全书》的功过问题,《光明日报》曾辟专栏发表多篇文章对此进行过研讨,其中《四库全书》"违碍"字问题就是其中之一。

罗炳良先生在谈到《四库全书》处理"违碍"字问题时说:"即使已经收入《四库全书》的书籍,在校勘过程中如果发现上述问题(即'违碍'条目),也都部分地抽毁、改易,甚至完全销毁。在这些书籍中,不但直接称呼清朝为'胡''狄''虏''夷'之处要被抽毁,而且宋元以后的著作中使用上述词语称呼金朝、元朝之处也要被删改。"[1]事实是怎样的呢?事实上,《四库全书》只是把明代后期著述中那些"直接称呼清朝为'胡''狄''虏''夷'"的字改易了,而对"宋元以后的著作中使用上述词语称呼金朝、元朝"的字则大部分保留着,并没有完全删改。

经查《四库全书》[2],出现"夷狄""胡尘"这些明显指称少数民族的字面是非常之多的,"夷狄"出现9540次,"胡尘"出现511次。即以宋人著述来看,"夷狄""胡尘"之称呼比比皆是。举例如下:

宋人赵汝愚编的《宋名臣奏议》,出现"夷狄"188次,"胡尘"2次。例如,该书卷四十三,载有吕大防《上神宗答诏论彗星上三说九宜》,文中曰:"中国本也,夷狄末也,先王之政,内诸夏而外夷狄。"又,该书卷一百二十六,载有范仲淹《上仁宗论修建北京》,文中曰:"当此之时,京师无备,胡尘俯逼。"又,该书卷一百二十九,载有李至《上太宗谏亲征》,文中曰:"臣伏以幽州早陷,胡尘久隔。"(四库全书·史部六·诏令

---

[1] 罗炳良《四库全书的编纂过程》,《光明日报》2004年2月17日。
[2] 《文渊阁四库全书电子版》,上海人民出版社,1999年。

宋人苏轼的《东坡全集》，出现"夷狄"23次，如《论会于澶渊宋灾故》："澶渊之会，中国不侵夷狄，夷狄不入中国。"（四库全书·集部三·别集类）

宋人朱熹的《宋名臣言行录》，出现"夷狄"39次，"胡尘"1次。（四库全书·史部七·传记类）

宋人欧阳修编撰的《新唐书》，出现"夷狄"71次。（四库全书·史部一·正史类）

宋人司马光的《资治通鉴》，出现"夷狄"61次。（四库全书·史部二·编年类）

元人托克托的《宋史》，出现"夷狄"12次。（四库全书·史部一·正史类）

如果说"宋元以后的著作"并不包括"宋元"两代人的著作，那我们还可以对明、清两代人著作中出现的"夷狄"情况作出调查。结果也并非如罗炳良先生所说。举例如下：

明代人杨士奇等编撰的《历代名臣奏议》，收录了自商周到金元各朝的名臣奏议，该书出现"夷狄"156次。（四库全书·史部六·诏令奏议类）

明代人黄训编撰的《名臣经济录》，辑录了明朝自洪武到嘉靖九朝名臣的经世之言，该书出现"夷狄"19次。例如，丘濬《遏盗之机三》："一旦有事，则彼在中国，则为盗贼主谋；彼在外境，则为夷狄效力。其为祸害，有非旦夕可已者。"又如，丘濬《遏盗之机七》："夷狄，盗贼而已。夷狄之害，士大夫讲之详、论之熟矣！"又如，马文升《地震陈言疏》："考之古典，地震乃臣不承君、夷狄不承于中国之兆。"（四库全书·史部六·诏令奏议类）

清代人沈佳编撰的《明儒言行录》，出现"夷狄"5次。其中《记谢铎文肃公方石先生》一文记载："公尝曰：'我太祖有度越历代者五事。攘克夷狄，以复诸夏也；肇基南服，统一天下也……'"（四库全书·史部七·传记类）方石所说的"太祖"，即明太祖朱元璋，他列举了朱元璋超越历代君主的五件盛事，第一件就是驱除了元朝统治者，光复华夏。他所说的"夷狄"就是指元朝。可见，罗先生所说"宋元以后的著作中使用上述词语称呼金朝、元朝之处也要被删改",事实并非全部如此。

至于宋代以前的著述中出现的"夷狄""胡尘",《四库全书》也是保留着的。仅以李白、杜甫诗歌为例:

《李太白集》出现"胡尘"7次:"窜身南国避胡尘"(《猛虎行》),"南风一扫胡尘静"(《永王东巡歌》),"胡尘轻拂建章台"(《上皇西巡南京歌》),"四海暗胡尘"(《赠张相镐二首》其一),"崩腾胡尘起"(《赠张相镐二首》其二),"虎伏被胡尘"(《赠友人三首》),"一使胡尘清"(《自广平乘醉走马六十里至邯郸登城楼览古书怀》)。(四库全书·集部二·别集类)这里的"胡"是指安史叛军,即突厥等族。

《杜诗详注》出现"胡尘"4次:"况我堕胡尘"(《北征》),"胡尘逾太行"(《留花门》),"胡尘暗天道路长"(《同谷七歌》),"胡尘昏块莽"(《八哀诗·故著作郎贬台州司户荥阳郑公虔》)。(四库全书·集部二·别集类)

以上仅以"夷狄""胡尘"两个词作为调查的关键词,至于单独出现的"夷""狄""胡""虏"等称呼少数民族的字,在《四库全书》出现的次数就更多了。由于"狄""胡"二字有姓氏因素在,故不作为调查、统计的对象。

改易明末著述中直接称呼清朝为"夷""狄"的字面,而将前朝著述中称呼其他少数民族为"夷""狄"的字面加以保留,这本是乾隆制定的原则。在《四库全书》的编撰过程中,乾隆不停地抽阅馆臣的"进呈本",通过颁布"圣谕"的形式,对编撰的原则和编撰中存在的问题下达指示,"圣谕"共计25道。如,书籍的采进与奖励,书籍的取舍标准,编撰体例的确立,"违碍"字的处理,修正抄写文字的舛误,等等。其中,乾隆四十二年十一月十四日的"圣谕",说的就是如何对待"违碍"字的问题。为方便读者认识,引录全文如下:

> 前日批览四库全书馆所进《宗泽集》,内将"夷"字改写"彝"字,"狄"字改写"敌"字。昨阅《杨继盛集》内,改写亦然。而此两集中又有不改者,殊不可解。夷、狄二字屡见于经书,若有心改避,转为非理。如《论语》"夷狄之有君",《孟子》"东夷""西夷",又岂能改易,亦何必改易。且宗泽所指系金人,杨继盛所指系谙达,更

何所用其避讳耶。因命取原本阅之，则已改者皆系原本妄易，而不改者原本皆空格加圈。二书刻于康熙年间，其谬误本无庸追究。今办理《四库全书》，应钞之本，理应斟酌妥善。在誊录草野无知，照本钞誊，不足深责。而空格则系分校所填，既知填从原文，何不将其原改者悉为更正。分校、覆校俱系职官，岂宜失检若此。至总裁等身为大臣，于此等字面尤应留心细勘，何竟未能逐一校正，其咎更无所辞，非他书总核记过者可比。所有此二书之分校、覆校及总裁官，俱即著交部分别议处。除此二书改正外，他书有似此者，并著一体查明改正，并谕该馆臣嗣后务悉心详校，毋再轻率干咎。钦此。（《四库全书总目》卷首）

这道"圣谕"，对"违碍"字的处理作出明确的指示：一是区别朝代。对宋、元时期（自然也包括了宋、元以前）著述中出现的"夷""狄"等字，不必改易。理由是这样的文字"屡见于经书"和所指非我。二是对于康熙时期的谬误不必因循。康熙时期，清王朝政权建立未久，基于巩固政权的考虑，统治者下令抠掉所有著述中的"违碍"字。但是，到了乾隆时代，政权已然稳固，就大可不必继续这样做了。对康熙时期的做法，乾隆既称之为"谬误"，又提出"无庸追究"，作为乃祖之孙，能说出这样的话就算不错了。四库馆臣因循了康熙时期的做法，以为前朝如此，今亦应如此，结果遭到了乾隆的斥责，被斥为"失检""咎更无所辞"，还要被交付有关部门承受处分。三是责令总裁、覆校官、分校官，把作为著录底本的康熙年间出版的《宗泽集》《杨继盛集》中那些被抠掉的字，在抄录时一一补齐，把被改易的字一一复原，而且不限于这两种书。平心而论，在当时的历史条件下，乾隆对"违碍"字的处理方案，是应该被肯定的。

从《四库全书》成书结果来看，显然，四库馆臣在工作中并未十分认真地遵循乾隆的指示，虽然将历代许多著述中出现的并非指称清朝的"夷""狄"等字保留着，但也有个别书籍仍然对那些"违碍"字作了改动。鲁迅先生在《病后杂谈之余》一文中，就曾指出"四库本"的《嵩山文集·负薪对》（宋人晁说之著），把原文的"金贼"改成"金人"，把原文的"胡虏"改为"异地"，等等。笔者查阅了"四库本"《嵩山文集·负薪对》，情况的确如鲁迅先生所说的那样。但是,我们不能依据个别书籍存在的这种情况,就论定《四库全书》对宋元以后的著作中使用的"夷""狄"等字全部作了删改。所谓"宋元以后的著作中使用上述词语称呼金朝、元朝之处也要被删改",说法是片面的。

警惕《四库全书》的文字抄写之误

编撰于乾隆年间的《四库全书》,为后世保存了丰富的文献资料,同时由于"寓禁于征"的编撰指导思想,也使得大量文献遭到毁灭。对于《四库全书》功过的问题,学界评论已久。笔者基本赞同这些文章的观点,同时也想提醒各位同人:在使用这部巨著的时候,请留心它的抄写之误。

笔者由于科研的需要,最近查阅了上海古籍出版社据台湾商务印书馆影印文渊阁《四库全书》而重新影印的《景印文渊阁四库全书》(1987年出版)中收录的《九家集注杜诗》,发现它的抄写错误实在惊人。为了辨明是非,笔者找到了上海古籍出版社重印哈佛燕京学社编的《杜诗引得》中收录的《九家集注杜诗》,学社编者是根据清代嘉庆刻本点校排印的。笔者把引得本《九家集注杜诗》与四库本《九家集注杜诗》进行对照,发现文字多有不同,经过查阅相关史料,确认引得本为是,四库本为非。现举《忆昔二首》"其一"为例,对四库本的错讹加以指摘。

1. 四库本在"忆昔先皇巡朔方,千乘万骑入咸阳"二句之下,注释文字出现的错误。

原文:"后汉灵帝末,京都童谣曰:候非候,王非王,千乘万骑上北邙。"

按:引得本,"候非候"作"侯非侯"(见该书115—116页,下同),是也。王侯的侯不能写为"候"。

2. 四库本在"阴山骄子汗血马,长驱东胡胡走藏"二句之下,注释文字出现的错误。

原文:"《前汉·匈奴传》:候应云:'北边塞至辽东,外有阴山。'"

按:引得本,"候应"作"侯应",是也。侯应,西汉人,事见《汉书》卷九十四。[1]

3. 四库本在"邺城反覆不足怪，关中小儿坏纪纲，张后不乐上为忙。至今今上犹拨乱，劳心焦思补四方"五句之下，注释文字出现的错误更多，简直不可卒读。

原文："越王系谋害太子，为李辅国诸。"

按：引得本，"诸"作"诛"，是也。李辅国诛杀越王李系，事见《资治通鉴》卷二百二十二。[2]

原文："绝云：按，关中小儿，当为越王系是也。"

按：引得本，"绝云"作"鲍云"，是也。"鲍"即鲍彪，九家集注中之一家。

原文："（代宗）内平张白、越王之难，外经营河朔。"

按：引得本，"张白"作"张后"，是也。张后即肃宗妻张皇后。代宗平张后、越王之难，事见《资治通鉴》卷二百二十二。[3]

原文："东坡《诗话》也：关中小儿，谓李辅国也。"

按：引得本，第一个"也"作"曰"，是也。

原文："'为留猛是守未央'，谓郭子仪夺兵柄、入宿卫也。"

按：引得本，"猛是"作"猛士"，是也。

原文："今上犹乱，代宗拨乱也。"

按：引得本，"今上犹乱"作"今上犹拨乱"，是也。"今上"，指代宗。"今上犹乱，代宗拨乱也"，逻辑不通。

4. 四库本在"我昔近侍叨奉引"句下，注释文字出现的错误。

原文："此诗亦言代宗时事，而云'我昔迎侍叨奉引'。"

按：引得本，"迎侍"作"近侍"，是也。"近侍"指任左拾遗官职，"迎侍"不可解。

5. 四库本在"为留猛士守未央，致使岐雍防西羌。犬戎直来坐御床，百官跣足随天王"四句之下，注释文字出现的错误。

---

[1] 班固《汉书》，中华书局，1962年，第3803页。

[2] 司马光《资治通鉴》，中华书局，1956年，第7124页。

[3] 司马光《资治通鉴》，中华书局，1956年，第7124页。

原文:"未央,宫名,汉肃何所建。"

按:引得本,"肃何"作"萧何",是也。

原文:"子仪于肃宗时召还,在乾二二年之七月。"

按:引得本,"乾二二年"作"乾元二年",是也。乾元,是唐肃宗的年号。唐代无"乾二"年号。

原文:"次年,吹蕃入寇。"

按:引得本,"吹蕃"作"吐蕃",是也。《资治通鉴》卷二百二十一:肃宗上元元年,"吐蕃陷廓州"。[1]

原文:"吐蕃既陷泾州,遂逼京即而陷之。"

按:引得本,"京即"作"京师",是也。《资治通鉴》卷二百二十三:代宗广德元年十月戊寅,"吐蕃入长安"。[2]

原文:"天子车驾辛陕。"

按:引得本,"辛陕"作"幸陕",是也。《资治通鉴》卷二百二十三:广德元年十月丙子,代宗"出幸陕州"。[3]

6. 四库本在"愿见北地傅介子,老儒不用尚书郎"二句之下,注释文字出现的错误。

原文:"传介子,北地人。"

按:引得本,"传介子"作"傅介子",是也。傅介子,西汉人,事见《汉书》卷七十。[4]

原文:"封介子为义阳候。"

按:引得本,"义阳候"作"义阳侯",是也。

原文:"今也,止愿见如传介子者,使赞赞普之首,则老儒不复须尚书郎也。"

按:引得本,"传介子"作"傅介子","使赞赞普之首"作"使斩赞普之首",是也。

---

[1] 司马光《资治通鉴》,中华书局,1956年,第7102页。
[2] 司马光《资治通鉴》,中华书局,1956年,第7151页。
[3] 司马光《资治通鉴》,中华书局,1956年,第7151页。
[4] 班固《汉书》,中华书局,1962年,第3001页。

这首诗的注释文字不过 1000 多字，竟出现了错（漏）字 20 个。如此惊人的失误率，是令人难以想象的。要让人对《四库全书》的文献学价值不存疑虑，是困难的。这些错字的出现，固然是由于抄书匠的无知或缺乏责任感，但作为四库馆臣亦难逃其校勘不慎之责。清代编撰《四库全书》，其编撰机构可谓庞大，设立了总裁官、副总裁官、总阅官、总纂官、总校官等 360 多人组成的书馆，各司其职。其中的总阅官、总校官，显然未尽其职。笔者不可能把《四库全书》通读，不敢说它全部如此，但仅此一端亦足以令人提心吊胆。

笔者没有条件去查阅现存于台湾的文渊阁《四库全书》的底本。不过，经向出版业的人士询问这些错字出现的原因，得知：如果是电子版则可能出现错字，但"影印"本是对底本进行拍照而成的，拍照是不会出现错字的。这说明，这些错字原本就出现在文渊阁《四库全书》上面。

均衡：洛书图像符号的文化意蕴解读

洛书图像相传为中华人文始祖伏羲氏所画。有关"洛书""河图"之说，在先秦的典籍中就有记载，《易·系辞上》说："河出图，洛出书，圣人则之。"[1]但是，这两个图像到底是什么样子，却一直沉埋在历史的积尘中，直到北宋时期，才被易经学界的一代宗师陈抟公之于世。本文所要研究的洛书图像就是陈抟所画。

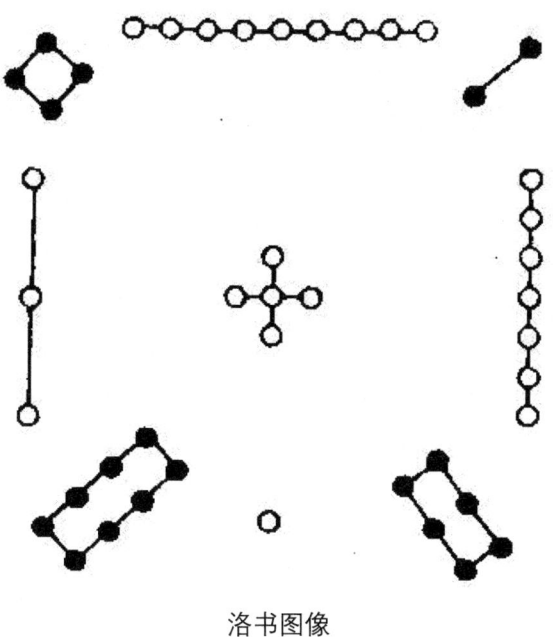

洛书图像

---

[1] 李学勤《周易正义》，北京大学出版社，2000年，第290页。

在文字诞生之前，我们的祖先伏羲氏在这幅图中表述了什么意思？几千年来，人们面对这幅图像，不停地搅动脑汁，力图破解其中的文化意蕴。早在春秋时期，晋人程本就是其中的一个。程本字子华，自号"程子""子华子"，此人博学而淡漠仕途，被孔子称为"天下贤士"。程本晚年隐居在巩县（今巩义市）石臼泉，致力于探索洛书的奥秘，他认为洛书是由数字构成的图像，在所著《子华子》一书中说："二与四抱九而上跻也（抱九，意思是合抱着'九'字；上跻，意思是居于上位），六与八蹈一而下沉也（蹈一，意思是踩着'一'字；下沉，意思是居于下位），戴九而履一（戴九，意思是'九'字居于头顶；履一，意思是'一'字踏在脚下），据三而持七，五居中宫（意思是'五'字处于中央，左边据着'三'，右边持着'七'）。"这段话清晰地表述了从一到九这些数字的位置关系。但是，这个由数字构成的图像究竟有什么文化意蕴，程本还未曾给予解释。关于程本，《庄子》《列子》《吕氏春秋》等战国时的著作，都有关于他的记载，因此可以肯定确有其人。他的著作《子华子》有宋代刻本。有人认为，洛书图像和《子华子》一书所写的内容是宋代人的伪作，这种说法缺乏直接依据，只是一种推测。

程本之后，历代学者对洛书的研究不乏各自的见解。把这些见解进行大致梳理，可以归纳为"数学说""天象说""历法说""节气说""哲学说"等。有些说法是有道理的，例如"数学说"，认为洛书是中国数学的肇始，从1到9是对数字的认识。还进而认为，从1到9这九个数字之和是45，而一线之和是15，这是对"周三径一"（周长为3，直径是1）规律的表述。这种观点显然是受程本的启发。而有些解释则进入玄虚，将洛书图像神秘化，或用当代的人类科技成果去附会。人类的智力发展是个渐进的过程，尤其是在自然科学领域，上古时期人类的智慧尚处于蒙昧状态。现代研究成果表明，伏羲时代是新石器的中晚期，以使用磨制石器为标志，这个时候文字尚未诞生。很难想象，在连用文字表述思想都做不到的时代，人类会具有如此超前的智力。

笔者此前对这一课题涉及甚少，今不揣浅陋，对洛书图像的文化意蕴试作如下解读，以期得到方家的指正。

为了看得清晰，我们先把这个洛书图像抽象为数字：

杂 论　163

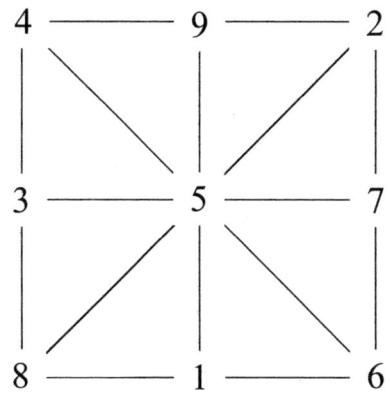

我们看到，这个由数字构成的洛书图像，其外围的四个边，无论哪一边，数目相加皆为15；其内部指向八个方向的四条线，每条线的数目相加也是15。笔者认为，这种由"四面""八方"构成的图像是伏羲氏给人类社会绘制的缩影，这个图像画出的是"世界大同"的蓝图，以及实现"世界大同"的措施，认为世界的方方面面，无论是外围还是内部都应该是均衡的。其意在说明，只有处于均衡状态，社会才能和谐。这是个深刻的建构社会的思想，启示了后代思想家对于如何建立和谐社会的思考，先秦时期的两大家，无论儒家还是道家都一致强调均衡的思想，认为均衡是构建和谐社会的必要条件。均衡，首先是指社会财富的均衡占有。

儒家创始人孔子说："丘也闻有国有家者，不患贫而患不均，不患寡而患不安。盖均无贫，和无寡，安无倾。"（《论语·季氏》）[1]）孔子认为，国君或家长不必担心财富不多，只需担心财富分配不均；不必担心人民太少，只需担心不安定。因为财物分配公平合理，就没有贫穷；上下和睦，就不必担心人少；社会安定，国家就没有倾覆的危险。儒家认为，社会的不安定，根本原因是占有财富"不均"。这是孔子由洛书感悟出的思想，正如《易·系辞上》所说："河出图，洛出书，圣人则之。"所谓"圣人则之"，就是说圣人以洛书显示的理念作为治理国家的法则。《礼记·大学》中说"修身齐家治国平天下"，这里说的"平天下"，有人解释为"平定天

---

[1] 杨伯峻《论语译注》，中华书局，1980年，第172页。

下",其实,这个"平"字的意思是"平均","平天下"的意思就是"平均天下",就是以"均衡"的思想来治理天下。这种解释不是我故意翻新的,《礼记·乐记》中就说:"修身及家,平均天下,此古乐之发也。"[1]朱熹在《诗经集传》也说:"修身及家、平均天下之道,其亦不待他求,而得之于此矣。"[2]儒家所宣扬的大同世界的理念也来源于此,《礼记·礼运》说:"大道之行也,天下为公。选贤与能,讲信修睦,故人不独亲其亲,不独子其子,使老有所终,壮有所用,幼有所长,矜寡孤独废疾者,皆有所养。男有分,女有归。货,恶其弃于地也,不必藏于己;力,恶其不出于身也,不必为己。是故,谋闭而不兴,盗窃乱贼而不作,故外户而不闭,是谓大同。"[3]儒家所说的大同世界就是天下为公的社会,天下是天下人的天下,不是哪个私人的天下,每个人都享有被亲近的权利,每个人都有生存的权利,每个人都能发挥自己的才能,这样的社会没有盗贼,完全可以夜不闭户。显然,大同世界就是一种均衡的世界。

道家创始人老子说:"天之道,损有余而补不足。人之道,则不然,损不足以奉有余。孰能有余以奉天下?唯有道者。"[4]老子认为:损减有余来补充不足,是天之道,也就是说自然法则是削高岗填深坑,形成均衡的状态。他批评人类社会世俗的做法:损减不足来供奉有余。他认为这是违背天道的,有道的人应该奉行天道,应该让有余来供奉天下,以求社会财富的均衡分布。

这种均衡理念不但是思想家、政治家用以治理国家的根本理念,也是中华民族思想文化的一大特色,成为国人看待世界、评估社会的基本标尺。例如杜甫,天宝后期,社会出现严重的两极分化,"朱门酒肉臭,路有冻死骨",阶级矛盾日趋尖锐。杜甫说"无贵贱不悲,无富贫亦足"(《写怀二首》[5]),意思是说:如果没有身份显贵的人,那么身贱的人也就不会感到悲哀;如果没有财产富足的人,那么贫穷的人也会感到满足。杜甫就

---

[1]李学勤《礼记正义》,北京大学出版社,2000年,第1120页。
[2]朱熹《诗经集传·序》,吉林人民出版社,1999年,第1页。
[3]李学勤《礼记正义》,北京大学出版社,2000年,第658页。
[4]陈鼓应《老子注译及评介》,中华书局,1984年,第346页。
[5]仇兆鳌《杜诗详注》,中华书局,1979年,第1819页。

是以均衡的理念来批判当时的社会。

均贫富，这个思想观念也成为历次农民起义的战斗口号。唐末黄巢领导农民起义就提出过"均平"的要求（《新唐书·黄巢传》）；北宋时王小波、李顺发动农民起义，提出"均贫富"的口号（《皇朝通鉴长编纪事本末》卷十三）；明末李自成领导农民起义，提出"均田免粮"的口号（见查继佐所撰《罪惟录》）；清朝洪秀全领导的太平天国颁布《天朝田亩制度》，废除封建土地所有制，按年龄和人口平均分配土地，建立"无处不均匀，无人不饱暖"的理想社会。可见"均衡"观念在中国人民心目中的绝对地位。

"均衡"理念还体现在其他领域，例如中国式的古典建筑，是以建筑物呈现"对称"为美的。无论是皇家宫殿还是普通民宅，多以轴线对称和一正两厢的形式而形成方方正正的四合院。这种均衡的结构方式，给人以秩序、安静、稳定、庄重等的心理感觉，显然，这种心理感觉是定居的需要。

"均衡"理念还表现在文章的修辞方面，早在先秦文献中就出现了"对偶"的修辞手法，如"云从龙，风从虎"（《周易·乾》），"罪疑惟轻，功疑惟重"（《尚书·大禹谟》），两句相对，字数相等，语法结构相同，这种修辞是为汉民族文章所独有的。范文澜在《文心雕龙注》中认为对偶生成的原因之一是"好趋均平"[1]，说中国人的思想意识喜好追求均平，于是才产生了"对偶"修辞。其后，当律诗在唐代形成以后，律诗中的"对仗"艺术，把"对偶"修辞艺术推到极致。律诗的中间两联，要求每联的上下两句，词性对应相同，平仄声调对应相反，以构成诗句的匀齐、均衡美。随着"对仗"艺术而产生的一种新型文体——"楹联"，更是中国文学独有的。2006年，国务院把楹联习俗列入第一批国家非物质文化遗产名录。楹联习俗在华人乃至全球使用汉语的地区以及与汉语汉字有文化渊源的民族中传承、流播，对于弘扬中华民族文化有着重大价值。由此可见"均衡"观念是何等执着地存在于国人的心中，它已经成为国人的集体无意识。这种"均衡"观念与洛书所表现的"均衡"是完全一致的。

---

[1] 范文澜《文心雕龙注》，人民文学出版社，1998年，第590页。

从河北省曲阳县北岳庙碑刻看北岳地点的沿革

祭祀山川,是中华民族的先民们所开创的一种十分隆重而虔诚的祀典。早在先秦的典籍中,就有了这种文化活动的记载,如《尚书·虞书》中,就记载着虞舜祭祀五岳的具体时间。我们的先民站在高山大川面前,被那威严耸峙、磅礴浩荡的气势所震撼,被那云蒸霞蔚、奇树异草、山珍水族所吸引,感觉到那其间有神灵的存在,认为它们是天帝派到人间的使者。在生产力低下的历史时期,人们通过祭祀山川,寄托着生存与发展的美好愿望。北岳,就是先民们祭祀的五岳之一,《尚书·虞书》中说:"十有一月朔,巡狩至于北岳。"

当今,人们所认定的北岳是山西省浑源附近的恒山,却较少有人知道,北岳的地理位置本来是在河北省曲阳县西北部(今入唐县),即俗称的"大茂山"。大茂山与浑源附近的恒山相距三四百里。

在今河北省曲阳县城内,有保存较好的北岳庙,庙内矗立着大量的碑刻,这些碑刻诉说着北岳位置的沿革历史。笔者曾多次前往其地,对碑刻内容进行调查。现将调查结果公之于下。

一、关于祭祀北岳的地点

河北省曲阳县城内的北岳庙,始建于南北朝时期北魏宣武帝景明、正始年间(500—508)。从此以后,直到清朝以前,这里就是历代王朝祭祀北岳之处。在曲阳祭祀北岳,最早的文献记载,当为《汉书·郊祀志》,志云:汉宣帝神爵元年(前61),诏令祭五岳、四海,祀"北岳常山于上曲阳"。常山，即恒山，因避汉文帝刘恒（前179）之讳而改称。上曲阳，即曲阳之旧称，到南北朝时的高齐，才将"上"字去掉。自汉宣帝之后，有关历代帝王于曲阳祭祀北岳的记载，屡见于史书。

现存于北岳庙内的历代祭祀北岳神于曲阳的碑刻，较早的有唐朝的四通，依年代先后为：

（一）御史中丞韦虚心撰写的《大唐北岳府君之碑》[1]，此碑立于唐玄宗开元九年三月。碑文描绘了北岳的雄伟气势，歌颂了北岳神的讨逆护国之功，表彰了"恒阳县令刘元宗"及其僚属的政绩和品格。今按，所谓"恒阳县"，就是曲阳县。《旧唐书·地理志》："曲阳，汉上曲阳县，属常山郡，隋改为恒阳。……元和十五年，改为曲阳。"[2] 这条史料说明，在玄宗时期，曲阳县称为恒阳县。韦虚心的文章既然表彰的是曲阳县令，那么也就说明，唐代祭祀北岳确实是在曲阳的北岳庙。

（二）定州刺史张嘉贞撰写的《北岳恒山祠碑并序》[3]，碑文描绘北岳的雄伟庄严之势，历述各朝祭祀北岳的情况，独尊大唐祭祀之恭谨。此碑立于唐玄宗开元十五年八月。《旧唐书·张嘉贞传》载：嘉贞至定州，"于恒岳庙中立颂，嘉贞自为其文，乃书于石，其碑用白石为之，素质黑文，甚为奇丽"。[4] 今存之碑刻，白石黑字，一如史传所云。唐代曲阳（即恒阳）县隶属定州，《旧唐书·地理志》："武德四年，平窦建德，移置定州，领安喜、义丰、北平、深泽、毋极、唐昌、新乐、恒阳、唐、望都等十县。"[5] 张嘉贞既为定州刺史，曲阳乃其辖区，于北岳庙树碑立颂，是其分内之事。

（三）陈州长史郑子春撰写的《大唐北岳神庙之碑并序》[6]，此碑立于唐玄宗开元二十三年闰十一月。郑子春是陈州（今属河南省周口市淮阳区）长史，越地撰文，故碑文中有"敢让当仁"（即当仁不让）的话。碑文的书

---

[1] 韩成武等《北岳庙碑刻选注》，中国文联出版社，2003年，第10页。
[2] 《二十五史·旧唐书》卷三十九，上海古籍出版社，1986年。
[3] 韩成武等《北岳庙碑刻选注》，中国文联出版社，2003年，第24页。
[4] 《二十五史·旧唐书》卷九十九，上海古籍出版社，1986年。
[5] 《二十五史·旧唐书》卷三十九，上海古籍出版社，1986年。
[6] 韩成武等《北岳庙碑刻选注》，中国文联出版社，2003年，第32页。

写者是博陵人崔镶，篆额者是安喜县尉李逊。博陵，郡名、县名，治所在今河北省蠡县南；安喜，是定州的属县。从此碑的书写者的籍贯、篆额者所任官地来看，均在曲阳县附近，而与山西的浑源相去为远。

（四）翰林学士李荃撰写的《大唐博陵郡北岳恒山封安天王之铭并序》[1]，此碑立于唐玄宗天宝七载五月。碑文记述封北岳为安天王的经过和意义。《旧唐书·玄宗本纪》载：玄宗于天宝五载下诏，封恒山为安天王，有司选择吉日，确定天宝六载三月乙酉，举行了封王典礼。[2] 碑文表彰了"恒阳县令高平郄怀玉"，称其为"吏之雄也"，为官清廉，"冰水作吏"。

以上四通唐碑，从不同角度说明，唐人祭祀北岳，均在曲阳县的北岳庙。

其后，由宋到明祭祀北岳，也都在曲阳县的北岳庙。庙内今存的宋、元、明三代祭祀的碑文，有力地说明了这一点。如《宋史》卷一百二：大中祥符四年，真宗"封北岳安天元圣帝"，"制五岳醮告文"。[3] 今曲阳县北岳庙内，"北岳醮告文"之碑刻犹在。大中祥符九年，朝廷派遣冯起等人，前往曲阳北岳庙授予封号。今庙内有陈彭年撰写的《北岳安天元圣帝碑铭并序》碑刻一通，碑文记录出行场面的隆重："上被华衮，秉镇圭，步自青蒲，临于黼坐，出板诏，命辂车，以尚书工部侍郎冯起摄太尉，太仆少卿裴庄摄司徒，奉玉册衮服于曲阳之祠。"[4] 可见，冯起等一干人，是来曲阳北岳庙授予封号的。

到了元朝，祭祀北岳仍在曲阳，今庙内有元人揭傒斯撰写的《代祀北岳之记》，文中有言："臣爱牙赤等既受命，以是月丁亥至于北岳，与保定路达鲁花赤黑厮、曲阳县尹阎良等，咸斋沐就次，己丑，以羊一豕一，敬祭祠下。"[5] 朝臣与保定路、曲阳县这些地方官共同祭祀北岳，亦足以说明祭祀之地是在曲阳的北岳庙。

明朝初期，明成祖朱棣的永乐年间，将国都迁至北平（今北京）。此

---

[1] 韩成武等《北岳庙碑刻选注》，中国文联出版社，2003年，第43页。
[2]《二十五史·旧唐书》卷九，上海古籍出版社，1986年。
[3]《二十五史·宋史》卷一百二，上海古籍出版社，1986年。
[4] 韩成武等《北岳庙碑刻选注》，中国文联出版社，2003年，第74页。
[5] 韩成武等《北岳庙碑刻选注》，中国文联出版社，2003年，第99页。

后，有些人认为祭祀北岳于国都之南，国都竟在北岳之外，于理不顺，于是奏议朝廷，请求改易北岳。如弘治十五年（1502），兵部尚书马文升上书请改，被礼部侍郎倪岳否决。明人何孟春《余冬序录》有记载："弘治初，兵部尚书马文升建言，今京师既定于燕，则恒山不当为北岳，而医巫闾之为镇，亦不在北，宜下礼部议，拟改易。尚书耿裕欲从。会官议，侍郎倪岳不可，遂止。"[1] 其后，万历十四年（1586），大同巡抚胡来贡进一步请求改祀北岳于山西的浑源，被礼官沈鲤驳回。《明史》卷四十九："万历十四年，巡抚胡来贡请改祀北岳于浑源州。礼官言：'《大明集礼》载，汉、唐、宋北岳之祭，皆在定州曲阳县，与史俱合。浑源之称北岳，止见于州志碑文，经传无可考，仍祀曲阳是。'"[2] 有明一代，可谓祭祀北岳于曲阳还是浑源的争论期，直到清顺治十七年（1660），才将祭祀地点移至浑源。

二、关于北岳位置的认定

北岳恒山的位置认定，历史文献说明：明朝以前，人们认定的北岳恒山是曲阳县西北140里处的恒山（俗称大茂山）。文献征引如下：

（一）《前汉书·郊祀志》云：汉宣帝神爵元年（前61），诏令祭五岳、四海，祀"北岳常山于上曲阳"。[3] 常山，即恒山，因避汉文帝刘恒（前179）之讳而改称。上曲阳，即曲阳之旧称。

（二）《后汉书·郡国志》云："上曲阳，故属常山，恒山在西北。"[4]

（三）《晋书·地理志》云："上曲阳，恒山在县西北，有坂号飞狐口。"[5]

（四）《魏书·地形志》云："曲阳，有恒山、嘉山、黑山、尧山、黄

---

[1] 何孟春《余冬序录》卷四十一，乾隆二十三年世读轩刻本。
[2] 《二十五史·明史》卷四十九，上海古籍出版社，1986年。
[3] 《二十五史·前汉书》卷二十五下，上海古籍出版社，1986年。
[4] 《二十五史·后汉书》卷三十一，上海古籍出版社，1986年。
[5] 《二十五史·晋书》卷十四，上海古籍出版社，1986年。

山。"[1]

（五）《隋书·地理志》云："恒阳（旧曰上曲阳），后齐去'上'字，开皇六年改为石邑，七年改曰恒阳，有恒山，有恒阳溪。"[2]

（六）《史记评林》云："《括地志》云：恒山在定州恒阳县西北百四十里。"[3]

（七）宋人韩琦《大宋重修北岳庙记》云："天下之岳五，独北岳常方，人目为大茂山，而岳名不著。"[4]

（八）宋人沈括《梦溪笔谈》卷二十四云："北岳恒山，今谓之大茂山者是也。半属契丹，以大茂山分脊为界。岳祠旧在山下，石晋之后，稍迁近里。今其地谓之神棚，今祠乃在曲阳。"[5]

（九）乐史《太平寰宇记》云："隋《图经》云：大茂山，恒山之异名也。"[6]

这些都清楚地表明，在人们的心目中，曲阳县西北的大茂山，就是北岳恒山。明以前历代史书的地理志，均无恒山在山西浑源的记载。

到了明朝，一些人出于国都与北岳位置关系的考虑，遂造舆论，认为北岳是在山西浑源州，这在北岳庙的碑刻中也有反映。如嘉靖十六年（1537），许赞在《曲阳县重修北岳庙碑文》中说："恒岳肇名，浑州维始；奇踪显奕，曲阳继兴。"[7]他认为两个恒山的出现，是奇踪显奕，而浑源的恒山才是北岳的称名之始。这篇碑文无疑代表了朝廷的观点，但从"两个恒山"说之中，可以看到明代的统治者还不敢断然否定曲阳北岳，在祭祀北岳的地点上，仍是在曲阳县的北岳庙。《明史》也反映了"两个恒山"的说法，《明史·地理一》称：唐县"西北有大茂山，即恒岳也"。[8]《明

---

[1]《二十五史·魏书》卷一〇六上，上海古籍出版社，1986年。
[2]《二十五史·隋书》卷三十，上海古籍出版社，1986年。
[3]凌稚隆等《史记评林》，天津古籍出版社，1998年，第111页。
[4]韩成武等《北岳庙碑刻选注》，中国文联出版社，2003年，第91页。
[5]沈括《梦溪笔谈》卷二十四，文物出版社影印，1978年。
[6]乐史《太平寰宇记》卷六十一，高卧珍藏。
[7]韩成武等《北岳庙碑刻选注》，中国文联出版社，2003年，第122页。
[8]《二十五史·明史》卷四十，上海古籍出版社，1986年。

史·地理二》则称：浑源州"南有恒山，即北岳也"。[1]

正式改定北岳恒山在山西浑源州，是清代顺治十七年（1660）的事。《清史稿·地理志》载："曲阳，西北恒山，古北岳，顺治末，改祀于山西浑源。"[2]

对于清代统治者这种断然地更改北岳之举，明末清初的思想家顾炎武作《北岳辩》（今北岳庙中存此碑刻），以批判明人马文升的奏疏为靶子，进行了认真而有力的挞伐。他以前代人"改都而不改岳"做法为依据，以前代人祭祀北岳于曲阳的大量史料为依据，证明更改祀地之失误。在对北岳的认定上，即究竟是在曲阳还是浑源的问题上，他提出"恒山绵亘三百里"的观点，也就是说，无论是曲阳西北的大茂山，还是浑源附近的恒山，都是恒山。既然都是恒山，就没有必要废除既有的祭祀之地。[3]

自从清代顺治末年改祀北岳于浑源之后，曲阳北岳庙日渐荒芜。但来此担任知县的有识之士，如陈旭、王兰广、羊华清等，深为这处古迹的荒废而痛心，在缺乏修缮资金而又不忍加重百姓负担的情况下，采用自愿捐助、在庙中植树以获取资金等方法，使北岳庙分别在乾隆三十一年（1766）、道光二十五年（1845）、光绪二十三年（1897）得以相继维修。我们今天能够欣赏北岳庙的雄姿，正是他们的功劳。陈、王、羊三位知县，均作有修庙碑文，从这些碑文中，我们看到他们对清朝统治者改祀北岳的不满，他们认定的北岳，就是曲阳西北的大茂山。

乾隆三十一年，曲阳知县陈旭重修北岳庙竣工，他在撰写的《重修古北岳庙碑记》中说："北岳之祀于上曲阳，《汉志》载之，其所从来远矣。岳峰别名大茂，距庙所尚百里而遥。明嘉靖间移祀于浑源州，而曲阳旧庙遂渐颓废。"[4]

道光二十五年，曲阳知县王兰广重修北岳庙竣工，他在撰写的《重修北岳庙之碑记》中说："大茂在邑之西北，崔峣巀嶪，巍然见百里之外。""汉宣帝神爵元年，祀北岳于曲阳，而大茂与泰、华并列。历唐、宋、

---

[1]《二十五史·明史》卷四十一，上海古籍出版社，1986年。
[2]《二十五史·清史稿》卷五十四，上海古籍出版社，1986年。
[3] 韩成武等《北岳庙碑刻选注》，中国文联出版社，2003年，第154页。
[4] 韩成武等《北岳庙碑刻选注》，中国文联出版社，2003年，第139页。

元、明四代，巡祀祭告，咸萃于此。""迨明嘉靖丙午，移祀北岳于浑源，我朝因之，而曲阳之庙遂废。"[1]

  以上两篇碑文，皆认定曲阳西北之大茂山为北岳。同时，也都把移祀浑源之举，说成是明朝嘉靖时事，也就是把北岳庙荒废的罪责推给明人。这不过是婉辞讽刺而已。上文已述，直到明朝万历十四年，巡抚胡来贡请改祀北岳于浑源州，仍然被礼官沈鲤驳回。万历十四年，即公元1586年，而嘉靖丙午是公元1546年。可见，陈、王二人之说不确。另据《清史稿·世祖纪》载，顺治十七年，"七月丁卯，移祀北岳于浑源州"。[2]如此重大的举动，作为本朝人的陈旭、王兰广，当然不会不知。他们把改祀之举推给明人，是为了更方便在碑文中发泄牢骚，须知清代的文字狱好生了得！

  清代人把北岳的位置移到山西浑源，也是需要寻找"依据"的。他们在"老根"上做起了文章，说舜帝认定的北岳就是浑源附近的恒山。例如，王士禛《池北偶谈》就说："恒山实在浑源州，相传舜望于山川，北至大茂山，大雪不能前，有石飞堕，遂祀焉，即今北岳庙。"[3]其意是说舜帝前往祭祀浑源的北岳，走到大茂山，被大雪和飞石所阻，于是就此作祭。这故事说得虽然很生动，但无史料依据，只好起用"相传"两字，以期造成虽虚亦实的效果。

---

[1]韩成武等《北岳庙碑刻选注》，中国文联出版社，2003年，第145页。
[2]《二十五史·清史稿》卷五，上海古籍出版社，1986年。
[3]王士禛《池北偶谈》卷一，进步书局校印。

民族志士的深思与呐喊

——读张元干《贺新郎·送胡邦衡待制赴新州》

在南渡词人中,张元干也曾经历过北宋末期畸形太平岁月的放荡生活,词风绮艳轻靡。那是时世没有给他显露英雄本色的机会。金兵入侵中原,他投笔从戎,协助李纲指挥汴京保卫战,失败之后,渡江南下。心怀抗金复国志气的他,面对高宗朝廷的投降政策,深感壮志难酬、报国无路,遂以词为传声之角,将一腔愤怒悲慨之情尽情宣泄。《贺新郎·送胡邦衡待制赴新州》这首词,即是其代表作。

这是一首送别之作。所送的人胡邦衡,即胡铨,官居待制(皇帝的侍从官)。高宗绍兴八年(1138),朝廷与金人议和,拟签订屈辱和约,胡铨上书反对,并请将宰相秦桧斩首示众。此文一出,朝野震动,高宗、秦桧一伙将胡铨贬谪,绍兴十二年(1142)又削掉胡铨的官职,送到新州(今广东新兴县)编管起来。张元干这首词就是在送别胡铨上路时写的。

开篇"梦绕神州路",作者陈述自己的梦魂在中原沦陷区内萦绕、徘徊。以"梦"起笔,饶有深意,一是写出神州陆沉,中原地区已经陷入敌手,自身不能前往,只能托之于梦,在梦境中去巡视,则作者的感慨已然露出。二是写出作者对沦陷区的魂牵梦绕,则其爱国之情便和盘托出。接下来写梦中所见:秋风飒飒,令人惆怅,但闻金兵吹起连营的画角,但见故国的宫殿里长满茂盛的禾黍,一片荒芜。《诗经·王风·黍离》写东周的大夫们看到故都(镐京)宫殿里长满了禾黍,便彷徨不忍离去。此处,作者使用这个典故,写故都汴京的废弃景象。"连营画角"是写敌之猖狂,"故宫离黍"是写我之衰微,在对比中表现出作者的不平之气:小小鼠辈居然也成气候,堂堂大国竟然如此萧索,这是难以容忍的。周汝昌先生认为,这两句都是写"南宋局势"[1],这种解释是不恰当的,有两点说不通:其一,说"连营画角"是写南宋的"武备军容,十分雄武"[2],与史实不合,因为有宋一代实行"崇文抑武"的国策,宋朝的军事力量始终是疲软的;其二,这种解释,与首句的意思断裂了,首句写"梦绕神州路",则接下来就应该写梦中之所见,见到的就应该是金营和故都的情况。文理脉络,不应阻塞;诗家用意,尤须细察。

接下来,便是作者对中原沦陷而不能收复的原因发出质问:"底事昆仑倾砥柱,九地黄流乱注,聚万落千村狐兔?""底事"是古典诗词常用的疑问词,意思是"为什么"。在古典诗词中,有所谓连贯句式,连贯句式有几种类型,其中的一种是指句子中出现了疑问词或否定词,那么这些词往往要管到后面的几句,而不是仅仅限于本句。这三句就是连贯句式,它们都统摄在"底事"之下:"底事昆仑倾砥柱?底事九地黄流乱注?底事聚万落千村狐兔?"作者连续三句发问:一问中原地区为什么会沦陷,《神异经·中荒经》曰"昆仑有铜柱焉,其高入天,所谓天柱也",古人以昆仑天柱倾倒比喻神州陆沉;二问中原百姓为什么遭受灭顶之灾,"九地"意思是遍地,作者以黄河泛滥比喻沦陷区的百姓遭受巨大的灾难;三问中原地区的村庄为什么竟成了狐兔的巢穴,狐兔代人而村居,既写出荒芜的景象,又暗指金人霸占了汉人的田园。作者接连发问,气势咄咄逼人,而答案即在接下来的三句分三层写出。

"天意从来高难问",这是作者对中原沦陷而不能收复的原因所作出的第一层揭示。字面上似乎在责怪老天,说老天高高在上,它对人世的兴亡安排让人感到神秘莫测,人们难以问个明白。实际上这是在指责宋高宗,说高宗皇帝推行投降政策,其用心何在,人们难以向他问清楚。高宗主降,是出于一种卑微的心理,他不愿意与金人作战,那是由于他觉得无论战胜战败都对他没有好处:战胜了,徽宗、钦宗从金人那里回来,就会继续当皇帝,这当然是高宗不希望的事;战败了,他的皇位有可能会失去。作者对高宗的卑微心理是清楚的,所以他说"难问",而不说"难料",

---

[1] 唐圭璋等《唐宋词鉴赏辞典》,上海辞书出版社,1988年,第1269页。
[2] 唐圭璋等《唐宋词鉴赏辞典》,上海辞书出版社,1988年,第1269页。

"难问"就是难以向皇帝发问,你问他的用心所在,他也难以告诉你。这是作者揭示中原沦陷而不能收复的第一个原因:皇帝昏庸。

"况人情老易悲难诉","况"的意思是况且,在表意上明显与上面一句构成递进关系,是作者对中原沦陷而不能收复的原因所作出的第二层揭示,即"人情老易"。这里的"人"是指南渡诸公,"老"的意思是疲惫衰弱,"易"是轻易。"人情老易"四个字高度概括了南渡诸公收复中原的意志之迅速消沉。回想他们被金兵追赶,仓皇渡江之初,也曾心里憋着火,发誓要打回去,可是没过多久,便安于现状,觉得偏安江左的日子也不错,再无恢复国土的意志。作者对此发出"悲难诉"的呼叫,感到南渡诸公如此轻易地消磨了意志,实在是可悲的,可悲到难以诉说的地步。这是作者揭示中原沦陷而不能收复的第二个原因:诸公消沉。还须一提的是,"天意从来高难问,况人情老易悲难诉",这两句是化用杜甫的诗句"天意高难问,人情老易悲"(《暮春江陵送马大卿公恩命追赴阙下》),杜诗的原意是感慨天高难以问意、人老易动悲情,张元干用其字面而赋予新的意思,令人耳目一新。

"更南浦,送君去","更"字与上句的"况"字相呼应,表示内容上的递进,是作者对中原沦陷而不能收复的原因所作出的第三层揭示:志士遭贬。"南浦"作为送别之处,并非实写,江淹《别赋》:"送君南浦,伤如之何!"此后,南浦便用来代称送别的地点,而且借用了伤怀之意。"君"指胡铨。这句的意思是说:更何况像您这样的立志复国之士却被贬谪到远方去。有志之士遭到迫害,致使敢于言战的人远离政治中心,这是高宗、秦桧一伙推行投降政策的必然手段。

以上三个方面的深刻揭示,表现出张元干对当时社会政治敏锐透彻的观察与思考,是理性的剖析、志士的呐喊。

"更南浦,送君去",身兼二职,既揭示出民族灾难的原因,又记送别之事,为下片抒写别情铺平道路。

"凉生岸柳催残暑。耿斜河、疏星淡月,断云微度。"人世间,岸柳生凉,残暑将退,气候宜人;天空上,银河斜贯,疏星淡月,片云轻移,秋夜将晓。下片开头通过景物描写,交代了离别的时令与时辰,更重要的是在景物当中蕴含着离别的惆怅。在作者笔下,无论天上、地面,景物都是美好的。按常理说，当此良辰美景，应该是亲朋好友携手畅游之时，然而他们却遭受着离别。这就构成了主观与客观的大冲突、景物与人事的大矛盾。正是凭借这种冲突、矛盾，惜别的感情才被突显出来。王夫之《姜斋诗话》所云"以乐景写哀，以哀景写乐，一倍增其哀乐"[1]，正是这个道理。

以景抒情之后，接下来是通过描写细节行为来抒情。"万里江山知何处？回首对床夜语。雁不到、书成谁与？"这三句状写作者的心情，极为生动。第一句是写翘首南天，遥望友人的贬所，"万里江山"极言友人贬谪之远；第二句是回想刚刚过去的一夜，二人作对床之谈，通宵不寐；第三句是忧虑贬谪地远，今后书信难通。作者对友人的难舍之情，由这三个细节描写得到充分的表现。这三个细节行为展示了作者跳跃性的思维状态，由展望贬所而回顾昨夜，又由回顾昨夜而展望未来，从而传达出作者于分手之际思前想后的不宁心绪，以及愁肠百转不知如何是好的心理状态。"雁不到、书成谁与"是取用雁脚传书的典故，以及雁到衡阳（今属湖南）而止飞的典故，强调了贬所遥远，音信难达。朱东润先生《中国历代文学作品选》解释说："宋时朝臣受罚，流窜远方，友好多不敢通音问。"[2] 今按，宋朝政治环境严苛是实，但以"友好多不敢通音问"来解释"雁不到、书成谁与"，把不通音信说成是害怕连累不敢写所致，这未免把爱国志士的精神境界看低了。笔者以为，张元干既然敢写词为其送行，既然敢在词中揭露高宗的卑微心思，揭露朝臣的苟且偷安，则此后的通信完全不成问题。朱氏的解释是自相矛盾的。作者感慨的是友人贬所遥远，唯恐书信难达，从一个侧面来加重表现离别的不忍。

"目尽青天怀今古，肯儿曹恩怨相尔汝？"这两句把上文抒写的别情提升到忧怀国事的精神高度。"目尽青天"是写所望空间范围之阔大，"怀今古"是写所想时间范围之悠久。作者的意思是说：我放眼寰宇，驰心古今，在这巨大的时空里，爱国志士遭受贬谪是经常发生的；我的惜别之情正是产生于千古英雄多恨事这一高点上，而不是仅仅出于好朋友的私交上。"儿曹恩怨相尔汝"化用韩愈《听颖师弹琴》的诗句："昵昵儿女语，

---

[1] 王夫之等《清诗话》，上海古籍出版社，1999年，第4页。
[2] 朱东润《中国历代文学作品选》，上海古籍出版社，1980年，第63页。

恩怨相尔汝。"其原意是以青年夫妻亲昵交谈、互诉恩怨的语声来状写琴声的轻微、缠绵,这里是用其"私交"之意,前面加一"肯"字构成反诘语气,表示否定之意。这两句是全词的关键句、闪光句,它既与上片所写的忧怀国事相呼应,又把下片所写的离情别绪提高为英雄志士之间的相互惋惜,从而唱出慷慨悲壮的音调。

　　词的结韵为"举大白,听金缕"。"大白",为酒杯的名称;"金缕",即《金缕曲》,是《贺新郎》词牌的别名,也就是作者所写的这首《贺新郎》。可见这首词是饯别宴会上的即兴之作,写出之后即席唱给胡铨听。全词以劝胡铨饮美酒、听壮曲作结,是为壮其行色,鼓其斗志,英雄诀别,自是不同凡响。仔细体会,词的这种结法,还有一种抗争意识蕴于其中。高宗、秦桧一伙本想用远贬之伎俩打击胡铨,在精神和肉体上折磨他,使他心情郁郁,甚至痛哭流涕。而作者却让胡铨举杯畅饮、开怀听歌,以乐观的心态走上远途,这明显是在与统治者"较劲",表现出作者不屈的斗志、开阔的襟怀。

　　在艺术上,这首词突破了双调词先景物后人事的常见结构,先写国势艰危,后写送别之情,由此深化了爱国志士反遭贬谪的愤慨之情。词中多处使用问句,加强了感情表达的力度。又兼使用以美景反衬悲情的手法,遂使全篇感情深沉激越、顿挫淋漓,完美地塑造出一个爱国志士睿智深思、昂首呐喊的艺术形象。

花团锦簇的宋代春节

说到花与春节的关系,最早的记载是《晋书·列女传》:刘臻的妻子陈氏,天性聪明而且能写诗文,曾经在正月初一那天,向丈夫赠送椒花,并且进献一篇《椒花颂》,诗中写道:"标美灵葩,爰采爰献。圣容映之,永寿于万。"意思是说,这枝美丽的灵花,我亲手采来献给你,让它映照你的容颜,祝你长寿万年。晋代以后,人们便以椒花作为春节时亲人之间的赠品。唐代文人咏除夕的作品中,经常提到椒花。例如初唐诗人王勃在《守岁序》中说:"柏叶为铭,未泛新年之酒;椒花入颂,先开献岁之词。"杜甫《杜位宅守岁》写道:"守岁阿戎家,椒盘已颂花。"意思是说,自己在杜位的家里守岁,看见杜位的媳妇已经向丈夫进献了椒花。刘长卿在病中过春节,心情郁闷,有"病对椒花倍自怜"之句(《岁日见新历》)。

赠送椒花,虽说含义深挚,但其花朵纤小,实不足与如此盛大的节日相衬。到了宋代,这个缺憾被彻底弥补了。宋代无论男女都喜欢在节日里戴花,硕大的花朵插在帽檐上,颤颤悠悠,红红火火,把节日装点得喜气洋洋,春光满眼。另外,宋代的花市也很繁荣,卖花买花的人流摩肩接踵,熙熙攘攘,欢声笑语,灌满长街。笔者查阅了若干文献,成此一文,向读者展示宋代人尤其是南宋人过春节那种花团锦簇的盛况。

一、君赐臣花,欢度春节

宋代人酷爱簪花,每逢重大节日,皇上都要向臣子赐花,让他们戴在头上,装点节日的气氛。尤其是到了南宋,都城在杭州,气候温暖,皇家的花室、花农的花圃和花棚,冬天也有鲜花盛开。我有个家在杭州的朋友向我介绍说,春节之前,室外依然有茶花、红梅、蜡梅、海棠、兰花开放,每逢春节那天,大街两旁摆满了郁金香。古今气温变化不大,南宋时的杭州原野也会是这样的。每逢春节到来之前,宦官们除了采摘皇家花室的鲜花,还要去郊区的花棚、花市采购鲜花,一筐筐姹紫嫣红,一车车云流霞涌,从郊区到京都,构成了一条条川流不息、五彩缤纷的河流。此外,地方官员也要向朝廷进贡大量的鲜花。为什么要这么多的鲜花?因为皇上赐花是春节前的一项重要的礼仪,对鲜花的数量要求特别大。据南宋人吴自牧《梦粱录》记载,每年入冬以后,朝廷要行"孟冬礼",一个重要的内容就是皇上赐花给群臣,所赐予的花朵数量,按照官阶的高低而定:宰臣枢密使赐大花十八朵、栾枝花十朵,枢密使同签书枢密使院事赐大花十四朵、栾枝花八朵,敷文阁学士赐大花十二朵、栾枝花六朵,知阁官系正任承宣观察使赐大花十朵、栾枝花八朵,正任防御使至刺史各赐大花八朵、栾枝花四朵,横行使副赐大花六朵、栾枝花二朵,待制官赐大花六朵、栾枝花二朵,横行正使赐大花八朵、栾枝花四朵,武功大夫至武翼赐大花六朵,正使皆赐栾枝花二朵,带遥郡赐大花八朵、栾枝花二朵,阁门宣赞舍人赐大花六朵,簿书官加赐栾枝花二朵,阁门只候赐大花六朵、栾枝花二朵,枢密院诸房副使承旨赐大花六朵,大使臣赐大花四朵,诸色只应人等各赐大花二朵。自训武郎以下,武翼郎以下,以及带职人员也依官阶的高低赐花簪戴。可见,无论官职高低,只要是个朝官,就有花可戴。给这么多官员赐花,当然需要大量的鲜花了。这些鲜花主要来自京都的郊区,郊区有种植鲜花的园圃,《重修政和证类本草》引北宋人苏颂《本草图经》上的记载:"栾花,生汉中川谷,今南方及都下园圃中或有之。"这里明确指出:京郊的园圃中种植过栾花。栾花,就是上文所提到的栾枝花。

  这些大大小小的官员,下得朝来,个个乌纱插大花,在京都大街上款款而行,那景象非常壮丽。"都人瞻仰天表,御街远望如锦"(《梦粱录》),京都百姓远远向他们望去,真如一片锦云在缓缓游动。南宋诗人姜白石有诗单道此景之壮观:"六军文武浩如云,花簇头冠样样新。惟有至尊浑不戴,尽将春色赐群臣。"诗中说皇上自己不戴花,把春色都送给了群臣,如此"颂圣"可谓妙笔生花。他又言道:"万数簪花满御街,圣人先自景灵回。不知后面花多少,但见红云冉冉来。"诗人把簪花的臣子队伍比喻为"红云冉冉",生动地表现了簪花规模之盛大。南宋诗人潘玙写得细致:"辇路安排看驾回,千官花压帽檐垂。"一朵朵大花把乌纱帽檐都压塌了,足见花朵分量之重。南宋诗人杨万里写道:"春色何须羯鼓催,君王元日领春回。牡丹芍药蔷薇朵,都向千官帽上开。"这真是一道奇异的风景线,为历朝历代所没有。

这些臣子过春节,只要是走出家门,帽子上就离不开花。南宋人周密《武林旧事》记载:"正月元日,再举庆典,其日,文武百僚,集大庆殿,各服朝服……自皇帝以至群臣、禁卫、吏卒,往来皆簪花。"正月初一搞庆典,不光是臣子,就连禁卫军士兵、下吏小卒,也都头戴鲜花,这些人往来奔走,人头攒动,花朵招摇,分明是花的河流、花的海洋了。

宋人孟元老在《东京梦华录》中记载:"正月十四日,车驾幸五岳观迎祥池……亲从官皆顶球头大帽,簪花。"又据宋人王巩《闻见近录》记载:"绍圣二年上元,幸集禧观,始出宫花,赐从驾臣僚各数十枝。"这两条史料说明,在北宋时期,皇上赐花给臣子的做法就已经开始了,但赐花的规模还不大。那时候,京都在开封,鲜花主要是从南方运来。

臣子节日簪花,这种时尚影响到民间,平民百姓紧随潮流,也喜欢头戴鲜花了。节日里,无论男女,个个花枝招展,大街小巷,洋溢着春天的气息,那真是名副其实地过春节。而且,这种本来是节日的习俗,渐渐演变为日常的打扮。《水浒传》里所写的梁山好汉们就有不少这样的打扮,刽子手蔡庆平生爱戴一枝花,被人称为"一枝花"蔡庆,病关索杨雄"鬓边爱插翠芙蓉",阮小五"斜戴着一顶破头巾,鬓边插一朵石榴花",浪子燕青"鬓畔常簪四季花"。可以说,有宋一代,无论官员百姓,无论是男是女,老老少少,都爱插花于头上,这个风俗是空前绝后的。

二、花圃如云,花市兴隆

君主的赐花行为,臣民的簪花风气,直接带动了宋代花市的繁荣兴盛。由于社会对鲜花的大量需求，南宋京都四郊的花圃星罗棋布。前文说到，春节之前，皇上要把大量的鲜花赐给朝臣，这些鲜花主要来自京郊。为了满足供求之需，官方设置了专门用于鲜花交易的市场。宦官来到花市购买大量的鲜花以供朝廷之需。宋人王观在《扬州芍药谱》中记道："扬之人与西洛不异，无贵贱皆戴花，故开明桥之间，方春之月，拂旦有花市焉。"《西湖志》记载："杭州寿安坊，俗称官巷，宋时谓之花市，亦曰花团。盖汴京寿安山下多花园，春时赏宴，争华竞侈，锦簇绣围。移都后，以花市比之，故称寿安坊。今两岸多卖花之家，亦其遗俗也。"北宋时期，汴京附近的寿安山下多置花园，当时的花市设在寿安坊，迁都到杭州以后，花市设在官巷，但出于故国之思，仍旧称之为寿安坊。北宋学者邵伯温在《邵氏闻见录》中对当时人们赏花、购花的情景作出细致的描写："岁正月梅已花……于花盛处作园圃，四方伎艺举集，都人士女载酒争出，择园亭胜地，上下池台间引满歌呼，不复问其主人。抵暮游花市，以筠笼卖花，虽贫者亦戴花饮酒相乐，故王平甫诗曰'风暄翠幕春沽酒，露湿筠笼夜卖花'。"这里虽然只提到正月梅花，但花农的花棚里是四季鲜花盛开的。在鲜花开放之际，便有四方伎艺前来花圃观赏，京都士女携带酒肴来到花圃，面对群芳，纵情地饮酒放歌，欢呼笑闹。到了傍晚，花农们用竹笼盛着鲜花来到花市叫卖，这些游人们则来到花市购买。这段记载传递了一条信息：北宋时期的花市，买卖是在夜间进行的。尤其是在正月十五元宵之夜，灯火鲜花，交相辉映。这盛大的景象被宋代众多诗人写入诗词作品。

司马光《次韵和复古春日五绝句》写道："车如流水马如龙，花市相逢咽不通。"花市上车水马龙，游人拥挤，竟到了难以通行的地步，其热闹程度可想而知。宋人文彦博《游花市示之珍》写道："去年春夜游花市，今日重来事宛然。列肆千灯争闪烁，长廊万蕊斗鲜妍。"花市上，千灯闪烁，万蕊争妍，年年如此。宋人家铉翁《前岁上元与赵任卿寓临安，追逐甚乐。今年同在建溪，任卿先赴郡席，小雪忽作，且知早筵遂散，独坐无聊，得二诗，却寄》写道："沙河红烛暮争然，花市清箫夜彻天。客舍风光如昨梦，帝城歌酒又经年。"花市上，红烛争相燃烧，箫声响彻云天，这是从另一个角度写花市之盛况。欧阳修的著名词篇《生查子·元夕》则又从一个新角度写花市："去年元夜时，花市灯如昼。月上柳梢头，人约黄昏后。今年元夜时，月与灯依旧。不见去年人，泪湿春衫袖。"花市，就是"卖花、赏花的集市"（见《唐宋词鉴赏辞典》，江苏古籍出版社出版），《汉语大词典》注释"花市"一词，也说是"卖花的集市"。可知，这个芳香四溢的花市，还是情人约会的场所呢。宋人毛滂的《浣溪沙·上元游静林寺》词写道："花市东风卷笑声，柳溪人影乱于云。梅花何处暗香闻？露湿翠云裘上月，烛摇红锦帐前春。瑶台有路渐无尘。"词人简直把花市写成了人间仙境。

三、小结

宋朝的皇帝把臣民引进了一个花的世界，让臣民们簪花、爱花、栽花、买花。他们之所以这样做，是与其制定的"崇文抑武"这个基本国策直接相关的。赵家的天下是靠兵变赚来的，兵不血刃，没费征伐之力，这固然是美事，却也暗藏着危机：人心未附啊，万一有人效法，如何是好？于是，他们决定引导人们致力于学文，而抑制对武功的进取。簪花，这个柔性的行为是很容易把男人的性格女性化的；将男人变成文绉绉的书生，泯灭其抗争意志，这就是他们的目的所在。正如赵匡胤所说："我现在用文人来执政，即便他们都去贪污，其为害也不如一个武将大。"的确，一个赵匡胤就把后周的政权推翻了，一百个秦少游也干不成这事。所以，不妨把簪花看成是一种权术。但是，凡事都有正反两个方面，从美化人的心灵、发展文化事业的角度来看，此举还是值得肯定的，宋代的诗词散文取得的巨大成就，不能说与此举无关。

"龟"字从何时退出中国人名

中古时期，国人的名字喜用"龟"字。究其原因，大致有二：一是龟能长寿，传说龟有千年之寿，东汉班固《白虎通》云："龟者，天地间寿考物也。"[1] 晋人葛洪《抱朴子》云："知龟鹤之遐寿，故效其道引以增年。"[2] 以"龟"命名，颇能寄托吉祥长寿之愿。二是龟在古人心目中为灵异之物，《尚书》记载，大禹治水时有神龟出于洛水，龟背上裂纹，如同文字，有数至于九，大禹遂取法而作"九畴"。其后，人们烤灼龟的甲壳，根据裂纹以占卜凶吉。龟既灵异如此，取以为名，也就颇偿聪明智慧的心许。既能长寿，又活得聪慧，所以古人每每以"龟"字命名。

笔者据平素读书所见和查阅相关文献得知，三国魏人有刘龟，官任宜兴典农，《三国志·魏书》卷二十四有记载[3]；晋朝有马龟，官任太常，《晋书》卷六有记载；张龟，官任都护，《晋书》卷一百二十有记载。

唐人名"龟"者更多，陆龟蒙、李龟年，是尽人皆知的诗人、歌手；还有王龟，官任左拾遗，《旧唐书》卷十八有记载；崔龟从，官任中书舍人，《旧唐书》卷十七有记载；刘崇龟，官任礼部员外郎，《旧唐书》卷十九有记载；王龟范，官任蔚州刺史，《旧唐书》卷十九有记载；乐朋龟，著有《纶阁集》，《旧唐书》卷六十有记载；刘禹锡的小侄名"龟儿"，《旧唐书》卷一百六十有记载；白居易之弟白行简的儿子叫"阿龟"，《旧唐书》卷一百六十六有记载，白居易写有《闻龟儿咏诗》，见《全唐诗》卷

---

[1] 班固《白虎通》卷三，湖北崇文书局开雕。
[2] 《诸子集成·抱朴子》第8册，上海书局，1986年，第8页。
[3] 见《二十五史》，上海古籍出版社，1986年，下同。

四百四十。

宋人名"龟"者也不少，有王文龟，官任长安知县，《宋史》卷八有记载；张龟年，官任富平县事，《宋史》卷十有记载；彭龟年，官任吏部侍郎，《宋史》卷三十六有记载；程龟年，著有《五服相犯法纂》，《宋史》卷二百四有记载；吕龟图，宰相吕蒙正的父亲，官任起居郎，《宋史》卷二百六十五有记载；吕龟祥，吕龟图之弟，官任殿中丞，《宋史》卷二百六十五有记载；王龟从，官任虞部郎中，《宋史》卷二百八十一有记载；黄龟年，官任监察御史，《宋史》卷二百八十一有记载。宋元之际有刘应龟，官任杭州学正，《新元史》卷二百三十七有记载。

明代前期有王龟年，是右佥都御史李中的门人，《明史》卷二百三有记载。清代则未见有以"龟"命名者。

由以上所列的人物履历来看，高者做到宰相，下者亦为县事，无一愚蒙鲁钝之辈。他们取"龟"为名，足以说明对"龟"的礼重。同时还能看到，由魏到宋，取"龟"为名者，渐呈增多之势。至明代而大减，于清代绝迹。此中原因，究竟为何？

笔者以为，这与明清两代人对"玄武"图形的世俗解释有关。我国古代天文学把黄道赤道附近的二十八个星宿分为东西南北四组，并且把它们想象为动物图形，称为"四象"：东方青龙，由角、亢、氐、房、心、尾、箕七宿组成，为龙象；西方白虎，由奎、娄、胃、昴、毕、觜、参七宿组成，为虎象；南方朱雀，由井、鬼、柳、星、张、翼、轸七宿组成，为鸟象；北方玄武，由斗、牛、女、虚、危、室、壁七宿组成，为龟蛇象。其后，又由此而有所谓"四方之神"，东为"青龙"，西为"白虎"，南为"朱雀"，北为"玄武"。四神图形，只有"玄武"为龟蛇合体，蛇缠龟身。这种造型，使人产生诸多解释，大致有二：

其一，龟蛇交合说。东汉许慎《说文解字》释"龟"云："龟，旧也，外骨内肉者也，从它，龟头与蛇头同。天地之性，广肩无雄，龟鳖之类，以蛇为雄。"[1] 把龟解释为没有雄性，要靠蛇来交配，是文人闭锁书斋，不触实际，妄加议论闹出的笑话。许氏这种对"龟"的解释，其依据大概是

---

[1] 许慎《说文解字》卷十三下，中国书店，1989年。

源于对玄武图形的理解。这种解释，对后人产生很大的影响。宋人陆佃《埤雅》承袭许慎的说法："广肩无雄，与蛇为匹，故龟与蛇合，谓之玄武。"[1] 陆佃以《埤雅》作为书名，是表示对《尔雅》一书的辅助增益，产生于战国末期的《尔雅》，对"龟"的解释并无这种"无雄"的说法。明朝方以智在《通雅》中批驳许氏说："龟鳖皆有雌雄，野人目击其尾接。龟乃有食蛇者。其头不与蛇同。许氏之说殆牵纽矣。"[2] 方氏向农民作了调查，得知龟鳖雌雄交配的事实。

其二，丹家喻身说。宋朝俞琰在《席上腐谈》中说："玄武即乌龟之异名。龟，水族也。水属北，其色黑，故曰'玄'。龟有甲，能捍御，故曰'武'。其实只是乌龟一物耳。北方七宿如龟形，其下有腾蛇星。蛇，火属也。丹家借此以喻身中水火之交，遂绘为龟蛇蟠虬之状。世俗不知其故，乃以玄武为龟蛇二物。"[3] 俞琰认为玄武就是指乌龟，与蛇无关，这种解释从字面看也能说得通。至于他说这种龟蛇交合的玄武图形是后来丹家所绘，则缺乏文献依据。丹家是道教产生以后才有的，而道教是东汉顺帝汉安元年（142）由张道陵倡导的。其时已是东汉末年。这种龟蛇交合的玄武图形产生于何时，尚待考证。

总之，从汉到明代前期，人们对玄武图形的解释虽有分歧，但并未影响人们对"龟"的礼重。直到明代中叶以后，世情颓靡，淫风大炽，世人多以情色的眼光审视事物。人们对"玄武"图形的解释，也就集中到"龟蛇交合"上来。这种世俗解释的取向，在明人谢肇淛《五杂俎》中有反映："今人以妻之外淫者，目其夫为乌龟。盖龟不能交，而纵牝者与蛇交也。"[4] 时人把"玄武"图形想象为雄蛇与雌龟的交配，认为雄龟没有交配能力，遂将乌龟类比纵妻卖淫的男子。谢肇淛是明代万历时人，已近明代的末世。在万历之后出现的世俗小说如"三言""二拍"以及清代小说如《红楼梦》等，就大量使用"乌龟"的字眼，来称呼纵妻卖淫的男子，或称妓院中的男役，或干脆用来骂人。《红楼梦》里的薛蟠，就曾唱过"女儿

---

[1] 王敏红校点《埤雅》，浙江大学出版社，2008年，第9页。
[2] 方以智《通雅》，中国书店，1990年，第20页。
[3] 俞琰《席上腐谈》，中华书局，1985年，第11页。
[4] 谢肇淛《五杂俎》卷八人部四，中华书局，1959年。

悲，嫁了个男人是乌龟"这样的歪曲儿。龟的名声落到这般地步，人们躲闪犹恐不及，谁还敢于取之为名呢？

需要补充说明的是，明代万历以后在人名中消失的只是"龟"字，而"龟"的同类比如"鳌"（传说中海里的大龟）却依然继续存在于人名里。清代有户部侍郎王鳌永、甘肃提督杨占鳌、西宁回目马占鳌，还有翰林学士、《杜诗详注》的作者仇兆鳌，等等。这大概是由于传说中的鳌生活在大海，与蛇无干吧。

漫谈咏物诗

借咏叹某种事物来抒发情怀或申明事理,这类诗称为咏物诗。

这类诗歌有什么特征?诗人们应该如何运用这种体式?历代诗人和论者曾有过一些探讨。概括起来,大致有两条:一是要有寄托,二是不即不离。所谓要有寄托,就是反对那种仅仅对所咏之物图貌写象的做法,要求诗人通过咏物表达自己对某种生活的感受或对某种事理的体验,即所谓"言在此而意在彼"。成功的作品倒不少,如陆游的《卜算子·咏梅》词、苏轼的《水龙吟·次韵章质夫杨花词》词、骆宾王的《在狱咏蝉》诗,都是咏物托意的名篇。反面的诗例也有,如李商隐的《喜雪》诗:"班扇慵裁素,曹衣讵比麻。鹅归逸少宅,鹤满令威家。"诗中除了用"素"(白色的生丝)、"麻"、"鹅"、"鹤"从颜色上对雪进行摹写之外,至于寄意,枵然无有。其失败之处,正在于"沾沾焉咏一物"。所谓不即不离,就是要求诗人既不黏滞于所咏之物(不即)——不能写什么就止于什么,别无寄托;又要求不离开所咏之物的自身特点而牵强寓意(不离),要把物的自然性与作品的社会性紧密地联结起来,要使所要表达的情理自然而然地从物性中流露出来。

今天的咏物诗,像李商隐《喜雪》那样的"无寄托""无远情"的作品是很少见到的了。作者们总是力图在咏物中表达某种情感或事理,尽量使作品具有较高一点的社会意义。但是常犯的毛病却是在"不即不离"的"不离"上,咏其物而不似其物,离开了物的自然属性;在选择借以表情达理的物象上,每每不够准确,情理是硬加给物的。这种例子不乏其见。比如咏蚯蚓,大家知道,蚯蚓默默地生活在泥土里,很少出头露面,但它的活动从客观上讲却能疏松土壤,于禾苗有益。如果抓住其"默默"的特点来吟咏，借以歌颂那种埋头苦干的精神，则无疑是一首饶有韵味的好诗；但有的作者却向前迈进了一步，说蚯蚓是"为了造福于人类"而如何如何，这样一来，诗中所表现的思想境界高是高了，但是离开了蚯蚓的自然属性——它是不具备这种情思的，使人感到大而无当，造作吹擂。还有一首咏蟹诗，说蟹被煮熟了，通体变红，是因为它想到了即将为人类服务（被吃）而激动的结果，作者是要表现一种舍己为人的高尚思想，但所选取的物象却是不准确的，同样是由于离开了物的自然性。最近笔者又读到一首咏避雷针的诗，同样存在这个问题。诗中通过歌咏避雷针来赞美那种不避个人危险而"卫护大家的安全"的精神，无疑是高尚的。但读过之后，掩卷而思：这种精神是可以由避雷针表现出来的吗？诗中说它不怕"危险"，说它会遭到"一万次雷轰，一万次电砍"。实际上雷电是不会轰砍它的，它是金属导体，雷电不能构成对金属导体的任何威胁。它是永远不可能被劈倒的，实无丝毫"危险"可谈（生锈除外）。既然它本无危险，那么把它作为一个不畏危险的意象来歌颂，这不是有点缘木求鱼了吗？拼一死而救万生，这种精神不难在大千世界里找到一个相应的物来，可惜我们的作者没有准确地找到它。至于诗中说避雷针在"监视着风云变幻"，更是离开了它的职能范围，它不是测试天气的，不负有这方面的责任，若说百叶箱之类的测象仪器，倒是可以的。笔者决不是提倡用自然科学的尺度来衡量诗歌作品，有些手法，比如夸张，是必须突破自然科学的尺度才能奏效的。但是这首诗显然不是在夸张避雷针的功用，它是在咏物，而咏物是不能离开物本身的特点的。

咏物诗要求寄意贴切，同时还要求寄意新颖，否则，仍不能算作好诗。最近几年，咏蝉诗出现不少，读来读去，不外是借蝉的叫声——"知了"来批评那种张扬的行为。咏蝉诗再无新意可托了吗？我于是把先人的咏蝉诗尽行翻检出来，结果发现有不少角度新、寄意新的作品。现举几例：

郭璞《蝉赞》："虫之清洁，可贵惟蝉。潜蜕弃秽，饮露恒鲜。万物皆化，人胡不然？"诗中通过歌咏蝉的吸风饮露，表达诗人对高洁品德的赞美和追求。

谢榛《咏蝉》："弱翅凌晨动，繁声向夕流。不知风露里，还得几何秋?"诗中写蝉从早到晚,或飞或鸣,不知道生命已经不久了。诗人借此抒发人生短暂的哀叹,调子是消极的。

至于骆宾王《在狱咏蝉》,通过咏叹蝉的"露重飞难进,风多响易沉",来抒发自己被囚禁的感慨,其寓意更是鲜明的。

以上诗例说明,同是咏蝉,寓意竟如此多样,诗人们总是努力避开前人之述,咏出自己新的寄托来。"意新语工",一直是有志诗人为之奋斗的目标。不久前读到《北京文学》上刊登的王洪涛同志写的一首咏蝉诗,我以为是一首饶有新意的好诗:

> 一离开母体,
> 便赶上了暴风骤雨,
> 随落叶被甩下高枝,
> 又被深深地埋在土里。
> 看不到一丝阳光,
> 吸不到新鲜空气,
> 压抑中抱紧了草木之根,
> 吸吮苦汁以营养自己。
> ……

然而这个稚弱的生命之芽却不甘被埋没,它"硬是在黑暗中凿洞","终于爬出了地狱"!之后,为了"展翅高飞,攀树登枝",它又在"挣扎,挣扎,不停地挣扎",终于"挣破禁锢,脱去旧皮"。作品最后点题,他对"知了"(蝉)说:"你知了——我也知了,生命从孕育到诞生的意义。"这个"意义",便是不停地斗争,只有斗争,才能使一个新的生命、新的事物诞生出来,这就是作者的寄托所在。这个寄托是从蝉的自身特点中自然流露出来的,不是硬加上去的,蝉的自然性与作品的社会性妙合无垠。这个寄托又是新颖的,未见于前人的,在咏蝉诗史上是一首独辟蹊径、别开生面的好作品。

浅谈抒情诗的艺术形象

抒情诗通过直接抒发诗人的思想感受来反映社会生活，那么它有没有艺术形象？它的艺术形象究竟指的是什么？是诗中所描绘的山水草木吗？是诗中所展现的生活场景吗？都不是。抒情诗的艺术形象应该是诗人自己。

抒情诗既然是文学作品，那么毫无疑问，它必须是以塑造典型形象为创作的核心的。所不同的，一是塑造形象的方式：小说戏剧通过描绘人物的外貌、内心、语言、行为从而实现对性格的刻画来塑造形象，而抒情诗则通过直接披露诗人的性格来塑造形象。二是形象存在的方式：小说戏剧的人物形象存在于作品中，而抒情诗的艺术形象主要存在于读者的联想中。诗人通过表现自己个性的方式，竭力激发读者的联想而实现对自己形象的塑造，这是抒情诗区别于其他文学作品之所在。

古往今来，优秀的抒情诗人都在遵循着这条途径。陈子昂在《登幽州台歌》中写道："前不见古人，后不见来者。念天地之悠悠，独怆然而涕下。"诗人俯仰天地，纵览古今，诉埋没，抒不平，其胸襟、性格和盘托出。读罢此诗，人们不是可以想见那个立在幽州台上、块垒满胸的诗人形象吗？杜甫在《春望》中写道："国破山河在，城春草木深。感时花溅泪，恨别鸟惊心……"诗人望山河而思故国，见草木而动悲情，其深挚的情思、沉郁而敏感的个性一一写出，读者不是已经见到那个踟蹰于长安荒城、满怀忧国之思的诗人形象了吗？这样的例子，举不胜举。

需要提及的是，以上两例同样是以鲜明的形象打动了读者，但塑造形象的手段又有不同。陈诗是凭议论，杜诗是借景物。议论也好，借景也罢，都能塑造鲜明的形象。究其原因，这种议论是诗人独特的（而不是随俗的）、强烈的（而不是平淡的）内心感受的直接述说，是诗人基于长久的、独特的生活经历而产生的理性和感情的突然迸发。而杜诗的景物则是经过诗人感情和个性熔冶的景物，它注入了诗人的性灵。有人以为议论会扑灭诗的形象性，而只有写出了山水草木之类的具体事物，诗才算有形象。这显然是曲解了抒情诗艺术形象的真正含义。议论尽管是抽象的，但当它充满了诗人的个性特点时，它同样能使诗人的自身形象树立起来。人们常常指责宋诗的议论化，其实，宋诗的缺点不在于议论，而在于那些议论的平庸和冷漠，诗歌无法通过那些平庸、冷漠的议论去激发读者的联想，进而使诗人的形象鲜明起来。反之，议论一旦与诗人个性相联系，它就会产生塑造形象的巨大力量。这一点，古今中外、新诗旧体皆如此。毛泽东同志的《七律·人民解放军占领南京》，不就是通过个性化的议论塑造了坚毅果敢的人民解放军形象吗？韩瀚诗《重量》（"她把带血的头颅，放在生命的天平上，使所有的苟活者，都失去了——重量"），不也是通过独具一格的议论，树立了一个对时代进行深刻思考的诗人形象吗？读者通过诗人的严峻深思的形象，受到了思索时代的精神启发和感染，而不是由"带血的头颅"沿溯到张志新的英雄事迹上去。那是通讯报道的任务，而不是诗的任务。

至于有些抒情诗中出现了山水草木之类，能不能因此就说它们具备了诗的艺术形象了呢？不能。笔者经常见到一些评诗的文章，把作品中的山水草木之类作为"形象"来评论，说某山某水形象鲜明，或某草某木不够生动云云。事实上，抒情诗中出现的山水草木之类，并不是艺术形象，它们不过是诗人借以表现性格的材料，不过是塑造诗人形象的材料。一首抒情诗的艺术形象鲜明与否，并不取决于这些材料是否写得栩栩如生，而是取决于它们是否浸透着诗人的性情。"烟云泉石，花鸟苔林，金铺锦帐，寓意则灵。"（王夫之《姜斋诗话》）优秀的抒情诗人总是根据自己的性情去猎取客观的景物，并用这种经过个性熔裁了的景物以传达性情，塑造艺术形象。以山为例，李白笔下的山多是奇伟的，"连峰去天不盈尺，枯松倒挂倚绝壁"（《蜀道难》），"天姥连天向天横，势拔五岳掩赤城"（《梦游天姥吟留别》），读后使人想见李白豪放的个性和傲岸的形象。王维笔下的山多是幽寂的，"空山新雨后，天气晚来秋。明月松间照，清泉石上流"（《山居秋暝》),"空山不见人,但闻人语响。返景入深林,复照青苔上"(《鹿柴》),读后使人想见王维沉静的个性和寂寞隐士的形象。而陶渊明笔下的山则是妩媚恬淡的,"采菊东篱下,悠然见南山。山气日夕佳,飞鸟相与还"(《饮酒》),"云无心以出岫,鸟倦飞而知还"(《归去来兮辞》),读后使人想见陶渊明安恬的个性和纯朴天真的形象。文学史上凡属脍炙人口的抒情诗作,没有不同作者的个性相联系的,没有脱离诗人的形象而能孤立存留的。人以诗立,诗以人传,是一条颠扑不破的艺术规律。

　　由此,我想到了今天的新诗。新诗运气不佳,人们纷纷议论。然而症结究竟在哪里呢?是形式问题吗?记得有人说过新诗不如旧体诗格律整齐,所以难读难记,于是提出建立新诗格律的主张。新诗格律或许会起到某种滋补作用,但它显然不是一服对症之药。新诗的症结在于泛泛而谈、无诗人的个性、无诗人的形象。一首诗读过,不见诗人的面貌,所见的只是被抽象化了的"工农兵感情"和被笼统化了的"工农兵群像",这可能是由于曲解了文艺的工农兵方向的结果。须知,工农兵情感也是要通过具体的、个别的、富于个性的形象才能表现出来的,那种教条式的浮浅议论,那种失去个性的场景描写,如何能使人读而不厌呢?

　　我认为,应该根据祖国的诗歌传统发展新诗,应该根据抒情诗塑造艺术形象的规律发展抒情诗,应该鼓励诗人大胆地表现自己的个性和独特感受,以自己的形象去感染读者,反映生活。当然,这个"我"很可能被一些人写成一个庸俗乃至丑恶的形象,但不要紧,拿起批评的武器就是了。

长歌当哭：论诗歌创作本原动因

孔子论诗，有"兴、观、群、怨"之说，那是从诗歌作品的功能角度来说的。至于人为什么要写诗，白居易说是"为君、为臣、为民、为物、为事而作"(《新乐府序》)，这种功利性的解释似乎也没能道出诗歌创作的真正动因。笔者认为，诗歌创作这种行为是人的生理机制的表现，是人为了保持生命体的健康状态而发生的一种潜意识的自在的生理协调现象。

现代科学研究成果表明，人的情绪有正性和负性两极。正性情绪指的是愉快、兴趣、欢欣等等，负性情绪是指忧愁、郁闷、愤怒等等。负性情绪会在人体内产生大量毒素，这些毒素如不及时排出或化解，就会导致疾病。曾经有心理学家做过实验，他把一个成年人因悲伤而一次流出的泪水收集起来，提取泪水中的毒素，然后把毒素注射在一只健壮的成年小白鼠体内，结果，这只小白鼠在5分钟后死去。可见，泪水中所含毒素之巨。人体为了及时排除这些毒素，避免疾病的发生，于是就有了哭泣、流泪这种自然行为，这种行为完全是无意识的，是人体内部具有的自我保护机制所产生的生理现象。而当哭泣、流泪之后，随着人体内部毒素的排除，人的负性情绪就会得到缓解，从而使人体恢复到健康的状态。有经验的老人们看到伤心的人哽咽不语，就会劝说对方大声地哭出来，说"哭出来就好受了"，这种经验之谈所蕴含的正是这种道理。"男儿有泪不轻弹"，从勉励男人培养坚强毅力的角度来说，是对的；但如果从维护机体健康的角度来看，这种说教会导致毒素在人体内的积存，会对生命体的健康状态造成破坏。人所共知，从人类整体寿命来看，女人的寿命要高于男人的寿命，这除了其他原因，也与女人多爱哭而男人多忍泪不无干系。

由此看来，哭泣、流泪是人体为了化解负性情绪、维持机体健康的自卫行为。而为了化解负性情绪、维持机体健康，除了痛哭，还有一种自卫行为，就是把委屈诉出来，把焦虑吐出来，把愤怒喊出来。当事人把他的委屈、愤怒、焦虑、郁闷宣泄出来之后，他的负性情绪就会得到缓解，使心理状态获得一种平衡，他在宣泄过程中所得到的快慰感（即正性情绪），就能够抵消、化解因负性情绪所生成的毒素，从而维持机体的健康状态。这是就一般社会人的情况而言。对于诗人来说，他们的宣泄方式就是写诗，他们用诗歌发泄牢骚，倾吐郁闷，诉说不平，喷发愤怒。当他们用完美的诗歌作品对内心的情感作了成功的宣泄，就会感到由衷的快慰，那些给他们造成痛苦的世界、那些群小，刹那间都变得一文不值，统统拜倒在他们的脚下。于是，正性情绪就会取代负性情绪。试想，那仕途坎坷的李白，当他写出"大道如青天，我独不得出。羞逐长安社中儿，赤鸡白狗赌梨栗"（《行路难》其二）这样痛快淋漓的诗句，他内心的快慰是可以想见的。穷困潦倒的杜甫，当他用"身世双蓬鬓，乾坤一草亭"（《暮春题瀼西新赁草屋五首》其三）这样工整的对仗表达他的处境，所得到的快感亦足以在一定时间内化解负性情绪。杜甫有诗云"此身饮罢无归处，独立苍茫自咏诗"（《乐游园歌》），他陪一位贵公子饮酒，酒席罢散而身无归所，连个住处都没有，此时的愁苦自不待言，于是他就"独立苍茫自咏诗"，可知咏诗就是排遣负性情绪的妙方。杜甫还说"沉饮聊自遣，放歌破愁绝"（《自京赴奉先县咏怀五百字》），又说"宽心应是酒，遣兴莫过诗"（《可惜》），就是说"放歌"（写诗、吟诗）能够破解极度的愁怀，能够"遣兴"（抒发情怀，解闷散心）。这是诗人的自道体验，是对由于写诗而带来的正性情绪的最好说明。诗人的痛苦也可能是来自社会的黑暗对于他所具有的社会良知的压迫，例如强权对弱势群体的摧残，诗人写诗倾吐这种痛苦，如杜甫写"三吏""三别"，也是其身体机制要求化解负性情绪的反映。无论痛苦是来自社会对个人的压迫，还是来自社会对良知的压迫，诗人写诗这种行为本身都是人体内的机制在发生作用，诗人并非有意于其行为的社会功利性。这种行为是无意识的，非社会功利的。所谓"创作冲动""不吐不快"，其实就是人体内在机制的驱动所生成的现象。

因此，可以这样说，写诗以宣泄，痛哭以减压，是出于同一个因由。"长歌当哭"这个成语，就是依据这个因由而造出的。"长歌当哭"，就是以歌代哭,就是用诗文来倾吐悲愤的情感。长歌之所以能够代替痛哭,就是由于这两种行为都具有排解负性情绪,获得正性情绪,从而剔除体内毒素,维持机体健康的意义。在中国文学史上,"长歌当哭"的作者比比皆是,杜甫可以称为代表。他为国家的不幸而"哭",为民生的疾苦而"哭",为妻儿的生涯而"哭",为个人的沦落而"哭",为国士的摧折而"哭",为友人的遭际而"哭",乃至为幼小生灵遭受荼毒而"哭"。他用"长歌当哭",哭诉了大半辈子,大约只在听到官军收复河南河北的消息时才露出一次笑脸。据笔者统计,在他的全集中,仅诗题中明确标出"遣闷""排闷""解闷""拨闷""释闷""遣怀""遣兴""遣愤""遣忧""遣愁""遣意""遣心""遣遇""解忧""散愁""咏怀""述怀""哭悼"的诗就有75首之多。从这些题目的字面就可以看出,他显然是感觉到了写诗对于排遣负性情绪的作用;而且,由于他又是个善于写诗、善于"长歌当哭"的诗人,诚如梁启超所说的他"是三板一眼地哭出来,节节含着真美"[1],所以他在诗歌创作的过程中,能够获得快感,由此而生出正性情绪,使自己的愁肠得以缓解。杜甫后半生遭际坎坷,衣食不保,"饥借家家米,愁征处处杯"(《秋日荆南述怀三十韵》),又身患肺病、糖尿病、疟疾、半身不遂,面临国家衰败,民生凋残,却又心怀忧国忧民之志,倘若他不能"长歌当哭",或者"哭"得不"美",那因痛苦而积聚的体内毒素,早已让他命染黄泉了,岂能活到59岁。在中国文学史上,还有一个身受巨大痛苦却靠写诗排解郁闷从而活了85岁的诗人——陆游。其他诗人也或多或少地依靠写诗排解郁闷得以延长寿命。由此,中国诗歌的传统是批判现实的,是倾诉不平的,是排解郁结的,是发泄悲愤的,诚如司马迁所说:"《诗》三百篇,大抵圣贤发愤之所为作也。此人皆意有所郁结,不得通其道,故述往事,思来者。"(《报任安书》)那些歌功颂德的应制之作,那些歌舞升平的娱情之作,那些田园山水的审美之作,充其量不过是敲几下边鼓,泛几条支流而已。

近日读到《广州文艺》2006年第7期上发表的作家东西的文章《写作是我的营养师》,这篇文章是作家东西为荣获"第四届华语文学传媒大

---

[1] 梁启超《梁启超全集》第七册,北京出版社,1999年,第3948页。

奖"而写的获奖演说词。文章说到文学创作的动机问题，他说："写作为了什么？我为什么要写作？答案比墙头草还要摇摆，有时是为了挣稿费，有时是为了让朋友更喜欢我，有时是为了唤醒什么，有时甚至是为了能获奖……这么多答案，看上去很投机，却是心里最真实的。也许，写作根本就不需要答案，只需要我们的身体感受。比如，寂寞的时候谁来排遣？伤心时刻用什么安慰？路见不平时对谁诉说？感冒了如何鼻息畅通？对于我来说，只有写作，唯有写作，才能摆平以上问题，甚至胸口堵的时候，我也能用写作把它打通。"东西先生这段话，谈的是他写作的动机，动机确实具有复杂性，但是，我们注意到他这段话的后半部分，他由自身的体验说明写作可以排遣寂寞，可以安慰伤怀，可以诉说路见不平从而解除愤懑，写作对于他，甚至可以畅通因感冒而壅塞的鼻息，可以打通堵闷的胸口。这些话道出了文学创作所具有的调剂自身肌体使之维持健康状态的功能，而这正是作家进行文学创作的本原驱动力。这是一种潜意识的行为，是个体生命机制的正常运作方式。东西先生是小说作家，如果说当今的小说作品能够获得稿费，获得奖金，从而具有物质层面的利益的话，那么既无稿费又无奖金的古代诗歌，则是完全属于诗人的精神层面的。

笔者认为，李白、杜甫、陆游以及所有真诗人的诗歌创作的本原驱动力，是来自他们身体内部机制对于负性情绪的抗争。至于他们的作品所表现的进步思想和高尚精神，那是由于他们的高尚人格起的作用，是作品的"副产品"。他们并不是为了表现自己的进步思想和高尚精神而写作，否则，他们就成不了真诗人。不同的人格，在抗争负性情绪的过程中，所写出的作品的思想精神价值当然是不同的。

传统诗歌意象与当今诗歌创作

什么是意象？简单说来，意象就是诗歌中用于抒情达意的有形物体，包括自然物与人造物。中国诗歌在其漫长的发展过程中，诗人在其诗歌创作中，为了抒发情感、表达意趣，而对自然物和人造物进行了情感内容的注入，这些被注入了情感内容的自然物和人造物，被后代诗人在诗歌创作中不断地继承使用，于是便具有了情感意蕴的相对稳定性，这个具有相对稳定的情感意蕴的自然物或人造物就是意象。比如"夕阳"这个具有"怀人"内容的事物，它首先是在《诗经》中出现的，《诗经·君子于役》中说："日之夕矣，羊牛下来。君子于役，如之何勿思？"意思是说：太阳已经偏西了，羊牛都已回家。丈夫在外地服劳役，叫我怎么不想他！从此这个"夕阳"就与怀人发生了联系，而具有了怀人的情感意蕴。后代诗人继承了它的情感意蕴，在创作中使用它，以表达怀人的情感，例如李白《送友人》说"落日故人情"，杜甫《春日忆李白》说"江东日暮云"，"夕阳"这个事物就成了意象。

意象的形成是经历一定的历史"验收"过程的。它首先是在某个诗人的某篇诗歌中出现，如果它符合了民族的文化心理和思维共性，或称"集体无意识"，在抒发情感上起到了作用，就会被后代诗人继承和反复使用，最终形成了意象。反之，某些诗人的某些诗篇中虽然使用了一些物象用来抒情达意，但是这些物象不符合民族的文化心理和思维共性，纯属他个人的"想当然"，则这些物象不但造成了诗意的难解，而且会被后人淘汰，也就形成不了意象。

意象是最具有民族文化心理特征的。人世间的同一个事物，不同民族对它的文化心理反应是不同的。比如月亮这个事物，在汉民族的眼里它具有怀人、思亲的意蕴，许多诗人用它来表达对亲故的思念，唐人张九龄《望月怀远》说："海上生明月，天涯共此时。情人怨遥夜，竟夕起相思。"杜甫《月夜》说："今夜鄜州月，闺中只独看。遥怜小儿女，未解忆长安。"月亮就成了怀人的意象。而欧美人眼里的月亮就是地球的卫星，并没有情感意蕴。

同一种物象可能成为具有不同情感意蕴的意象，这是由于在诗歌发展的历史长河里，它被不断地赋予新的情感意蕴。比如"鸿雁"，它既有书信的含义，又有"兄弟"的含义，由于鸿雁是结队而行，所以古人用它们来比喻兄弟，杜甫《月夜忆舍弟》说："戍鼓断人行，边秋一雁声。""一雁"就是孤雁，在安史之乱中，杜甫与他的兄弟们离散了，他只身来到秦州（今天水市），所以他用孤雁来起兴，表达对兄弟们的怀念。另外，"鸿雁"还具有"艰辛跋涉"的意蕴，这是因为鸿雁秋天南征，旅途十分辛苦，高适《别董大》说："千里黄云白日曛，北风吹雁雪纷纷。"这里的"雁"作为意象，表达了对友人征途所遇艰难的关怀。

意象的功能是能够把作者的情感意志含蓄地表现出来，它能取代直白的诉说，使诗歌具有可供读者品味而后得之的韵味。诗歌作者只要在诗行中"点"到这个意象，则这个意象所包含的情感内容就会挥发出来，的确能收到以少（文字少）见多（情感丰富）的艺术效果。所以，使用意象一直是诗人抒情达意的必要手段。而且，意象还具有持久的生命力，尽管时代变了，但民族所形成的文化心理没有多大改变，我们仍然生活在民族文化氛围中，接受着民族文化积淀的影响。因而在新诗的创作中，使用传统诗歌的意象仍然能够取得抒情达意的效果。现在举出几句诗例来证明之。

唐代的边塞诗创造了"明月照临关塞"的意象，这个意象包蕴了丰富的军旅生活和情感内容，如王昌龄的《出塞》写道"秦时明月汉时关，万里长征人未还"，《从军行》写道"撩乱边愁听不尽，高高秋月照长城"。这个意象在当今的诗歌中被继承使用下来，产生了很好的艺术效果。如王石祥的《十五的月亮》："十五的月亮，照在家乡，照在边关。宁静的夜晚，你也思念，我也思念。"作者使用"明月照临关塞"的意象，使国人产生了强烈的文化心理共鸣，使这个歌曲得到广泛的传唱。

李叔同于1915年在浙江省立第一师范学校任教期间，创作了校园歌曲《送别》:"长亭外,古道边,芳草碧连天。晚风拂柳笛声残,夕阳山外山。天之涯,地之角,知交半零落。一觚浊酒尽余欢,今宵别梦寒。"诗歌的第一段,使用了大量的古代送别诗、怀念诗的意象。"长亭"是古代人送别之处,是送别诗的典型意象。"古道"与感伤离别相关联,也是表达离情的重要意象,如李白《忆秦娥》:"箫声咽,秦娥梦断秦楼月。秦楼月,年年柳色,灞陵伤别。乐游原上清秋节,咸阳古道音尘绝。音尘绝,西风残照,汉家陵阙。"还有马致远的《天净沙》:"古道西风瘦马,夕阳西下,断肠人在天涯。""芳草"也蕴含离别之情,是送别诗、怀念诗常用的意象。《楚辞·招隐士》说:"王孙游兮不归,春草生兮萋萋。"由此,"草"与离别、思念之情结缘。王维诗《送别》说:"山中相送罢,日暮掩柴扉。春草明年绿,王孙归不归?"白居易《赋得古原草送别》:"离离原上草,一岁一枯荣。野火烧不尽,春风吹又生。远芳侵古道,晴翠接荒城。又送王孙去,萋萋满别情。"诗人就是用这个"草"的意象来写离情之浓重和不可泯灭。李叔同的"芳草碧连天"不但使用了这个意象,而且借用了白居易诗句"远芳侵古道,晴翠接荒城"的意境。此外,诗歌中还使用了"柳"的意象,表达对离别的不忍;还使用了"夕阳"的意象,表达对行路人的怀念;还使用了"山外山"的意象,表达对行路人渐行渐远的关注。欧阳修《踏莎行》说"平芜尽处是春山,行人更在春山外","山外山"于是成为怀念行人的意象。一首《送别》之歌启开了国人的喉咙,凡是会唱歌的国人,大多数都会唱这支歌曲。之所以收到如此完美的艺术效果,与他集中地使用传统送别诗、怀念诗的意象有直接的关系。这些"集束式"的意象群,强烈地唤醒了民族固有的文化心理积淀。

由此,我们应该明白,当今的诗歌创作,如果离开了传统诗歌的意象,就会成为无根之木,无源之水。浪费了这些传统诗歌意象,是非常可惜的。

意象的掌握要靠日常阅读时的精心积累,不妨专用一个小本子,不断地进行意象的收集、记录。笔者就有这样的小本子,随手记录了若干意象,现在挑出几条来,以供参考。

"浮云",蕴含游子之思。李白诗《送友人》说"浮云游子意",杜甫诗《梦李白》说"浮云终日行,游子久不至"。

"白云",蕴含隐居之思。杜甫诗《陪郑广文游何将军山林十首》中第十首说:"出门流水住,回首白云多。"何将军是个不喜好开边战争的将军,他隐居在山林里,杜甫前来游历他的山林,写了十首赞美山林的诗歌,最后一首写告别山林,"回首白云多"就是写何将军具有浓厚的隐逸意识。

"柳""柳条""柳色",含有挽留之意,是送别诗常用的意象,这是由古代送别的习俗而来。古代的送别场面,送行者折下一根柳条,交给上路者,借"柳"与"留"的谐音关系,表达挽留对方的心情。王维诗《送赵都督赴代州得青字》说"天官动将星,汉地柳条青",就是使用的这个意象。

"竹""修竹""青竹",蕴含虚心劲节、坚挺不屈之意,常用来表达君子风范。杜甫诗《佳人》,写一位被轻薄丈夫冷落的女子,毅然离开长安,居住清贫山野,不向艰难的生活低头,诗的结尾处写道:"天寒翠袖薄,日暮倚修竹。"翠袖与修竹颜色同一,佳人倚着修竹,形体密合,借修竹的劲节、坚挺品格对佳人的品格作出映衬。杜甫诗《题郑县亭子》说"更欲题诗满青竹",此时杜甫遭到唐肃宗的贬斥,忠臣遭遇放逐,虽有悲愤满腔,但重要的是不屈服。这里,杜甫使用"竹"的意象所包含的文化意蕴,通过"题诗青竹"的行为描写,表达了顽强不屈的精神。

"斑竹",蕴含血泪相思之苦。意义由娥皇、女英悼念舜帝,泪水染竹成斑而来。唐人李益《山鹧鸪词》说:"湘江斑竹枝,锦翅鹧鸪飞。处处湘云合,郎从何处归?"作者就是使用"斑竹"的意象表达女子对郎君的痛苦思念。《红楼梦》黛玉诗:"彩线难收面上珠,湘江旧迹已模糊。窗前亦有千竿竹,不识香痕渍也无。""湘江旧迹""香痕"就是暗用"斑竹"的意象,表达她的相思之痛。

"落晖",蕴含末世或迟暮之感慨。杜牧诗《九日齐山登高》说:"但将酩酊酬佳节,不用登临恨落晖。"黄巢诗《自题像》说:"记得当年草上飞,铁衣著尽著僧衣。天津桥上无人识,独倚栏杆看落晖。"这两首诗均以"落晖"的意象表达迟暮之感。

"落花",蕴含末世或迟暮之感慨。张若虚诗《春江花月夜》说"昨夜闲潭梦落花",以"落花"的意象表达青春逝去的惆怅。杜甫诗《江南逢李龟年》说"岐王宅里寻常见,崔九堂前几度闻。正是江南好风景,落花时节又逢君",使用"落花"的意象表达盛世变衰和个人年老的感慨。

"鹤",蕴含遗世高蹈之志,常用来赞美修身洁行的高士、君子。李端诗《赠道者》说"窗中忽有鹤飞声,方士因知道欲成",《送惟良上人归润州》说"寄世同高鹤"。

"鹧鸪",蕴含挽留、惜别之意。相传鹧鸪的叫声是"行不得也哥哥",意思是"哥哥你走不得、去不得"。李益《山鹧鸪词》说"湘江斑竹枝,锦翅鹧鸪飞。处处湘云合,郎从何处归",就是使用的这个意象。

"子规",蕴含挽留、惜别之意。相传子规的叫声是"不如归",声音凄凉。李白诗《闻王昌龄左迁龙标遥有此寄》说:"杨花落尽子规啼,闻道龙标过五溪。我寄愁心与明月,随君直到夜郎西。"

限于文章的篇幅,只能列出这几条。在两千多年的诗歌历史长河中,意象的浪花不停地涌现。意象的覆盖面是非常之广的,可以说,大千世界的万事万物有很多都成了传统诗歌的意象,这需要我们认真归纳,合理继承,以推动当今的诗歌创作。

《古代诗歌选读》前言

中国曾经是诗的国度，诗歌与中华思想文化同时诞生，具有悠久的历史。我们的先民用诗歌陪伴生产劳动，用诗歌抒发人生体验，用诗歌进行人际交往，留下了大量的艺术珍品。这些作品中融汇着华人的世界观、人生观和价值观，负载着儒家的仁爱精神、道家的崇尚自然、佛家的清净观念，能给后人以思想启迪。古典诗歌是中华文化符号之一，是国学的重要组成部分，是维系中华思想精神、确保民族世代相传，同时又为人们喜闻乐见的文化纽带。中国的未来属于年轻人，在青少年中提倡阅读古典诗歌，给他们提供良好的阅读文本，是老一辈人的历史责任。

《古代诗歌选读》一书，就是据此目的而编写的。本书精选先秦至清代的诗歌名篇95首，考虑到突出地域文化特色的编撰要求，其中包括了保定地区诗人和描写保定地区风物的作品51首。我长期致力于唐代诗歌研究，对其他时期的诗歌作品涉及不多。这次应约编写此书，有机会阅览明清两代保定地区诗人和描写保定地区风物的作品，眼界为之一开，方才知道在保定居住四十余年、以保定为第二故乡的自己之孤陋寡闻。书中选入的51首诗歌，题材广阔，内容丰富，基本对保定地区著名的山水景观、人文古迹、城池设施以及当时的社会生活作出了反映。就地形地物来说，有三山（恒山、狼牙山、抱阳山）、二泉（一亩泉、鸡距泉）、一淀（白洋淀）的生动描绘；就人文景观来说，有"上谷八景"（市阁凌霄、奎楼应宿、横翠朝晖、莲漪夏艳、东皋春雨、西刹秋涛、鸡水环清、郎峰耸秀）的精彩写照。古莲花池是直隶书院，驰名遐迩，又是清皇行宫，建筑超凡，有"莲池十二景"之盛称，诗人对此也有妙笔传神。其他如定州料敌塔、曲阳北岳庙、徐水刘伶墓、涿州贾岛峪等古迹，也都引起诗人流连。

就诗人身份来说，有清代皇帝、直隶总督、一般官吏、书院院长以及平民书生，这些诗人能以个人的眼光观物抒怀，故诗中每有真情流露。这里有皇帝对直隶诸臣的勉励，有臣子对农事的关切，有保定居民区名号特征的揭示，有市井风俗特征的记载，有对诗人身后凄凉境遇的慨叹，这些都具有历史认识价值。斗转星移，世事变迁，昔日的"上谷八景""莲池十二景"，如今多已不存，这就越发显示出这些诗歌的价值，它们借助不朽的文字，留下了当年保定若干不可复制的影像，延伸并扩展了后人思索的时间和空间。

除了题材广阔，内容丰富，值得称道的还有这些诗歌的艺术造诣。首先是状物能得其精要，不只绘其形，还能传其神。例如写狼牙山，"叠巘开屏三辅障，危峰攒剑九秋铓"（时来敏《郎峰耸秀》），把狼牙山比作三辅屏障，把群峰比作深秋剑铓，可谓神来之笔。写白洋淀，"芰荷香散烟霞外，鸥鹭风翻锦缆前"（刘梦元《白洋泛舟》），菱花荷花香气浓郁，远传烟霞之外，鸥鸟白鹭在风中翻翅，起舞于舟前，也是抓住了水乡的风物特征。写定州料敌塔之高耸，"滱水无波看倒影，恒山有翠接危峰"（袁瑝《料敌塔》），采用侧面表现的手法，说远离市区的滱水也能倒映着塔的身影，说塔身与恒山呈现为双峰并立之势，令人想象塔身之高。写保定大慈阁，"槛外晴看三辅尽，宵中时见一灯悬"（陈正《大慈阁》），不仅描绘出大慈阁居高临远之姿，还生动地展示出菩提之灯能破除人心晦暗的佛家教义。"莲池十二景"，有诸多诗人题咏赋诗，其中最为出色的是书院院长张叙的作品，他是一位学者，作诗没有官腔，览物兴怀之际，每每构思奇特，例如所写的《宛虹桥》中"天半飞虹界碧霄，一亭如笠系轻舠。浣花老叟时相过，便是西川万里桥"，把宛虹亭想象为一个斗笠，戴斗笠的人坐在小船上，这个人是自称"浣花老叟"的杜甫，宛虹桥也就成了成都的万里桥。这个跨越时空的想象实在奇绝。杜甫早已过世，不可能来此游历，作者其实是在以杜甫比自己，表达了他对诗圣的崇仰和追随之意。这些诗歌的艺术长处尚有许多，篇幅所限，恕不一一。

前面说到本书的编撰目的，是为少年儿童提供的一本古诗读物，分为原诗、注释、译文、导读四个部分，在选择诗歌上考虑读者的年龄、接受能力，尽量选择文字比较浅显易懂的作品。本书在注释词语和典故上尽量详尽,对一些较为生僻的字加注汉语拼音,对一些处于韵脚位置上的古今异读字,加注古代读音,使读者能够领略古诗的和谐韵律。考虑到仅仅注释词语、典故,未必能使读者通晓全篇之意,为此加入了译文,就是用现代汉语对古诗的内容作出翻译,译文尽量做到语言通俗晓畅。在此基础上,本书对全诗的内容和艺术特点作出简要的分析,称之为"导读",或许有过誉之嫌。

  面向负有传承民族文化之责、掌握国家未来的一代新人,撰写这本古诗读物,深感责任之重。选入书中的不少诗篇,并无前人的研究成果可作借鉴,属于垦荒之列。虽说竭尽心力从事撰写,仍恐由于学力不足而导致对诗意的曲解,而少年时的记忆会影响其一生。好在保定人文氛围厚重,素有文史研究重镇之称,诚请方家对书中谬误作出指摘。

白话诗词：中华诗词的自救之路

在中国古代文学史上，唐诗、宋词、元曲、明清小说，分别代表了五个时代的文学最高成就。难道宋人不写诗吗？怎么就斗不过词呢？难道元人不写诗和词吗？怎么就斗不过曲呢？难道明清人不写诗词曲吗？怎么就斗不过小说呢？原因固然很多，但我以为最主要的原因是语言材料的使用。正是语言的不断大众化、通俗化，才使得词取代了诗、曲取代了词、小说取代了曲而分别成为各个时代的文学主流。

只要对唐诗、宋词、元曲、明清小说有所涉猎，就不难发现，宋词的语言要比唐诗来得通俗，元曲的语言又比宋词来得通俗，明清小说的语言则基本是白话了。可以说，中国古代文学走的是一条语言不断通俗化的历程。文学作品的语言能够随着时代的前进而通俗化，则这种文学体式就兴旺；反之，只好居于次要地位或者居于末流。如果对这种现象作出解释，我以为这是社会文明进步的结果：文学的受众群体渐趋由少数贵族而扩大到普通民众，文学由文人手中的专利而渐趋成为广大民众的共有财富。

那么，中华诗词的出路在哪里？我以为只有一条路，那就是用白话来写作。试想，宋、元、明、清近千年的历史，近万人的诗人队伍，耗费了多少心血在写诗，却终究没能让旧体诗重新成为文坛霸主，原因是他们不顾诗歌语言材料的当代性，他们写诗所用的语言材料仍然是前代的，他们所用的韵书仍然是陈旧的"平水韵"，这就使得他们时代的读者对他们的作品感到陌生，缺少亲切感，而且读来也不和谐顺畅，因为有些字的读音已经不是唐宋时期的声音了。例如，元代的北方和中原地区，入声已经在官话中消失，元曲作家们能够随时代语音的变化而进行创作，而旧体诗的作者们却依然固守着"平水韵"，结果呢，是元曲得到振兴，旧体诗沦为末流。这个教训够深刻的了。前车之覆,应为后车之鉴。到如今,我们何苦再去重蹈覆辙?用白话写诗词,就是在语言材料上使用现代汉语词汇,适当加入一些古汉语词汇;在声调上依据普通话四声,阴平、阳平为平,上声、去声为仄;在押韵上依据中华新韵。

"用白话写诗词,那不是把旧体诗词的味道弄丢了吗?"味道,是给活人去感觉。活人感觉有味道就行了,不必去照顾古人。而且,诗词的味道来自诗词本身的艺术魅力,是不能靠使用古代语言去谋求的。有成就的古代诗人,他们是完全按照当时的语言实际去写作的,因为他们是面向自己的时代而创作,他们心里装的是那个时代的读者。李白诗歌的语言自不必说,就说杜甫吧,杜甫写诗用的是什么语言?中唐诗人元稹说:"怜渠直道当时语,不著心源傍古人。""渠"是代词,指杜甫。元稹的意思是说:杜甫作诗,使用的是当时的语言,而不依傍古人的语言去表达情感。元稹对杜甫的这种做法用了个"怜"字,怜就是爱,表示自己喜欢杜甫的做法。中唐时期,元稹、白居易发起"新乐府运动",口号是"重写实,尚通俗",前句强调的是诗歌的内容取向,后句就是强调要使用通俗的语言,即能够被当时社会大众读懂的语言。结果呢,新乐府诗歌取得了重大的成就,在文学史上被浓墨重彩地写了一笔。他们的做法要是放在我们今天某些人面前,岂不是要大呼"丢掉诗味"?

用白话写诗词,并不是要废弃传统诗词已经定型了的声律、韵律、对仗等规则,而是要坚守之,并且从心里弄明白这套规则的艺术功效和价值。古人为什么要搞这套规则?大家知道,中国诗歌从老根上就与音乐密不可分,《诗经》的作品就是用来配乐歌唱的。到了汉代,《汉乐府》也是用来歌唱的。到了东汉末年,文人写的五言诗不再能够演唱,只能诵读了。这在当时的人们看来,是个莫大的缺憾。那么,如何在失去演唱功能的时候,还能使诗具有一定的音乐性?他们想出了办法,就是在一个五言诗句中,让第二字与第四字声调相反,如果第二字是平声,第四字就是仄声;如果第二字是仄声,第四字就是平声(当时并没有平声、仄声这些概念,但实际上是如此做的)。这样做又是为了什么呢?汉语诗歌的特征是以两个音节为一个节奏,而每个节奏的声调归属(是平还是仄)又是由该节奏的第二个音节的声调决定了的。又由于平声与仄声在发音上有长与短、轻与重的不同，所以"二、四异声"就会形成这句诗在音响上的长音与短音交替、轻音与重音交替，从而出现声音的抑与扬，这声音的抑与扬就形成了诗句的音乐性。到了南朝的齐朝永明年间，沈约等人发明了汉字的四声，于是把四声运用到诗歌声律上去，提出"前有浮声，则后有切响"等主张，"浮声"就是后来说的平声，"切响"就是后来说的仄声。由此形成了讲究声律的"永明体"诗歌。经过几百年的探索，到了唐代，唐人把四声"二元化"（即平与仄），近体诗的格律（声律、韵律、对仗）终于定型。这种定型了的格律，把格律诗的音乐素质推到了极致。由此，我们明白了古人搞这套格律，决不是无缘无故给自己戴上镣铐，他们是要借助于格律所带来的音乐性更好地抒发情感啊。格律既然有这个好处，我们就不能放弃它。格律是近体诗安身立命的根基，失去了它就等于失去了中华诗词的灵魂。

　　用白话写诗词，实际上是加大了写作的难度。白话诗词作品的优劣，就完全依靠有无诗味了。这是由于使用古汉语写作，使用"平水韵"写作，使用僻典入诗，在读者阅读出现障碍的情况下，可以掩盖诗味的不足。现在这些外衣被剥掉，剩下来的就是赤裸裸的"干货"了，倘若诗的立意不深，感情不真，艺术低劣，那就成了平淡无味的顺口溜，不再是诗。

　　今人有用白话作诗词十分成功的例证。比如聂绀弩，他的格律诗就多用白话写成，读来饶多风趣，且看几首，《陪弯公东来顺小饮并市场散步叠柴韵》写道："目送群贤上省台，未曾西去且东来。青梅煮酒酸同醋，羊肉涮锅硬似柴"；"李杜同登单父台，聂张联袂市场来。才离酒馆包茶叶，遍跑烟摊觅火柴"。青年诗人高昌《读韩成武老师〈诗圣：忧患世界中的杜甫〉》写道："几番主义惊天下，诸位先锋可好吗？喜列沙龙分宝座，闲随时调贩涂鸦。蛮腰扭作伶仃草，小样开成富贵花。炒罢无聊出趣味，'知音'多过少陵家。"陈文增《夜宿南昌私旅》写夜宿私家旅店与蚊子大战之事："小钱做事不窝囊，南北东西敢步量。点蜡孤家先上榻，吹灯君子早盯床。满堂舞蹈谁低唱，双手抓挠我倍忙。一夜风光知不尽，天明无语别南昌。"这些诗基本上用现代语汇写出，却依然诗味浓厚。声律、韵律、对仗完全符合旧制，声调抑扬，节奏鲜明，韵律和谐，读来琅琅上口，具有音乐美和匀齐美，这些是不讲节奏和押韵的新诗难以相比的。

萧子显在《南齐书·文学传论》中说："若无新变，不能代雄。"文学是在不断的变化中求得新生和发展的。变则通，不变则滞。文学是语言的艺术，语言决定了文学的生命。对今天的中华诗词来说，只有改变语言材料才能赢得读者，才能获得生存的空间。我们虽不能奢想"新变"的中华诗词会成为当今文学的主流，但是能够具有相当多的读者，延续传统诗词的血脉，也可视为功在当代之举了。

医者的诗意人生
——读曹庆华先生《三品轩诗草》增订本（代序）

在我的心目中，医生是纯粹的理性人物。在医生的眼里，人只是肌肉、骨骼、血管、经络、穴位以及各种器官的聚合，像机器一样是可以随时拆卸、替换零件的。这种职业来不得半点情感掺入，否则针不敢扎，刀不敢切，苦药汤子不忍灌。因此常常暗自设想，那些有医生组合的家庭该是多么的寡情少味。

自从结识了曹庆华先生，特别是读到他的诗歌之后，我的认识发生了变化。他原是河北职工医学院的医生，有着几十年的医疗履历，救死扶伤，延续了不知多少条生命。职业的理性特征，似乎很难与诗人联系在一起。因为诗人是生活在情感世界的群体，情感每每压倒理智，是诗人的共性。让我惊讶的是，曹先生把理智与情感、医者与诗人完美地结合为一身，变水火相克为水乳交融。他用诗歌展示自己的心境，那是一个充满想象和情感的诗性的内心世界。且看他的《咏物二首·玻璃注射器》："体态直且通，质地晶而莹。不使人污染，宁自受煮蒸。心推甘露意，缘结血肉情。锋芒向二竖，进身岂为名？"作者把针头插入肉体，体会为结下血肉情缘；把注射药液，体会为注入甘露般的心意。这种体会把理性与情感高度地融合起来，可谓血肉丰满、情感淋漓，绝对是医者与诗人兼容之后才能拥有的体会。打针，这个让小儿哭叫、成人咧嘴的铁生生、硬撅撅的操作，被作者赋予了多么浓厚的诗情画意！诗的尾联两句，言针头所向直指"二竖"（病魔），如此"进身"绝非图谋名誉。这是对医者精神道德的揭示，是作者心灵境界的直白。题目是咏物，实为自咏，妙在不露痕迹。句句不离描写"玻璃注射器"，又句句都在咏赞医者的品格，令人在玩味之间获得对生活的感知。这就是"诗"与"非诗"的区别之处。古代诗论谈到咏物诗的写法，强调了"不即不离"四个字，"不即"就是不能只为某个事物图貌写相，不能写什么就止于什么，而是要有寄托，要托物咏志；"不离"就是不能离开所咏之物的自身属性而任意寄托情志。从上面所引的诗例来看，曹先生的咏物诗具备了这个要求。

曹先生退休后，仍在发挥医术专长，曾去山乡野店行医，为缺医少药的村民解除病苦。他背着红十字药箱，步行于山野间，眼前的山水风物总能拨动他心中固有的诗弦，写出一些行医诗篇，且看《退休山乡行医自遣》这首：

> 检点青囊就赤医，醉心山水把身栖。
> 一川烟雨王维画，四壁松风杜甫诗。
> 裁判菌虫权益显，扶持伤病气甘低。
> 登高一曲黄昏颂，野鹤闲云两忘机。

首联点题，紧扣题面上"山乡"和"行医"四个关键字，为全诗的内容张目。"醉心"二字乃全篇的诗眼，以下各句都是围绕这两个字来组织和布局的，可谓聚精会神。颔联写景，承接首联的"山水"二字下笔，描写山水风光之壮美，为"醉心"二字作出注脚。作者对景物的抉择单取"一川烟雨"和"四壁松风"，景观博大而壮丽。对这两种景物，作者并未作出具体的描绘，而是由此想到了王维的绘画、杜甫的诗篇，他的神思跃入到历史经典的艺术作品中，这种思维的飞跃，显示出他心灵的诗性特征。王维是盛唐诗人，也是著名的山水画家，风格空灵，把"一川烟雨"与王维的山水画联系在一起，可谓得其风神；杜甫也是盛唐诗人，其山水诗作风格遒劲，把"四壁松风"与杜甫的山水诗作联系起来，可谓得其精髓。正是这种思维飞跃，奠定了作者诗歌的文化品位。倘若一般作者，很可能对这两种景物作出具体的描写，试作比较，其文化品位的高下，自可判断出来。再从对仗的角度来审视，此联堪称工整，"一"对"四"，是数目对；"川"对"壁"，是地理对；"烟雨"对"松风"，是天文对；"王维"对"杜甫"，是人名对；"画"对"诗"，是文学对。此联可以说是精美绝伦的工对了。我曾在大学本科的一张试卷上，以"一川烟雨王维画"作为出句,要求学生写出对句来,结果大失所望,甚至有对出"两个黄鹂杜甫诗"者,这说明这个大学生的艺术审美能力、对杜甫诗歌的艺术概括能力,仍然停留在小学生的水平上。这也说明文学的感悟水平与学历并非同步,文学的领地并非人人皆可进入,文学是属于那些天生与文学有缘分的群体。这些就不多说了,继续欣赏曹先生的这首诗吧,诗的颈联转笔,不再写景,而写人事活动,写自己的行医之事和感受。"裁判菌虫权益显,扶持伤病气甘低",裁判菌虫(诊断病症)的权力明显加重,这是对自己职责的警觉(独自行医,不能会诊),也是对自己医术的肯定;但是对待病人却能心气平和,绝不趾高气扬。"权显"而"气低",构成一组"反对",读来令人震动,因为就世俗眼光看来,权力大者每每目中无人,哪有"气甘低"的道理?所以我说,这一联好就好在它反了世俗,作者以此为荣,这也成为他"醉心"的一个缘由。尾联合总全诗的情感内容,以登高放歌,歌唱暮年行医生活,身如野鹤闲云,弃绝心机作为结束,余韵悠长,有如佛寺钟声。通观这首七律作品,声律、韵律严整,对仗工妥,章法遵循起承转合,井然有序。从情感内容来看,一根"醉心"红线,贯穿全篇,堪称七律之精品。

  读曹先生的诗,经常感触到一种发自内心的诙谐趣味,流荡于字里行间,甚至对于疾病的折磨,也能如此,例如《病中吟》所写:"病床久卧困如监,但得浮生镇日闲。二便三餐佣保伺,南华一诵亦飘然";"椎突何于天数关,无非俯首折腰难。益坚凡骨骄权贵,好步青莲追董宣"。得了腰椎间盘突出病,卧床不起,却在庆幸因此获得"浮生镇日闲";不能弯腰,却说由此坚了"凡骨",骄了"权贵",追随了傲世的李白和董宣。读到这些诗句,很容易让人想起杜甫的诗,杜甫是经常拿自己的穷老病衰开玩笑的,这些诗诙谐幽默,初读令人发笑,笑后转而沉思。清人杨伦在《杜诗镜铨》中说道,老杜"写穷况妙在诙谐幽默"。胡适很看重杜甫的这类作品,他在《白话文学史》中说道,"老杜在贫困之中,始终保持一点'诙谐'的风趣","终身在穷困之中而意兴不衰颓,风味不干瘪。他的诗往往有'打油诗'的趣味",唯其"有这一点说笑话作打油诗的风趣,故虽在穷饿之中不至于发狂,也不至于堕落"。究其原因,正如德国心理学家冯特所说:"喜剧性的笑可以调节人的心理状态,在人的心理由不愉快至愉快,由激动至平静,由紧张至轻松的心理转化过程中,笑起着积极作用,促使人的心理机制由无序到有序,由不平衡态到平衡态。"幽默、风趣是诗人的共同属性,古今中外的诗人,无论属于何种流派,都没有失去这个性格特征,只是程度不同罢了。

  曹先生的这个诗文集,题材比较广阔,小者如行医送药、登山临水、节令变更、咏物言志、题咏书画、亲朋聚会、悼念亡友,日常生活的诸多情事,都能涌动诗情的涟漪;大者如重要节日、香港回归、抗洪抗震、亚运奥运、世风更易等等,每每行诸笔端。他的作品思想内容堪称厚重深沉,传统儒家的忧患意识、人本意识、笃行精神、乐道精神,以及爱国主义思想,都有鲜明、具体而生动的表现。呈现给读者面前的,是一位老年知识分子的社会良知。

2001年6月10日于河北大学紫园

(《三品轩诗草》增订本,中国文联出版社,2002年)

《潇月诗词》序

这部诗集是潇月同志所作旧体诗词的一个选本。说它是旧体诗词，是依据作品的语言形式而定的。作品较多地使用了文言词语、文言句法，其中的诗词虽然用的是今声今韵，但平仄声调、押韵、句式则合乎词的格律要求。特别是在旧体诗词固有韵味的体现上，在语言的省净、洗练上，在若干表现手法的运用上，都与中华诗词艺术传统一脉相承。

作者使用旧体诗词的形式，书写了她的真实的生活感受，向世人敞开了幽雅而馨香的心扉。她在作品中诉说着对美好人情的渴望，深情地赞美着淳朴的人伦，母子之情、友朋之情、邻里之情，均由真诚的文字织成诗篇。同时，她对自然界的山川、草木、鱼鸟，也具有一份挚爱亲情，把它们当作亲属，与它们交流情感，与它们融为一体："人到今时还醉春，草色衫儿绿罗裙。笑卧田头呼同伴，我与青禾谁秀深？"（《游趣》）诗人穿着草绿色的衫儿、罗裙，笑卧于长满青禾的田地，与大自然的颜色和谐地交融在一起。读着这样的诗篇，人们会产生美感。这种美感不仅来自诗人的形象，而且来自人们对大自然亲情的认同，大自然是人类的母亲，个体生命从自然界中走来，依靠自然界而成长，最后又回归到自然界中去。站在这个理性层面上去读这首诗，去审视诗人卧身于大地的形象，你会觉得有一种厚重的情感蕴于其中。潇月同志写出许多表达这类情感的诗篇，如：

诚知二月春方好，心牵远野未得时。
深谢窗前多情柳，频频俯首递新枝。

——《早春二首》其一

年年二月与春约，今朝终得赴约期。

可是东风不忍舍？归时阵阵牵人衣。

——《踏青三首》其三

三月桃花满城开，纷扬柳絮扑人怀。
倦倚床头方小憩，又闻风儿打门来。

——《春闹》

山间自古民风淳，根连庭院叶连荫。
秋来柿好逾墙坠，不用劳人自与邻。

——《柿树二首》其一

巷头锣鼓邻家鞭，街声打破舍中闲。
风中戏柳窥窗内，笑我虚生又一年。

——《春节感怀三首》其二

　　在作者的眼里和心中，自然界是有灵性的，能与人的精神、情感息息相通，休戚与共。在哲学理念上，这是中国儒学"天人合一"观念的一种体现。我不是说作者是从这种理念出发去从事诗歌的创作，更不是说作者是用诗歌宣传这种理念；作者无疑是在用她的情感支配着她的诗篇。但是，作为中国的文化传承者，作为在黄土地上生长的诗人，其精神深处，必然会受到中国传统文化的影响。事实上，每个中国人都在接受这种影响。正是由于"天人合一"的理念深藏于她的精神世界里，所以她才能以情感的语言写出如此蕴藉的诗篇。我国古代诗人曾留下大量的歌唱自然、亲近自然的诗篇，陶潜、王维、孟浩然将他们的生活和生命融于大自然，杜甫则吟出"一重一掩吾肺腑，山鸟山花吾友于"这样动人的诗句，他把重重叠叠的山岭看作是自己的肺腑，把山鸟山花看作是自己的朋友。这种美好的情感以及它所蕴含的深刻的哲学理念，需要在生态危机日益严重的21世纪得到发扬。我为此而用了很大的篇幅来称许潇月同志的这类诗作。

　　抒情诗虽然强调抒写作者的独特感受，但也不排斥那些"人人心中皆有"的社会共同体验。作为诗人，妙在能把这种社会共同体验用诗歌的语言传达出来，做到"人人笔下所无"。初唐诗人刘希夷的名句"年年岁岁花相似，岁岁年年人不同"，就是用诗歌的语言（形象的、对比的语言）传达出人类对于个体生命匆促的普遍感受而传诵千古的。杜甫也是长于此道的诗人,一生所作,道尽了社会人情,说出了世人想说而未能说出的话,如"天意高难问,人情老易悲""久客惜人情""身老不禁愁"等。潇月的诗集中也有不少这样的诗句,如:"儿女却似堂前燕,羽翼丰时只自飞"(《叹高堂》),"相逢勿论交深浅,寻诗都是性情人"(《游顺平赠宋洁诗友》),"人逢低谷乃识真,身在难时情愈好"(《木兰花》),"厚谊不言谢,真交比齿唇"(《迁居赋》),等等。从某种意义上说,这些表达社会共同体验的诗句,更能被广大的社会读者认可。不过,这样的诗句是来之不易的,除了生活阅历的保证之外,还需要作者具有对于体验的艺术概括能力。

潇月的抒情诗继承了传统诗词的若干表现手法,给我最为突出的感受是她善于采用细节行为来抒情。这些细节行为蕴含着丰富的情感内容,能够引发读者的联想,从而给读者留下广阔的艺术再造的空间,也就能够满足读者艺术鉴赏的心理要求。例如,她有一首词《蝶恋花·岁末》写独自过春节的心情,其中有一个细节就取用得十分好:"福字购来不熨裱。"过年了,自然要随俗购买"福"字以装点门庭,买来了却又无心熨裱张贴。买而不贴,这个矛盾的细节行为,其情感蕴含是丰富而复杂的。又如《青玉案》词,用"歇了酒杯,熄了炉火,人在灯阑处"这些细节行为,来描述因亲人离去而产生的落寞情怀;又如《试妆台》诗,用"偶来兴致著旧裳,云鬓重簪,还我旧模样"这些细节行为,来表达年华流逝的感慨;又如《生日之夜》诗,用"拥炉独坐到更深"这样的细节行为,来诉说37岁的她在生日之夜的纷纭感受。再如《过学府思儿》:"正是校园下课时,诸生攘攘阻步迟。迎头众里巡千面,看看谁人似我儿。"一个"似"字说明这个学府本非儿子的就学之所,虽说如此,仍要在人头攒动的学生群中"巡千面",希望能发现与她儿子相似的人来。这个细节行为把母爱的深情表达得入木三分。读着这样的诗篇,你不能不为之感叹,并由此认知母爱的崇高。诗中没有一个思念儿子的字眼,但思念之情却表达得至深至浓,就是因为作者使用了具有感情意蕴的细节行为,来代替直白述说。

语言的高度精练、省净,是潇月诗词的又一长处。作者每每使用只言片语,就把景物的特征或行为的情调作出鲜明的揭示。例如,她写早春的景色:"厨屋陈蒜还青,却暗恤,蔬花尚冷。懒意拥衾,晨时还被,韭香熏醒。"(《柳梢青·早春》)陈蒜着一"青"字,蔬花着一"冷"字,韭香着一"熏"字,恰到好处地写出早春的风物特征。她写庭院的春色:"新榴洇红旧藤韧,繁桐笼紫青槐碧,香风熏院疏疏雨。"(《醉新春》)用"洇"字描写榴花之鲜红,用"韧"字来写旧藤之健劲,用"笼"字来写泡桐开花之繁盛,用"熏"字来写花香之浓郁,遣词都十分准确。其他如"抛石落枣,卧草谈天"(《行香子·远达度假村笔会》)写郊游的惬意,"聚浅离深,天长梦短"(《寄远人》)写离别的慨叹,"称心酒朋,得意诗侣,人间斯遇能几许?远天美景案前书,莫若闻君一席语"(《桃源李》)写知音的难得和可贵,等等,可谓语言已达到高度浓缩、高度净化的地步。我们平常所说的旧体诗词的"味道",在很大程度上就是由此而生成的。

　　曾见有学者著文,称汉语言最适于文学创作,而不适于科技表述。笔者不是科技工作者,对汉语言不适于科技表述没有切身体会,但是颇同意汉语言适于文学创作的论断。汉语言之所以适于文学创作,就是由于汉语言具有很大的"弹性",表现为语汇的丰富和一词多义的特征。在中国文学的发展过程中,许多自然物身上还被积淀了丰富的文化意蕴,比如,月亮积淀了思亲的情感,柳条积淀了惜别的情感,鸿雁则引发书信和兄弟的联想,白云则与隐居的高士密切相连……在诗词创作中,只要把这些词语轻轻点出,就会渲染出相应的情感氛围。潇月同志十分会心地接纳了这些词语的文化意蕴,准确地把它们度入作品中去,从而有效地抒发了情感。例如,她用"鱼沉雁杳,不解离人恼"(《清平乐·问旧人》),抒写对旧人书信的渴望;用"临到中秋愿月阴"(《采桑子·中秋》),很有深度地表达出对亲人的思念。

　　潇月同志对传统诗词的艺术特质具有较强的悟性。读者从这部诗集中可以多方面地感受到她对于传统诗词艺术的继承。其不足之处是,对于近体诗的格律运用尚有提高技能的余地。诗集中有许多七言四句、七言八句的诗,作者没敢标明"七绝""七律",她是知道这些作品不合七绝、七律的格律要求的。我希望作者在近体诗的格律方面下些功夫,把这些七言四句、七言八句的诗写成七绝、七律。

2003年10月15日于河北大学紫园
(《潇月诗词》,天马图书有限公司,2004年)

《诗囚居自吟集》序

张志民先生将其书斋命名为"诗囚居",他对于诗歌的艺术追求、审美取向,已自明矣。"诗囚"一词,出于金朝诗人元好问的《放言》诗句"郊岛两诗囚",元氏把唐代诗人孟郊、贾岛称为诗囚,是说他们平生耽于作诗,心无旁涉,于生涯困窘之中苦觅佳句,仿佛被诗所拘囚。就元氏的审美趣味来看,称孟郊、贾岛为诗囚,或许心存贬义,但是这个称呼也确实道出了郊岛二人的苦吟态度和风神特征。志民先生的《诗囚居自吟集》,就其内容来说,已无郊岛苦寒境况、悲鸣之声,唯有生涯寂寞情怀,略约似之;而对诗歌艺术形式的刻苦追求,"语不惊人死不休"的创作态度,正与郊岛近似。我以为,作者称名为"诗囚",主要是从艺术形式的审美角度来作认同的。

披览此集,随处可以感觉到作者阔大的襟怀、峥嵘的志气。他对意象的选择显然偏于壮美。作为情感的载体,奔来笔端者常多豪壮、健举、奔腾之物,崇山、长河、雄关、大漠、草原是他喜用的材料。咏泰山则是"碍天舒羽翼,摇首出尘埃"(《泰山极顶》),咏华山则是"霞曳霓虹带,云裁缟素衣"(《登华山望莲花峰》),咏庐山则是"润物时时雨,朝阳处处虹"(《庐山山泉》),咏黄山则是"云山奔碧落,松色溢长天""往来云莽荡,吞吐气葱茏"(《游黄山二首》),咏长江则是"百川翻鄂楚,九派叠风骚"(《伫立武汉长江大桥》),咏大海则是"涛声铸山岛,水影湿衣衫"(《游厦门鼓浪屿》),等等,气势雄浑,充满生命活力。意象就是心与物的高度融合。"写气图貌,既随物以宛转;属采附声,亦与心而徘徊。"(刘勰《文心雕龙·物色》)心象峥嵘的诗人,选择的意象必然具有这样的特征。这类意象在孟郊诗中偶或有之,而在贾岛诗中则很难见到。

与壮美的意象相映衬，志民诗中也不乏优美的意象。这类意象多出现在抒写人伦感受的诗篇之中。在一些表现孝亲、友爱、乡情的作品中，月光、柳色、虫声、止水、锦瑟、蒹葭、斜阳、芳草、灯影、小荷、绮梦、虹带、玉簪、莺燕、白鸥、桃花雨、荷月天等意象，则频频出现。这些意象显示了作者的温情深婉，是他抒情性格的另一个方面。在这类诗作中，每每出现优美意象组合现象，诗境迷离惝恍，诗意难以坐实，而韵味则深沉隽永，颇具李商隐的"无题"诗味。如《游北京玉渊潭公园》所写：

玉渊潭水漾微澜，暮色朦胧碧水端。
出水小荷轻似梦，在怀明月味如兰。
霓虹生晕开花面，曲径向人曳锦纨。
思绪不随流水去，至今依旧绕桥栏。

玉潭微澜，暮色朦胧，那轻如梦幻的出水小荷，那味如兰草的在怀明月，是景，是情，是现实，是幻想？虽然不可诠释，但诗境却是美丽温馨的。作者是在追求李商隐式的朦胧美。诗集中有一首五律名曰《自题诗囚居》，颈联写道："笔飞怀素字，情酿义山诗。"可见，作者是有意效法李商隐的诗美的。

我以为，志民先生是将壮美意象用以言志，将优美意象用以言情。其志壮阔，其情深婉。二者相映生发，从而成功地塑造了一个既具风云气象又富儿女情怀的抒情形象。

通读《诗囚居自吟集》，感到诗味十分浓郁。这固然是来源于感情的真淳，同时也是由于作者精通旧体诗的艺术规律。在中国古代诗歌的艺术范畴里，章法、句法、字法以及声律、韵律、对仗，一直是重要的话题，尤其是对于近体诗来说。志民先生具有深厚的古典诗词艺术功底，对近体诗的格律和语法特征了然于胸。例如，在句法的运用上，他尽量避免使用现代汉语的语法构句（主语—谓语—宾语），而大量采用词序倒置、关系语、省略句等古汉语诗歌的句法。词序倒置，如"破壁龙飞去，长空自可翔"（《参观西安碑林》），如果用现代汉语来构句达意，那就是"龙破壁飞去，自可翔长空"了，这样来构句，意思当然是妇孺皆知了，但旧体诗的味道也就消失了。有不少诗作者的作品没有旧体诗味，或者几乎成了顺口溜，一个重要的原因就是他们不懂得古代诗歌和现代诗歌在语法构句上的区别，不知道词序倒置在形成旧体诗韵味上的重要作用。说到底，是读古人诗歌太少，因而不具备这方面的素养。关系语，也是古代诗歌构句的明显特征。志民诗中经常出现这种关系语，如"骄阳淌血汗，铁面逼山川"（《泰山挑山工》），前句的"骄阳"就是关系语，在这里它是状语，而不是主语，意思是说：（挑山工）在骄阳之下淌着血汗。关系语的使用，也是形成旧体诗韵味的必要条件。王力先生的《汉语诗律学》、蒋绍愚先生的《唐诗语言研究》，对关系语有专门的论述。句法问题还包括句式方面的内容。汉语诗歌以两个字为一个节奏，称为韵律节奏，五言句的韵律节奏为"2—2—1"，七言句的韵律节奏为"2—2—2—1"。一般说来，韵律节奏与意义节奏是一致的，但也不完全如此。古人的做法是，常常在一首诗中根据表意的需要，在某些句子里打破两种节奏的一致性，让意义节奏出现"2—1—2""1—1—3""3—2""1—4""4—1"以及"1—6""2—5""3—4""5—2""6—1"等样式，这样做既是表意的需要，也能形成诗句的奇崛不群。这也是形成旧体诗韵味的一个原因。志民先生读诗甚广，他体会到古人的这种心思，在他的作品中，时或见到这种特殊句式。如"无言荷出水，带韵柳摇烟"（《中秋写意》），即"3—2"句式；"霞曳霓虹带，云裁缟素衣"（《登华山望莲花峰》），即"1—1—3"句式。

　　对仗是近体诗格律的三大要素之一。它是形成近体诗形式美的重要条件，自然也是考验诗人语言艺术腕力的关键所在。志民先生于对仗艺术可谓精熟，诗集中的对仗种类既多又属对精妙，工对、宽对、借对、当句对、流水对等运用纯熟，浑然有天成之趣。在此，我只说说他诗中的流水对。流水对大致起源于初唐诗坛，至杜甫而蔚为大观。这种对仗的妙处，是在流动中追求匀齐美，上下两句在声调、词性上是对应的关系，在内容上则是彼此衔接的关系，故而能够克服一般对仗的板滞缺陷。这无疑是一种高级的对仗艺术，非一般诗人所能作成。志民诗集中出现不少流水对，如"才逐金乌去，旋从玉兔来"（《泰山极顶》），写日月之轮回，游人之行为；"只缘天海阔，才见水云平"（《由天津乘船赴烟台》），前后两句构成因果关系；"一逢青嶂阁，即入白云家"（《夜宿华山》），前后两句为顺承关系；"才迎青帝至，便有燕儿来"（《燕子入室》），前后两句也是顺承关系。

以上为复句形式的流水对。至于单句形式的流水对，写作的难度更大，志民先生却能够操作自如。例如他赠给我的一首诗，颔联为"窃知孤瘦竹，幸友岁寒松"，"孤瘦竹"是他自比（他身材清瘦），"岁寒松"是喻我（我身材高大），这两句其实只是一句话，意思是说他内心十分庆幸能够与我结交，就是说"孤瘦竹幸友岁寒松"是"窃知"的宾语。把一句话拆为形式上的两句，还要让这形式上的两句构成对仗，若非功底深厚，是绝难完成的。

最后，我还想谈谈他在锤炼字句上的功力。初盛唐诗人讲究浑成之美，至杜甫方才把浑成之美与锤炼字句结合起来。杜甫说"新诗改罢自长吟""语不惊人死不休"，道出了他对字句精工的刻苦追求。中晚唐诗坛有些诗人发扬了杜甫的这种艺术用心，韩愈、孟郊、李贺、卢仝、贾岛等人，主张"盘空硬语"，于字句上苦心推敲，所谓"两句三年得，一吟双泪流""吟安一个字，捻断数茎须"，就是生动的表白。我以为，志民先生自称为"诗囚"，在很大层面上是表达他对郊岛一派苦炼字句的倾心。在他的诗集中，随处都可以发现这种艺术倾心的闪光。他是一定要把诗句写得惊世骇俗的，在构思上每每跳出常规，出人意料。例如，他写的《泰山挑山工》：

拾级上崇山，刀裁一线天。骄阳淌血汗，铁面逼山川。
晓揽万钧月，暮挑千仞烟。云梯高背影，注目向峰巅。

诗写挑山工的艰辛、气概和神情，凝重而大气，读来令人心神耸动。"晓揽万钧月，暮挑千仞烟"，此等笔墨，绝非寻常思路可及。用"刀裁"二字写出峡谷之深险，用"铁面逼山"写出挑山工的严肃神态，"裁""逼"二字可谓力重千钧，夺人心魄。试想得出这两个字来，定是经过反复推敲的。诗集中如此惊人的诗句俯拾皆是，例如写泰山的六朝松，竟是"一树松涛奔渤澥，六朝日色冷山东"；写母亲为他缝做棉肚兜，竟是"穿针经老眼，引线到斜阳"；写翻译杜诗，竟是"把笔乾坤大，敲诗日月明"；写大海岛屿，竟是"涛声铸山岛，水影湿衣衫"；等等。这些超乎寻常思维的句子，写出了他独特的生活体验，令人耳目一新。

志民先生与我是大学同窗，学生时代即因喜爱诗歌而结谊为深。后来共同翻译杜诗，来往甚多。其为人也，性直而简，真诚朴素。教学之余，主要心力付之于诗歌创作，收获为大，于传承中华民族文化精髓上功不可没。在其诗集即将付梓之际，受其委托，写出上面的文字，权以为序。

2004 年 12 月 23 日于河北大学紫园
（《诗囚居自吟集》，河北教育出版社，2005 年）

《水库诗草》序

我与该书作者李清哲先生相识，是在去年八月。当时，保定人民的饮水之源——西大洋水库已经清理完毕。喜讯传来，民心振奋。我随同保定市社科联的两位领导、日报副刊部主任及本市诗词楹联学会的几位诗友，应邀前往西大洋水库参观。一路上，脑海里频频浮现水库往昔的肮脏面容：水面上成片的浮沤，岸边随波卷动的死鱼，两万多个养鱼的网箱扎满库区，数百万斤鱼在其间呼吸、饮食、排泄粪便……到去年五月，库里的水质已然下降到了 5 级！在这严峻的时刻，保定市委、市政府及时而果断地启动了生态工程和爱心工程，把净化水源与保障库区移民的利益结合起来，开展了一场意义重大、深得民心的治水运动。这个运动的前线总指挥就是水库主任李清哲先生。

车到库区，李清哲主任热情地接待了我们。他告诉大家，如今库里的水质已经提升到 2 级，达到了安全饮水的标准。我们来到坝上，放眼望去，但见水色澄明，一碧万顷，清风乍起，雪浪偶生，青山呈娇，白云照影，岛屿嵌绿，岸花镶红。往昔那鳞次栉比的网箱，横七竖八的竹竿，纷繁杂乱的渔船，全然不见了踪影。留下来的是令人心旷神怡的静谧和引人作出世之想的清爽。今昔对照，判然两个世界。今日的西大洋，已然恢复了自然生态环境！诗友们不禁为之惊呼，为之喝彩。

李清哲主任是治水功臣。他天性爱水，对水情有独钟，他像为自己的孩子洗脸一样，洗净了水库的容颜。他还把这份对水的恋情凝成诗句，《水库诗草》就是这种情感所酿造的诗歌琼浆。

这部诗集由八个部分组成："恋水痴情""观天测云""时代放歌""世相趣谈""感悟人生""人间友情""故乡亲情""学诗怡情"。一个"情"字贯穿始终。其中最具特色、最为感人的是他的那份恋水痴情。这种感情绝对不是诸如"水是生命之源"的理性发挥,那太说教了;也不是从古人的山水诗作中获得启示,那总会隔靴搔痒的;更不是因为自己是个水官,就写点吟唱水库的诗歌以示敬业,那太功利化了。他是站在水库的身旁,把水当作亲友,当作知己,护卫着它,赞美着它,是一种真纯的歌唱、由衷的礼赞。

这首先表现为他对水库的纵情讴歌。"青皮白杨出墙身,坝陌柳枝带暖风。莫道水库无良夜,虽是隆冬形似春。""坝桥晴影复巡船,寒冬笛声湿炊烟。风轻水碧江南色,水源地处无冬天。"(《水源地处无冬天》)在作者的笔下,隆冬季节的北国水库,竟抹着江南春色。作者把视点放在那"出墙"的"青皮白杨"上,放在那带着"暖风"的"坝陌柳枝"上,放在那奔驰于"坝桥晴影"中的"巡船"上,放在那被"炊烟"沾湿的"笛声"上。这样一来,就把本来是肃杀的冬天,写得颇有生机。诗歌创作的过程就是"心与物游"的过程,作者有什么样的心情就会与什么样的景物融会。从这些带有生机的景物中,人们不难触摸到作者那颗乐观的朗阔的心,那颗欲用热血暖化隆冬水库的心。

为了保持水土,水库周围要年年植树造林。李清哲领导并亲身参与了这项工作,劳动之余,还用诗歌描绘了造林的场面与劳动成果。"坝上冷风拂面来,男挖女栽搭擂台。取水口处千棵树,尽是职工二月栽。""毛毛细雨润如酥,嫩芽沾露串串珠。又是一年春风起,金丝垂柳映清湖。"(《春季绿化》)风虽冷而人心热,男女职工齐上阵,各司其职,千棵树苗,二月成林。待到春雨微飘,嫩芽承雨吐绿,宛如串串珍珠,金丝垂柳摇曳于春风之中,投影于清湖之下。作者使用细笔精描与巨笔勾勒相结合的手法,又加以铺金镶翠,把个水库写成了人间仙境,爱水之情,水库难盛!

但是,深居山区的百姓,一是由于生计贫困,二是由于知识匮乏,他们把水库当作养鱼之所,造成了对水源的严重污染。为此,李清哲加强了对百姓的"水文化"教育,劝告他们收回养鱼的网箱。于是,一场护水的战役打响了。《夏日,月夜巡库》这首诗,就是生动的记录:"金波百里湖照明,巡舟三艘破空行。薄雾欲没两山影,击浪还流无数声。水底鱼虾惊月夜,天边北斗星作灯。疾风瞬息过沙口,坡尾虎头护水情。"为了防止有人乘夜偷下网箱，他们彻夜不眠，驾驶轻舟在水上巡逻，穿破薄雾，惊动鱼虾，但觉疾风过耳，瞬息之间掠过百里湖面。全诗意气洋洋，节奏明快，把护水战士的精神风貌鲜明地展示出来。值得细想的是"巡舟三艘破空行"这句，明明是船行水上，为什么却说"破空行"呢？其实这是写他的现场感觉。因为是在月夜行船，皓月当空，把湖水照得一片明亮，作者在船上，往上看是明亮的月光，往下看也是明亮的月光，身临此境，就会感觉船是在空中飞驰。诗是写感觉的，哪怕是写错觉，只要处境真实，就是好诗。我想起苏轼在《前赤壁赋》中，所写的月下行船的感觉："浩浩乎如凭虚御风，而不知其所止；飘飘乎如遗世独立，羽化而登仙。"他写的"凭虚"，就是"凌空"的意思，感觉小船仿佛是凌空飞行了。这正是月光作用下的独特感觉，是必须在现场才会产生的感觉，坐在屋子里是绝对写不出来的。现实生活中才会有诗意的发现，这是创作的规律，是不破的真理。陆游教育他的孩子说："汝果欲学诗，功夫在诗外。"这个"诗外"的"功夫"，就是投身于生活之中，在生活中去寻找诗意。李清哲的诗之所以生活气息浓厚，就是由于他有丰富的生活体验，这是翻书本找，关在屋子里憋，所难能奏效的。

  李清哲的诗还有一大特色，就是具有实用性。诗集的第二部分"观天测云"，就是把农谚和自身的天象水文经验结合起来而写成的，又加以个人的情感在其中，这类的诗对于人们认识自然规律、防患于未然具有实用价值。在传统的认识中，诗是作用于人的精神层面的，与实用似不搭边儿。这其实是偏见。孔子论诗歌的功能，有"兴""观""群""怨"之说，对于这个"观"字的意思，人们习惯于解释为"考察社会"，就是说，诗歌具有考察社会现实的认识作用。鄙人斗胆放言，认为这个"观"字也应包含着观察自然的意义，就是说，诗歌还具有反映自然现象、揭示自然规律的功能，理由是《诗经》中就有这样的内容。《诗经》中具有丰富的天文学内容，对于星象、日食、月食等多有描绘，例如《诗经·大东》绘声绘色地描写了银河的面貌，以及织女星、牛郎星、启明星、长庚星、天毕星、箕星、斗星的形状和位置，反映出上古先民对天文星象的细致观察。《诗经·十月之交》写道"十月之交，朔月辛卯，日有食之"，就记载了发生日食的现象。《诗经》中还有识天象以知时节的内容，例如《诗经·七月》说道："七月流火，九月授衣。"意思是说，七月里大火星偏西向下，九月里人们要做寒衣。"火"，星座名，即心宿。周时，夏历六月黄昏的时候，心宿出现在正南方，位置也最高，到了七月，就偏西向下了。这就是由天象的变化而得知秋天的来临，从而要做好御寒的准备，以便在九月能够穿上寒衣。虽说全诗并非只写这些内容，但是也分明显示出它具有反映自然现象、揭示自然规律的意义。从作者这些"观天测云"的诗作中，可以看出他对于天象、水文知识的熟悉。他曾经采用土洋结合的理论和研究方法，准确地判断出年成的旱涝、水质的高低，随时留心记录天象与水文的关系，研究生态环境与人的关系，出版了两部著作，以受益于后来的水库管理者。如今，他又用诗歌的形式对这些研究成果作出表述，利用诗歌的节奏和韵律，帮助人们熟记、背诵，可谓周到细致，用心良苦。

  当然，从诗歌的美学角度来审视，这部诗集还有若干有待提高的方面。例如，有些诗在运用词语上显得生硬些，有些诗未能更好地协韵，使用词牌而未能符合词的声律、韵律，等等，问题都只是出在语言形式上面。我相信，作者作为一个有心人、有情人，这些缺陷是能够克服掉的。我们期待着作者取得更大的创作收成。

2005 年 5 月 2 日于河北大学紫园
（《水库诗草》，中国文联出版社，2005 年）

《时代飞歌》序

收在《时代飞歌》里的作品,主要内容是山水田园诗作,而且是写保定周边的山水田园,是写当今的面貌、当今的情怀,作者是保定诗词楹联学会的诗友们。可以说,这是一部当代地域性的山水田园诗集。

中国的山水田园诗最早出现在晋宋时期,当时的诗人陶渊明、谢灵运就是田园诗、山水诗的开山之祖,由来久矣。到了唐代,又出现了以王维、孟浩然为代表的山水田园诗人,李白、杜甫也有十分著名的山水田园诗作。唐人的山水田园诗往往富于文化意蕴和情感寄托,是诗人心灵的物化,超乎谢灵运对自然山水的图貌写象,缺陷是只见自然景观而未见农事劳作。宋代的山水田园诗以细腻见长,范成大是个代表,他的诗既写自然景观又写农事劳作,可补唐人之缺,缺陷是少了唐诗的气象。此后,元明清各代诗人都未尝废弃山水田园诗的创作,也都在某些地方做出些创新来。可以这样说,山水田园诗是中国传统诗歌的一块主阵地,是诗歌艺术宝库里的珍品。它的艺术传统具有强大的生命力,它是诗歌园地一丛永开不败的花卉。这个集子所收录的诗歌作品就是明证。

诗集里涉及的山水景点,有顺平县龙潭湖、涞水县野三坡、阜平县天桥瀑布、安新县白洋淀、唐县西大洋水库等;涉及的田园景点,有顺平县桃花岭、满城区柿子沟、大汲店文明村等。我读了这部诗集,感觉有相当多数的作品,写出了"此地风光""此时情感""个人风神",这是非常重要的。回顾我们的前代诗人,他们的作品之所以能够传世,正在于突显了所写地域的独特风貌,并非写山即"高耸",写水即"奔腾"。杜甫写泰山,"岱宗夫如何,齐鲁青未了","荡胸生层云,决眦入归鸟",突显了泰山的高大;写华山,"西岳崚嶒竦处尊,诸峰罗立似儿孙","车箱入谷无归路,箭栝通天有一门",则突显了华山的险峻。写出不同山的不同特点,诗家所谓"笔墨传神"正在于此。说到这里,笔者想起了唐人王之涣的《登鹳雀楼》,该诗首联"白日依山尽,黄河入海流",对句不必说了,出句作何解释?许多注本解错了,解释成"夕阳落山"了。静心思考,"夕阳落山"之景象,哪里不能见到呢?何必要登上鹳雀楼去看呢?再者,夕阳的颜色也不是"白"的,这就是没从"此地风光"着眼去解释。事实上,那鹳雀楼的南面就是海拔2000多米的中条山,鹳雀楼的位置就在中条山的脚下,"白日依山尽"实际是写正午的太阳被中条山遮住,以表现中条山的高大。所以,首联两句一句是写山的高大,另一句是写河的流长,面对如此壮丽的山河,作者激情涌动,他要穷尽目力去望千里远处,于是"更上一层楼"。这样的解释才是遵循了"此地风光",才符合作者的创意。令人欣喜的是,这本集子所收的山水田园诗,基本上做到了对"此地风光"的表现。例如写天桥瀑布:"天风吹落几多星,坠向青崖作画屏。紫雪调云轻化雾,素娥洒玉漫倾瓶。人闻声响喉先润,径入潭荫足上青。妙曲当听秋雨后,神仙伴乐小雷霆。"(陈文增《天桥瀑布》)"几多星""轻化雾""漫倾瓶"这些描写,就绝不同于庐山瀑布的声势,从而对天桥瀑布的婉约姿态作出传神的勾勒。又如,"一桥云汉洞天开,千尺银纱飞地来"(千河诗句)、"瀑似轻纱雪样白"(董福东诗句)、"谁把轻纱天上舞"(杨丽静诗句),都能恰切地描写出天桥瀑布之特色。写龙潭湖风物,如"鸟语添幽静,花香漫晓岚。舟轻荡云里,驴老憩山前"(抱阳山人《再游顺平龙潭湖》),末句一笔点缀,不只加深了闲静的氛围,更是写出此地的风物特征,平添了诗人的雅趣。又如"数叶轻舟剪绿绸"(赵昌治诗句)、"浅潭弄杼小游鲢"(张志明诗句)、"渡湖水面写黄鸟"(董福东诗句),也能抓住龙潭湖的特征。写野三坡风物,如"雄书峭壁山河丽,豪体颜魂日月光。雨打千遭形未灭,崖摩百代墨还香"(李长瑞《观摩崖石刻》),"虎吼龟行皆裂石,鸭闲鸟唱正经秋。白云一朵忽生雨,原是仙家居住幽"(张志山《游上天沟》),"古木虬龙舞,奇岩狮虎蹲"(张惠中诗句),"弧形悬崖耸千仞,峭壁相拢不见天"(张吉明诗句),"百里涧峡钻地腹,千寻瀑布上天关"(孙彦君诗句),聚焦鲜明,语言独特,给人留下深刻印象。写白洋淀,如"碧莲柔媚舒仙境,绿苇清馨绕翠涛"(李朝东诗句),取景清新妩媚,确乎淀上风采;"荷亦香,藕亦香,水墨丹青舫画廊。时来游客忙"(和焕词句),敷彩雅淡,句若流丸,亦是水淀风韵;"忽入苇丛人觉矮,迎出堤岸柳垂丝"(张秀贤诗句),此等笔墨,状写淀景可称妙,移写他处则不成,这就是"此地风光"独运之笔。写顺平县桃花岭,如"紫霭招车,红尘引路,一枝垄断春光。桃花三月,暗淡丽人装"(潇月词句),"歌翻柳浪画屏上,车走野蹊红雨中"(李长瑞诗句),等等,都是"此地风光"的传神写照。

以上仅就突显"此地风光"这一节谈了个人对诗集作品的看法,从这方面来看,我们的诗人真可与古代的山水田园诗家们比一比。能够做到这一点是很值得称许的,也是很不容易的。这需要诗人们具有观察客观景物特征的眼力,具有独特的审美视角。美在于发现,发现了景物的美就等于给景物传了神。客观的自然界的山水风物,正是依靠艺术家对它的审美发现才具有了令人嗟叹的魅力。唐代的山水画家郑虔死后,杜甫写诗说"天下何曾有山水",不是说天下真的没了山水,而是说郑虔死后没有人再给山水传神,那么山水也就等于名存实亡了。杜甫的话道出了艺术家的职责,是值得我们认真思考的。

在当今这个时代,诗的价值在哪里?我们的诗人遭到过类似的质问。我说,诗的价值是永存的。首先,健康的诗歌里保存着一份社会良知,这是人类赖以生存的良药。其次,从个体生命来看,诗歌创作是维持机体健康的必需,你写了一首满意的诗,高兴了,体内因为愤懑而产生的毒素就可以得到化解,可以省下吃药的钱,这不是天大的好事嘛!最后,从诗歌的社会功用来说,你写诗为山水田园景观传了神,定了位,就像前文所述及的我们诗人的那些佳作一样,可以招引四方游客前去观赏啊!如今那些著名的旅游景点,很多是依靠了古代诗人的名篇佳句而吸引游客,从而产生经济效益的。倘若保定的领导和旅游事业家知道了诗歌还有这个妙用,他们一定会扶植我们的诗人,我们何愁诗歌的命运呢?

近些年来,保定诗词楹联学会与保定市社科联、《保定日报》文艺部三家联手,组织了多次保定周边景点旅游和田园采风活动,每次活动都有许多作品产生,然后在《保定日报》上发表。这个集子就是我们这些活动所产生的作品的结集。我们的目的只有一个,就是用诗文描写保定,宣传保定，其社会意义和经济价值是客观存在的，是难以用数据作出统计的。今后，我们还将把这种活动坚持下去，倘若有领导和旅游事业家的支持，我们会做得更好些。

这个集子除了山水田园诗歌，还有一些是庆贺重大节日之类的作品。这些作品思想健康，感情充沛，不足之处是有的立题过大，构思欠佳，缺少独特的艺术视角。但我们相信，这些缺陷是可以在今后的创作中弥补的。

2007 年 2 月 23 日于河北大学紫园

（《时代飞歌》，中国文联出版社，2007 年）

《古北岳文化》序

孟娜的《古北岳文化》是一部综合研究古北岳文化的力著，书中涉及北岳恒山的历史认定之考据、历代祭祀北岳之史料梳理、北岳庙的建筑文化研究、主体建筑德宁之殿的建筑艺术和壁画研究、北岳庙的碑林及砖雕石雕研究，以及有关古北岳的传说故事和历代诗咏、历代维修事记等，可谓构架宏大而思路周严。

这部力著是著者十余年来对古北岳研究成果的凝聚。它的意义，无疑是重要而且深远的。正如著者所说："今天的北岳恒山，是17世纪之后才有的头衔。清廷改祀北岳后的恒山，只有400余年的历史。所以，现地处山西的北岳只有衔接历史上河北的古北岳，才是完整的北岳。"著者本着这种历史意识，通过大量搜集资料、实地考察、鉴别对比、去伪存真，为人们展示了数千年间古北岳文化的历史面貌。我以为这是古北岳研究的一部集大成著作，是一部具有多方创获的学术著作。

首先，它在资料的占有与使用上堪称广博，由此而获得确立新见的依据。著者对正史、野史、方志、道教典籍、历代笔记资料、民间传说、今人研究成果等广泛阅读，潜心推敲，或摘其精要，或辨其是非，使得依据确凿，立论可信，在诸多问题上取得了独到的研究成果，如北岳神的来龙去脉、五岳与岳祀、北岳恒山与道教、曲阳古城中的文化遗产与名人足迹、北岳庙内的砖雕石雕及（古）树、德宁之殿壁画鉴赏与思考等。我在几年前出版过一本小册子《北岳庙碑刻选注》，对北岳庙现存较为清晰的20通碑刻作了注释，虽属拓荒之举，却因时间仓促而未能详尽相关资料。孟娜对这本小书也未放过阅读，对其中可取之处加以引用，对某些具体问题则提出商榷意见，表现出严谨的治学态度。除了占有文字材料，著者还十分重视实地考察,她多次前往河北省曲阳县,对北岳庙的地望、建筑、碑刻等进行实地实物调查研究,这些古迹唤醒了她的灵性与激情,给了她前人未曾获得的启示,也使她感到了使命的庄重。此外,为了比较北岳庙与其他四岳庙的特征,她还前往泰山、嵩山、华山、衡山进行实地实物考察,这些考察给了她生动翔实的第一手材料。征路风尘,岁月云烟,不独暗换了著者的青春容颜,也使她手中的笔变得犀利而老成,某些立论尖新、深刻,语言果决而警醒。

本书涉及的知识较为广泛,历史学、地理学、官制学、祭祀学、建筑学、考古学,以及绘画、书法、碑刻、诗文等等。著者在这些方面表现出较深的造诣和浓厚的兴趣,述论时所用的理论、概念能做到准确精当,对古今中外专业人士的经典言论亦能恰切引用,显示出较为广博的文化素养。

还须一提的是,作为一部学术著作,本书在行文上并没有那些司空见惯的枯燥言辞,从始至终见不到著者铁板的面孔。展卷而读,扑面而来的是鲜活且富于轻松感的话语、娓娓而谈的神情,负载着灵性运思的妙句时时可见,有些段落可作散文诗来读,仅举几段,与读者共享。

> 有"天地有五岳,恒岳居其北"之说的河北大茂山,不仅具有雄伟奇险气势,更有山清水秀神韵,站在崖顶极目远眺,天地苍茫景象壮观,连绵起伏的群山争先远去,奇峰异石附会着美丽的传说行走其间……早春的大茂山,满眼层层叠叠的杜鹃花在春风的抚摸下如虹如梦,如花仙子过来一般,落叶树木也开始有了响动,路边的野花小草可以与人对话。抬头看蓝天有白云朵朵,低头脚下路一片郁郁葱葱,心情也是时而蓝色时而绿色的。

这是著者实地考察古北岳时对所见景象的描绘。不难看出,在著者的眼里,古北岳的山石草木都是有灵性的,是对人有感情的。正是这种天人合一的宇宙精神,给了著者研究古北岳文化的动力和信心,也从而形成了这部著作集理性与情感于一体的独有特征。

> 建筑是一切艺术的综合,其中包括了文学、绘画、诗词、书法等

艺术形式，而且每个时代的建筑都运用了当时最先进的技术。建筑专家形容建筑是凝固的音乐，若按此形容接下去，那么古建筑就可以说是流淌着历史遗韵的古典乐章，而我们的德宁之殿便是游弋在这古典音乐海洋里的一个魅力音符……德宁之殿的壁画则为高音区，音律之高不被人注意都不行。

把古建筑比喻为古典乐章，把德宁之殿比喻为游弋的音符，把德宁之殿的壁画喻为音符中的高音区，化实为虚，给人以想象的张力，从而把北岳庙的神韵尽善尽美地揭示出来。这是天才的揭示，灵气的运作。

笔者在记录这些历史资料时，仿佛接触到了真实还原的历史场景和人物画面，看到了他们身着不同朝代的各类服装，有头戴高冠者，有竹杖芒鞋者，他们用深沉的眼睛眺望着呼吸着，款款地向我们走来，如此场景是被历史看活了的生命，纵横千里。

这是著者在梳理历代名人前来北岳庙祭祀的史料之后，产生的浮想。这种浮想是对前面平铺的一大堆史料所作的精神升华，它是艺术的、具象的，不仅形象地概括了史料，而且给读者以片刻的休息、阅读的怡悦。为文之道，一张一弛，著者得其道矣。

《古北岳文化》作为一部学术著作，兼具知识性、可读性，让读者在愉悦的心态下领略研究成果，扩展知识面，是这部著作的优长。当然，对于古北岳的研究并非就此完结，也永远不会完结，随着新材料的发现，相关技术的发明，新方法的树立，古北岳研究将会产生新的成果。著者孟娜也不会就此终结她的古北岳研究，相信她会对书中的未善之处以及在充实个人的学养方面将有更远大的作为。

2008年10月30日于河北大学紫园
（《古北岳文化》，中国档案出版社，2009年）

《碧花又绽满帘青》序

　　作者蔡亚琳是河北大学中文系毕业生,现在《保定晚报》从事编辑工作,余暇从事旧体诗歌创作,收获颇丰。其间,她每每把作品交我指正,那锲而不舍的精神和虚心求教的态度,令人欣慰。我于是对这些作品细加揣摩,作出批点,指出其长处和不足。她很认真地听取我的意见,不断修改,使之臻于完善,而后拿来再让我品鉴。我在河北大学中文系执教四十余年,讲授唐诗宋词和诗词格律,受业的学生当以万计,像亚琳这样坚持诗歌创作并取得优异成绩者实不多见。如今,她把作品加以精选,准备出版诗集,请我写个序文。我对她的作品是熟悉的,愿意发表一些看法。同时,我也把昔日的点评文字加以整理,附于诗后,权且作为对作品的解读。

　　这部诗选的题材内容是比较广泛的。涉及茶道感悟、山水游踪、民风民俗、校园剪影、居家生活、离情别绪、咏史咏物等等。作者把她的生活印痕和心灵感受纳入这些诗歌中,字里行间表现着一个"真"字。事真、情真、景真,一颗真诚的心,律动着诗的节奏,引发人们的情感共鸣。例如《外祖母十年祭》:"清明解我思亲意,月影千枝着白衣。心语伴风声哽咽,素容携雨泪凄迷。阴阳十载路相异,冷暖几番魂不离。梦里重慈犹念我,村头守候数归期。"作者的童年是在外祖母家度过的,外祖母的精心呵护给她留下深刻的记忆。虽离世十年,仍历事如昨。清明扫墓,哽咽于风前,洒泪于雨中,以至于夜间做梦,仍见外祖母站在村头守望她的到来。人类的感情世界是相通的,诗的真情能够唤起普遍的共鸣。我读着这些诗句便油然想起自己的双亲,感觉作者替我说出了蕴藏在心中而没有说出的话。"真善美"是文学评判的准绳,而以"真"为首。万古常新在一

"真",它能使作品获得永恒的生命。

正是出于对"真"的崇仰,作者对大自然有倾心的喜爱。自然界的山山水水、花草树木、五谷嘉禾,成为她稳定的欣赏对象。且看《初夏龙潭即景》:"寻幽不羡仙,览胜有龙潭。泉自洞中响,天从林隙蓝。渔翁观饵静,童子戏波酣。胜景未能尽,群山隐暮岚。"幽静的山林风物,和谐的人事场景,以及尾联的流连不舍之意,其中蕴含的正是作者一颗亲近自然的心。因为这里没有伪饰,没有争夺,与她的人生信条是吻合的。她还喜欢去山野饮茶。《走笔初夏与友饮茶龙潭湖》写道:"麦抽青穗杏初黄,携友烹茗入太行。既有寒泉喷石府,岂无逸兴访云乡?铜壶引瀑试金羽,陶碗临风尝玉浆。沉醉不知天已暮,银钩斜挂柳梢旁。"汲取山泉烹茶,面对山风畅饮,大自然的山水风物令她惬意,并赋予她浓郁的诗趣。甚至在布置家室景观上,她也选用田园风物。例如《雅舍四季》写道:"平生酷爱野原乡,四季风光入我房。瓶内春蒲抽玉翠,篮中夏麦展金黄。仰观秋柿神思远,俯品冬青意蕴长。众物纷呈斗室阔,寸心常有应时香。"装扮作者居室的竟是瓶中的蒲草、篮里的麦穗、枝上的柿子和盆内的冬青。与四季的田园风物为伴,并且面对它们生发幽思,品察其中的蕴意,其崇尚自然的情致可谓高邈。我们中国诗人与西方诗人有所不同,西方诗人心里装的是上帝,他们写诗是向上帝诉说生活体验;中国诗人心里装的是自然,有"天人合一"的理念。他们把自然界当作情感交流的对象,并且认定自己就是其中的一员,即如杜甫所说"一重一掩吾肺腑,山鸟山花吾友于"。那些重叠掩映的山峦就是他的肺腑,那些山鸟山花就是他的朋友。古代诗人还每每在自然界的花草林木中寻找着自己的身影,以确定自己的精神化身。屈原找到了受命不迁的橘树,陶潜找到了高洁孤傲的菊花,杜甫找到了挺节耐苦的竹子,周敦颐找到了出淤泥而不染的莲花,陆游找到了不与群芳为伍的梅花。这就是中国诗歌的艺术传统。亚琳的崇尚自然,是与这个传统一脉相承的。如果要问,她为自己寻找的精神化身是什么?我以为是茶树。因为她多次在诗中赞美茶树。如"人间有嘉木,百鸟不衔花"(《悟茶》),"最爱清馨此君子,不随俗媚染尘埃"(《春日品茗有感》),"结友最缘茶,通神解语花"(《茶缘》),"琼浆饮罢通肌骨,妙送心神入紫冥"(《龙井》),等等。在她看来,茶树是人间嘉木,连百鸟都懂得呵护。

茶树是不媚俗不染尘的君子,是能通禅能解语的仙客,可引导人的心神进入虚无境界。我看她是以茶树作为自己的精神化身了。

　　旧体诗具有严格的格律形式,声律、韵律、对仗是构成格律的三个要素。当今有些作者不懂格律,以为只要写出字数整齐的四句、八句就是旧体诗了;或者不屑于遵守格律,没有认识到句中平仄交替出现以及粘对规则对于实现诗歌音乐美的重要作用。亚琳在格律的坚守上可谓孜孜以求。她不仅掌握了16种平仄格式,而且对于变格律句也能运用自如,这给她的创作带来了便利。选集中近百首诗作全部符合格律,其中有一半作品使用古代"平水韵",另一半作品使用"中华新韵"。使用"平水韵"者在声调上运用古汉语四声,使用"中华新韵"者在声调上运用普通话四声。声与韵相匹配,古韵则古声,今韵则今声,不相混淆。这种"双轨制"的做法在当今的旧体诗坛上是通行的。在旧体诗的对仗方面,亚琳也是严格遵守的,不仅对仗的位置坚守不移,而且对仗的种类多样。有宽对,有工对,有流水对,有借对,等等。这些对仗的句子显示出作者驾驭语言、高度概括生活感受的能力。例如写对白求恩的纪念:"唐水千秋歌义士,太行万仞立丰碑"(《谒白求恩像》);写饮茶的感受:"一壶春露能留客,两腋秋风欲化仙"(《暑日邀友雅舍品茗》);写幼年纺线:"纤手抽来千缕线,车声摇醒五更鸡"(《纺线》);写少年刺绣:"描出云霞梧落凤,绘成江海浪腾龙"(《刺绣》)等。这些联语,无论状物、记事皆形神兼备,气韵生动,历历在目。有几例流水对写得十分出色,"湖畔才看莲藕白,田畦又见稻花黄"(《江南秋韵》),"既有寒泉喷石府,岂无逸兴访云乡"(《走笔初夏与友饮茶龙潭湖》),"晓闻野鸟鸣翠岭,暮送炊烟连彩霞"(《山野拾趣》),"笑览群峰渺,方知万物空"(《忆甲申年十月二十日登黄山》),"未见黄莺和诗句,却闻心曲唱云霞"(《重游桃园感怀》)。流水对是一种特殊对仗,能够克服一般对仗的凝滞,使诗句处于流动状态,在表意的流程中进行对仗,具有独特的审美功效。

　　旧体诗讲究章法,章法就是诗篇的结构法,谋篇布局之法。虽说诗无定法,但唐人的律诗特别是那些登临感怀之作,经常采用"起承转合"的布局。即首联点题,颔联承接写景,颈联转入人事,尾联收结全篇情感。亚琳的一些律诗多采用这种结构,仅举两例。《初夏龙潭即景》:

寻幽不羡仙，览胜有龙潭。泉自洞中响，天从林隙蓝。
渔翁观饵静，童子戏波酣。胜景未能尽，群山隐暮岚。

首联点题，将龙潭与仙境对举，颇见龙潭之胜概。颔联写景，见环境之幽深、奥秘。颈联转入人事，一派悠闲情调，与全诗主旨相合。尾联收结一篇之情感，写晚霞暮霭遮住群山，胜景未能尽览，流连之情得以完美表达。全诗遵循"起承转合"之章法，诗思贯畅。又如《重阳》：

雁飞新谷黄，登岳抱秋阳。云映红叶俏，风传金菊香。
野花环鬓发，心曲绕山梁。助兴何须酒，微醺下翠冈。

首联点题。首句描写重阳节的物候，征雁初飞，新谷变黄，是重阳节的典型景物。次句扣重阳登高之习俗，将河北满城的"抱阳山"拆开组句，有趣味，亦见胸襟。颔联铺陈写景，白云、红叶、清风、金菊，一派爽丽风光，暗将赏菊之俗写入，不露痕迹。颈联转入人事活动描写，野菊插鬓，用杜牧诗意，善于点化。尾联以"微醺"二字总括全篇情感，收得很好。

律诗的句法也是古典诗歌的一个重要范畴。句法包括句式、词语倒置和省略。创作中注意使用这些句法，可以加强旧体诗的韵味。如果完全用2-2-1的句式，完全用现代汉语的主语－谓语－宾语的构句模式，则难免写成顺口溜。亚琳注意到适当使用古典句法，例如"霜皮溜雨干，曲铁系云枝"（《题顺平县桃树》），便是使用了4-1句式，意思是说这里的桃树有霜皮溜雨之树干，有曲铁系云之树枝。"诗篇翎鸟和，心曲桠枝缠"（《桃园春游》），词序作了倒置，正过来的意思是"翎鸟和诗篇，桠枝缠心曲"。篇幅所限，不能广举例句。毫无疑问，作者在造句方面是下了大功夫的，其苦心经营的程度可以想见。

最后说说我对亚琳诗作的点评。点评包括题旨分析、篇章结构分析、对仗品鉴、平仄格式及声律韵律审视等几个方面。诗无达诂，见仁见智，我的见解不一定符合作品的原意，仅供作者和读者参考，作为引玉之砖或许能够将话题引向深入，期待方家的指正。

2012年5月5日于河北大学紫园
（《碧花又绽满帘青》，大家良友书局，2012年）

《古莲花池碑文精选》序

保定古莲花池是一座具有近八百年历史的古典园林，1988年入选中国《十大名园》一书，现为国家重点文物保护单位。同其他名园相比，古莲花池的一大特色是拥有为数众多的古代碑刻，构成一道历史积淀厚重的人文景观。究其成因，与两件大事有直接关系。其一是古莲花池曾一度作为行宫。清乾隆十年（1745），为迎接次年皇帝巡幸五台山，保定使馆改为莲池行宫。自乾隆十四年（1749）始，新任直隶总督方观承对莲池行宫进行大规模的改建，增添"十二景"。此后，乾隆、嘉庆二帝多次来此驻跸。帝王巡幸所至，文墨之事自不可缺，刻石纪念，势在必行。其二是古莲花池曾作为书院之所。清雍正十一年（1733）正月，皇帝颁旨要求各省建立书院，且拨款白银各千两，作为各省建立书院的专项资金。时任直隶总督李卫奉旨建立书院，他见莲池"林泉幽邃，云物苍然，于士子读书为宜"，故将书院选定在其中。当年九月，莲池书院落成，成为直隶省的最高学府。出任学院院长的都是学识渊博、威望崇高的学者。光绪四年（1878），黄彭年第二次出任院长，在任期间开设了学古堂，讲授古学和考据训诂之学，并号召学生博搜金石，以资考证。从此，莲池书院成为搜集和保护古代碑刻的场所，彰显出浓郁的学术氛围和办学特色。从现存于园内的碑刻来看，有相当一部分是由外地移入的。上述二事，使得古莲花池内碑刻林立，为后人留下一笔丰厚的文化遗产。这些碑刻承载着史学、经学、文学、书学等诸多方面的重要信息，是研究民族历史文化的珍贵的第一手资料。

碑刻如昨，而时代变迁，语境也随之发生巨大改变。今日游人面对这些碑刻文字，每每疑云在眼，不晓其意，求知之心，必定随之而生。柴汝新、苏禄煊二君，晓察人情，承担此任，经数年不懈努力，终于写成《古莲花池碑文精选》一书，为诠释此园碑刻作出重要贡献。

　　该书一个显著的长处是编写细致。这从它的体例可以看出。著者对于内容复杂的众多碑刻进行分门别类，首先按照时间顺序分为"园中旧藏碑刻"和"近现代新增碑刻"两大部分。然后对每个部分的碑刻依其内容不同再作出分类。将"园中旧藏碑刻"分为清朝皇帝御书碑刻、莲池书院法帖刻石、莲池历代修建碑记、咏莲池行宫十二景诗碑刻、其他旧藏碑刻五个小类。将"近现代新增碑刻"分为移入历代碑刻、当代碑刻两个小类。如此划分门类，便使纷繁复杂的园内碑刻变得山明水清，眉目昭然，便于读者进行文字阅读和实物考察。对于每一件碑刻的整理则分为四个层面：一是介绍其基本情况，包括文字作者或书写者简况、内容提要、碑刻来历、书体识别、碑石尺寸、存放地点等；二是展示碑刻的清晰图片（全部或局部），给读者以具象认识；三是录其文字，加以标点；四是对碑刻文字作出确切的注释。可以说，这是对碑刻的全方位整理，无所遗漏，表现出著者周密的思维和尽心竭力的工作精神。

　　该书又一个显著的长处是注释详尽而准确。古莲花池内的众多碑刻，从古至今无人作过系统的大规模的整理，原因自然是操持艰难。这些诗文均用古代汉语的句法和词汇写成，与现代汉语的语法和词汇存有很大的距离。而且，汉语词汇的一词多义性，更是考验注释者的"火炉"，一词在眼，其意为何，抉择之功，赖于学力。若无坚实的古文基础、阅读能力，以及整理古籍的经验，是难以胜任的。我曾经参与注释过曲阳北岳庙的碑刻和西陵碑刻，深知此项工作的艰辛，有时为了注释一个词语而徘徊数日，茶饭无心，乃至长夜失眠。个中之辛劳与苦恼，非亲历者难以领略。有鉴于此，当柴、苏二君持稿前来寒舍，邀请作序，我当即并未应许，只说看看再定。数日细读之后，快意油然而生，二君之学问功底已得知矣。书稿详细注释了较为生僻的词语，有时还对整句的意思作出讲解，务使读者通晓文意。不妨随手举出一例：

　　乾隆"菲史枕经"碑，诗云："菲史枕经正务宜，余闲亦弗碍拈诗。司空廿四品言尽，视此春晴日午时。"菲史枕经，各种汉语词典均无此词条，著者注释说："菲史枕经，意思是把经书史籍作为垫子、枕头用。形容沉迷于经史。莸，垫子。"这种解释是十分恰当的。对尾联的解释说："司空图用二十四品把诗的风格说全了，这个春午坡春晴日午时分烂漫多彩的景象可以相比拟。"其对全句内容的讲解完全正确。可以想见，著者下了许多斟酌功夫，所付出的心血自不待言。

对于所书的诗文，著者也时有校勘之举。例如，对康熙所临苏轼书写的唐人李频《湖口送友人》一诗，录文如下："中流欲暮见湘烟，岸苇无穷接楚天。去雁远冲云梦泽，行人独上洞庭船。风波尽日依山转，星汉通宵向水悬。零落梅花又残腊，故园归去正新年。"在注释中，著者依据《全唐诗》，对其中出现的异字作出校勘，"楚天：据《全唐诗》，'楚天'一作'楚田'。云梦泽：据《全唐诗》，'云梦泽'一作'云梦雪'。行人：《全唐诗》为'离人'。向水悬：《全唐诗》为'向水连'。又残腊：《全唐诗》为'过残腊'。故园归去正新年：《全唐诗》作'故园归醉及新年'，又作'故园归去醉新年'，又作'故园归去又新年'"。著者如此细致地校勘，使该书具有较为浓厚的学术味道。

《古莲花池碑文精选》是一部拓荒式的著述，筚路蓝缕，功实为大。虽说它是为一般读者解除阅读困惑而著，但也为研究古莲花池文化的学者奠定了一个较为扎实的基石。我为柴、苏二君的耕耘成果感到高兴。如果说这部著述还有可待增色的余地，我以为尚需在诗文的内容分析和艺术鉴赏方面加些笔墨。

2012年5月18日于河北大学紫园
(《古莲花池碑文精选》，河北大学出版社，2012年)

《诗话易水:古易水咏史诗整理与研究》序

易水,河北省保定市易县境内的一条小河,其长不过130公里。在幅员辽阔、江河众多的中华版图上,几乎找不到它的身影。然而,由于它所处的特殊地域以及流域两岸涌现出的著名历史人物故事和由此衍生出的文化精神,使得它的声名卓著于中华历史典籍,成为燕赵文化精神之源头,为华夏文明奠定了坚实的基础。

易水文化精神究竟包括哪些质性特征?刘玲娣等所著的《诗话易水:古易水咏史诗整理与研究》一书,以古易水咏史诗为材料,通过周密、系统而深入的研究,作出了清晰的结论,即:勤劳质朴、任侠勇义、礼贤重士、慷慨守信、兼容淳厚。这些结论之所以令人觉得可信,是由于本书具有以下几个方面的长处。

一是以诗证史,取材妥当,方法正确。诗歌可不可以当作研究地域文化的史料?答案是肯定的。以《诗经》为先导的中国诗歌开创了现实主义的创作方法,而现实主义的创作方法一直是中国古典诗歌的主流。诗坛倡导"真善美",真实地反映社会生活是诗歌审美的首要标准。故孔子论诗歌的功用有"兴、观、群、怨"之说,其中的"观"就是认为诗歌具有用来观察和认识社会的功能。清代学者钱谦益注释杜诗,即采用诗史互证的方法,"形成了一种较为完整的诗史互证的体系"(周勋初《〈钱注杜诗与诗史互证方法〉序》)。现代著名史学家陈寅恪采用以诗证史的研究方法,取得了丰硕的成果,他说:"一时代之学术,必有其新材料与新问题。取用此材料,以研求问题,则为此时代学术之新潮流。"(陈寅恪《〈敦煌劫余录〉序》)后人称杜诗为"诗史",即是对诗歌与史实密切关联的认识。而咏史诗更是诗学与史学相结合的产物,其中蕴含着作者对历史的深刻思考。本书以古易水咏史诗来研究易水历史文化，取材是妥当的，研究方法是正确的。

二是占有材料充实，文本校勘严谨。这对于学术研究来说是至关重要的。清代朴学注重于资料的收集和证据的罗列，提出"无信不征""孤证不为定说"等主张，务必使所作的结论铁证如山，千载之后亦不颓倒。这种治学风格于有清一代学术繁荣功劳为大。本书编著者继承了这种治学作风，在收集诗歌资料上下了大功夫，囊括了中华书局出版的《全唐诗》、《全宋词》、《乐府诗集》、顾嗣立《元诗选》、沈德潜《清诗别裁集》、朱彝尊《明诗综》，上海古籍出版社出版的影印文渊阁《四库全书》、袁中道著钱伯城点校的《珂雪斋集》、陈子龙著施蛰存马祖熙标校的《陈子龙诗集》、夏完淳著白坚笺校的《夏完淳集笺校》、朱彝尊《腾笑集》、《徐渭集》、《郑板桥集》、蒋士铨著邵海清校李梦生笺的《忠雅堂集校笺》、袁枚著周本淳标校的《小仓山房诗文集》、顾炎武著王蘧常辑注吴丕绩标校的《顾亭林诗集汇注》、钱谦益著钱曾笺注钱仲联标校的《钱牧斋全集》，以及北京大学出版社出版的傅璇琮等主编的《全宋诗》，人民文学出版社出版的元好问著施国祁注的《元遗山诗集笺注》，等等。笔者详细罗列这些书目，意在说明该书编著者在搜集诗歌上付出的巨大而辛苦的劳动，同时也在强调编著者是以权威版本作为诗歌文本的底本，这是很重要的。编著者又取用《中国地方志集成·河北府县志辑》作为参校本，这就在最大程度上保证了诗歌文本的可信性。编著者从这些版本中广博地收集有关古易水咏史诗作，从中遴选出 320 位诗人的 531 首诗歌作为研究对象，其中咏易水诗作 143 首，咏黄帝、唐尧诗作 54 首，咏燕昭王、黄金台诗作近 180 首，咏荆轲、高渐离诗作 112 首，咏清虚山诗作 42 首。这就为此后的研究工作提供了充实的资料，为结论的科学性奠定了基础。当今有些青年人寻到一两条资料，便以为证据在手，匆忙作出结论，是不可取的。

三是诗歌解读详细，板块设计精密，理性归纳顺达。该书对所选 531 首诗歌作出较为详细的注释，对诗中出现的人名、地名、典故以及较为生僻的词语等作出尽可能完备的解说，力求通过这一环节揭示诗中的意旨。在此基础上，该书根据题材和诗旨将这些诗歌进行科学的划分，设计成五个板块：一是易水原始文化；二是黄帝、唐尧为代表的帝王文化；三是燕昭王、黄金台所代表的礼贤文化；四是荆轲为代表的勇义文化；五是清虚山道教文化。这五个板块对应着易水文化精神的五项内涵，这种精心的板块设计建立起本书的稳固框架，使易水文化精神得以清晰地揭示。除此之外，编著者还做了两项重要的工作：一是在每个板块之前，对本板块所系诗歌内容作出导读，提炼其精神要义，以期纲举目张；二是对每一个板块所系诗歌以历史年代为序进行排列，意在说明此种文化精神的历史传承，这一点尤其重要，因为短期内出现的某种文化现象是不能作为地域文化精神加以确定的。正是由于上述这些努力的研究，本书完成了预期目的。

　　本书除了以上三点长处，还有一些值得肯定，例如行文流畅、富于文采、叙述简洁、说理明晰等，作为一部学术著作表现出独特的风格。

　　以诗歌为材料对易水文化精神进行系统深入的研究，本书首辟蹊径。其资料之收集整理、诗旨之辨析、理性之归纳，均属拓荒之举。褴褛筚路，其苦可想，其诚可嘉。值其付梓之际，欣然受命，浅备数言，权以为序。

2014 年 10 月 2 日于河北大学紫园

（《诗话易水：古易水咏史诗整理与研究》，河北大学出版社，2014 年）

《史记》研究的新视野
——读《〈史记〉中的河北人物研究》

保定学院刘玲娣教授等所著《〈史记〉中的河北人物研究》，是一部从文化地理学角度，将地方志、考古资料、历史地理等文献史料与史籍相结合，较为系统地研究《史记》中河北人物的专著，具有鲜明的地域文化特色。读后感觉有两点值得肯定：一是研究角度新颖，二是研究方法较为独特。在浩如烟海的《史记》研究专著中，称得上是后出转新的著述。

一、研究角度新

作者对所研究的内容，不因袭前说，有一定的思考与见地。从地域角度研究《史记》中的河北人物，在河北学界尚处于领先地位，在全国同类研究中也处于前列。

地域文化是不同区域间相区别的标志性符号，地域文化积淀的厚度决定着其文明程度的高低，也决定着该地域人的整体素质，乃至政治、经济、文化发展的进程、方向与未来。河北历史悠久，从考古发掘看，早在八千年前，这里就有人类繁衍生息。传说中的黄帝、炎帝、唐尧，都曾在这里生活过，可谓"古帝都之域"。河北也是春秋、战国及秦汉时代古燕国、代国、鲜虞国、中山国、邢国、赵国等诸侯国政权所在地，文化底蕴深厚。河北地理位置独特，处于华北平原与西、北各少数民族相交接处，草原文化与农耕文化的不断冲突与交融，形成了刚健质朴、任侠慷慨的文化特征，并由此孕育了具有豪迈品格与英雄气概的英雄豪俊，乃至巾帼之杰。《史记》112篇写人作品中，性格鲜明者100多个，河北多达30余人，不仅数目可观，且不乏卓越超拔、风流冠世者。《〈史记〉中的河北人物研究》遴选其中最有影响的29位作为研究对象，就人物的生平足迹、历史贡献、社会地位与历史影响等展开论述，突出地域文化对于人物性格形成与发展的重要意义，揭示其功绩与影响。

全书分为六个部分：君王之尊，明卿贤相，沙场枭雄，鸿儒高士，汉宫巾帼，商业名流。这些生于河北的历史人物，有许多是大家熟悉的，本难出新。但本书作者没有因袭前说，就一些大家熟悉的问题提出自己的新看法，有些见解颇有见地。如论赵武灵王指出："锐意改革，与时俱进，善于驾驭复杂政治局面，不为世俗所累是其所长；惑于内属，用人失察，尤其晚年将政治与亲情搅在一起，最终断送一切。"国君是国家的一面旗帜，君王雄奇无畏，大智大勇，可以振奋整个民族精神，正是梁启超所谓"一二英雄，以右武精神鼓舞而左右之，举国靡然"。在论石奋父子的谨言慎行时指出："此等官吏，与石庆们一样，除了小心谨慎、阿谀承意外，一无所能，虽然不曾张牙舞爪拨弄是非害国害民，也于国于民无贡献可言，纯属尸位素餐！"可谓一针见血。

关于女性参政，由来已久，从汉代吕后到清代慈禧，多为后人所诟病，但作者却就此提出自己的看法。比如汉武帝因为想让幼子（昭帝刘弗陵）即位，便寻隙杀死昭帝生母钩弋夫人，还振振有词地向下属解释说："往古国家所以乱也，由主少母壮也。女主独居骄蹇，淫乱自恣，莫能禁也。女不闻吕后邪？"本书作者不无愤慨地指出"幼主继统日，生母离世时"实荒谬至极。就此问题有一段颇有思考的论述："历代的后宫，上演着永不闭幕的母宠子贵之悲喜剧，仅汉代前期而言，司马迁笔下就有吕后、戚夫人、薄姬、窦后、栗姬、王皇后、卫皇后等等，她们使出浑身解数，争取一席之地，自己的青春与生命，便在这种争斗中悄然而逝。后人往往对此大加诟病，斥责她们争权夺势，甚至祸乱朝宫，不惜把'祸水'的脏水泼向她们。其实，仔细想想，她们真正为自身争权的有几人？在男权主宰政坛背景下，留给女人，尤其是那些以色侍君的女人多少争夺空间？他们充其量是为自己的子孙争得一席之地，从而给自己培植一棵可以乘凉的大树而已。"从中可以看出作者对社会问题的思考，是具有一定的眼光和深度的。

二、研究方法有一定突破

作者在《史记》传统文本研究的基础上，成功运用文化地理学的研究方法和手段，将地方志、考古资料、历史地理等文献史料与史籍相结合，在系统研究《史记》中的河北人物的历史功绩之同时，也对某些史上有争议的问题，认真爬梳相关史料，仔细辨析，翔实考证，最终得出信而有据的结论。这不仅拓宽了研究视野，也提供了一种新的方法和思路，具有一定的科学性与创新精神。比如对《史记》中赵国"陉城"及其相关史实的考证。司马迁《史记·田叔列传》云："田叔者，赵陉城人也。"关于陉城，唐代司马贞《史记索隐》曰："县名也，属中山。"南朝裴骃《史记集解》引徐广说："陉城，县名也。"唐代张守节《史记正义》说："今定州也。"清代钱大昕说："《史记》云陉城今在中山国。考《地理志》中山有苦陉，有陆成，无陉城县也。"钱穆说："在今河北蠡县南。"清代全祖望《汉书地理志稽疑》解释中山国"陆成"县说："当作'陉城'，以中山之苦陉得名，误作'陆'。"

司马迁所谓赵国陉城，三家注及其后代学者注引不一，但多认同"陉城"在汉中山国。本书作者从中山国立国溯源，就相关历史文献资料对两汉之中山国的行政区划、地理沿革等进行认真爬梳，参照《史记·建元以来王子侯者年表》、《汉书·地理志》、《汉书·王子侯表》、魏郦道元《水经注》、宋欧阳忞《舆地广记》、《光绪蠡县志》、《民国定县志》、《民国重修无极县志》等历史资料，对这一问题——辨析，发现司马迁所云"陉城"有误，当为"苦陉"，即今保定市定州最南端，与石家庄之无极县接壤的"邢邑镇"，勘正了司马迁及历代学者在这一问题上的失误与模糊之处。由于考证有据，得到《史记》研究有关专家的认可。这是学术研究中最为难能可贵的求实精神，具有拾遗补阙的意义，值得推重。中国《史记》研究会名誉会长，北京师范大学教授、博士生导师韩兆琦先生对此给予充分肯定："由于这些地方元素的融入，使历史人物的形象更加丰满，使这本著述的可读性更为加强了;此外又因为此书在写作过程中使用了不少地方历史文献,对古代典籍中一些有争议的或模糊的问题进行了相应的考察与论证,从而使该书也具有一定的学术价值。"

在中国传统文化之国学精品中,《史记》是无与伦比的百科全书,博大精深,地负海涵。作者在本书的"附篇"中谈了司马迁对河北风俗、河北艺术及其风土人情的描写。我们希望本书作者对此能够作进一步研究,努力发掘河北深厚的历史文化宝藏,为河北的文化建设贡献一份力量。

批判继承、推陈出新的光辉典范
——学习毛主席诗词笔记

毛主席根据历史唯物主义观点,指出"中国现时的新文化也是从古代的旧文化发展而来"的,因此,"我们必须继承一切优秀的文学艺术遗产,批判地吸收其中一切有益的东西,作为我们从此时此地的人民生活中的文学艺术原料创造作品时候的借鉴"。毛主席的诗词就是在以革命斗争为创作源泉的前提下批判继承一切优秀文学遗产的伟大实践。毛主席博览古典文学的群芳,集文坛艺术明珠于胸腑,根据马克思主义的立场、观点加以改造,而后驱于笔端,为开拓自己独特的无产阶级诗歌意境服务。翻开毛主席诗词可以看到:历史典故、古代寓言和神话都显示了新的生命力,前人的诗句和民谣亦放射出新的光辉,传统的题材也获得了新的命意。毛主席诗词确为推陈出新的光辉典范。

一、历史典故、古代寓言和神话的灵活运用

用典是旧体诗词常见的修辞手法。这是因为这种文学体裁要求语言异常精练,要以短小的篇幅表现丰富的思想内容,而历史典故本身都有一段故事,诗人在诗句中只要把典故稍提一下,这个典故就会带着它所包含的故事、人物形象、感情色彩等一齐出现在读者面前,于是便造就了诗的含蓄和凝练。典故有如此妙用,却还有个善用与否的问题,不善用典者,"填书塞典,满纸死气"(袁枚《随园诗话》),向来为诗家所忌。毛主席善于用典,他能够灵活运用那些为群众所熟知的有一定生命力的典故,来抒

情言态，阐明事理，为现实斗争服务。在《七律·人民解放军占领南京》这首诗中，"不可沽名学霸王"一句即用了楚汉之争时项羽因沽名钓誉而惨遭失败的典故，来告诫全党全军必须乘胜追敌，把革命进行到底。项羽是秦末一支起义军的领袖，秦王朝灭亡以后，他与另一支起义军的领袖刘邦相抗衡，当时他拥有强大的兵力，本来可以打败刘邦拥有天下，但他沽名钓誉，贻误战机，在鸿门宴上，拒绝谋士的建议，以所谓"仁义"之怀放走刘邦，任刘邦积蓄力量，最终被围困垓下，仓皇逃至乌江，自刎身死。在历史上，项羽代表的是没落的奴隶主贵族势力，他的对立面刘邦代表的是进步的封建地主阶级。而今天，人民的对立面蒋介石代表的则是官僚买办资产阶级，我们对蒋介石的斗争自然不同于项羽对刘邦的斗争，但项羽的失败确实说明了沽名钓誉的危害，这种历史教训在中国革命处于转折关头尤其值得重视，因为在人民解放军即将解放南京的关键时刻，确实有一批"自由主义人士"主张划江为界，说这样才"合国情"，才"伟大"。如果依了他们，势必给蒋介石以喘息之机，有朝一日卷土重来。毛主席针锋相对，坚决追穷寇，把革命进行到底。他暂时撇开刘项之争的谁是谁非，活用这个典故，以项羽的惨痛教训向全党全军敲响了历史的警钟，从而武装了革命人民的思想。在《渔家傲·反第二次大"围剿"》这首词中，毛主席还灵活运用了"飞将军"的典故（"飞将军自重霄入"）。据《史记·李将军列传》记载："广居右北平，匈奴闻之，号曰汉之飞将军。"李广是汉朝的名将，以骁勇善战使匈奴折服，他的事迹在人民群众中广泛流传，比如射石一事就很典型，有一次李广去打猎，发现草丛中蹲着一只虎，便搭箭弯弓，运足力气射去，等第二天去看时，原来是一块石头，箭已射进石头里去了，可见他具有多大的胆量和力气。毛主席把红军战士比为李广，这就生动地写出了红军的英勇气魄，我们看到，毛主席运用这个典故是很灵活的，史书上记载的李广并无"自重霄入"一节，主席用典而不拘于典，把典故与现实巧妙地结合起来。据史料记载，第二次反"围剿"中，我红军首先埋伏在白云山顶上，不动声色，严密封锁消息，"看到敌二十八师和四十七师"的"大部人马已钻进口袋"，"在一声炮响下，步枪、机关枪齐发，山鸣谷应，响彻云霄"，红军战士自山顶冲下，犹如从天而降，把敌人打得落花流水。由于用典与叙今融成一片，古今浑然一体，结合得天衣无缝，大大增强了词篇的表达力和感染力。

毛主席用典灵活而且严谨，在 42 首诗词当中，用典不是很多，绝无某些古典诗词用典过密的现象（如南宋词人辛弃疾用典过密被人称为"掉书袋"），这就使得他的作品既有高度的表达力又通俗易懂，在群众中广为流传，这些都是值得认真研究和总结的。

毛主席诗词中还灵活地运用了一些神话故事，诸如头触不周山的共工，月宫的吴刚、嫦娥，天河畔的牛郎，九嶷山上的帝子，巫山神女以及《西游记》里的人物形象，等等。真是天上地下，五彩缤纷，造就了浓郁的浪漫主义色彩。这些神话故事都被主席注进了新的血液，闪耀着强烈的时代精神，从而有效地抒发了他的革命情怀。《蝶恋花·答李淑一》这首词借用了月宫的吴刚和嫦娥的神话故事。传说中的吴刚是因学仙有过而被流放到月宫里砍桂树的，这棵桂树随砍随合，总也砍不断，着实令人苦恼。而嫦娥则是因为不满丈夫后羿的行为而偷吃了不死之药，成了仙奔入月宫的，广寒宫里，只身独处，未免寂寞凄凉。一个苦恼，一个寂寞，是这两个艺术形象的特点。毛主席驰骋他的想象，对这两个形象进行了再创造。他写道，当杨柳二烈士的忠魂升入九重天以后，苦恼多年的吴刚，精神为之一抖，兴高采烈捧来桂花酒欢迎烈士。而长期寂寞的嫦娥，心情为之一振，以万里长空为舞台为忠魂献舞。此时此刻，这两个形象一改自古以来的老样子，洋溢出一片欣喜之情，这就从侧面写出了杨柳二烈士的可钦可佩，抒发了主席对革命战友的赞颂之情。《七律·和郭沫若同志》这首诗则是借用《西游记》的神话故事为现实斗争服务的。诗中提到的孙悟空、白骨精和唐僧原是《西游记》中的三个艺术形象，但他们已经有了新的思想内涵。孙悟空的智勇、白骨精的奸伪、唐僧的愚昧，已经分别作为当代马克思主义者、修正主义者和不分是非的政治庸人的性格而出现了。主席点铁成金，把神话中的艺术形象以及他们之间的你死我活的斗争比作当代国际共运中的各派政治力量和他们之间的尖锐复杂的斗争，意义深刻而表达浅显。短短一首诗，让人一看即明，而又回味无穷，在鲜明生动的艺术形象的享受中，受到铭心刻骨的反修思想教育。

毛主席还善于把古代寓言创造性地引入诗篇，用这种经过加工改造的故事来深刻地反映现实生活。《念奴娇·鸟儿问答》这首词中鲲鹏和蓬间雀的故事是从《庄子·逍遥游》中借用的。《庄子·逍遥游》中，写了一个背"不知其几千里也""其翼若垂天之云"的鲲鹏，还有一个寄身蓬蒿丛中、飞"不过数仞"之高的斥鷃。在庄子笔下，斥鷃渺小而不善飞，固然可悲；鲲鹏虽无比巨大，但它的飞翔也须"海运则将徙于南冥"，"去以六月息者也"，就是说，鲲鹏须要等待六月海水翻动、海风呼啸时，才能凭借风力翱翔高空，飞往南海，不是随意想飞就飞的。庄子写这个寓言故事意在惋惜世间没有绝对自由，而这种超时间、超空间的绝对自由是根本不存在的，庄子的惋惜和悲观反映的是一种唯心主义思想。毛主席以高超的艺术匠心，对这个寓言故事进行了由思想内容到艺术形象的再创造：一是取用原故事的鲲鹏和斥鷃大小高低等形象的强烈对比，把本来不是处于对立地位的两个形象变成完全对立的两个形象，分别让它们象征马克思主义者和修正主义者。二是重新设计了两个形象的背景，把它们放在"炮火连天，弹痕遍地"的典型环境中来展示它们的不同性格，通过它们对于革命战争的不同态度来反映马克思主义者与修正主义者在暴力革命问题上的重大分歧。三是丰满了旧鲲鹏的形象，取消了原故事中关于鲲鹏待海风吹举才能飞翔的被动局面，把它变成自身主动飞翔、巨大的翅膀卷起漫天风暴的形象。经过这一番扬弃，旧寓言故事获得了新的生命力，旧形象闪耀出时代的光彩，生动而深刻地反映了国际共运两条路线斗争的重大主题。

主席善于灵活运用旧寓言故事及其形象，他能像庖丁解牛一样在旧故事旧形象中游刃有余。他善于分析这些旧故事旧形象的各个侧面，机敏地抓住某个侧面来为表达特定的主题思想服务。就以鲲鹏而论，《念奴娇·鸟儿问答》以鲲鹏比喻马克思主义者，而在《蝶恋花·从汀州向长沙》这首词中，则又以鲲鹏比喻蒋介石反动派。按说，马克思主义者与蒋介石反动派不是根本对立的吗？怎能用同一事物来比喻呢？我们说，这里正足以见出主席使用旧形象的灵活性，也足以见出他全面地观察事物的辩证思想。本来，世界上的每一事物都具有多方面的特点，鲲鹏也是这样。它有搏击风云、刚劲有力的一面，用它来比喻叱咤风云的马克思主义者固然恰当；但它还有庞大剽悍的一面，所以用它比喻暂时处于优势的蒋介石反动派也堪称精确。同时，我们还应注意，这里的鲲鹏的对立面已不再是蓬间雀了，它的对立面是"天兵"——工农武装红军。鲲鹏虽大，工农武装红军也要用"万丈长缨"把它缚住,其英雄气魄可谓弥天!总之,对于旧故事旧形象,或删或增,唯我之需,用头用足,因我之便。这充分表现出毛主席对于古典文学的批判继承、推陈出新的创造精神。

二、前人诗句和民谣的巧妙点化

文学的每朵浪花都承前启后、继往开来地处在历史的长河里。毛主席诗词同样也与古典诗词息息相关。清代刘开在《与阮芸台宫保论文书》中说得很精辟,他说,文学史上的任何一部巨著,"非出于一人之心思才力为之,乃合千古之心思才力变而出之者也。非尽百家之美,不能成一人之奇,非取法至高之境,不能开独造之域"。[1] 这种观点可以在毛主席诗词中找到确凿的佐证。毛主席博览古典诗词,兼收百家之美,他善于点化前人的诗句,熔铸自己的诗章,开拓新的意境。他的诗词明显地点化前人诗句就有二十余处之多,涉及的前人也很广,有著名诗人宋玉、李白、杜甫、李贺、温庭筠、韩愈、岑参、贾岛、谭用之、辛弃疾等。从形式上看,大体有三种类型。第一种类型是一字不动地借用,如《七律·人民解放军占领南京》一诗中的"天若有情天亦老"出自李贺《金铜仙人辞汉歌》,《七律·吊罗荣桓同志》一诗中的"记得当年草上飞"一句出自黄巢《自题像》,《十六字令三首》一词中的"离天三尺三"出自民谣"上有骷髅山,下有八面山,离天三尺三"。第二种类型是在前人诗句中换了一两个字,如《七律·答友人》一诗中的"我欲因之梦寥廓"是变化李白《梦游天姥吟留别》诗中"我欲因之梦吴越"而成,《菩萨蛮·大柏地》一词中的"雨后复斜阳"是变化温庭筠《菩萨蛮》词中"雨后却斜阳"而成。第三种类型是缩短前人诗句,如《满江红·和郭沫若同志》一词中的"蚍蜉撼树谈何易",是把韩愈《调张籍》诗中两句"蚍蜉撼大树,可笑不自量"压缩得来的;而这首词中的"正西风落叶下长安",是把贾岛《忆江上吴处士》诗中两句"秋风生渭水,落叶满长安"压缩而成的。

---

[1] 郭绍虞《中国历代文论选》下册,中华书局,1963年,第286页。

从内容上看，大体也有三种类型。第一种类型是借用原意，如《贺新郎·别友》词中"挥手从兹去"一句出自李白《送友人》诗中的"挥手自兹去"，两句都是状写别情的，表现的都是亲故之间离别时依依不舍的情感。《十六字令三首》中的"离天三尺三"与原来民谣的"离天三尺三"意思也相同，都是夸张山的高险。这种完全借用原意的情况在主席诗词中不多见。第二种类型是反用原意，如《水调歌头·游泳》词中的"才饮长沙水，又食武昌鱼"两句，化自三国时吴国民谣"宁饮建业水，不食武昌鱼"，当时，吴主孙皓把国都从建业（今南京）迁到武昌，一些官僚地主和富裕阶层不愿迁都，于是编出这两句歌谣，意思是说，宁可在建业喝水活着，也不去武昌吃那美味的鱼，表现的是一种"安土重迁"的封建保守思想。毛主席改动了几个字，一反原意，表现出四海为家的阔大襟怀，传达了主席风尘仆仆巡视祖国各地而又轻松愉快的神态。《蝶恋花·从汀州向长沙》词中"狂飙为我从天落"，是反用了杜甫《乾元中寓居同谷县作歌七首》之一的"悲风为我从天来"的诗意。原诗写诗人在动乱的年代远离故乡到同谷县寓居，为生活所迫，每天不得不去深山野谷拾橡栗充饥，腹中无食，天又那么冷，手脚都被冻裂了，诗人不禁感慨悲歌，吟咏之际，觉得苍天亦为之沉痛，悲凉的风从天落下，与自己的悲吟相唱和。给自然界的风以人的感情，这是拟人化手法，主席取用了这种方法，而把"悲风"改作"狂飙"，弃去了原句的凄凉意味，用"狂飙为我从天落"状写工农红军行军阵容的豪迈，以及战士高唱国际歌所产生的山鸣谷应的壮阔情景。这首词写工农红军从汀州向长沙进军途中，发动土地革命，开辟农村革命根据地，唤起百万工农踊跃参加革命，壮大了工农武装，红军战士们群情振奋，高唱国际歌，阔步前进，雄浑的歌声震天动地，主席由此驰骋他的想象，他觉得苍天大地也似乎加入了这大合唱，遒劲的飙风也从天上急趋而落，猛烈的风声与雄壮的国际歌声融合在一起，形成了一股旋转乾坤的力量。我们看到，点化以后的诗句意味与原句意味截然相反了。它不再是凄苦孤寂，而是昂扬奋发，壮怀激烈。第三种类型是扩大原句的意境，深化原句的内涵。如《贺新郎·读史》这首词中"人世难逢开口笑"一句，见于杜牧《九日齐山登高》，原句为"尘世难逢开口笑"，意思是说人生在世，忧虑多于欢欣，难得有开口说笑的时候。《庄子·盗跖》篇说：

"人上寿百岁,中寿八十,下寿六十,除病瘐死丧忧患,其中开口而笑者,一月之中不过四五日而已矣。"杜牧把庄子这段话凝缩为一句诗,应该说,它对人生具有一定的概括力,"生于忧患,死于安乐",大体如此。但这句诗结合原作来看思想意义有很大局限性:第一,它是诗人对个人生活遭遇的总结和对人生泛泛的朦胧的认识(尽管也有一定的典型意义);第二,情绪是消极的,颓废的,无可奈何的。毛主席对这句诗作了点化,深化了它的内涵:第一,用它对整个阶级社会进行科学概括,认为整个阶级社会充满尖锐激烈的阶级斗争,各阶级之间,由于基本利益相冲突,总是以武力和战争相较量,"上疆场彼此弯弓月,流遍了,郊原血";第二,情绪是积极的,主席认为,人类社会就是在新的生产力与旧的生产关系的矛盾中发展、进步的,正是由于代表新的生产力的革命阶级与维护旧的生产关系的反动阶级弯弓相对,在战争中打破旧的生产关系,社会才能获得前进。经此点化,原句思想意义由对人世朦胧的认识飞跃为清醒的马克思主义的世界观,大大增强了概括力和战斗性。《水调歌头·重上井冈山》词中"可上九天揽月"一句,是点化李白《宣州谢朓楼饯别校书叔云》诗中"欲上青天揽明月"而成的。李白的这首诗是为李云饯别时写的,诗歌赞誉李云和自己的诗"俱怀逸兴壮思飞",二人的诗思飞扬,纵横天宇,简直要登上青天摘采明月。李白的这句诗仅仅是夸张诗思的壮阔,而毛主席的"可上九天揽月"一句概括的则是中国人民上天入地、无远弗届的英雄气概和无限的智慧与力量。李白的这句诗仅仅表现了一种向往,毛主席则进一步把向往升华为现实,变"欲上"为"可上",从而开阔了原来的境界,加强了感染力。

  毛主席借用前人诗句,无论是反用原意,还是深化原意,都作到了诗意创新。这是他的作品能够成为旧体诗词艺术高峰的一个重要原因。这种创新精神也是古人一再强调和追求的,南宋诗人陆游就曾说过"文章切忌参死句",黄庭坚也说"文章最忌随人后",都是反对那种照搬前人原意而无个人创新的做法,清朝叶燮也曾讲过"学诗者不可忽略古人,亦不可附会古人"的话,"若无新变,不能代雄"——萧子显说得更果断了。[1]古代

---

[1] 以上引文均见《中国历代文论选》下册,中华书局,1963年,第169页。

诗人本着这种精神创作自己的诗章，但由于阶级和时代的局限，其立意远不如毛主席高。立意的高低，不是闭门苦思而产生的，它是与时代和诗人的性格相联系的。马克思主义的世界观，高度的革命热忱，广阔的胸襟，坚实的革命斗争生活和精微的洞察力，这是毛主席诗句具有高度立意的先决条件。

三、传统题材的诗意革新

毛主席不仅能对前人诗句点化创新，而且善于革新传统题材的诗意，用旧题材表现无产阶级的革命情怀。

黄鹤楼是被前人反复吟咏的题材了。古人登临黄鹤楼，常常借鹤去楼空的氛围抒发自己的感受，有的是因寄居流寓而动乡关之思，如崔颢的《黄鹤楼》；有的是送别亲故而抒迷离怅惘之情，如李白的《黄鹤楼送孟浩然之广陵》；等等。其他著名诗人如王维、孟浩然、杜牧、贾岛、白居易、苏轼等都运用这个题材写过诗。这些诗篇不过是围绕个人身世而作，唯独毛主席能一改此题旧旨，在《菩萨蛮·黄鹤楼》这首词中，借黄鹤楼周围的山水风物（茫茫的江水、沉沉的铁路、莽苍苍的烟雨、紧锁大江的龟蛇二山）和它的故事（黄鹤远飞，空留旧地）来抒发大革命失败前夕的忧郁、焦急以及再接再厉、胜利可期的情怀，开拓出富于时代精神和革命色彩的感人至深的艺术境界。

重阳节也是古人吟咏千遍的旧题材。重阳是农历九月九日，时令已临深秋，触景生情，古人往往赋予这个节日以凄凉的色调。有的用此题材发出惋惜流年的哀叹："佳节又重阳……东篱把酒黄昏后，有暗香盈袖。莫道不销魂，帘卷西风，人比黄花瘦。"（李清照《醉花阴·薄雾浓云愁永昼》）有的用此题材抒发人生寡欢，应时行乐的颓废心情："尘世难逢开口笑，菊花须插满头归。但将酩酊酬佳节，不用登临恨落晖。"（杜牧《九日齐山登高》）有的用此题材抒写对故园亲友的思怀："独在异乡为异客，每逢佳节倍思亲。遥知兄弟登高处，遍插茱萸少一人。"（王维《九月九日忆山东兄弟》）也有用此题材表现对战争的烦怨和伤感："强欲登高去，无人送酒来。遥怜故园菊,应傍战场开。"(岑参《行军九日思长安故园》)毛主席在《采桑子·重阳》这首词中,却用重阳这个旧题材抒发了一种崭新的革命情怀。不错,他也写了菊花,但他笔下的菊花已非旧作形象。这些菊花盛开在战地,英姿勃勃,吐着分外浓郁的清香,显示着强大的生命力。不错,他也写了秋风,而且是劲风,但绝无悲凉情调,且看"寥廓江天万里霜"一句,展现了多么深邃的意境。秋风劲吹,霜天万里,长空清澈,大地平辽,一切尘埃,一切朽败,都被扫除干净,主席以此对革命进行热烈的讴歌。不错,他也因"岁岁重阳"而对时光的流逝有所感慨,"人生易老天难老",但情绪是积极的,正因为人生易老,所以要只争朝夕,全力以赴把革命推向前进。总之,毛主席摒弃了一切古典诗词加给这个题材的传统主题和情调,给古老的重阳节以崭新的革命内容,从此,这个传统节日便以清新康健的色调出现在人们的生活中。年复一年,每逢重阳,人们触景生情,都会油然记起毛主席的诗句,从中汲取莫大的精神力量。

  至于以梅花为题材的诗词,自古以来就更多了。这些诗词大多围绕梅花的特征——高洁的品质、坚贞的节操、孤僻的性格而着笔,寄托旧时代文人洁身自好、不苟世俗的情怀。陆游的《卜算子·咏梅》就是一例,这首词用了拟人的手法,通过刻画梅花在典型环境中的典型性格,表现诗人的身世、处境、情趣和志向。"驿外断桥边,寂寞开无主。已是黄昏独自愁,更著风和雨。无意苦争春,一任群芳妒。零落成泥碾作尘,只有香如故。"时当春暮,风雨满天,在荒郊野驿的断桥旁边,一株梅花寂寞地开着,不停地随风雨零落着,无人赏识,无人保护,它向着将去的芳春和将至的黄昏吐出满怀悲绪。愁尽管愁,它却不向环境低头,宁可随风零落,化为泥土,碾作灰尘,也要保持自己特有的清香。梅花的这种处境和心情正是诗人的自我写照。陆游生在南宋,当时北方女真族金王朝侵占了中原,宋朝统治者逃到杭州,花天酒地,苟且偷安,置沦陷区人民水深火热处境于不顾。陆游力主北伐,收复中原,却遭到了当权派投降势力的打击,终生郁郁,写了大量诗词以抒胸中块垒,后人说他"此心无日不在中原",甚为中肯。到了晚年,这种悲愤心情更为强烈,但诗人至死不与投降派同流合污。他不去昧着良心享受那虚有的荣华,正如词中所写的那样,诗人准备着"零落成泥碾作尘",抗金之心,雷火难移。

毛主席"读陆游咏梅词，反其意而用之"，他采用了陆游原作的题材、词调和托物咏志、将物拟人的手法，原作的立意就当时来说不算低，但仍有若干弱点。主席摒弃了这些弱点，另出新意，大体有三个方面：第一，陆游以梅花自比，表现抗敌的坚定志向，主席则以梅花比拟马克思主义的共产党人的战斗风貌。第二，陆游所写的梅花是一片愁容，他把梅花放在穷途末路、风斜雨横、寂寞荒凉的环境中以渲染其愁。主席所写的梅花是一派俏丽，它置身于百丈冰崖之上，脚踩着坚冰，面迎着风雪，英姿勃勃，红红火火，绝无前景暗淡之感，它坚信风雪过后，便是山花烂漫的春天，因此无比乐观。这一笔俏容，生动地写出了反修战士不畏强暴的性格特点。这首词作于1961年12月，时令正是严冬，国际政治舞台上也是一派冰天雪地的景象，赫鲁晓夫叛徒集团乘我国遭受严重自然灾害之际，背信弃义撕毁合同，勾结帝国主义和反动派掀起反华逆流。一时间，"雪压冬云白絮飞"，"高天滚滚寒流急"，但是久经考验的中国共产党人没有被吓倒，在毛主席的英明领导下，全党全民英勇地打退了反华恶浪。毛主席以盛开于冰崖之上的梅花再现了中国共产党人的英雄形象，这株梅花也将以它战斗的精神永远激励着我们投入来日的斗争。第三，陆游所写的梅花是遗世独立、孤芳自赏的。这固然显示出诗人的不阿权贵的性格，但也流露出诗人眼界狭窄，唯独自己抗敌志坚而看不到人民群众抗敌力量的思想弱点。毛主席一改原作中梅花的孤傲形象，让梅花谦逊自处，"俏也不争春，只把春来报"。它虽战风斗雪先开于百花之前，意却不在争春，只是向百花报告春天到来的喜讯，唤醒百花快快迎接春天，而当芳春到来之时，它则甘心成为花族中的普通一员，杂在百花丛中露出欣慰的笑容。不居功，不自傲，风容俏丽，内心质朴，传神地刻画出中国共产党人的精神世界。共产党人这种"先天下之忧而忧，后天下之乐而乐"的光辉品德，通过梅花的斗风雪于前、笑春光于后的性格得到充分的表现。自古以来，诗人往往围绕梅花的坚贞、孤傲来抒情寓意，直到毛主席才第一次赋予梅花以谦逊的个性，这自然是破荒之笔，独运之构思，也是毛主席伟大的共产主义者崇高的内心世界的折射。"人禀七情，应物斯感"，感有不同，"仁者见仁，智者见智"，只有襟怀磊落、谦虚自处的人才能从客观的梅花中领悟出这种性格特点来。总之，毛主席这首咏梅词不仅反了陆游词的原意，而且也更改了千年来咏梅的主题，把千年来一直作为正直、孤僻的旧知识分子化身的梅花解放出来，赋予它新的思想内涵和光辉的时代精神。

社会改革家的临秋情怀
——重读毛泽东词《沁园春·长沙》

独立寒秋,湘江北去,橘子洲头。看万山红遍,层林尽染;漫江碧透,百舸争流。鹰击长空,鱼翔浅底,万类霜天竞自由。怅寥廓,问苍茫大地,谁主沉浮? 携来百侣曾游。忆往昔峥嵘岁月稠。恰同学少年,风华正茂;书生意气,挥斥方遒。指点江山,激扬文字,粪土当年万户侯。曾记否,到中流击水,浪遏飞舟?

这是青年毛泽东的一篇力作,是一篇游故地而观秋景、忆同窗而思往事、励斗志而抒豪情的壮美辞章。即景抒情,缘物思人,固然是传统的艺术构思;然而它在内容上却是全新的笔墨:写秋景而不衰飒,忆往事而不惆怅,景、事、情紧密交融,汪洋涵汇,大气磅礴,实开临秋抚事词篇之大观。

橘子洲,湘江畔,岳麓山,曾是学生时代的毛泽东和他的同学好友常来畅游之处,壮丽的山水陪伴着他们的峥嵘岁月,激发着这群时代骄子的豪情壮志,送他们走上革命征途。十几年的光阴瞬息而逝,1925年深秋时节,青年毛泽东独自来到橘子洲头,眼前的山水唤起他的思忆,激荡着他的心胸。改天换地的革命理想,昂扬奋发的青春活力,继往开来的英雄斗志,这一切,通过写景、忆旧的笔墨痛快淋漓地挥洒出来。

秋天是草木变衰的季节,也是一般人易动伤怀之情的时候,"自古逢秋悲寂寥",刘禹锡概括恰当。自从宋玉首兴悲秋之叹,历代文人接声递响,秋天落在纸面,只是一颗凄清的泪滴而已。然而,秋天又是"守成"与"革新"两种世界观的试金石。秋天对旧有之物进行否定,对新生之物加以孕育。大凡守成恋旧的人，常会因秋气扫除旧物而感慨盛事变衰；而立志改造社会的革命者，却在心理上与秋天构成同调，对秋风的除旧育新予以热烈的欢呼。唐代永贞革新的主要人物刘禹锡，就曾高唱"我言秋日胜春朝"(《秋词》)，"马思边草拳毛动，雕盼青云睡眼开"(《始闻秋风》)。唐末农民起义领袖黄巢，盛称秋天的美景"冲天香阵透长安，满城尽带黄金甲"(《不第后赋菊》)。毛泽东是伟大的革命家，他所进行的翻新中国几千年历史的革命是一场划时代的大革命。他热爱秋天，在所作的诗词中，多次欢呼秋天，赞美秋天，"一年一度秋风劲，不似春光。胜似春光，寥廓江天万里霜"(《采桑子·重阳》)；"万木霜天红烂漫"(《渔家傲·反第一次大"围剿"》)；"六盘山上高峰，红旗漫卷西风"(《清平乐·六盘山》)。在《沁园春·长沙》这首长调词中，他对秋天的礼赞更是达到了如火如荼的地步。首先，在景物的摄取上，采用多方观照、广角摄景的手法，多角度、多层面地展示秋光。"万山"句写远景，"漫江"句写近景，"鹰击"句写上景，"鱼翔"句写下景。远近上下，浏览无遗，爱秋之心，何等热切！字里行间，跳动着诗人喜悦的目光。其次，在景物的着色上，只取"红""碧"二色："万山红遍""漫江碧透"。红、碧二色都富于生命的力度，勃发着生命的光彩，再加上"遍""透"的程度修饰，一派蓬勃生机跃然纸上。而且，红、碧二色的对比度很强，红在碧的比衬下愈显其红，碧在红的比衬下愈显其碧，红枫碧水，交相辉映，溢彩流光，鲜明夺目。秋色之壮，叹为观止！古代大诗人的景物诗，亦非常注意景物颜色的搭配、对比，杜甫诗句"山青花欲燃"(《绝句二首》其二)，就是以青、红二色描写出春山的壮美。其三，在景物的状态描写上，取动而不取静。写鹰，则是搏击长空；写鱼，则是漫游浅底；写船，则是竞相疾驶；写水，则是滔滔北去；即便是写红枫，也要用个"染"字，"染"是着色的过程，这就写出枫叶的颜色由淡变深的动态。总之，一切景物都处于动态之中，而运动正是生命的体现。在作者的笔下，秋天不再是生命渐趋衰微，恰恰相反，那是一个充满了生机，"万类霜天竞自由"的恢宏世界！

且莫以为作者仅是在如实描绘客观景物。须知，秋风过处，总有落叶飘零；霜气袭来，常多萧瑟之响。对于此声此象，作者未写。他是在以心迎物，依据自己的主观情志去选择、驾驭景物，"写气图貌，既随物以宛转；属采附声，亦与心而徘徊"[1]。词中的景物是作者主观能动化了的景物，它们融注了作者的感情色彩和思想意识，而成为作者心境的物化和感情的载体。透过这幅壮丽、飞动的秋景图，我们分明读到了作者的内心世界，那是一种意气风发、惊雷隐动的心境，一种意欲除旧布新、主宰乾坤的心境。结韵"问苍茫大地，谁主沉浮"则是正面道出了这种心境。

  词的过片"携来百侣曾游"，紧承上片结韵的提问，引出人物，是对"谁主沉浮"的含蓄回答，那就是诗人和他的革命伴侣们，要主宰中国大地的命运。能不能承担这个使命？能不能改造旧的社会？一个"忆"字引出往昔峥嵘岁月，诸多英雄之举，作出了肯定的回答。"恰同学少年，风华正茂；书生意气，挥斥方遒"，四个排句，激昂顿挫，节奏鲜明，活画出一群青年革命家的英姿俊采。1914年，毛泽东进入湖南第一师范读书，结识了一批胸怀革命大志的学友，经常在湘江岸边、岳麓山中、橘子洲头聚会。他们正值青春年华，思想敏锐，才华横溢，在马克思主义真理的启示下，在蓬勃发展的革命形势的激励下，他们纵谈革命理想，探讨改造中国的途径，满腔热情，正如汹涌的湘江浪涛奔腾无阻。"指点江山，激扬文字，粪土当年万户侯"，这三句艺术地概括了这群青年革命家的实践活动。毛泽东曾在长沙组织起湖南学生联合会和新民学会，开办了平民夜校，宣传革命真理，还创办了《湘江评论》，发表了一篇篇抨击黑暗现实、鼓舞民众奋起战斗的激越文章。毛泽东在《〈湘江评论〉创刊宣言》中豪迈地宣称："官僚不要怕，军阀不要怕，资本家不要怕！"[2]他领导革命青年驱逐了校长张干，还组织进步同学开展反对袁世凯的斗争，领导湖南人民驱逐了反动军阀张敬尧，又率领革命工团的代表同军阀赵恒惕进行面对面的斗争，保存了工会组织，等等。回忆峥嵘岁月，意在说明，年轻的革命家完全可以主宰中国的命运，完全有能力打碎旧的国家机器，创造一个崭新的世界。这段回忆旧事与上片的礼赞秋景具有同一的精神内核：礼赞秋景，实质是在赞美秋对夏的否定之功；回忆旧事，是在缅怀革命对反动的抗争之举。写景与叙事达到了高度的融合，其精神内核就是否定，就是抗争。

---

[1] 刘勰著，范文澜注《文心雕龙注》，人民文学出版社，1958年，第693页。
[2] 《毛泽东早期文稿》，湖南出版社，1990年，第292页。

具有否定精神的秋景,激发了具有抗争精神的诗人,就是这首词的创作动因和艺术构思。

值得一提的还有这首词的结韵。填词结韵最难,既不能断绝前文的意思,又不能延续道来;既须总括一篇之旨,又不可直白说出。毛泽东不愧是词家高手,他陡然截断了对同学少年革命生涯的追忆,转而描写他们在湘江中流击水的一幕往事,写游泳时推起的大浪遏制了飞驶的船只。这个生活细节看似与革命斗争无关,然而在突显青年革命家的果敢坚毅的精神上,正与前文暗中扣合,一脉相承。而且,中流弄潮,这个意象本身就带有抗争的意味,它实际上是青年革命家峥嵘岁月的艺术缩影。如果把中国革命看作是一条长河,那么这群中流击水者正是长河中的弄潮儿,他们的大无畏精神弄起了震天动地的漫江雷涛!有了这种伟大精神和力量,又何愁不能改变中国历史?这些象外之象,弦外之音,却是从那日常生活中的游泳一幕生发而出,真可谓小中见大,言近旨远,事浅意深。再加上"曾记否"的试问语气,更显得语重心长,沉雄慷慨,摇曳多姿。作者仿佛是在自问,又仿佛是在遥问往昔的战友,一种磨砺旧志、重振雄风的呼唤,飞出了纸面,回荡于湘江两岸、岳麓山间……

全词无论写景、忆旧、议论、记事,都紧紧系于变革现实的思想主线,主脑鲜明,羽翼丰盈。词中景物之壮丽,人物之英俊,事迹之卓绝,情感之豪迈,四者格调一致,相互辉映,建构浑成,淋漓尽致地表达了一个世纪伟人的临秋情怀。

世纪伟人的眼界与胸襟

——重读毛泽东词《沁园春·雪》

北国风光，千里冰封，万里雪飘。望长城内外，惟余莽莽；大河上下，顿失滔滔。山舞银蛇，原驰蜡象，欲与天公试比高。须晴日，看红装素裹，分外妖娆。　　江山如此多娇，引无数英雄竞折腰。惜秦皇汉武，略输文采；唐宗宋祖，稍逊风骚。一代天骄，成吉思汗，只识弯弓射大雕。俱往矣，数风流人物，还看今朝。

古今优秀的抒情作品，无不闪烁着个性光彩，无不显示着作者的音容风貌，亦无不塑造出作者的鲜明形象。陶潜之淡泊，李白之飘逸，杜甫之沉郁，苏轼之旷达，其性格其形象，皆从其作品中来。由此观之，唯能表现作者性格及形象的抒情篇什，方能成为抒情之名著。《沁园春·雪》正是在这一点上，成为毛泽东诗词的代表作品，并确立了其在抒情词林中的典范地位。

这是一首双调词，上片写巨人眼中的景观，下片写巨人心中的历史，从空间和时间两个角度落墨，无论空间的广度还是历史的深度，均开创了词史以来未有之境界。20世纪前半叶的中国，风云变幻，沧海横流，各个阶级都在按照自己的理想改造着这块黄土。无产阶级和广大劳苦群众的代表毛泽东，起身于草野之际，跋涉于荒莽之中，高举民族解放和民主革命的大旗，力挽狂澜，慷慨许国。人民选择了他，民族选择了他，历史选择了他。他以大无畏的英雄气概，同民族压迫者对垒，向阶级压迫者抗争。他无疑是这片黄土地上一位最伟大的人。《沁园春·雪》所展示的就是世纪伟人的形象。

起句高歌而入，放眼"北国风光"，视野何其开阔！"千里冰封"的大地，"万里雪飘"的天宇，浑浑莽莽，摄入诗人的眼帘。接下来视线所及，又道"长城内外""大河上下"的雄奇景象，南北东西，方圆千里，皆在"望"中呈现，则"望"者形象之高大，已在不言之中了。就生活经验而论，人的视力不过十里之遥，如欲扩展视野，还需"更上一层楼"，登高可以望远。孔子登上泰山，感到鲁国为小；柳宗元登上西山，感到周围数州都在衽席之下。毛泽东当时率领中国工农红军抗日先锋军东征，到达陕北清涧县袁家沟一带，时逢大雪，不可能登临高山极顶；况且，即便是登临极顶，也不可能望得如此广远。他之所以能够勾勒出如此壮阔的景象，是因为他有巨人的胸襟。胸襟狭小者，其取景也必小；性格柔弱者，其取景也必柔；唯有第一等博大之胸襟，方能有第一等博大之眼界，笔下方能有第一等博大之景观。文如其人，古今一理。

　　作者的巨大形象，还从"巨物缩形"的手法中间接地显现出来。群山负雪，峥嵘磅礴，但在毛泽东的眼里，它们忽然变小了，只如条条"银蛇"在飞舞。秦晋高原，庞然大物，在他的眼里也不过如同奔驰的"蜡象"而已。至于雪霁晴阳，红光映照的千里雪原，在他的眼里则有如红装素裹的美人。这些巨大的物象落差，惊世骇俗地反衬出毛泽东高大的身影。把巨物看小，从而反衬出观者之大，这一手法在毛泽东诗词中多次使用。他早年所作《七古·送纵宇一郎东行》云"要将宇宙看秭米"，"秭米"是一种野草结的小米粒，把宇宙看成一颗小米粒，观者之大则相形而见。其他如"五岭逶迤腾细浪，乌蒙磅礴走泥丸"（《七律·长征》），"赤橙黄绿青蓝紫，谁持彩练当空舞"（《菩萨蛮·大柏地》），"安得倚天抽宝剑，把汝裁为三截"（《念奴娇·昆仑》），"小小寰球，有几个苍蝇碰壁"（《满江红·和郭沫若同志》），等等，均借此法反衬出作者巨大的抒情形象。

　　总之，上片是以景写人，读者通过景物的媒介，已经在眼前出现了一个巨人形象：他卓然立身于秦晋高原，深情地眺望壮丽的国土，发誓为它而生，为它而战。山是他的肺腑，水是他的血脉，风是他的呼吸，雪是他的思绪。

　　下片开头一句"江山如此多娇"，是词的过片。过片应该承担起承上启下的衔接作用。张炎《词源》说："最是过片不要断了曲意，须要承上接下。"[1]"江山如此多娇"确实很好地起到了这种作用。首先,"江山多娇"四个字是承接上片所写的壮丽的北国风光,而"如此多娇"四个字又具有发起议论的语势,很自然地由江山跃入人事——"引无数英雄竞折腰",所以它又具有启开下文的作用。作者以居高临下之势,以雄视千古的目光,历数古代英雄的功过得失。在中国两千多年的史册上,记载着众多的英雄业绩,从统一山河的英雄业绩来看,值得称道的,正如作者在词中提到的"秦皇汉武""唐宗宋祖"和"成吉思汗"。秦始皇,新兴地主阶级的政治家,于公元前221年统一中国,结束了数百年的战国分裂局面,建立起中国历史上第一个中央集权的封建帝国,在推动中国历史前进中起了重要作用。汉武帝,虽不是开国之君,但在抗击匈奴、平息内乱从而维护国家统一上作出了贡献。唐太宗,在隋末农民起义的怒潮中,顺乎民心,推翻了隋炀帝的残暴政权,统一了中国,并以武力挫败了突厥贵族的侵犯,使中国成为当时世界上第一号封建强国。宋太祖,在五代十国大分裂的局面下,扫荡中原,恢复统一。成吉思汗,凭借强大的武力,建立了横跨欧亚大陆的大元帝国。对于这五位帝王,封建文人在史书文献中极尽歌功颂德之能事,历代封建统治者则以他们作为"励精图治"的榜样。毛泽东同志站在时代的思想高峰,用人类先进文化对他们作出新的审视,既肯定他们在统一中国方面的作用,又指出他们在文治上的失误,这种失误就在于他们的统治是少数贵族对多数劳苦大众的专制,他们虽然也曾选贤任能、发展经济,但立脚点还是为了一己之私,未能改变人民群众的被压迫地位。"略输文采""稍逊风骚",措辞委婉,实则彻底批判了两千多年的封建政权。这种批判,划开了中国古今两种性质不同的政权的界限,唱出了世纪伟人立志建立人民政权的美好心声,足以让古代帝王们黯然失色,亦足以使现代的封建余孽闻之丧胆。这首词1945年在重庆发表,当时正是国共和平谈判之际,新中国的曙光已依稀可见。有人认为,说古代帝王"略输文采""稍逊风骚",显得批判的力度不够。对此,作者解释说:"文采、风骚、大雕,只能如是,须知这是写诗啊!难道可以谩骂这一些人们吗?"[2]

---

[1] 郭绍虞《词源注》,人民文学出版社,1998年,第13页。
[2] 周申明《毛泽东文艺思想研究概览》,河北人民出版社,1992年,第344页。

所言极是，为诗之道，用语委婉，使人得言外之旨；公然跳骂，必失于粗俗，而且有损于伟人风度。清人何文焕在《历代诗话》中说："诗人之词微以婉，不同论言直遂也。"[1]史论题材的诗词语言，不同于史学论文，应该避免语言的直白。

词的结韵"俱往矣，数风流人物，还看今朝"，用笔水到渠成，在批评古代英雄之后，树立当今英雄人物，显示了作者强烈的阶级意识和时代使命感。词中所说的今朝风流人物，是指时代的英雄群体，当然也包括作者本人在内。

全词文势浩荡，大气包举。作者视通万里，心游千古，以他人无法企及的胸襟和胆识，塑造了一个昂首天外、俯视百代的英雄形象，千载之下，亦能令人叹为观止。

---

[1] 何文焕《历代诗话》，中华书局，1981年，第816页。

论李瑛诗歌的传统诗学艺术精神

新中国成立后的诗坛上，接过政治口号喊上几嗓子，或应和时代思潮呻吟几声，由此而获得"诗人"桂冠者不在少数。时过境迁，回头审视这些文字，颇觉根柢浅薄，生命力微。我不否认诗歌的政教功能，更不否定诗歌书写个体生命情感的属性，我要说的是，无论如何，诗歌总归是语言艺术；离开语言艺术的政治呼喊，离开语言艺术的情感直书，便不再是诗歌。说到诗歌的语言艺术，自然离不开对传统诗学的认识与继承。分析那些政治口号类的作品、那些情感直书类的作品，你会觉察到它们有个共同之处，就是那些作者本不知道诗歌究竟为何物，他们对两千多年来的诗歌艺术传统、诗学范畴、表现手法知之甚少，或一无所知。譬如一坛豆芽菜，虽水灵于一时，却风干于后世，绝无传世可言。

我并非全部否定新中国成立后的诗作者，其间也有不少能够认识并继承传统诗学艺术的诗人，李瑛就是一位杰出的代表。在他的诗歌中，随处可见他对传统艺术的领悟和运用。本文不对李瑛的诗歌作全面的讨论，只在他运用古代诗歌艺术手法上谈几点感受。

一、客体落墨，主体生辉

现实中的有些事物，正面下笔往往难于揭示其质性特征，在这种情况下，侧面描写就是十分必要的了。而有些事物，虽可正面下笔，但欲使其特征毕现，也须加入侧面描写。所谓侧面描写，就是从与主体事物具有某种联系的客体事物身上下笔，通过对这种联系的描写，来揭示主体事物的特征。

北宋郭熙在所著画论《林泉高致》中说道:"山欲高,尽出之则不高,烟霞锁其腰则高矣。"要表现山的高峻,不能"尽出之",也就是不能把整个山都端出来,因为这种正面下笔的做法无力表现山的高峻;应该侧面下笔,用"烟霞锁其腰"的处理方法。为什么这样做会收到效果呢?这是画家借用人的生活经验,引发人的想象而使作品产生的艺术功效。在生活经验中,云是当然的高物,那么让云锁住山腰,则山的高耸之姿便在人的想象中出现了。郭熙说的是绘画技巧,其实作诗也是这样,诗与画是彼此相通的,诚如苏轼所说"诗画本一律"(《书鄢陵王主簿所画折枝》),诗与画实为孪生姐妹。古代诗人在处理某些难于正面描摹的事物时,总是想方设法寻求具有表现力的客体事物,以客显主,借宾定主,以轻捷灵巧的笔墨把主体事物的特征揭示出来。

世间的高大之物,如山、塔、城、楼之类,每每是诗人吟咏的对象,而一旦写入诗中,又必定强调它们的高耸之势。这个"势"如何去表现?古代诗人每每采用侧写手法,充分发挥他们作为诗人的超常想象力,广泛搜罗具有间接表现力的客体事物,经过构思运筹,用人们生活经验中的已知的高物,与主体事物建立某种位置关系,从而把这个"势"生动地表现出来。例如李白《夜宿山寺》写道:"危楼高百尺,手可摘星辰。不敢高声语,恐惊天上人。"诗人借星辰与危楼一臂之隔的空间关系,把山寺的高耸之势表现出来。李白《蜀道难》写蜀山的高大:"上有六龙回日之高标。"六条龙拉着太阳神坐的车,来到蜀山面前被挡住了,不得不绕个弯子才能过去。杜甫状写洛阳城北老君庙的气势:"山河扶绣户,日月近雕梁。"(《冬日洛城北谒玄元皇帝庙》)山是已知的高物,说山在扶持老君庙的绣户,可见庙与山的高度不相上下;太阳和月亮更是高物,说它们接近老君庙的雕梁,则是更见庙的高耸了。唐代长安城内的慈恩寺塔,亦颇雄奇伟岸,唐代诗人如高适、岑参、储光羲、薛据、杜甫等,都有登临之作,叹其高耸之势是共有的笔墨。杜甫主要是使用侧写法,选择了大量的具有表现力的客体事物,对塔势作出传神的刻画,起笔便是"高标跨苍穹,烈风无时休"。"高标"就是指慈恩寺塔,"高"字是全篇唯一正面下笔写塔势的字眼,接下来全是侧写。写它跨越苍穹,深入天宇,这就立即唤起人们的经验，感受到塔的高峻。风在高空则猛烈，而且日夜不停，所以"烈风"这句也是侧写。最为精彩的是下面这两句"七星在北户，河汉声西流"，说站在塔顶上，看到北斗七星正对着塔顶的北门，而且还仿佛听到了银河之水西流的声音。在作者的笔下，北斗星也不过是与塔顶齐高而已，而银河的水声在地面上是听不到的，现在站在塔顶层居然听到了，则塔之高峻亦在不言中。又如，杜甫写牛头寺的居高之势"天河宿殿阴"（《望牛头寺》），宋人赵次公解释说："言殿之高，若与天河相接。此与《慈恩寺塔》云'七星在北户'同意。"[1]写天河宿于寺殿的背阴处，则殿的居处之高立可想见。

这种"客体落墨，主体生辉"的侧写艺术，李瑛是继承了的。且看他写高山哨所的几首诗。《我们的哨所》（本文所引李瑛诗均见《李瑛诗选》，四川人民出版社1981年出版）开头一节所写：

　　三面是海，一面是山，
　　我们的哨所雄踞在山巅；
　　白天，太阳从门口踱过，
　　夜晚，花似的繁星落满窗前。

作者通过对已知的高物"太阳"和"繁星"与哨所的位置关系的描写，把主体事物"高山哨所"的雄踞之势表现得异常精彩。在《笛声》这首诗中，他写道："大粒的星星一颗颗亮了/银河边，一堆篝火在燃烧/看哪，看那褐色云头上/屹立着我们的瞭望哨！"瞭望哨屹立在"云头上"，哨兵点燃的篝火在"银河边"上燃烧。他在《高山哨所》这首诗中写道："告诉你，那丽日、明月、清风/都是我们最好的邻居。"读着这样的诗句，倘若你对中国古典诗歌的侧写艺术具有一定的认知基础，就不能不发出会心的微笑，感叹李瑛继承得好，用得精妙！又如《高高的白杨》第一节所写：

　　两棵高高的白杨树，
　　临江屹立在蓝天下，

---

[1] 林继中《杜诗赵次公先后解辑校》，上海古籍出版社，1994年，第542页。

枝干怒耸，挽住万里流云，

叶片飒飒，任它风吹雨打。

在作者的笔下，客体事物"蓝天""流云"与主体事物"白杨树"发生了近距离或零距离的位置关系，则白杨树的耸立之姿就在人们的想象之中得以完成。我读到李瑛这些诗句，油然想到杜甫写的《古柏行》，诗写诸葛亮庙前的一棵古柏之高耸，用了"黛色参天二千尺""云来气接巫峡长"这样的句子，说古柏参天，翠盖上的云气连接着长长的巫峡。把两首诗相比较，都是运用"天"与"云"作为客体事物，二者具有惊人的相似处。相比之下，我们有不少诗作者由于读古人诗少，不知道有这种侧写手法，写高山就只会大喊"这座山真叫高"之类的笨话，实在是让人替他着急。

二、动静互张，相反相成

动与静本是一对矛盾现象，一般说来，要动则不能静，要静则不能动。但是在文学作品中，特别是在以表现主观感受为特征的诗歌中，这两者在一定情况下却失去了科学意义上的对立，而各自成为表现对方的绝好媒介。诗人欲写静境，却从反面下笔，写出些微声响，用以衬托环境之静；诗人欲写动境，亦从反面下笔，先写其静，为动蓄势。

南朝梁诗人王籍《入若耶溪》中有"蝉噪林逾静，鸟鸣山更幽"诗句，被后人赞为"文外独绝"，作者避开了正面的笔墨，而从反面下笔，以"蝉噪""鸟鸣"的轻微声音，反衬出山林的幽静，取得很好的美学效果，为历代人所传诵。作为"以动衬静"的表现手法，其奏效的关键之处在于对"动"的分寸把握上。声响过大则破坏宁静，声音太弱则难及于耳。作者的才力表现在他对声音强弱的正确取舍。唐代诗人王维"晚年惟好静，万事不关心"（《酬张少府》），带职隐居于山林，所作诗歌多采用以动衬静、动中显静的手法，用以表现静谧的环境和隐士的心境。他是善于权衡声音度数的。且看以下诗例："空山不见人，但闻人语响"（《鹿柴》）；"人闲桂花落，夜静春山空。月出惊山鸟，时鸣春涧中"（《鸟鸣涧》）。远处传来的"人语"、深夜里几声空谷"鸟鸣",恰好衬托出一派空寂,真可谓妙笔生花。在其代表作《山居秋暝》中,王维则使用三种轻微的声音来状写山间别墅的幽寂:"明月松间照,清泉石上流。竹喧归浣女,莲动下渔舟。"泉水流过岩石而发出的潺潺之声,洗衣归来的女孩们走在竹林里发出的嬉笑声,渔舟靠岸时摩擦莲叶而发出的声音,这些音响有个共同的特征,那就是既轻微、又能为正常听觉的人所察觉。这些音响只有在寂静的环境中才能被人听到,作者写出了这些音响,也就写出了环境的寂静。从表现寂静的效果来说,这种有声之境的确比无声之境来得鲜明、深刻。古人对于这种艺术规律知之者甚多,现举几例。杜甫《题张氏隐居二首》其一中"春山无伴独相求,伐木丁丁山更幽",以空谷的伐木声音写出张氏的居处之幽。宋人王随《宫词》中"一声啼鸟禁门静,满地落花春日长",以偶尔的鸟啼写出宫门的幽静。金人赵三凤《晚宿山寺》中"犬吠一声秋意静,敲门时有夜归僧",以偶尔的犬吠声、低微的敲门声写出山寺的沉寂。清人郑板桥《山中卧雪呈青崖老人》中"银沙万里无来迹,犬吠一声村落闲",一声狗叫恰好状写出村野雪原的寂寥。这些诗例均为此种手法的成功运用。

　　李瑛对于此种手法是心领神会的,他的一些诗歌描写战士守卫国境或夜间巡逻,诗中突显的就是个"静"字,他在表现静境时经常使用"以动显静"的手法。例如《国境线上》写道:"国境线上一片宁静,宁静中传来声声鸟鸣。"第一句是正面下笔,第二句就是反面用墨了。毫无疑问,第一句于表达宁静上未能鲜明奏效,正是第二句的以声写静才给予人们以宁静的实感。他在《月夜潜听》中写道:

　　月亮,不要照出我的影子,
　　风,不要出声;
　　祖国睡去了,
　　枕着大海的涛声。

　　正是通过低微的风声,远处隐隐传来的海涛声,才把个月夜写得如此宁静,由此表现了战士潜伏时的警觉。他在《哨所静悄悄》中写道:

> 海防线,哨所静悄悄。
> 背后的山,迎面的潮,
> 脚下淘气的小兔子,
> 头上打旋的白水鸟,
> 都认识我们的观察哨,
> 压低了声音不吵闹。

重要的是"压低了声音",而不是没有声音;倘若没有一点声音,哨所之静就显不出来了。在这里,失之毫厘便谬以千里。诗人的艺术匠心,正在这分寸毫厘之间显示出来。

以上说的是动对于静的表现效果。反过来,静对于动也具有很强的表现力。认真考虑,"以动衬静"和"以静衬动"这两种手法,在具体运用中是同中有异的。其"同"在于:动与静都能在一定情况下成为成就对方的材料。其"异"在于:"以动衬静"是于动中显静,动与静出现在同一时间里;而"以静衬动",则是先写静,后写动,静与动不在同一时间内。作者本意是要表现剧烈动荡的场景,却并不直接下笔,而是先从反面,从写静入手,为"动"准备声势,积蓄力量,在"静"的衬托下,突显"动"的规模。例如,李白《梦游天姥吟留别》诗中有这样几行:

> 云青青兮欲雨,
> 水澹澹兮生烟。
> 列缺霹雳,
> 丘峦崩摧;
> 洞天石扉,
> 訇然中开!
> 青冥浩荡不见底,
> 日月照耀金银台。

诗写李白梦魂游历天姥山,傍晚雷电交加,山峰倒塌,仙人洞府的石门轰然开裂。李白得入其门,见到了灿烂的仙境。作者在描写剧烈动荡的场面之前,先写出一片沉寂:"云青青兮欲雨,水澹澹兮生烟。"云彩黑沉沉的，就要下雨了；水波闪动，生起一派烟雾。这是狂风暴雨到来之前的云水迷茫的景象，它是沉寂的，正好为下文的动荡景象提供一种对比物，构成一种映衬，积蓄一种力量。欲扬而先抑，欲动而先静，先把静态施于读者的心灵，读者有了这种静态的参照，便能更强烈地感受雷雨的声势而为之震动。

李瑛对"以静衬动"的艺术手法也是继承了的。如《哨所鸡啼》的前三节：

是云？是雾？是烟？
裹着苍茫的港湾；
是烟？是云？是雾？
压着港湾的高山。

山上山下，一团混沌，
何时才能飞出霞光一片？
忽然间，哪里？在哪里？
一个生命在快乐地呐喊。

压住了千波万壑，
吐出了满腔喜欢；
嗬，是我们哨所的雄鸡，
声声啼破宁静的港湾！

请看，在写雄鸡啼鸣之前，作者用大量的笔墨渲染了港湾一带的宁静：浓重的云雾裹着山海，天地之间一团混沌，就在这一片沉寂之时，雄鸡突然引吭高唱，那声音就会因这沉寂而越发显得嘹亮了。这样的处理方法，与上面所谈的李白的做法是如出一辙的。又如《红柳丛中》开头两节：

月亮升上来了，水一般清，
沙漠像水下的沉淀，死一样静，
好深的夜哟，好冷的夜哟，

哪里滚过来阵阵笑声?

笑声飘过来两顶帐篷,
帐篷上贴满幢幢人影;
哈!是战士在打红柳条儿,
编筐、编篓,迎接春耕。

战士们愉快的笑声,因深夜的寂静而显得分外爽朗,由此而强化了他们的劳动热情。倘若没有前文对寂静的描写,则笑声绝不会如此突出。杜甫说:"文章千古事,得失寸心知。"(《偶题》)艺术的得与失,全凭文心悟道。领悟了艺术之道,方能创作出精美的文学作品。

三、锤炼字句,刻画生动

古人论及诗文作法,于炼字一节亦颇为重视。刘勰说:"篇之彪炳,章无疵也;章之明靡,句无玷也;句之清英,字不妄也。"[1] 所谓"字不妄",即是要求字不乱用。刘勰认为,用字善否,直接关系到全篇诗文的优劣,所以他又说:"缀字属篇,必须练择。"[2] 宋人强幼安《唐子西文录》说,"诗在与人商论,深求其疵而去之,等闲一字放过则不可","作诗自有稳当字,第思之未到耳"。[3] 这些言论,说明古人对于构成诗文基本语言单位的字词高度重视。文学是语言的艺术,诗歌由高度精练的语言构成。语言精练,关键在于对字词的锤炼。在炼字的艺术上,古代诗论家几乎一致称赞杜甫的功力。宋人孙奕说:"诗人嘲弄万象,每句必须炼字。子美工巧尤多。"[4] 的确如此,杜甫精心致力于炼字,务使出语惊人,"语不惊人死不休"(《江上值水如海势聊短述》)。

李瑛继承了这种诗艺法门,他是精心于字词锤炼的。相比之下,他尤

---

[1] 范文澜《文心雕龙注》,人民文学出版社,1958年,第570页。
[2] 范文澜《文心雕龙注》,人民文学出版社,1958年,第624页。
[3] 何文焕《历代诗话》,中华书局,1981年,第445页。
[4] 吴文治《宋诗话全编》,江苏古籍出版社,1998年,第6002页。

其擅长锤炼动词，务使词语逼真、生动，深刻地表现人物、事物的行为状态，这些字词具有揭示特征、搜刮神髓的艺术力量。例如，他写山野中行走的乡邮员："寥廓的山野没有一个人／只一个黑点在天地间摇。"（《乡邮员》）山野间道路坑坑洼洼，一个"摇"字准确地状写出乡邮员走路的姿态，城里人走路绝非这样。他写战士们爬山："山路上翻滚着背包。"（《紧急集合》）从山下向山路上望去，只能见到战士的背包，写背包"翻滚"，便将战士们在曲折不平的山路上急行状态生动地刻画出来，情景如在眼前。他写牧女傍晚收牧："远处，牧女的银镯子一亮／羊群回圈了。"（《巡逻晚归》）银镯子"一亮"，是写牧女扬起手臂、挥鞭拢羊的瞬间行为，既写出民族服饰的特点，又写出牧女举动的熟练、轻盈，可谓传神之笔。他写大戈壁的雨："一朵云／拧下一阵雨／匆匆地掠过车篷。"（《雨中》）"拧"字把云朵比喻成毛巾，写出云朵的卷动，写出降雨的艰难和雨量的稀少，所谓着一字而明众意，令人叹为观止；"掠"字则写出降雨瞬间而止，与"拧"字相配合，写出戈壁降雨之特征。他写沙漠里的车印："车队切开大戈壁／辗出一道七彩的虹。"（《雨中》）"切"字警悚，写出车轮轧过沙漠，留下了深深的痕印，这景象绝非内地所能有。他写高山哨所的路况："从山上垂下一条小路／和祖国的条条大道接连。"（《我们的哨所》）"垂"字惊险，写出山路的陡峭、细微。他写儿童戏水的欢乐："孩子们重见老伙伴／牵着波浪跑。"（《试水》）"牵"字化虚为实，生动有趣。他写巡逻路上遇到河水的惊喜："整日在风沙里巡逻／入夜，拾得一条闪光的河。"（《夜过珍珠河》）"拾"字写出河水的不期而遇，写出干渴中遇到清水的惊喜，也深合人在夜间的视觉特点——必须走近才能发现。

"吟安一个字，捻断数茎须"（卢延让《苦吟》），这是古代诗人推敲字词的甘苦之言。李瑛是否也曾捻掉了几多胡子，不得而知，但有一点可以肯定的是，他的这些搜肠刮肚的动词，是经过了苦心抉择的。除了锤炼字词，李瑛还注意化用古代诗人留下的警句，对其加以点化、改造、翻新，为自己所用。仅举几例。唐代诗人李贺的《杨生青花紫石砚歌》，写端州石匠登上高山开采紫石，有"踏天磨刀割紫云"之名句，把紫石比喻为紫云，"割紫云"见其气势之壮。李瑛在《打冬草小谣曲》中化用了这个句子，状写打冬草的盛大场面，"四点钟，披山风钻出地窝子／五点钟，割出一道绛红的云"，把朝霞辉映下的被割倒的冬草比喻为"绛红的云"，"割云"之说极见气势之大，借鉴的痕迹十分明显。又如，苏轼《定风波·莫听穿林打叶声》词有"一蓑烟雨任平生"之妙句，意思是说：披一领蓑衣，肩漫天烟雨，一辈子这样也无所谓。李瑛在《连天雨》中化用了这个句子，"街头闪过群好闺女／高勒雨靴黄油布／肩扛漫天雨"，时代变了，蓑衣换成了"黄油布"，气势则比苏词更大。再如，韩愈《调张籍》诗，用"巨刃磨天扬"这个形象来比喻李白、杜甫写诗时的气象，说他们二位是在以青天为磨石，磨砺自己的巨刃，意在夸张其诗意的豪壮。李瑛在《磨刺刀》诗中借用了这种构思，化虚为实，形象上亦稍加变化，"雷一声，闪一道／扳倒峭壁磨刺刀"，以峭壁为磨刀石，再配以如雷般的磨砺声，如闪般的石火花，战士的豪情得以强烈表现。用"点铁成金"来形容李瑛此处对韩愈诗句的借鉴，不为过分。

  李瑛诗歌的传统诗学艺术精神，除了上述三个方面，还有一些表现，如以包蕴情感的细节描写来抒发情感、描绘人物形象，运用适当的古典诗歌构句法，等等。篇幅所限，未容述及。李瑛诗歌所反映的社会生活，虽然已经远离了我们，但他的诗歌并不因此而失色，究其原因，就在于他的诗歌是语言的艺术，而艺术的生命是没有止境的，这情形正像古代优秀诗篇虽经历史的风尘而不改其熠熠的光辉，至今仍然传诵于众口一样。

金号在朝霞中吹响
——评王大民歌词

当代歌坛真可谓百鸟齐鸣、众声纷纭了，雅正的、俚俗的、激昂的、缠绵的，乃至盐渍的、醋熘的……万态纷呈，百味俱全。在这众声汇鸣的舞台上，王大民同志的歌词有着自己的风采，它雅正而不流于说教，俚俗而不失于油滑，激昂而不堕入粗豪。它总是以鲜明而富有朝气的形象、通俗而富于蕴藏的语言，抒发着积极向上的时代精神，如同一声声金号，在绚烂的朝霞中吹响。

大民同志原是诗作者，在形象的捕捉和意境的追求上，曾有过扎实的训练。后来他改写歌词，便把诗的形象和意境等方面的特点带入歌词创作中来，所以他的歌词一般都具有较浓的诗味诗情；同时他又注意到歌词与诗的差异，充分考虑到歌词在音乐和时间上的限制，因此，他的词又具有语言明快、意旨鲜明的特点。在七八年的时间内，他在各级报刊上发表了近500首作品，其中被谱曲传唱的就有100多首，一跃而成为河北知名的词作者。

题材广泛，感情健康，是大民同志歌词的一个显著特点。他的词反映了各行各业人们的生活和感受，工厂、农村、部队、学校，到处都留下他的思绪，表现出他对现实生活的热烈、激昂的情趣。而在表现各行各业人们的生活和感受上，他总是以第一人称的笔法，写出各种行业的"我"对于生活的理解，而很少作客观的描述，这就使得他的作品具有浓烈的抒情特征。尤其需要提及的是，这个"我"所抒发的情感，都是健康、乐观、豪爽的，是站在时代的高点上歌唱自己的工作、生活和理想，而绝无忧郁、彷徨、伤感的情调。这可以说抓住了我们时代的基调。固然在改革中前进的人们，会有失败、挫折和痛苦，但作为时代生活的基调，仍然是凌厉奋发、昂扬向上的。是否抓住了时代乐章的主旋律，决定着歌词作品的艺术价值。大民同志对时代的基调抓得准，所以他的作品都具有引人向上、催人奋发的力量。

从艺术风格和技巧上看，大民同志的歌词表现了浓郁的民歌风味，他善于汲取民歌的表现手法，其中比兴手法尤为显著，或触景生情，或托物言志，从而带来了作品的形象性和感染力。请看发表在《燕赵新声》上的《我是普通劳动者》：

万里星空多辽阔，有颗小星就是我。闪闪放光辉，愿把明月托。要问我的名和姓，我是普通劳动者。

山花烂漫多壮美，有朵小花就是我。悄悄吐清香，倾心添春色。要问我的名和姓，我是普通劳动者。

第一段由夜晚的星空起兴，用星海中的一颗小星来自比，说它的光度虽然不甚明亮，但目的是要衬托明月的光辉。第二段由白天所见的山花起兴，用花海中的一朵小花来自比，说它的香味虽不甚浓郁，却一心一意地为祖国的春天增添色彩。两段的末句重复点题，表现了一个普通劳动者的自豪与自谦的精神面貌。由于使用了比兴手法，作品的形象鲜明生动，感情也有了恰切的寄托，这要比直言情志或铺陈工作程序的写法具有对生活更高的概括力，凡是以普通劳动者自居的人都可以从中得到精神上的启示，引起感情上的共鸣。

大民歌词使用比兴手法时所选择的形象，一般都具有明朗、矫健的特点，都是朝气蓬勃的，而绝无晦暗阴湿的色调。比如发表在1985年第一期《词刊》上的《去吧，孩子》，这首词是以一个母亲的口吻，对青年一代发出殷勤的叮嘱，"是雄鹰就该到蓝天上飞翔，蓝天会给你钢铁的翅膀"，"是青松就该到山野扎根，山野将使你更加坚强"，"是骏马就该到草原奔驰，草原会给你一片芳香"，"是鱼儿就该到大海遨游，大海将使你无限欢畅"。作者在表达青年人应该走向火热生活去锻炼去成长这个主题上，精心地选择了"雄鹰""青松""骏马""鱼儿"这些形象，这些形象都具有清新活泼的气质,都具有旺盛的生命力。那蓝天上(而不是温室里)飞翔的雄鹰,那山野里(而不是花盆里)生长的青松,那草原上(而不是庭院里)奔驰的骏马,那大海中(而不是鱼缸里)遨游的鱼儿,都具有矫健、灵动的气势,它们与当代有志青年的气质正相吻合,选择这些形象来比喻青年人,是相当准确的。其他如《祖国,你是我力量的源泉》,把自己比作祖国"生命的花朵",把祖国比作自己"青春的源泉";《祖国好了我就好》一词中把祖国比作"青山""河水",把自己比作"山上一根草""河中一滴水",说"青山不老我不老""河水长流我欢笑"等,这些形象都明朗洁净,有效地抒发了作者的时代感受。

连番用比,用众多的形象反复表现一种感受,是大民同志使用比兴手法的又一特征。在一首词中连番使用比喻,不但可以塑造形象的多样性、生动性,更重要的是可以加深感情,打动读者和听众。这种手法早在《诗经》中就已经被采用了,如《诗经·柏舟》篇,在表现一个女子对爱情的专一时,一连用了三个比喻:"我心匪鉴,不可以茹","我心匪石,不可转也","我心匪席,不可卷也"。连番的比喻,表达了对爱情的专一和坚定。这种手法在后代的民歌中,也被广泛地使用,如《汉乐府·上邪》,一连用了五个比喻,酣畅淋漓地表现了爱情的坚贞。大民同志继承了这种传统手法,用它来表现更为宏大的思想感情,上面所举的词,少则使用两个比喻,多则使用四个比喻。他还有一首题名为《青春属于祖国》的歌词(见《燕赵新声》),竟一连用了八个比喻,来表现把青春献给祖国"四化"事业的光辉理想:

> 鲜花为春天开放,
> 百鸟为森林唱歌,
> 浪涛为大海欢呼,
> 彩霞为太阳闪光,
> 我们的青春属于祖国,
> 为振兴中华贡献力量。
>
> 汽笛为列车长鸣,
> 风帆为理想高扬,

五谷为秋天铺金,
果树为大山喷香,
我们的青春属于祖国,
为实现"四化"贡献力量。

纷纭的形象真如群鸟联翩、万马奔来,使人应接不暇,它们轮番作用于人们的感官,定要你接受作品的主题——要为祖国贡献青春。人们也便在这多种比喻、纷纭的美好形象中,怡然受到思想感情的熏染。这种手法无疑要凭借作者的激情和才气,难以设想,一个对生活淡漠的人,一个才思枯竭的人,能够使用这种手法。大民同志的大多数歌词似乎都在遵循着这样一种艺术构思,即先用描绘的笔墨,选用一系列生动的形象连番用比,然后使用议论的笔墨,用简洁明快的语言点出词旨。描绘形象是对词旨的艺术铺垫,词旨是对形象的思想升华,两者水乳融合,浑然一体,所以具有较强的艺术感染力。

深婉细腻的歌吟
——谈旭宇诗集《醒来的歌声》的艺术风格

同不少读者的感受一样，当我读完旭宇同志的诗集《醒来的歌声》(河北人民出版社，1981年6月出版）之后，也认为这是一本具有独特艺术风格的好集子。

当然，从作品的题材和反映生活的深度来说，这本诗集并没有超出同时代诗人所涉猎的范围和达到的尺度：诗人不过是歌颂了家乡、土地和人民。然而，正是在这些相似点上，却表现了诗人自己的艺术风貌：他是用自己的深婉细腻的歌喉在吟唱。这歌声显然不是那种司空见惯的海涛喧响，而是一道小溪所发出的涓涓绵绵的歌吟。诗人用这本集子为自己塑造的抒情形象是：他不是在大庭广众之中吹奏高亢的唢呐，而是漫步于清新媚丽的山水田园中，信手拧一支柳哨或芦笛，向着秀丽的土地、美好的生活和善良的人民，轻轻吹出自己的款款深情。古人评论诗文美，曾有阳刚之美和阴柔之美的说法。"得于阳与刚之美者，则其文如霆，如电，如长风之出谷，如崇山峻崖，如决大川……其得于阴与柔之美者，则其文如升初日，如清风，如云，如霞，如烟，如幽林曲涧……"（清代姚鼐《复鲁絜非书》）。旭宇这本诗集具有阴柔之美，是可以品味到的。我想，如果可以把前些年涌现出来的风风火火、云雷奔走式的诗集称为具有阳刚之美的话，这本《醒来的歌声》将以自己独特的美感刷新读者的耳目。而这，在艺术风格刚刚开始讲求多样化的今天，显然是难能可贵的。

《醒来的歌声》所表现出的诗人创作个性，可以从诗人对意象的选择、对意象的动作及音响的描绘上，明显地看出来。诗人对意象的选择，有着自己独特的艺术标准。他竭力回避着轰轰烈烈的盛大场面，而着眼于安恬幽雅的生活景致，笔下的意象不是昂头挥手、云雷奔发式的，而是恭谦雅淡的，满怀着温和蕴藉的心性。

> 燕山，睡在我的记忆里，
> 她是我绿色的童年，
> 曾记得头上的白云走不完，
> 一颗心儿被小溪缠在青山。
> ……
>
> ——《冀东行》

这是诗人的思乡之作，所选择的意象是安详地睡在记忆里的燕山、漫步连绵的白云和萦回婉曲的小溪，三个意象具有同一的安闲缠绵的情调，相互配合，很好地抒发了诗人的抒情个性。假如我们把这三个意象都换成峥嵘飞动的情调，那么抒情个性就会改变："呵，峥嵘磅礴的燕山，多少年，你仍然横亘在我的心坎！翻滚的白云呵，可还裹着昔日的硝烟？呼啸的滦河呵，可还拥着战斗的呼喊？"意象变了，抒情个性也就跟着改变，这已不是童年的优美的回忆，而是战士的豪壮的追思了，后者的抒情形象显然已不再是旭宇同志，生活既没有提供他战斗的经历，又没有育成他这种豪迈的气质，他的个性就是那样深挚安恬，他忠实地依照自己的个性，用自己的眼睛进行观察和选取意象，写出了自己独特风格的诗篇。

《红枣》这首诗，同样写出了这类意象，"家乡的枣树，即使遭到了虫害冰雹，歉收了，多挨三竿，从不抱怨，只是期望来年的风和雨调"，在温和、坚忍的枣树意象中，体现了诗人的个性，寄寓了诗人对茹苦含辛、艰难奋斗的故乡人民由衷的深挚的赞美。

在诗人笔下，还有那"报春不用紫衫红袖，只是向惺忪的原野招一招手"的质朴、雅淡的春柳（《家乡的春柳》）；那曾"用绿色的臂膀搂抱过革命"，虽在"地图上没有它的户口"，但至今仍用"秋月的芦花"浮现"当年的硝烟"的无名河（《无名河》）；那"欢跳一天"此刻"枕着月色睡了"的麦浪（《麦浪睡着》）；那"满是醉了的流云"和"揉碎了的金阳月阴"的山川原野。这些意象都是安恬婉美的，充满了毫不张扬的内向个性。即便是那汹涌激荡的扬子江，诗人也把它写得那么妩媚而温柔：

> 我推下扬子江,她也娇艳地睡着,
> 裹着珍珠衿被,枕着十里虹桥,
> 汽笛起伏:"呵,她的鼾声多妙!"
> ……
>
> ——《夜登长江大桥》

看,扬子江的睡态是这样悠优美妙!不要以为一切睡态都是如此的,在刚健派诗作中,即便是处于睡态的事物,也是气宇轩昂的:"月亮,不要照出我的影子,风,不要出声;祖国睡去了,枕着大海的涛声。"(李瑛《月夜潜听》)一个秀美,一个壮美,两种创作个性描绘的两种睡态,同样都给人美的享受。

描写所爱的事物是如此,描写所憎的事物,诗人也同样依据他的个性来选取意象:

> 蜻蜓的巢,枯了,
> 水鸟的影子也已飘远,
> 蓝天呢,淹死在污泥里。
> 绿色的梦也都霉烂;
> 剩下的只有吹嘘的气泡,
> 一片发臭的语言……
>
> ——《死水》

显然,诗人是在揭露"四人帮"的罪恶统治,但选取的意象却充满着诗人的个性特点。为了进行比较,我想引王洪涛同志的诗《浮船坞》(发表在《长城》1980年第1期)为例,王洪涛同志这首诗的主题同样是揭露"四人帮"的罪恶统治,但所选取的意象是迥然不同的。"空中呵,空中是绞碎的浪,折断的桅,撕破的帆","船上呵,船上是跳动的钢锭,滚动的油桶,摔碎的茶碗","船体变形,底舱进水!螺旋桨的翅膀,也被海水拧断"。诗中的意象是强烈动荡的,借以表现诗人对那个动荡岁月的无比憎恨。而旭宇同志呢,他在表现这种愤恨的情感时,却以另一种方式呈现,他所选取的意象出奇死寂,一切生命都停止了,发臭的死水里,只有一片吹嘘的气泡在冒动。这同样是诗人那种深挚沉婉的个性的反映,诗人依据这种个性选取独特的意象,使他的切齿痛恨表现得如此滞重而深沉。

对意象动作的描写起着重要的表现作用。具有阳刚之美的诗篇,所描写的意象动作是大的、急的、快的,如风驰电掣,如云滚浪翻,如洪溢石走,通篇充溢着飞扬动荡的气势。而具有阴柔之美的诗歌,在动作的描写上则是小的、轻的、缓的,如风拂柳絮,如雨点浮萍,如初日徐升,通篇是轻舒徐缓的韵味。旭宇同志看来是深谙此道的,他对于动作的描写,紧紧地扣应着笔下意象的个性特点,做到意象既恬而动作尤轻,从而创造了一个个深婉的意境。

例如,他笔下的"风",都是轻徐和缓的。"风走来,把新穗的梦抚摸"(《麦浪睡着》),"风将白云一朵朵揉碎,撒下一片片温存的语言"(《雪夜》),"轻柔柔,微风的手把白云覆盖在上面"(《乘湘黔火车西行》),"高压线似一架琴弦,春风的手指弹拨,醉了边关"(《歌手》),等等。"走来""抚摸""撒下""弹拨",这些动作是多么轻柔呵,它们所描绘的意象是多么婉美啊!

诗人写"雨",其动作也是细腻缠绵的。"茫茫的雨帘卷起"(《雨后》),"春雨的朱唇,先把龟裂的土地吻吻"(《无题》),"我落在花枝,凝成粒粒含笑的苞蕾,我飘到溪谷,化作一支拨动的琴弦……让沉睡的苏醒吧,我把他们摇曳,让冻僵的复苏吧,我润开他的双眼"(《春雨》),等等。"卷""吻""落""飘""摇曳""润开",这些动作多么轻巧温存啊!

诗人写夜景,那动作描写更是动人。

> 夜色怀抱着梦乡睡去,
> 车船的歌唱也都柔软,
> 只有灯火还瞳朦相望,
> 守护着静静入睡的人间

——《雪夜》

> 老嫂抱着孩子轻摇蒲扇,
> "哦,哦",催眠曲粘在唇边。

——《夏夜》

多么安谧的夜晚，万物纷纷入睡了，那灯火虽还未睡，也已是睡眼迷离，"瞳朦相望"；那老嫂虽还"轻摇蒲扇"，而催眠曲也已"粘"在嘴边了。这种欲睡状态的细微动态刻画，更能表达出大千世界的酣酣睡意和无比安恬。

除此以外，诗人还十分注意从音响的角度来丰满意象的特征。诗集中从未出现过海啸山崩、雷霆震怒之类的声响，作用于读者听觉的，是从白色的蛋皮里，挤出的"金黄的跳跃着逗人的歌曲"(《鸡雏》)，是"蛙们的催眠曲起伏应和"(《麦浪睡着》)，是"小草间，虫儿弹着琴，邀着知音"(《雨后》)，是秋叶"悄声地凋落"(《秋》)。一句话，是一曲曲委婉动听的轻音乐。

安恬的意象，舒缓的动作，轻柔的音响，加上诗人大量地使用物我合一的拟人化手法（不再详述），形成了这本诗集浓郁的细腻的情感特色，表现了诗人独特的抒情个性和艺术风格。对此，诗人在《百灵》这首诗中已有明白的表述——"我多么愿生一副百灵的歌喉，将我的歌儿献给大时代的今天。"那婉转动人的百灵鸟的歌喉，已喜诗人初具，今后是如何用这个歌喉把歌儿唱得更为细腻婉转，这是诗人需沿着自己的风格继续开拓的课题。

古人论词，曾把词家分为豪放派和婉约派，当然，这两种派别自有其历史时代的思想内涵，我们不便借用它们去划分现代诗人的艺术归属。但是，这本诗集所反映出来的诗人缜密的观察和细致的表现，与婉约派的风格和手法确有相似之处。可喜的是，诗集收到良好的艺术效果。由此我想到，历史上的婉约派词风是否可以在廓清消极思想感情的前提下，重新出现在诗坛上，并且成为一大流派呢？我想是可以的，而且是应该的。我们的时代需要洪声大唱，同时也需要婉转轻吟，诗人们应该本着自己所独具的个性、气质，唱出百鸟纷鸣似的时代的歌声。

太白遗风，笑貌可人

——读葛景春诗集《梦诗斋吟草》

景春兄是当代李杜研究的知名学者，科研之余未废诗歌吟咏，但逢宾朋雅集，临水登山，或目览古迹，耳接新闻，每凭长歌短制，倾吐情怀。久之，竟有千首之富，为学界同人所传诵焉。河南刘晋田先生撷其英华，编成《梦诗斋吟草》（内蒙古人民出版社，2005年12月出版）一集，亦诗坛之盛事也。此前，笔者曾读过景春诗作多首，余香在齿；今日快读诗集，便觉得有话要说。

我以为，景春诗歌之妙处，主要在于诗中表现了他的鲜明个性，成功地塑造了独特的抒情形象。诗主性情。诗人者，性情中人也。回顾两千多年的中国诗坛，成其大名者，如屈原、陶潜、李白、杜甫、杜牧、李商隐等，无一不是以鲜明的抒情个性为先决条件。因此，诗中性情的有无、鲜明与否，一直是衡量诗歌优劣的第一要义。景春就是一位性格鲜明的诗人。本着"知人论世"的解诗之教，有必要说说我眼中和心里的景春。我与景春交游多年，对其为人、性格有所了解。景春于淳朴、真诚之外，乐观、旷达最为突出。他胸襟开阔，似乎不曾有过什么忧伤或烦恼，在朋辈面前总是乐呵呵地绽露笑容，经常用开心的话慰藉友人的愁闷，甚至打趣、逗乐，在这方面，我得益于他者颇多，对他的感知也就更深一些。他喜欢漫游山水，在高山大川之间长啸高歌，把欢声笑语洒落在山巅水滨。人的性格既有遗传的因素又有后天的养成，景春的先辈性格我不得而知，至于后天的养成，我以为他接受李白的影响很深。景春受业于詹锳先生门下，多年来从事李白研究，成果显著，他对李白的诗歌文本能够掩卷成诵，故能在诗歌中大量化用李白诗歌意境或诗句，他说"欲学太白名山走,手携一支紫玉杖,暂作逍遥两日游"(《天柱山行》),他的"学太白",不只是游历名山,太白旷达、乐观的性格对他的影响是明显的。他的言谈举止、笑貌音容,我总能依稀看到李白的影子。而且,他也能够像李白那样用一支真诚、率直的笔,把自己的生活感受、乐观性格毫无掩饰地书写出来。且看他的诗篇。

在《梦诗斋吟草》中,收录许多快意山水之作,作者以敞亮的歌喉,纵情歌唱雄伟壮丽的山河,塑造出一个以笑脸怡情面对高山大川的艺术形象。如《登西岳华山歌》中所写:"久思结伴游太华,夜半登山路径斜。夜色朦胧山似睡,流水淙淙声不哗。一路笑语一路歌,宿鸟纷纷惊出窝。陶公一曲敖包调,引逗月出东山豁。月色如昼照山谷,游人欢呼如鼎沸。此呼彼应乐何极,要登东峰观日出。"此等笔墨写夜登华山之情状,不徒使人感到游人脚下生风,亦能感到诗人笔端翻云、胸中涌浪。及至拂晓日出,登临绝顶,放眼山河,作者欢声唱道:"华岳三峰数莲花,削出青天一柱斜";"西峰山顶天风吹,长安不见见云飞。黄河一线天际来,清渭如丝过山隈"。襟间的天风、身边的长云与眼底丝线般的黄河、渭水,将华山高险之势和盘托出,也把作者的高朗愉悦心情刻画殆尽。

他写泰山,则突显其威严:"滨河临海连天高,独于五岳尊高标。一从老杜望岳句,遂使岱宗领风骚";"碧霞宫顶铁瓦红,天门石阶似天梯。日观峰前眺东海,茫茫一线与天齐"(《泰山歌》)。写黄山,则突显其奇特:"石奇松奇云水奇,奇峰奇瀑连星河";"奇松怪状皆飘逸,悬崖之上争斗奇";"山形千姿又百态,似叟似童似仙怪。不看不知造化巧,惊我目瞪又口呆"(《黄山歌》)。作者大睁着一双好奇的眼睛,极尽目力,搜奇追冥,又以精湛的文字传达山河之神韵,"我欲蓝天作诗笺,笔沾白云写诗篇"(《天柱山行》),并非夸饰之辞。他说"江山有待诗人传"(《泰山歌》),此语颇为警竦,自古以来,中华之高山大川正是有赖文学艺术家的神来之笔而扬其神韵的。盛唐诗人兼画家郑虔,擅长粉绘山水,他死后,杜甫作《存殁口号》说"天下何曾有山水",天下并非没有山水,只因死了郑虔,无人扬其神韵,故虽有而实无矣。景春悟得此理,说明他写这些山水诗是有意为山水取神传韵的。他既为山水取神传韵,也为太白诗风接声递响。

庄周曾说:"人上寿百岁,中寿八十,下寿六十,除病瘦死丧忧患,其中开口而笑者，一月之中不过四五日而已矣。"人生多难，故唐代诗人杜牧写诗言道："尘世难逢开口笑，菊花须插满头归。"(《九日齐山登高》)仔细读来，景春诗歌也有乘时尽乐、笑对人生的心思。他善于发现人生中的趣事，以风趣的笔墨勾画那些美好的瞬间，为其进行艺术定格，遂留下永恒的印记。他与师兄刘崇德夫妇同游五台山，刘夫人是佛教信徒，跪拜虔诚，景春将此情景摄入诗中："刘家阿嫂随哥行，逢佛必拜心最诚。口中念念阿弥陀，愿佛佑哥事业成。"(《五台山行》)这一精彩的瞬间描绘，让人感到夫妇的至情、生活的美好，为多难的人生涂上一道绚丽的虹影。其他凡所交游唱和，景春皆不忘书写其中乐事，读到这些诗作，你会得到一些轻松、快慰，有似于艰难旅途中树荫下的小憩，当头烈日下饮上一捧清泉。

《峨眉山行》诗中，有一段写遭遇猴子的趣事，令人忍俊不禁："翠竹丛中头攒动，跳出一群孙悟空。大圣挠耳又抓腮，三五成群坐石阶。诸君若想过此路，掏包请拿买路财。解囊分发买路财，一群去了一群来。朝三暮四难奏效，扯袖翻袋掏衣怀。丢盔卸甲狼狈逃，如是猴儿也不饶。可怜眼镜被摘去，遥挂悬崖松树梢。"诗中以诙谐风趣的笔墨，描绘了一场人猴之争，而以游人退让告止，读来令人捧腹开怀。作者笔触细腻，精选几个生动的细节，写出猴儿的无赖和游人的无奈。很明显，作者对这场嬉戏是充满趣味感的，在他看来，枯燥的生活中有此一幕，亦足以让人暂开笑颜。

景春对于诗歌的各种体式都是擅长驾驭的。比较来看，歌行体诗最能表现他那乐观、旷达的性格（这方面也与李白诗歌的体式好尚相同）。《梦诗斋吟草》选入的大量歌行，皆笔墨恣纵，情感淋漓，喜笑歌吟，随心所欲，有摆脱拘束之美，无刻意雕琢之憾。语言不计工拙，总以达情适性为目的，故诗中有警语，有妙语，也有口语、俗语，警语如"先主不做茅庐顾，至今恐是一条虫"(《登襄阳城楼歌》)，"诗句高悬如日月，江山有待诗人传"(《泰山歌》)，等等，皆能触目生思，发人深省。妙语如"五台归来两袖风，身心清凉似含冰"(《五台山行》)，"高山流水弹一曲，至今蛙鸣带琴声"(《峨眉山行》)，等等，能以微妙之语传深隐之情。俗语如"我道不看岳尚可，不看黄山算白活"(《黄山歌》)，"伊犁美酒手抓饭，生烤全羊味道鲜"(《新疆行》),等等,脱口而出,不暇雕饰,而彼时彼地之情赖以表达,雕刻反成败笔。

景春的绝句亦很出色,常能在短小的篇幅里容纳深迥的内容。篇幅所限,仅举《时钟》一例:"咔咔秒针如剪刀,时钟响似重锤敲。韶光线短那堪剪,催我闻鸡舞月宵。"时不我待,已是常见的主题,然而这首诗却以精巧的艺术构思,把一个平常的主题表达得异常深刻。古人所谓"诗家语"应主要是指此。

作为一位学者诗人,景春却不像宋人那样卖弄书本子,他的诗中固然对古代诗歌的章法、句法、字法多有借鉴,有许多诗句是化用了古人的,但是,他在注重抒写性情方面仍然属于唐人一路。"若无性情,何必作诗?"(《梦诗斋吟草自序》)他用诗作实践了自己的主张。他的近体诗作遵循着格律要求,在声律、对仗上一从古制,在用韵上则适当放宽,以适应当今语音的实际,我以为这是在以"变"求"不变",是值得肯定和倡导的。

古典诗艺的精彩传承

——快读郭庆华诗集《天放韵事》

郭庆华的诗集《天放韵事》，是一部优秀的旧体诗词作品集结。说它优秀，是由于它具有浓郁的旧体诗词味道；这种味道来自作品对中国古典诗词艺术的精彩传承。显然，作者具有坚实的古典诗词阅读基础和审美感悟能力、驾驭语言能力。中国古典诗词在其漫长的发展过程中，逐渐形成了一整套理论范畴，诸如声律、韵律、对仗、章法、句法、字法、起结、立意、熔裁、用典、趣味、神韵、含蓄、意境、意象、兴象等等。对此，郭庆华是明鉴于心的，正如他在《寄怀》中说的"文章正做新花样，规矩犹存旧纸张"，这里说的"存规矩"，就是他对古典诗词艺术范畴的领悟和继承。本文拟从这个角度，对《天放韵事》的成功原因作出一些分析。

一、诗心拥抱自然

中国诗人与西方诗人在抒情方式上有着明显的不同。西方诗人心里装着上帝，他们写诗是向上帝诉说生活体验、心灵颤动；中国诗人心里装的是"天人合一"的理念，他们面向的是自然界，喜欢把个人的情志寄托于自然物，在自然物中寻找自己的同调或身影，归依自己的情感或心灵。李白说"相看两不厌，只有敬亭山"，是把敬亭山作为知己，借以表达他在现实中的孤独。杜甫说"一重一掩吾肺腑，山鸟山花吾友于"，是把重叠掩映的岳麓山看成自己的肺腑，把山鸟山花看成自己的朋友。辛弃疾说："我见青山多妩媚，料青山见我应如是。情与貌，略相似。"文天祥即便是在国难当头、性命艰危之际，写诗也没忘记连及自然——"山河破碎风飘絮，身世浮沉雨打萍"。这些都表现了中国诗人内心深藏着的"自然情结"。这种"自然情结"就是中国古典诗词的抒情传统。郭庆华继承了这个传统，他的诗心拥抱着自然。

诗心拥抱自然，并不是说写写山水诗、田园诗就是了。那是一种人与自然物的亲融境界，自然物与人呈现休戚与共的关系，是"我歌月徘徊"（李白）、"恸哭松声回"（杜甫）的那种"天人感应"的关系。郭庆华诗作中随处都可见到这样的境界："顾我狂歌花颔笑，怜他醉舞柳垂青"（《西湖夜游》）；"枝头好鸟成吟友，临别嘤鸣更似啼"（《小壁林区采风十首》之十）；"花漂水面成诗料，鸟唱枝头作友声"（《贺元鸣先生诗集出版》）；"沧海弄潮婴逆鳞，青山何故黛眉颦"（《暮春》）；"寻花问柳水边行，一日初升百鸟鸣。沉醉不知人笑我，摇唇鼓舌和莺声"（《西湖绝句》）；"或是西施羞见我，真丝轻把粉腮遮"（《西湖遇雨》）。这些诗句，体现的是物与我的交感、互动，是人与自然的亲融、和谐。他还每每在自然物中发现自己，比况自己。例如《题封龙山影瘦石》："谁捧先生上半空，朝陪云雨晚临风。迩来身影如君瘦，只是名心不肯同。"郭庆华身体较瘦，睹物思己，有相同之处，却也有所不同，诚如雨如先生评曰："人如石者多矣，时位或与之同，而名心实不肯同。不肯者，非不能也，实不愿也。三、四由物及己，好句。"由物及己，物我比况，正是他心中固有的"自然情结"的体现。又如《小壁林区采风十首》之九："长年难得返天真，今日林间做主人。自顾恍然如梦幻，临风玉树是前身。"见玉树临风，无拘无束，自主自为，纵其天性而生长，正与自己的天真本性、放达性格相吻合，于是恍然觉得它就是自己的前身，此时人与物呈现为一体关系。诸如此类，在自然物中寻找自己、发现自己、展示自己，这正是中国古代诗人的例常做法，屈原颂橘，陶潜颂菊，杜甫颂竹，周敦颐颂莲，陆游颂梅，都是人品与物性的神妙遇合。这种遇合不仅使自然物具有了文化意蕴，更让历史名人具备了精神化身和永远鲜活的生命。倘若你对中国古典诗词有较多的阅读和领会，就会觉得郭庆华诗词中的"自然情结"正是中国古典式的抒情模式。

二、妙用典故

　　文学是语言艺术，诗歌是高度精练的语言艺术，尤其是旧体诗词，因其篇幅短小，对语言的精练程度要求更高。为了在有限的篇幅中完美地抒情写意，使用典故也就成了一种常用的手段。这是由于典故都包含着一段人物故事，或是一种意境、一种氛围，诗人用简短的语言媒介将其点到，这个人物故事或意境、氛围就会按着诗人的意图显现出来，从而成为诗人抒情表意的工具。从实现抒情的效果来看，这无疑是个很便捷的方法。古典诗词在其长期的发展过程中，用典业已成为诗家通用的手段。区别在于，有人用典是出于抒情表意的需要，有人用典是为显示学问渊博。后者的用心是违背诗歌抒写性情这个质性特征的，被历代学者所诟病。

　　郭庆华诗词创作继承了古典诗艺的用典艺术，他使用典故以抒情达意为目的，而且注意到尽量回避使用僻典，采用读者较为熟悉的历史掌故入诗，这为人们解读诗意提供了便利。请看《寄青面诗人》：

　　　　闻道程君手段高，江山处处领风骚。
　　　　嘴边妙语缘心醉，纸上奇文赖酒浇。
　　　　曾见一吟惊四座，无须八斗梦三刀。
　　　　宜将秃笔多磨砺，何必重吹碧玉箫？

　　颈联接连使用三个典故。杜甫《赠左仆射郑国公严公武》，诗中赞许郑国公严武博学有诗才，说他"阅书百氏尽，落笔四座惊"。据《释常谈》记载，谢灵运尝曰："天下才有一石，曹子建独占八斗，我得一斗，天下共分一斗。"后世遂以"八斗"指称高才。《晋书·王濬传》载，王濬做县令时，夜间做了一梦，梦见卧室的屋梁上悬挂三把刀，过了一会又增添一把刀，醒后心中不快。县主簿李毅听了，向他祝贺，说"三刀"是个"州"字，又增一刀者是个"益"字，合起来是"益州"二字，你即将升任益州长官了。过了不久，王濬果然做了益州刺史。后人遂用"三刀"这个典故指称职位升迁。此联使用这三个典故，便把青面先生的诗才之高、不慕官位的品德作出概括。倘若不用典故，正言直述，诗味就会大减。

庆华采用的典故来源甚广,大凡历史人物故事、经典文献、前人诗句,以及俗语、民谚等等,能够信手拈来,稳妥入诗,为其抒情表意所用。例如,"不信吟诗遭白眼,敢期倾盖有红妆"(《致秀禾女士》),"倾盖"一词出自《史记》卷八十三《鲁仲连邹阳列传》,意思是两个车盖交错,指两个人乘车路遇,停车交谈,后人遂以"倾盖"作为结识新知的典故。作者使用这个典故,将其交结红妆诗友的心愿作出含蓄的表达。又如,"扶摇直上九重天"(《为国际风筝会作》),是使用《庄子》中的语典"抟扶摇而上者九万里"。至于化用前人诗句的例子更为多见,例如,"云淡有无中"(《题白云乡先生山水画》),王维《汉江临眺》有"山色有无中";"裙飘芳草绿"(《有忆》),杜甫《琴台》诗写卓文君"蔓草见罗裙";"写罢新诗暗自吟"(《绮怀十首》之七),杜甫《解闷十二首》之七有"新诗改罢自长吟";"金黄一朵开无主"(《郊外夜见葵花》),杜甫《江畔独步寻花》有"桃花一簇开无主";"长恨相逢梦未休,只缘人在最高楼"(《步韵韩偓香奁集之青春》),王安石《登飞来峰》有"不畏浮云遮望眼,自缘身在最高层";"莺歌燕舞飘然去,醉入花丛无处寻"(《宴请美女 Miss Kelley 有赠》),杨万里《宿新市徐公店》有"儿童急走追黄蝶,飞入菜花无处寻";"今宵雪地留鸿爪"(《三十三岁自题》),苏轼《和子由渑池怀旧》诗云"人生到处知何似,应似飞鸿踏雪泥。泥上偶然留指爪,鸿飞那复计东西";"云山终让水东流"(《四十二岁生日有作》),辛弃疾《菩萨蛮·书江西造口壁》有"青山遮不住,毕竟东流去";"且将指点江山手,暂向屏风后面藏"(《鹧鸪天·秘书三首》之二),陆游《夏夜大醉醒后有感》有诗"却将覆毡草檄手,小诗点缀西州春";等等。借用前人诗句或句式,关键在于"化",变化其中的某些字词,使之为我所用,而不是简单挪用。庆华在这方面也是成功的。此外,他还善于将俗语、民谚引入诗中,例如"夜阑人散绿茶凉"(《寄怀二首》之一)是将俗语"人走茶凉"化为诗句,"未知哪片云携雨"(《暮春》)是将俗语"不知哪片云彩有雨"(民间的意思是不知哪个孩子有出息)化为诗句,"转眼频惊狗跳墙"(《遣兴》)是将成语"狗急跳墙"化为诗句,"画壁好龙徒有名"(《五四运动九十周年感赋》)是将成语"叶公好龙"化为诗句,这种做法为诗歌平添了许多生趣。

在一些篇什中,庆华还采用"组合式"用典,以强化某种情感的抒发。例如《水调歌头·丙戌人日弓月兄于东来顺频频招饮并作水调歌头，请文裳、海钱兄及天放步韵》：

急急招来饮，唯恐负平生。只缘正是人日，灯火彻天明。涮出人生百味，细品个中三昧，长醉不需醒。横卧沉沉睡，岂管太阳升。

功名远，诗酒近，羡诸兄。无边风月，杯底有物直须倾。若唤红巾翠袖，共我浅斟低唱，何处更营营。梦踏杨花去，谢府访青青。

词的主旨是抒写"功名远，负平生"的感慨，上片记宴饮之事，下片抒发人生感慨。下片连用三个语典："唤红巾翠袖"用辛弃疾《水龙吟》词"倩何人唤取，红巾翠袖，揾英雄泪"；"共我浅斟低唱"用柳永《鹤冲天》词"忍把浮名，换了浅斟低唱"；"何处更营营"用苏轼《临江仙》词"何时忘却营营"。辛词表达的是英雄壮志难酬的悲慨，柳词表达的是落第之后的苦闷，苏词表达的是摆脱红尘的希冀。这三个语典的内涵与郭词的主旨是一致的。更为绝妙的是，这三个语典的排列次序具有内在的逻辑，先"唤红巾翠袖（歌女）"，而后"共我浅斟低唱"，从而精神得以超越，不再"营营"，显示出高超的驾驭典故的能力。

博闻强识，各种典籍烂熟于心中，用典时方能信手拈来，左右逢源，又往往得于无意识中。我虽与庆华仅识一面，其读书之勤、思维之敏，亦可由此而知。

三、意新语工

意新语工，是历代诗家的共同追求。立意上别出心裁，语言上创制新语，是文学巨星的标志。在文学史上，司马迁、杜甫、韩愈等人，是标新立异、创制词语的大师。庆华在这个方面也表现出锐意追求。

诗家们都知道，在诗的立意上，尤其是在传统题材的立意上，是真较劲处。能否在前人反复写过的题材上翻出新意，是检验诗家水平的试金石。庆华的作品正是在这个关节上表现出诗艺水准。篇幅关系，仅举两例。咏西湖，是个传统题材，历代诗人作品浩如烟海，而以苏轼所咏最为杰出，好就好在他把西湖比喻为西子，此语一出，众声皆哑。现在来看庆华写的《西湖遇雨》：

> 西湖本属美人家，来访偏逢细雨斜。
> 或是西施羞见我，真丝轻把粉腮遮。

诗中虽然也将西湖比喻为西子，但在立意上比苏诗更为新颖，在形象上比苏诗更为生动。雨丝如同真丝，轻轻遮住西子的面容，一个娇羞的西子形象、一种崭新的西湖雨境被创造出来。再如咏竹，也是个传统题材，历代留诗众多，所立之意，不过就竹子本身特征进行开掘：虚心、劲节、清高、独守。再看庆华的《画竹》：

> 漫道缺心心自在，岂知多节节常寒。
> 贫来无地堪栽种，索向丹青画几竿。

一个贫寒的竹子形象被创造出来，一个身无寸地的书生呐喊脱群而出。此意一出，真可谓让千古咏竹诗别开生面。由此想起杜甫说的"诗清立意新"(《奉和严中丞西城晚眺十韵》)，立意出新，力避众声，乃是诗圣杜甫的毕生追求。

在诗词语言的创新上，庆华也付出了巨大的努力。写旧体诗词，自然无法完全摆脱古代汉语词汇，但是，他能在有限的空间里新化作品的语言，主要表现在两个方面。一是适当使用当代新词语入诗，二是自创具有表现力的新语。他在一些作品中，使用"手机""短信""彩铃"之类的当代科技语汇，给人以鲜明的时代感。这实在是一种有意义的探索。写旧体诗词究竟采用什么语言？据唐代著名诗人元稹所说，杜甫写诗用的是"当时语"("怜渠直道当时语，不著心源傍古人")，也就是杜甫所在那个时代的语言。关于这个问题，我曾在《中华诗词》2009年第9期上发表过一篇探索文章《白话诗词：中华诗词的自救之路》，如今读到庆华的这类作品，深为赞同。至于他自创具有表现力的新语，作品中可谓俯拾皆是，例如"短信发时情四射，彩铃响处眼双弯"(《河北移动诗社成立志贺》)，用"眼双弯"来写喜悦之情，描状真实，令人遐想，是神来之笔，是创语，前人未曾道过。再如,"眼角秋波能酿蜜""竹牖风中嫩雨香"等,都能给人新鲜的感受。

  时值盛暑,挥汗之际,思维不敏,眼界不宽,文中所述,或许不当,诚请方家批评指正。

深婉蕴藉的歌吟

——评潇月的抒情诗

得知潇月的名字,是在去年冬季。在主编《保定吟坛》创刊号的日子里,我读到她寄来的几首旧体诗,颇感意新语工,韵味不薄,就编入了。前不久,她找上门来,带着打印好了的厚厚的一摞自由体诗,让我提出修改意见,并说准备出版,请我作序。

老实说,我对时下见诸报刊的所谓"自由体",已是十分反感。且不说那些分行的文字无节奏、无韵律(从而也就失去了诗的质性特征),先从内容上说,简直就是读不懂:语言晦涩,意象混乱,云山雾罩,莫测高深,大有"无力画人,转而画鬼"之嫌。所以,听到潇月同志的"作序"之求,我只能答以"看看再说"。

基于对潇月同志发表在《保定吟坛》的旧体诗的良好印象,我开始阅读她的自由体诗,谁知一读便不能停下,整整一个上午,我的目光一直随着她的诗行而流动,一颗心沉浸在浓郁的诗意之中,感情之舟随着诗情而颠簸摇荡。我已经好久没有被自由体诗感动过了。

潇月的诗告诉我,它的作者是超脱了世俗功利的。她不是为了身外的什么而写作,不是为了迎合什么而写作,她写诗纯然是为了吐露个人的心曲,以获取一份内心的片刻之安。所以诗中总是流动着一种真情,表现着一种难得的赤子之心。而且,这种真情又是善的、美的。她对诗的属性和职能有着正确的理解。诗是什么?为什么要写诗?且看她的认识:

　　诗是泪　是缓缓流淌的冰河
　　诗是血　是吟唱疼痛的歌

> 诗是爱　是甜蜜的苦涩
> 诗是家　是漂泊的舟舸
> 诗是梦　是无法平分的苦乐
>
> ——《诗是什么》

诗是泪，是血，是爱，是家，是梦，这种渗透着个人情感特征的对于诗歌性质的感悟，使得她的诗与"假大空"，与无病呻吟，与表面文章完全绝缘。

孟子论诗，强调"以意逆志"和"知人论世"。潇月同志的身世和感情经历，我略微知道一些，从而也坚信了"诗如其人"的成说。从诗集中占有相当比例的爱情题材的作品来看，她是一位呼唤真实人生、渴望纯真爱情的女性。一个"真"字贯穿全部诗稿。她在诗中表达的对纯真爱情的希冀，达到了常人所不能达到的深度。我想举出她所写的《你说你要来》这首诗为例，以说明之，诗云：

> 来信说　你要来
> 我的日子里
> 便排满了等待

往下，就写"等待"，写期盼的心情：

> 春天的时候你来吧
> 春天　曾是我们相识的季节
> 试想一下
> 在落英满地的春天的路口
> 我们彼此兴奋地握手寒暄
> 那么　再现的仅仅是季节吗
> 当然还有那久违了的笑颜
>
> 如果春天不来
> 就在夏天的时候你来吧
> 对　恰值现在

夏末秋初的好时节
阳光充裕　晚风中已微微有了
些许的凉意
郊外有一条美丽的河
那条鲜有人知的僻静的路
早已在堤岸上的黄昏里
等我们

如果夏天不来
就在秋天的时候你来吧
秋天　没有了夏季的燥热
也没有扰人不安的蚊虫
林荫路上　落叶萧萧
我们把脚步放慢　再放慢
在秋天的深沉与寥落里
彼此递送着真诚的慰藉

如果秋天不来
就在冬天的时候你来吧
片片雪花飞絮般地飘洒
你裹着厚厚的冬衣
重重地叩响了我的房门
且让我们围在火炉旁
促膝而坐
在漫长的冬天的夜晚
悠然地细语闲叙

不限季节，随时到来皆可；又不放过每个季节，时刻都在翘首盼望。如此宽容而又殷切的心地，已令人感到情感的深挚，然而作者并未止笔于此，接下来写道：

如果年轻时的现在你不能来

就在暮年时你来吧

　　……

　　如果暮年时你不能来

　　就在我临终之时你来吧

　　……

　　如果临终时你还不能来

　　就在我死后你来吧

　　我的坟茔将按照我的遗愿

　　远离那林立的墓群

　　如我生前一样

　　性情孤僻　孑然一身

　　独立于恒久的寂寞中

　　聆听你迢遥的足音

　　为了曾经生成的一份恋情，为了对方的一句许诺，便由青年而暮年，由生前而死后地长久期盼，这让人感到爱情的庄严与神圣，尤其是在我们生存的这个时代。唐代诗人李商隐《无题》诗言道"春蚕到死丝方尽，蜡炬成灰泪始干"，曾被人誉为爱情诗的千古绝唱，然而察其恋情，也仅是命终而止。潇月的诗却把恋情延于死后，推向永久，"在无数次生命的轮回中"，"等待着"再度与其"偶然相遇"。所以，就感情深度来说，潇月的这首诗是超过了李商隐的。除了爱情题材的作品，诗集中还有若干表现故乡情思、双亲忆想、手足挚爱、友朋亲情以及山水之恋的佳作，这些诗同样流动着真挚的情感。

　　感情是诗的命脉。西晋诗人、文论家陆机说："诗缘情而绮靡。"白居易说："诗者，根情苗言，华声实义。"诗歌是以感情动人的，诗歌的使命是抒发情感。诗歌永远拒绝"寡情"者，诗歌永远拒绝"言理"者。潇月借助于诗篇，把真挚、善良、美好的情感倾之于众，陶冶生灵，如同一棵参天大树，把源源的氧气漫散给人间。这是她的诗取得成功的主要原因。

　　抒情性格的确立，历来是诗歌审美的终极尺度。杜甫的沉郁，李白的豪放，陶潜的恬淡，这三位古代诗人之所以被称为第一流的诗人，正是由于他们在诗中确立了鲜明的抒情性格。用这个审美尺度来衡量潇月的诗歌，我以为它们初步显示了作者的抒情性格，即深沉而委婉。在表现手法上，寄深沉的情感于委婉的言辞中，于娓娓诉说中蕴含情感的力度。譬如无风时的长江，江面平静无喧，而江流却雄浑有力。例如，她这样表述自己的"文革"岁月：

  灿烂的黄金时代
  我耕耘于动乱
  撒播着庸碌
  收获了惆怅

——《妈妈 吃粽子的日子又到了》

读这样的诗句，是必然要一句一顿的，因为它有丰厚的内涵供你思考。对于荒废了一代人青春的"文革"的批判，作者没有采用那些充满"火药味"的振臂怒呼的语言，但你从这些深沉的表述中，不能不感受到它的批判力度之大。再如，她写离别娘家时的依恋不舍：

  吃过母亲特意包好的
  茴香馅饺子
  吻过小侄女稚嫩的脸蛋
  最后一眼瞥过黑色的大门上
  那两个朱红的"福"字
  我
  就该走出家门了

——《别》

"吃过""吻过""瞥过"之后，还有什么理由在家中迟延呢？"嫁出的女，泼出的水"啊！娘家再好，终非久留之处。这些细节笔墨，出色地表达了一个出嫁的女子对娘家的眷恋而又不得不走的两为其难的心情。这是人人心中皆有，又是人人笔下所无的。作者用一支细腻的笔触，把这种复杂的心情委婉地传达出来，让我们产生共鸣，同时也承受了人生的重负。在功利主义者的眼里，这种情感是微不足道的。但这种情感的抒发，乃是诗歌的本义和职能。

如果把潇月诗的主体抒情性格确定为深沉而委婉，那么还有一个不容忽视的性格侧面，就是诙谐幽默。作者有时会对个人的遭际、对人生世态发出轻轻的嗤笑，做出个颇为好看的鬼脸什么的。例如，她对世风的嘲讽

> 已经塞满了
> 又挤进一条腿
> 门　怎么关
> 连斗殴的雌性
> 也被围观的人群
> 哄起了雄威
> 顿时　大批的失业者
> 拥有了职业
>
> ——《风气》

在"雌性"而具"雄威"、"失业"而有"职业"的对立统一的揭示中，流露出作者对世风的无奈和轻蔑的微笑。《读我诗的时候你失笑了么》这首诗，通篇充满洒脱、俏皮的情调，且看其中一节：

> 读我诗的时候
> 你失笑了么
> 是否会拿起笔
> 像一位私塾里的老先生
> 一边画着圈子
> 一边自言自语
> 这个小女子呀
> 这个俏皮的小女子呀
> 你看这一句　这一句
> 哎呀呀　还有这一句

直白而富于暗示性的语言，流畅而和谐的韵律，把作者细腻而富于想象力的心地，怕人失笑而又甘心让人失笑的洒脱性格，表达得淋漓尽致。

其实，古来真正的诗人都具有幽默的品格。真正的诗人皆有困厄的运途，在困厄之中，欲求心境的片刻轻松，则幽默性格实为持续生命之所必须。

潇月具有诗人的敏感和丰富的想象力。那些司空见惯的景与物，都能引发她的诗思。在她的诗心天地间，万事万物都能在她的某种情绪支配下而成为得心应手的诗料。例如，她把幼小的儿子想象为蝌蚪，"如一尾小小的蝌蚪／甩着尾巴游来"（《盛夏小憩》），颇觉比喻新颖，令人生爱生怜；她把"一堆理还乱的线团"比为"剪不断的愁绪"，把"走神"织错的毛衣比为"不得不公诸于世的败笔"（《毛衣情结》），虽是对古人有所借鉴，却因具有实境而令人感到眼新；她把在储蓄所门前参与有奖储蓄而希望落空的人群，描写成"被撞翻的运气　拥挤如潮"（《奖品》）；她把自己的"憔悴以及不会笑的留影"比为"是古道上西风掠过的印记"（《絮语》）；等等。新颖的比喻，不胜枚举。《我愿是鱼儿》这首诗，可算是个典型，且看诗的第一节：

> 我愿是一尾银洁的游鱼
> 周身的鳞节完美无缺
> 流水中优美的游姿属于你
> 阳光下晶莹的光泽属于你
> 岁月中成长的艰辛属于你
> 我愿你是碧波万顷的江河
> 我愿你是潺潺源源的小溪
> 我愿你是我生命之源泉呵
> 千回百转终也矢志不渝

作者把两性比为鱼水之情，把自己比为水中的鱼，把所恋比为活鱼的水，自己把"优美的游姿""晶莹的光泽"给了对方，而希望对方具有"碧波万顷"的胸怀和"潺潺源源"的柔情。应该说，这丰富的想象而描绘出的美丽图画，把两性之爱表述得异常生动而深挚。潇月在《我有一间积木小屋》这首诗中，把自己的房子比为"宇宙的一个小小盆景"，"凡世间有的／那里也无所不有"，这个浓缩宇宙为"小小盆景"的积木小屋，其实就是她的诗心天地。在那里，有她的搏动的诗心，有她的生命的色彩。

配合真、善、美的情感，潇月的诗还有一套精美的语言。诗是高度精练的语言艺术，在文学的殿堂里，它比小说、散文有着更高的语言要求，至若语言的形象、生动，乃是对一切文学作品的共同要求，于此不论。我要说的是，潇月的诗歌语言具有半文言的特点。这给她的诗歌带来语言的凝练美。篇幅所限，仅举下面的诗句：

> 推开门扉
> 不禁欣然四顾
> 青石小径
> 覆满了初谢的红英
> 葡萄架旁深邃的老井
> 廊檐柱下丁冬的风铃
> 牵牛花在静静地绽放
> 茂林修竹　空幽寂静
> 哦　这里的一切
> 都恍若天籁
> 都好似随着我的心思
> 一一安排

——《惆怅》

说它具有半文言的特点，不仅是因为它使用了一些古诗词语，而且还使用了文言句法，"葡萄架旁深邃的老井／廊檐柱下丁冬的风铃"，这是古诗中常用的"无谓语"句法，它不但能使诗句更加简洁，而且能增大读者的想象空间。杜甫就是长于使用这种句法的高手。"渭北春天树，江东日暮云"，"烟火军中幕，牛羊岭上村"，这些诗句给人的艺术联想真可谓无穷。中国旧体诗与自由体诗的语言区别，在于一个是文言写成，一个是白话写成。从传播的角度来看，古代旧体诗的受众面远远大于自由体诗，这真是个奇怪的现象。按常理说，自由体诗反映的是当今的时代生活，应该比古人写的旧体诗具有更多的读者，可为何反倒"门前冷落车马稀"了呢？我想，这恐怕与诗歌的语言精与不精有重要的关系。同样的内容，用白话来讲，必然费词，而用文言来表达，必定语短。所以，旧体诗具有语言精练的特征，加上整齐的句式、和谐的韵律，所以易诵、易记、易于流传。潇月的诗歌吸纳了文言的优长，把文言与白话融合起来，创造出一种文白参半的语言模式，这种语言模式是值得诗界认真研究和总结的。

当然，诗集中还有部分作品显得粗糙些，在艺术构思和创造意境等方面，尚须再加功力。然而瑕不掩瑜，我愿意向广大读者推荐这部诗集。

刘瑞峰的旅游诗

《刘瑞峰诗词集》第二卷近日出版。集子里收录了大量的旅游作品。浏览之中,此心便随之而漫游开来:从白山黑水到苍山洱海,从龙门石窟到敦煌大漠,江山胜景,频收眼底;各族风情,纷至沓来。眼界为之开阔,心情因之舒展。

山水之美在于人的发现,而具有不同审美取向的人发现的山水之美会截然不同。瑞峰先生发现并赞美了什么?我以为是"奇"。他怀着一颗猎奇的心搜寻并审视山水,用一支得心应手的笔突显山水之奇形异彩,务必要把它的奇特之处展现出来,而拒绝对景物作浮泛的描摹和笼统的赞颂。这使他的山水诗具有独特的审美价值和抒情性格。例如,他写"五大连池"之奇特:"上天抛下珍珠链,五大连池连成串","黑波洞中黑美女,夜佩珠链展丽颜"。一派鬼斧神工之象、幽深奥秘之氛,惊现在读者眼前。他写"辽宁本溪水洞":"东海龙宫展目前,奇观壮景异人寰。惊涛震耳龙蛇吼,寒气逼人鬼魅旋。洞阔能藏兵百万,水长可走舰千帆。遥知洞府幽深处,怪舞龙腾蟒蛇翻。"龙蛇吼,鬼魅旋,藏兵纳舰,气寒府幽,把个水洞写得惊心骇目。这就是他的独特发现和展示。又如他写"北京房山石花洞":"神工鬼斧本天成,洞阔岩奇众目瞠。石瀑石流犹怒吼,石帏石幔尚轻腾。石龙盘柱仍摇尾,石虎扑食若带风。魔怪离时当不舍,泪挥洞壁水淙淙。"洞里的石物有龙有虎,有瀑有流,有帏有幔,这已够神奇,更为神奇的是它们居然能吼能动,作者通过奇思妙想,把本来是凝固的石物写得活灵活现,一片生机。尾联一笔愈加奇绝,把石壁上的水痕说成是洞主魔怪临别时抹下的眼泪,作者的想象可谓超脱凡俗。云南石林是众所周知的景区,他也兼从诡异的角度进行审美:"玉树琼林撑砥柱,魔窟鸟道隐玄幽。擎天拔地群英聚，涌浪翻波众怪游。"凡此种种，不胜枚举。

　　对于少数民族的奇异风俗，作者也时加鉴赏，读来令人眼新。例如写西双版纳的地物民风："巨伞椰王遮道路，麻衣棕榈裹其胸。简裙短袄白哈女，鸟语殊俗傣佤风。"寥寥数语，殊俗毕现。婚俗是少数民族与汉民族的一大迥异之处，作者对傣族"女娶男"的婚俗、僾尼族的"抢亲"风俗、摩梭人的"走婚"风俗，都有精彩的描绘，一幅幅生动的婚俗画面带着奇声异响联翩而至。"傣家风俗异，重女却轻男。生女杀牛贺，生男喊赔钱。"为什么会这样？"女如不满意，随时可驱男。代代男出嫁，家家女娶男。妻子掌全家，老公绝无权。"呵呵，原来如此！僾尼族的"抢亲"并非野蛮行事，事先男女已经约定终身，"抢"不过是个形式而已："相约某时某刻，男方来人众多。抢得媳妇见公婆，媳妇装哭却乐。"够热闹，够风趣！摩梭人的"走婚"是以"阿夏"（情人）关系联结而成的不固定婚姻形态："成人男女不成家，情牵自主寻阿夏。"男女双方各居母家，男子入夜往宿，早晨回归，感情融洽则维持关系，反之则另寻所爱，互不勉强，这是一种单纯以情感联结的婚姻，完全摆脱了钱权的干扰。作者对此加以赞叹："不涉金财，无关权霸。两情相悦成佳话。"并由此作出反思："钱权婚配确堪悲，扭曲人性何时罢！"理据充实，掷地有声。

　　在中国诗歌史上，"尚奇"诗人不乏其例，那位被杜甫称之为"岑参兄弟皆好奇"的盛唐诗人岑参就是个代表，他的边塞诗歌描写了西北大漠边关的雄奇景象，诸如"轮台九月风夜吼，一川碎石大如斗，随风满地石乱走"（《走马川行奉送封大夫出师西征》），"火山突兀赤亭口，火山五月火云厚。火云满山凝未开，飞鸟千里不敢来"（《火山云歌》），给人以强烈的感官刺激，在诗歌史上留下浓墨重彩的一笔。中唐时期，又出现了以韩愈、孟郊、李贺为代表的怪奇诗派，该派诗人追求题材的怪异和表达的新颖，将长蛇巨蟒、山魈鬼物写入诗中，营造出一方神秘诡谲的艺术天地。所以说，刘瑞峰先生在诗歌创作上的"尚奇"追求，是有其艺术渊源的。从岑参的"雄奇"到韩孟诗派的"怪奇"，诗歌向生活化方向演进。比较来看，瑞峰的山水诗歌处于"雄奇"和"怪奇"之间，兼具双重特征。

文静而沉思的抒情形象
——读李新锁诗集《云外蝉音》

新锁同志的诗集《云外蝉音》（京华出版社，2008 年出版）按创作时间编次，收录诗歌二百余首，记录了个人的诗歌创作历程。诗集的取名大抵来自集子中一首题名为《蝉》的诗意——"至纯至真，至高至洁，清音缭绕，梵乐飘然。"虽然言及"梵乐"，却不是出世之作，与王维的田园山水诗绝不相干；作者所追求的是那种真纯高洁、善良质朴的人生境界。我通读了全部作品，认为作者在这些作品中体现了他对人生境界的追求。这部诗集完成了一个独特的抒情形象的塑造。

如何去认识抒情诗的最高美学境界？我以为不是一个两个警策的诗句，也不是一首两首有意境的诗篇——虽说它们也具有一定的艺术价值。抒情诗的最高美学境界在于塑造出诗人自身的艺术形象——读他的诗，如同见了他的面，与他促膝谈心，他的音容笑貌、言谈举止、喜怒哀乐，在你的眼前活灵活现。而要完成这种艺术形象的塑造，就必须在作品中充分显示出作者的抒情性格，使用个性化的审美视角、个性化的语言风格、个性化的表达方式。20 世纪 30 年代，鲁迅、刘大杰、郁达夫评论中国古代诗人，一致认为最优秀的诗人有三个：陶潜、李白、杜甫。这三位诗人之所以被称为一流诗人，就是因为他们具有独特的抒情性格：陶潜之淡泊、李白之飘逸、杜甫之沉郁。我读新锁的诗，感触到他也是个具有独特的抒情性格的诗人，即文静而沉思。

先说文静。他的诗歌没有剑拔弩张的声势，没有捶胸顿足的呼叫；有的是文雅沉静的诉说、内蕴充实的表述，以平缓的声音显示强大的力度。例如，他对谎言的斥责：

> 凭借风延伸的藤蔓
> 在特定的季节
> 张扬无色的花　暗暗结下
> 一枚枚荒谬的果子
>
> 无论如何也不会成为艺术
> 在清明的殿堂
> 上演
> 即使平平淡淡的历史
>
> 大地以善良的心情
> 印证蓝天的箴言
> ——你只不过是疯长的树舌
> 涂抹的无根无由的云
>
> ——《谎言》

没有对伪文学的厉声呵斥、鸣鼓而攻，却以鲜明的形象揭露出它的本质。这就是新锁的性格，是他的诗歌风格。再如，他对四季风文学社的赞美：

> 谁的一口气儿
> 贯穿了春夏与秋冬
> 谁的一口气儿
> 漫过了十八载的枯荣
>
> 不是你　不是我
> 是乡土的深远　蒸腾
> 不是天　不是地
> 是故园的毓秀　聪灵
>
> 在风中　追赶春的潮头
> 书写夏的葱茏

在风中　采摘秋的果实

领略冬的宁静

　　——《四季诗风——写于四季风文学社成立十八周年之际》

　　对于自己主持创办的文学社,经历十八年风风雨雨,其间的辛苦磨难,如今的枝繁叶茂,感慨淋漓地书写一番也不为过分,但是作者却形容为"一口气儿贯穿""一口气儿漫过",归功于故乡的深情赐予。至于《四季风》中发表的作品,作者也仅以含蓄而富于内蕴的笔墨概括为"春的潮头""夏的葱茏""秋的果实""冬的宁静"。倘若不是新锁,而是个豪放性格的人,一定会海雨天风般地歌唱一番。在诗集中,他给自己的身份定位是"野花",是"小河",是"露珠","安安闲闲地明灭/自自然然地枯荣","没有奢望过大雅之堂/心绪闲云野鹤般宁静",然而,这野花的价值定位却很高,它能"摇曳天地情怀/述说远古之风"(《野花》)。身份定位与价值定位出现了落差,也正是在这种落差中,凸显出作者的文静性格。一般说来,诗人都是普通的社会人,与权贵、巨贾不同。新锁给自己的身份定位是准确的,唯其如此,方能使其诗歌具有真纯美。推开来讲,文静的性格对于诗歌创作来说也是有益处的,杜甫就曾赞美山人张彪心性沉静,说"静者心多妙,先生艺绝伦。草书何太古,诗兴不无神"(《寄张十二山人彪三十韵》),道家主张"致虚极,守静笃""静为躁君""清静以为天下正",认为静是动之主,君子应当主静。"静者"自然是得道之人,杜甫说"静者心多妙",这无疑是对道家精神的肯定和礼赞。杜甫称张彪为"静者",唯其能"静",故多妙心,草书、诗歌方能出神入化。

　　再说沉思。新锁是敏于感受而深于思索的诗人。大千世界,万事万物,一经摄入眼帘,便作精深思索,能够从一般人视以为常的物象中抽象出某种理念来。例如《磨道》:

　　山上有石头

　　有石头就有磨

　　一条磨道

　　盘在小山村的脚下

　　让所有被碾碎的日子

都聚拢在一起
用单调的轰隆声
串起叹息和愁容
历史给予乡亲们的
是一条封闭的路
一条走不完的路
一条沉重的路
没有里程表
记载千辛万苦
只有脚步
祖祖辈辈丈量
一如年年月月交替
一如生生死死轮回
这条道
原本是一条定理
又像一张反反复复灌制的唱片
更像一迭无由无序的年轮
此时此刻
分明一个似结非结的句号
山上有电了
只是时来时去
偶尔　古老的磨道
还有年轻的路人。

　　偏远山村用石磨加工粮食，是世人眼中的习见之事，有谁会对那个圆形的磨道有所感悟呢？新锁却感悟了，写出了这首出色的诗篇。且不说他那些对磨道的精彩比喻——"一条定理""一张反反复复灌制的唱片""一迭无由无序的年轮""一个似结非结的句号"是如此的贴切，重要的是他把磨道沉淀为山村的一部沉重的历史，一部"用单调的轰隆声，串起叹息和愁容"的历史，把磨道引申为山民走的"一条封闭的路，一条走不完的路，一条沉重的路"。由小及大,由物象而理性,颇能引人兴感,发人深思。中国古代诗歌理论有个重要的范畴,就是"意象"。所谓意象,就是人类对物象进行的文化渗入,历代诗人在其诗歌创作中,对大千世界的万物进行情感或理念的赋予,如白云被赋予隐逸,青云被赋予仕途,浮云被赋予漂泊,月亮被赋予思念,等等。优秀的诗人通过他们的诗歌创作完成对某些意象的创造,这些意象便被确定下来,成为后代诗人抒情的工具。可以断言,新锁在这首诗中所创造的"磨道"意象,该会被人认知并且肯定下来的。这类诗歌在诗集中触目可见,如《棒槌石写意》,他由一柱棒槌石生发出众多的理性联想:"是小和尚厌烦了,随手抛出来"的磬锤,"是老和尚寂寞了,半空里一声长叹"(长叹所形成的巨大叹号有似棒槌石),"是一位高僧缘梦境而设此奇观",是"一位将军"眼中"大好山河之感叹",是"乾隆皇帝"的"号令诸神之宝剑"。这些想象之物均与想象者的身份相合,从中表现了作者对诸色人物心理的窥测,对人生理念的感知,尽管有些可能不被当事者认同。

　　文静与沉思,构成了新锁抒情性格的主调,这种抒情性格成为塑造作者独特艺术形象的基本因素。总之,新锁的诗歌不是叮咚浅唱的小溪,不是奔腾咆哮的黄河,而是流出三峡之后的长江——虽平缓却有掣动风云的力量。

杜甫精神的继承者
——郑州成功财经学院创办人王广亚先生印象记

2012年9月,我接受郑州成功财经学院的聘请,供职于杜甫研究所。该校坐落在河南省巩义市,这里是诗圣杜甫的故乡。

我从河北来,是来寻觅杜甫的踪迹,感受其家乡的文化氛围,地域文化对于培育诗人的思想感情和诗歌风格是至关重要的。

岁月的风雨洗掉了杜甫的早年遗迹,至今,即便是笔架山下的生身窑洞也难免覆盖着些许疑云。然而我此行并未失望,在郑州成功财经学院结识了该校的创办人王广亚先生,无论身材、相貌、风神,尤其是那博大、仁慈的胸怀,我总是情不自禁地把他与杜甫连在一起。

每当漫步在成功校园,浏览这千余亩土地上耸起的重楼广厦,我总会回想起一千多年前,杜甫发出的震动人寰的呼声——"安得广厦千万间,大庇天下寒士俱欢颜,风雨不动安如山!"古人说的"寒士",一般是指没有官位的读书人,也就是今天我们所说的青年学生。岁月悠悠,千载之后,杜甫的愿望终于由他的乡人王广亚先生以慷慨解囊的方式在家乡实现。王先生早年流寓台湾,兴办学校,培养了大批民族之秀。中国改革开放以后,先生来到他的故乡,在当地政府的支持下,于洛水岸边捐献巨资兴建了这所高等学院,不取分文红利,纯然出于义举,为的是给故乡的学子营建读书深造的场所。这种深厚的故乡恋情,足以感化世人,不亚于东风化雨。而杜甫平生所系,也是这份故土之恋,"月是故乡明"是他对故乡的深情倾诉。他热情赞美家乡的物产、淳朴的民风。晚年客居夔州,仍然怀念着故乡,"秋风楚竹冷,夜雪巩梅春",渴望有一天能够回到家乡去,怀念故土是他晚年诗歌创作的主旋律。杜甫与广亚先生之热土赤心,千载一脉,是如此的血气相通!杜甫与广亚先生相同,也有一颗慈爱的心,仁民爱物,同情弱小,在流落异乡的岁月里,尽管生活拮据,却仍然尽一切可能帮助贫苦的百姓,"枣熟从人打"、"药许邻人剧"、"减米散同舟",一副仁者情怀感动着世代的人们。"人生有情泪沾臆",梁启超说杜甫是"情圣",这个断语是正确的。民胞物与,包孕于伟大的心灵之中,杜甫是如此,广亚先生也是如此。

同国办高校相比,郑州成功财经学院的校园文化有个鲜明的特征,即随处可见创办人的墨迹,用以表述他的教育思想和办学理念。在东校区的广场上,巍然矗立着一座长墙,上面是王先生书写的儒家经典《礼记》中的"大同"社会那段话:"大道之行也,天下为公。选贤与能,讲信修睦。故人不独亲其亲,不独子其子,使老有所终,壮有所用,幼有所长,矜、寡、孤、独、废疾者皆有所养,男有分,女有归。货恶其弃于地也,不必藏于己;力恶其不出于身也,不必为己。是故谋闭而不兴,盗窃乱贼而不作,故外户而不闭,是谓大同。"这是儒家设计的理想社会蓝图。抄录这个蓝图是王先生振兴民族思想的表述,是他人生的政治追求,他以此作为精神力源来教育青年学子,语重而心长。我每当走到东校区,总要站在这座墙下,把这段文字从头至尾重读一遍,从那庄严厚重的颜体墨迹中感受先生的那份思想情感。这完全不同于以往在书案所读,是因为先生用他的实际行动诠释了大同社会实现的可能,给我以精神振奋。回顾杜甫的思想精神,振兴民族、实现大同社会是其思想主导,尤其是经历安史之乱后,如何"再光中兴业,一洗苍生忧",成了他日夜思索的问题。伟大的心灵都是牵怀于国家民族事业的,杜甫如此,王广亚先生亦如此。

在成功校园里,无论行政楼、教学楼、学生宿舍楼,总能见到先生书写的对联镌刻于门前。这些对联意旨鲜明,用语朴素,富于哲理,发人深省,是先生人生经验的总结,具有深邃的启示意义。周末休息,带上纸笔,把这些对联抄录下来,品味其中的含义,使我的精神境界得以开阔。归纳这些对联的内容,可知"主观战斗精神"贯穿于其中,激励学子自力更生,摆脱依傍,在困境中求生存,在逆境中求进取。例如,镌刻在行政楼的两副对联是"失败反省自己,成功感谢他人""没办法就是有办法,有办法再想好办法",告诫领导层勇于担当历史使命,自强不息。镌刻在图书馆门前的对联是"自己可为之事勿求他人，今日应为之事勿待明日"，镌刻在体育馆门前的对联是"自己的痛苦自己知道，自己的问题自己解决"，镌刻在自立楼的对联是"不为失败找理由，要为成功想办法"。这些对联的主旨都是强调"自我"：自我拼搏，自我进取，充分发挥自我的主观能动性。这是一条宝贵的人生经验，是先生取得事业成功的法宝，用朴实的文字将它表述出来，体现出先生的广济之心。诲人以德，诲人以智，也是杜甫平生之所行，他教育儿子"熟精文选理，休觅彩衣轻"，教导社会青年说"男儿须读五车书"，告诫文臣"众僚宜洁白"，告诫武将"临危莫爱身"。言之切切，意之谆谆，亦与广亚先生相类。

  杜甫与广亚先生的文化精神如此一致，是由于他们同受河洛文明的熏陶。河洛文明作为华夏文明的产床和摇篮，其基本文化精神是和合思想、崇文重礼、爱国情操、本根情结。这些思想精神在他们身上获得了鲜明而集中的体现。地灵人杰，伟大的心灵总是蒙受山河之助。巩义，南倚青龙山，北临黄河水，壮伟的山河孕育出灿烂的文化，孕育了杰出的人才。

黄绮先生的诗品与人品

我于1964年考入河北大学中文系,当时黄绮先生是中文系副主任。在我们的教室墙壁上,贴有几幅黄先生创作的诗词并书法作品,颇为吸引同学们的目光。在此后读书和留校工作的岁月里,我对他的诗品和人品有了较为深刻的认识。

黄绮先生的旧体诗词,具有深厚的中华文化底蕴和坚实的诗词艺术功底,无论是意境的追求,抒情形象的塑造,还是诗词格律的运用,都表现出对传统文学艺术特征的坚守与挚爱。他的作品韵味醇厚,情感真挚,个性鲜明,感染力强。他的诗词选集《归国谣》,集中体现了这些优长。具体来说,我以为有以下几个特征。

一是诗境博大,格调高远。抒情形象伟岸超迈,胸次开阔,读来令人神思飘举。有一首七绝的首联写道:"远山与我正齐巅,吞云吐雾臭若兰。"这个与远山齐巅、吞云吐雾的艺术形象,与先生对学术的追求和造诣互为表里,它对于当时还是学子的我产生了巨大的艺术震慑力量,使我懂得在治学上立身要高,眼界要大,也使我对诗词创作产生了浓厚的兴趣,我在大学期间开始学习写作旧体诗词,与黄绮先生的典范性的诗词创作,有直接的关系。还有一首是咏鸡啼的,是一首五律,其中一联写道:"大地无他迹,人间第一声。"取调高亢,颇具声势,足以振聋发聩。我以为,这是采用比兴的手法,借沉寂中一声嘹亮的鸡啼,表达他在学术上的前沿意识和开拓精神,是所谓象外有象、弦外有音的。历代人们把唐诗称为"唐音"或"盛唐之音",这个概念的内涵所揭示的是唐诗所特有的阔大的气象、高昂的精神、玲珑的兴象。后人在创作上有宗唐和宗宋之分,那是由于时代环境和个人才力的不同所造成的;但无论如何,都对"唐音"加以赞赏。我以为黄绮先生是宗唐的。这对于一个学者来说，尤为难能可贵。

二是他的诗表现了物我亲融的情感。他把无知无感的自然物看作是可以和自己进行情感交流的生命体。在诗中，他与大自然对话，向自然物诉说心情，是那样细腻真挚，亲切动人。记得他有一首重游西湖的七绝，首联写道："故友重来还识无？拍波抚浪问西湖。"黄绮先生把西湖称为老朋友，向它询问可曾记得自己，"拍波抚浪"的细节行为，令人想到故友相逢时那种摩肩握手的情状，喜悦之情溢于言表。这绝对是纯情诗人眼中的自然，是具有博爱精神的诗人心境之披豁。我记得杜甫曾说过"一重一掩吾肺腑，山鸟山花吾友于"，意思是"那相互重叠的山峦是我的肺腑，那山花山鸟是我的兄弟"。杜甫也曾跟他栽种的几棵小松树说过话，大意是"你们有根，我却是漂泊不定，从这一点来看，我不如你们；但是我能够写诗，你们却不会，因此我们之间可以打个平手，请你们在耸入云天以后可别瞧不起我啊"。跟小松树说话，这在老于世故的寡情者看来，绝对是犯了神经。但是在具有博爱精神的有情人群里，却能产生强烈的共鸣。真正的诗人就应该有这份痴情，绝对的理性主义者是做不成诗人的。这其中还涉及中华传统文化，儒家主张天人合一，道家主张归向自然，都是在强调人与自然的和谐。所以我认为，黄绮先生所写的这些表现物我亲融的诗，是具有深厚的民族文化底蕴的。

三是想象奇绝。真正的诗人具有丰富的想象力。想象给诗歌安上飞翔的翅膀，给诗歌带来生意，带来风趣。黄绮先生的想象力，表现为善于把静物写成动物，把死物写成活物。他有一首写独秀山的七绝，首联说道："石头种子从天落，地面长成一柱山。"石头竟然也有"种子"，而且是从天而落，气势非凡；独秀山竟然是从地面"长"起来的，这就写出了山的从无到有、由低到高的过程。在常人眼中本来是一座静止的山，在他笔下却成了动态的，这种动态描写给独秀山平添了无限的生机。他还有一首题目为《出洞》的诗，写他从龙宫洞口走出时的感受："走穿龙腹来龙口，口里含涎渡小舟。阵阵凉风闻鼻息，是他呼吸气成秋。"把洞口流出的溪水想象为龙涎，把阵阵凉风想象为龙的呼吸，而龙的呼吸导致了秋的来临，把个死物写成了又流涎水又生鼻息的活物，这等奇特的想象非一般人能有。

　　四是他的诗歌显示了高尚的人品。诗品出于人品，有第一等襟抱方能有第一等诗篇。从以上三个方面，我们已不难看出黄绮先生的诗品与人品之高。在这里，我想就诗外谈谈他的人品。在我与黄先生接触的十几年中，有两件事让我终生难忘。第一件事是在1969年，"文革"期间，系里把几位老先生（当时视之为"反动学术权威"）放到学生宿舍，以利于"监管"。黄绮先生被放置在我所在的宿舍。为了给黄先生增加"压力"，"革委会"让我们在他床头墙壁上贴一张写有"坦白从宽，抗拒从严"的标语。考虑到他是书法家，我的毛笔字还过得去，为了不在权威面前丢面子，领导决定让我来写。写了，贴了。有一天，同宿舍的人出去玩了，宿舍里就剩下我和黄先生，他指着标语问我："小韩，这几个字是你写的吧？"我不好意思地说是，心里犯了嘀咕，心想他一定是要记仇了。让我万万想不到的是，他竟对我的字很热情地鼓励了一番，又指出"坦"字的提土最后这一笔写得没有力量，应该怎么怎么写。天啊！他把标语的内容完全置于脑后，他所关心的是书法艺术！从那时我才明白一个优秀学者的精神世界。第二件事是在1980年，系里让我去重庆参加由西南师大主持召开的全国毛泽东诗词研讨会，会议事先安排有我的发言。当时我还是个青年教师，为了给我壮胆，黄绮先生提出要与我同行，这也是出乎我之所料的。当时的交通情况很不好，而且他已是66岁的人了。在南行的火车上，他很细致地给我审查发言稿，提出修改意见。我们更多的是谈旧体诗词的写作，他的诗思很敏捷，能在很短的时间里把车窗外面的景物熔裁成诗。我也写，给他看，他指出我的诗存在两个毛病，一个是不善艺术构思，一个是不懂诗词格律。这一路上的教诲，使我受用无穷。后来，我的诗词水平有所提高，以及能在系里开设诗词格律与习作的课，都与先生的教导和激励分不开。

　　日月不居，往事如昨。如今黄先生已过九十高龄，我也年届花甲。人生有幸，得遇一二恩师；薪火不竭，传承千载后学。黄绮先生的诗品与人品，是我终生学习的楷模，我也将把先生的品格传给学生。

中山人物古来奇

—— 陈文增先生和他的"三联艺术"

巍峨磅礴的古北岳雄峰，壮丽悠久的古北岳庙宇。

这里是古老的中山国，是历史文化名人辈出之地。物华天宝，地灵人杰——河北省曲阳县，这片神奇的土地，从古至今哺育出众多的优秀儿女。陈文增就是当代最为杰出的一个。

五短身材，黝黑的脸，连鬓胡子，浓重的乡音——这就是那个取誉为"国际工艺美术大师""海峡两岸德艺双馨艺术家"的陈文增吗？

表情沉静，目光深邃，谈吐高雅，举止宜人——这就是凭着自强不息的精神而成为"定瓷工艺研究专家"、获得"瓷、诗、书三联艺术大世界基尼斯之最"的陈文增先生。

我与陈先生交往有年，对他的人生道路较有了解，也常被他的事迹所感动。去年，我应邀去曲阳参加上海吉尼斯总部为陈先生颁发"大世界吉尼斯之最"证书的仪式，有感于他在定瓷、诗歌、书法三方面取得的优秀成果，随口吟出一首七绝：

诗含美韵笔含姿，一手虬龙一手瓷。
北岳烟霞今更好，中山人物古来奇。

现在，我想把陈先生的生动事迹和辉煌成果向读者作个介绍，也算是为这首小诗作个注释。

一、风雨敲瓷二十年

1972年，日本首相田中角荣来华访问，在与周恩来总理交谈中，问到定州瓷窑之事，周总理回答说正在恢复。这个消息不胫而走，身为定窑所在地的曲阳儿女，立即动起手来。然而，宋代迄今将近千载，在无工艺资料的情况下，想要恢复当年的盛况，又谈何容易！疑云起，叹息生，一些人改了行。而当时还是普通工人的陈文增却知难而进，义无反顾地挑起了复兴定瓷工艺的重担。

先人没有留下定瓷工艺的文字资料，这没有难住他。他说，定窑遗址的瓷片中就含有工艺资料。定窑遗址坐落在群山环抱的丘陵上，距离县城20余里。在大业初创的日子里，陈文增带着他的同路人——和焕、蔺占献，无数次地来往于那条崎岖的山路上，在定窑遗址考察地形，挖掘瓷片，划破的手指滴着鲜血，覆雪的头发下淌着热汗。饿了，咬几口干粮。累了，望一望群山。青山不改，仍是宋时的模样。想到宋人曾在这片丘陵上栉风沐雨，栽出了惊世的瓷艺之花，陈文增心中涌起庄严的情感，他认识到自己所承担的历史使命及其文化价值：在我们的时代，前人没有做到的我们能够做到，前人已经做到的决不能在我们的手上出现空白！

为了摸清陶瓷的共同属性，他南下北上，占有了大量资料，也熟悉了各种陶瓷的工艺特征，在比较中认识，在探索中前进，在失败中成长。定瓷工艺的关键所在，是配料的比例和炉温的控制。他细心摸索数据，大胆推坯入炉。一炉毁了，再烧一炉；此坯不成，另和新泥。汗水和泪水交流，心火与炉火相映。陈文增说，他已记不清失败过多少次了。只记得那时候自己的"形象"，正如白居易诗中所写的那个卖炭翁："满面尘灰烟火色，两鬓苍苍十指黑。"他在所作《七绝·窑炉致坏》中写道："可叹三千回合后，嶙峋瘦马骨能敲。"天公不负有心人，他终于成功了！失传八百多年的定瓷精制，终于在20世纪之末，在陈文增的手中，冲破历史的尘封，露出了灿烂的笑容。

陈文增及其同道们，在长期的实践中，发掘出定瓷工艺内蕴的"形、声、色"三大要素："形"为挺拔俊美，"声"为韵律悠扬，"色"为白中泛黄。这一研究成果，使定窑工艺的独特风范得以发扬光大，在当今琳琅满目的瓷器制品中独树一帜。在定瓷有限公司瓷器陈列室里,百余种精美的制品放射出夺目的光泽。它们虽无媚俗的五颜六色,却营造了高雅端庄的文化氛围。刻花奔逸、潇洒,雕花、剔花凝重、生动。上上下下,边边角角,无不晶莹剔透,望之使人俗念顿消。为了总结理论成果,使其传于后代,陈先生在繁忙的工作之余,焚膏继晷,写成《定窑研究》一书,这部论著填补了定窑理论的研究空白,必将在定瓷事业上产生深远的影响。

定瓷工艺大获成功的消息如日上中天,顷刻间便光照寰宇。海内外的陶瓷专家、名商巨贾以及珍品收藏者,闻风而至,曲阳县城迎来了各色车辆和贵宾,定瓷有限公司的办公室忙于签订生产合同。75岁的西班牙陶瓷专家杜阿尔多·阿丰索·库尼先生,在儿子的搀扶下,专程来到曲阳与陈先生会晤,对陈先生的艺术成就赞赏不已。日本泛亚细亚文化交流中心理事长森住和弘先生,漂洋过海而来,再三请求让"陈氏定窑"四个字出现在出口定器之上……

八百年前,宋人在北岳山前升起的定窑青烟,曾经弥漫成绚烂的烟霞;而今,陈先生及其同道们用青春的火焰重新点燃定窑,使那片历史云空的烟霞失而复生,更放异彩。

二、诗情书韵两称奇

我与陈先生相识,是在八年前。当时,保定某房地产开发商建成了一处别墅,名曰"金源小区",为了宣传,请我主持了一次征联活动。征联登报之后,来稿数千件。在沙里淘金似的筛选过程中,一件来稿令我眼前一亮,忙问身旁的同事:"陈文增是谁?"——说来惭愧,长期囿于校园生活的我,对墙外之事缺乏知闻。我把这件作品提交给其他评委,赢得了普遍的赞赏。这副对联是下征上:

水榭烫镈填丽阁(陈文增应对)
金源构墅灿名城(评委会出联)

出联的难度在于前五个字的构字包括了五行(金木水火土),绝大多数的来稿没有注意到这个难点，陈文增不但识破了我们的"诡计"，而且对得很有诗意，其艺术水平已在出联之上。大家一致同意把唯一的一等奖授予陈文增。由此，我知道陈文增不但精于对联艺术，而且具有扎实的古代文学功底。就在这次征联活动之后，我与陈文增见了面。

　　此后，每年重阳节都由他出资召开"定瓷笔会"，我对他的诗词艺术逐渐有所了解。他是个爱国者，诗中流动着对祖国的深情，无论是港澳回归、体坛夺金，还是抗洪救灾，他都表现出热诚的关注。这类题目的诗本不好作，容易流于标语口号，但他却能从自身体验的角度下笔，调动传统诗词的意象，以省净的语言和流畅的韵律，抒写自己的感受，读来颇感亲切、真诚、优美。所作《七律二首·抗洪救灾》发表在《光明日报》上，既而荣获了河北省文艺振兴奖。以旧体诗而获此殊荣，实属不易。陈文增更多的作品是写他在定瓷事业发展过程中的感受，诸如创业的艰辛、失败的痛苦、同道的亲情、胜利的喜悦，丝丝缕缕，结成诗行。这类诗每每写得慷慨激昂，沉郁顿挫，且看这首七古《定瓷吟》：

　　　　自古中夏有遗爱，天地钟情共筹谋。燕赵"泥土"恭大雅，世胄循前志未休。边陲外裔亦蛩声，驼旅担挑铭春秋。五千载矣文明邦，汗青彪炳功悠悠。廿里"珍珠"耀星日，先祖睿智此中收。大地寒凝八百载，梨花一夜春风柔。五窑之中斗奇韵，青丝无怨霜染头。击壤易水堪壮哉，高祖《大风》歌今喉。十年冰雪妆玉颜，一代人杰倡风流。物华于兹得重复，中兴夙愿今始酬。昨称"颜色白天下"，依今"定州花瓷瓯"。丹心一片为报国，化作彩霓接芳洲。

　　赏读之际，自能看到一个昂首云天、注目今古的抒情形象。不难看出，作者对古典诗词艺术营养汲取之热忱。"大地寒凝八百载，梨花一夜春风柔"，"寒凝"与"春风"对举，"八百载"与"一夜"对举，把作者对定瓷工艺断缺之怅恨、恢复之欣喜，表达得如此酣畅淋漓。

　　陈文增先生的书法艺术自成一家，堪称独步书坛。他首习楷书，入门也正，根基扎实，善于变通。于古今名家，多所借鉴。他曾说："老杜论诗，主张'转益多师'，其实书法也应如此。善集各家之长，方能有所创新。"对于他的书法风格，我想用"光英朗炼"四个字概括之，用笔挺劲，字势开张，骨骼大，气象浑，英气足，神态明。他在各地名胜及商铺宾馆题句甚多，我无论走到何处，都能于50米外识出他的手笔。因为在他的墨迹中，我感受到有一种真气在流动，在欣赏之际，这种生命之气能够传到我的体内，使精神顿增。这种说法也许有人以为是"谈玄"，却是我的真实体验。我在欣赏王羲之、米芾二人的书法时，也产生这种"受气"的感受。至于这种感受在理论上如何解释，有待于专家去研究。我初步认为，这是由于陈文增在运笔过程中，把他的生命真气注入了笔画之中，而作为欣赏者的我，具有接受这种真气的能力。

陈文增先生参加全国书法大赛，多次获得金奖。这也说明了他的书法造诣之深。看到这些丰硕的成果，人们很难想到他少年时写大字，所用的笔墨竟然是自造的。他家境贫寒，买不起笔墨，就去采集羊毛，捆扎成束，做成笔头；再把截断的高粱秆挖空一头，灌进糨糊，把羊毛笔头插入。墨汁则比较容易做成，只要把手伸进灶坑，抓一把锅底的黑灰放入水碗就成了。"贫家出志士"，这句名言在陈文增身上得到证实。他的成才始末，将为青少年的事业进取提供生动的教益。

三、文品亦从人品出

"文品出于人品"，此说虽有争议，我则坚信不疑。今以陈文增先生的人品观之，更能印证此说的真理性质。我认为他的品格可以概括为"一大二真三朴素"。

所谓"大"，是说他的志向大，胸襟开阔，目光高远。他在没有任何文献资料的情况下，立誓为祖国恢复定瓷工艺，20余年的坎坷征途，以瘦弱多病的身体，迎击四季雨雪、八面来风，虽百挫千折而不改初衷，其志向、胸襟不可谓之不大。记得某次会面，他拿出一件上品瓷器让我欣赏，那通红的瓷面上赫然写有四个大字——"大将风度"。这四个字就是他的自言其志。不仅是瓷，他的诗境之大，书法骨骼之大，也都是这种品格的表现。

所谓"真"，是说他于事业于生活于友朋总以真诚之心相待。凡是与他交往的人，都有共同的体会，都认为他是个真诚可信的人。他的人生信条是以善心处世。他爱他的事业同道，爱他的诗友，爱他的书友。"同行不是冤家，而是密友"，这就是他的世界观。他作为我的助手——保定诗词楹联学会常务副会长兼秘书长，做了大量琐碎而无报酬的工作，在学会活动经费十分困乏的情况下，多次慨解贫囊，扶持学会工作正常开展。他是诚心诚意愿意把学会工作做好的人。唯其具有这种真诚品性，他的诗歌方能情真景真，以真诚感人；他的书法才能流动真气，才具有鲜活的生命之力。当然，也是出于"真"，他轻信了从山西永济来的几个骗子，丧失了价值10万元的两汽车瓷器。但是他仍然认为人性本善，那几个骗子是由于后天的原因丢失了善性，人在总体上仍是善良可信的。为此，他热爱人生，热爱自己的生存环境。我总觉得他的思想精神来源于孟子。

至于他的朴素，那更是一目了然的。他的厂房、办公室之简朴和实用，在我所见的企业中是罕见的。他的穿着之朴素，无须多说，我要说的是一般人难以置信的事：就我所见，他因为处理学会工作而来往于曲阳、保定，都是坐长途汽车，住廉价的旅店，吃便宜的饭菜。据他的同道介绍，20余年间他出差办公，从未住过高级客房，除了随俗招待他人，也从未独自饮酒吃肉。陈文增的朴素作风，还表现于他的平易近人。人啊一旦在事业上有了成就，往往会觉得天低地窄，众人如蚁。陈文增却在事业有成之后，依然谦逊得像个小学生。你绝对听不到他的高谈阔论，绝对见不到他的盛气凌人。这正是知者的作风。知者有惧，无知者无畏。

陈文增先生作为河北省曲阳定瓷有限公司总经理，理应纳入企业家的行列，但我以为还是把他列入文人为宜。理由是：他主要还是以情感指导人生道路的，而文人主情。对于这样一位有情人，我的叙述不能不以情感为文字的主导。全面地、从理性的专业角度介绍他的定瓷工艺成就，不是我之所长，那是需要专业人才执笔的。